Livia Rose
Sommerträume und Mondgebäck in der kleinen Teestube

Livia Rose ist das gemeinsame Pseudonym zweier schreibverrückter Autorinnen, die zusammen mit ihren Familien in Wien, Österreich wohnen. Seit gut zwanzig Jahren eng befreundet, arbeiten sie gemeinsam daran, ihre Geschichten in Buchform zum Leben zu erwecken.

Livia Rose

Sommerträume und Mondgebäck in der kleinen Teestube

Roman

PIPER

Mehr über unsere Autoren und Bücher:
www.piper.de

Wenn Ihnen dieser Roman gefallen hat, schreiben Sie uns unter Nennung des Titels »Sommerträume und Mondgebäck in der kleinen Teestube«
an empfehlungen@piper.de, und wir empfehlen Ihnen gerne vergleichbare Bücher.

ISBN 978-3-492-50756-1

Redaktion: Julia Feldbaum
Satz auf Grundlage eines CSS-Layouts
von digital publishing competence (München)
mit abavo vlow (Buchloe)
Covergestaltung: © Alexa Kim »A&K Buchcover«
Covermotiv: Bilder unter Lizenzierung von shutterstock.com (ohenze), depositphotos.com (prasit.baac, timurock, amstockphoto) genutzt.
Printed in the EU

Kapitel 1

Hongkong, Gegenwart

Heute schaffe ich es! Ich kann das …

Angespannt zog Luana einen Pinsel aus dem lockeren Haarknoten auf ihrem Kopf, atmete tief durch und tauchte ihn in die Farbe. Dabei presste sie die Lippen zu einem festen Strich zusammen.

»Hast du fertig gepackt?«

Lautes Geklapper ertönte hinter der Schiebetür, die ihr Zimmer von dem ihrer Großmutter trennte, aber sie ignorierte es und setzte den Pinsel an.

»Luana? Hörst du mir überhaupt zu?«

Mein braves kleines Mädchen. Du bist so talentiert und hast es verdient, dass deine Kunst gesehen wird, hörte sie die Stimme ihrer Mutter in ihren Gedanken. Luana erstarrte. Nein … Nein. Nein. Nein. Ihre Finger begannen zu zittern. Die Farbe lief aus und schmierte über die Leinwand, wo sie einen hässlichen, ausgefransten Fleck hinterließ. Der Pinsel fiel auf den Boden und rollte unter ihr Bett.

Nein, nicht jetzt! Ich wollte doch nur … malen.

Fassungslos starrte sie auf ihre Hände. Das Zittern erfasste ihre Arme, und sie taumelte rückwärts. Übelkeit kroch ihre Speiseröhre hinauf, bis sie Galle schmeckte und angestrengt zu schlucken begann.

Es tut weh, so weh!

Als hätte sie in eine Steckdose gefasst, breitete sich der Schmerz wie ein elektrischer Schlag in ihrem Körper aus und erfasste jedes einzelne ihrer Glieder. Unbarmherzig streckte die Dunkelheit ihre Klauen nach Luana aus und zerrte sie zu Boden.

Jemand schrie.

War sie das gewesen?

»Luana ... Luana, sieh mich an!«

Aber sie konnte es nicht. Sie konnte sich nicht bewegen.

»Leg sie hin, Xicheng. Und kümmere dich um die Leinwand. Sie sollte das nicht sehen.« Die warme Stimme ihrer Großmutter erfüllte den Raum.

Luana schloss die Augen und horchte. Das schnelle Pochen ihres Herzens ließ sie krampfhaft nach Luft schnappen.

»Was ist mit ihr, Năinai? Wieder eine Panikattacke?«, fragte ihr Bruder.

»Die Vergangenheit hat Besitz von deiner Schwester ergriffen. Yanxi soll mir einen warmen Lappen und das Osmanthusöl bringen.«

»Sollten wir nicht doch lieber einen Arzt rufen? Es macht mir Angst, sie so zu sehen.«

»Mithilfe der Ahnen schafft sie das.« Eine leise Melodie erklang, und der süße Geruch des Öls erfüllte den Raum. »Verweile nicht länger in einer Vergangenheit, die du nicht mehr ändern kannst, mein Kind.«

Luana atmete kehlig aus. Hitze strömte aus ihren Poren und legte sich feucht auf ihre Haut. Es war, als läge sie in einem dampfenden Kokon, aus dem es kein Entkommen für sie gab.

»Lass los, Luana.«

Ich kann nicht.

»Sie sind tot, und es gibt nichts, was wir tun können, um es rückgängig zu machen. Uns die Schuld zu geben, macht uns zu Opfern, die wir nicht sein wollen. Aber wir sind stark ... Du bist stark.«

Luanas Herz lag schwer wie ein Stein in ihrer Brust.

»Hör mir zu, Luana ...« Ihre Großmutter beugte sich zu ihr herab, während sie das Öl mit kreisenden Bewegungen in ihre

Schläfen massierte. »Nur so können wir den Fluch, der unsere Familie heimsucht, lösen und die Dämonen bekämpfen, die uns verfolgen. Das Unrecht sühnen, das deiner Urgroßmutter widerfahren ist. Ich weiß, dass du stärker bist, als sie es war.«

Luana blickte ihrer Năinai in die warmen erdbraunen Augen.

»Wir gehen dorthin zurück, wo alles angefangen hat. Wir vervollständigen unser Familienerbe und schenken unseren Ahnen den Frieden, den sie verdient haben. Und dann werden wir endlich alle frei sein …«

»Frei.« Dieses Wort hinterließ einen bitteren Nachgeschmack auf Luanas Zunge. Sie wusste nicht, ob sie jemals frei sein würde, wenn die Last ihrer Schuld sie immer wieder in die Knie zwang. Langsam setzte sie sich auf, und der Lappen fiel in ihren Schoß. Ihr Kopf dröhnte.

»Luana.« Es war ihr Bruder, der mit besorgter Miene vor ihr kniete. »Năinai hat recht. Du solltest dich nicht mehr zum Malen zwingen. Lass das Leben in England einfach auf dich zukommen, dann wird deine Kunst bestimmt wieder zu dir zurückkehren. Yanxi und ich kümmern uns hier um die Teestube. Und wer weiß? Vielleicht triffst du dort ja sogar einen Mann, der deine Sturheit aushält?«

Luana verdrehte die Augen, aber dann zupfte ein Lächeln an ihren Mundwinkeln. »Danke, großer Bruder.«

Yanxi, ihre Schwägerin, erschien in der Tür. Die Hände in die Hüften gestemmt begann sie zu schimpfen. »Du bist unmöglich, Xicheng! Lass Luana in Ruhe, sie muss sich deinen Unsinn nicht auch noch anhören. Und jetzt komm und hilf mir, den Laden abzuschließen!«

»Zu Befehl!« Xicheng grinste sie breit an. »Was ist das nur für ein Kerl, der alles mit sich machen lässt?« Er hauchte einen Kuss auf Luanas Stirn und verließ eilig das Zimmer.

Sie hatten recht. Langsam klärten sich ihre Gedanken, und die Kopfschmerzen verebbten. Luana blickte sich um. Die Leinwand war verschwunden. Ebenso wie ihre Farben und die Pinsel.

»Ich habe etwas für dich.« Ihre Großmutter setzte sich neben sie auf den Boden. Sie strich Luana das lange kohlefarbene Haar über die Schulter und legte ihr eine filigrane Kette um den Hals. Es war ein Sichelmond, der in Gold eingefasst war und in irisierenden Farben funkelte. Tropfen aus Perlmutt baumelten wie schillernde Tränen an den einzelnen Gliedern. »Sie hat meiner Mā, also deiner Urgroßmutter, gehört. Der Anhänger wurde aus einem Stein gefertigt, den man Mondstein nennt. In unserer Familie trägt er den Namen ›Chang'es Tränen‹.«

Luana tastete nach dem Mond. »Aber das ... das kann ich doch nicht annehmen, Năinai! Warum schenkst du mir so etwas Kostbares?«

»Weil sie gewollt hätte, dass du ihr Erbe antrittst, bevor wir uns aufmachen, um das Unrecht zu sühnen, das uns widerfahren ist. Du weißt, wie sehr sie dich geliebt hat.«

Ihr Erbe. Yueliang und das Unglück, mit dem alles begonnen hatte.

»Hast du es dir anders überlegt?« Die Stimme ihrer Großmutter war nicht mehr als ein Flüstern.

Luana betrachtete das Schmuckstück in ihrer Hand. Nein. Sie hatte es versprochen. Und sie wollte nicht länger weglaufen. Ihre Familie war immer treu und verständnisvoll hinter ihr gestanden, und selbst in ihren dunkelsten Stunden war Năinai nie von ihrer Seite gewichen. »Nein, ich begleite dich.« Sie schloss die Finger fest um den schillernden Stein. »Wir finden sie.« Luanas Augen füllten sich mit Tränen. Was, wenn sie diese völlig verrückte Sache nur deshalb mitmachte, um vor der Dunkelheit zu fliehen?

Die Hände ihrer Năinai legten sich auf ihre. »Alles hat mit einer Flucht begonnen. Yueliang ist ihr Leben lang davongelaufen. Aber du ... du bist nicht so. Du wirst deinen Weg gehen. Wir schaffen das. Zusammen.«

Luana bohrte die Finger in ihre Handflächen. »Wir schaffen das zusammen.«

Kapitel 2

St. Iluna, Frühling 1921

»Was treibt ihr hier?« Yueliang verschränkte die Arme vor der Brust und starrte die Sullivan-Brüder misstrauisch an. Gerade eben hatte sie beobachtet, wie die beiden durch die Wacholderbüsche gekrochen waren – grinsend wie zwei Halunken. Jacob, der größere und beleibtere der eineiigen Zwillinge, trug einen gefesselten Hasen über seiner speckigen Schulter, und das arme Tier zuckte und zappelte wie wild. Yueliang zog es bei dem Anblick sofort den Magen zusammen, doch trotz ihres Ekels bewunderte sie Jacob auch dafür, dass er sich mit seiner Beute überhaupt bewegen konnte.

Samuel, der Kleinere, aber mit dem eindeutig größeren Mundwerk, wies sie sofort zurecht. »Das geht dich gar nichts an.« Er rückte seine Brille zurecht, während er vergeblich versuchte, sich den Dreck von der Hose zu klopfen.

Misses Sullivan würde fürchterlich mit den zwölfjährigen Zwillingen schimpfen. Doch anstatt Schadenfreude, weil ihre kleinen Erzfeinde in Schwierigkeiten geraten würden, verspürte die ein Jahr ältere Yueliang nur eine unangenehme Leere. Sie konnte ihren Blick nicht von dem weißen Hasen lösen, dessen Krallen bereits Risse in Jacobs Hemd hinterlassen hatten. »Was wird aus dem Hasen?«

»Der ist fürs Abendessen.« Jacob leckte sich über die Lippen. Er zog den Hasen von seiner Schulter und ließ das abgemagerte Tier am Nacken vor Yueliangs Augen hin und her baumeln. »Hast du ein Problem damit?«

Yueliang sog erschrocken die Luft ein und ballte die Hände zu Fäusten. Diese Engländer waren fürchterliche Menschen! Ein Wind kam auf und peitschte ihr die schwarzen Haare ins Gesicht. Der Hase gab ein schwaches Quieken von sich, als hätte er keine Kraft mehr, sich zu wehren.

»Lass ihn los«, flüsterte Yueliang.

»Wie bitte? Ich kann dich nicht hören.«

Jacob lachte, als hätte sie einen Scherz gemacht. Doch Yueliang war nicht nach Scherzen zumute.

»Lass ihn los!« Yueliang ging einen Schritt auf die beiden zu, aber es zeigte nur wenig Wirkung.

Immerhin wich Samuel zurück, während Jacob weiterlachte. »Jetzt geh uns endlich aus dem Weg.«

»Nein!« Tränen stahlen sich in Yueliangs Augen. Sie wusste nicht, woher sie so plötzlich den Mut nahm, aber sie konnte nicht zulassen, dass die Zwillinge dieses wehrlose Tier töteten. Es fing an zu nieseln, und die feinen Tropfen pikten wie Nadelstiche auf ihrer Haut. Oh, wie sehr sie dieses Land und den ewigen Regen hasste. Alles hier war hart und kalt und grob.

Jacob drückte den Hasen seinem Bruder in die Hand und stellte sich ihr entgegen. »Na, komm doch, wenn du dich traust.«

Yueliang griff nach ihrer Kette und rieb den Mondstein zwischen ihren Fingern.

Oh, ihr Ahnen, gebt mir Kraft.

Sie hechtete nach einem Stock, der nicht weit von ihr lag. Bevor Yueliang jedoch zum Angriff übergehen konnte, legte sich eine Hand auf ihre linke Schulter und drückte sie nach unten.

Ethan.

Er nahm ihr den Stock ab und schleuderte ihn in hohem Bogen in den Wacholderbusch. Dann blickte der Fünfzehnjährige verärgert zwischen Yueliang und seinen Brüdern hin und her. Seine sonst so himmelblauen Augen glichen einem aufkommenden Sturm, seine schwarze Hose war voller Mehl, genauso wie seine Schuhe, sein Gesicht und einfach alles. Er musste direkt aus der Backstube hergeeilt sein. Einige Sekunden verharrten sie regungslos, bevor Ethan einen erschöpften Seufzer ausstieß. Dann fingen Yueliang und die Zwillinge gleichzeitig an zu schimpfen und wild zu gestikulieren.

»Ruhe!«, schnauzte Ethan sie an. »Warum müsst ihr drei immer Ärger machen?«

»Sie hat angefangen«, maulte Jacob und zeigte auf Yueliang.

Ethan warf ihr einen strengen Blick zu. »Ich nehme an, es geht um den Hasen?« Er deutete auf das erschöpfte Tier.

»Sie wollen ihn töten.« Yueliangs Stimme überschlug sich.

Ethan blickte kopfschüttelnd zum Himmel. »Gib ihr den Hasen, Samuel.«

»Aber wir haben ihn gefangen!«

»Wir wollen Hasenbraten!«, riefen die Jungen wie aus einem Mund.

Aus Yueliangs Kehle ertönte ein Geräusch, das einem Knurren gleichkam. Der Hase blickte sie flehend an.

»Ich bin wahrlich von Idioten umgeben«, flüsterte Ethan, aber Yueliang konnte ihn dennoch hören. »Und wer soll eurer Meinung nach aus dem lebendigen Hasen einen Braten machen?«

Die Zwillinge schwiegen.

»Glaubt ihr wirklich, Vater könnte einen Hasen erschlagen und Mutter ihn häuten, ausnehmen und dann einen Braten daraus machen?« Ethans Mundwinkel zuckten kurz nach oben.

»Warum nicht?« Samuel sah seinen großen Bruder herausfordernd an. »Großvater und Großmutter konnten es schließlich auch!«

Ethan nahm Samuel den Hasen aus der Hand und begann, die Läufe des Tieres zu befreien. Dabei war er außerordentlich geschickt und klemmte das Tier zwischen seine Knie, damit der Hase ihn nicht verletzen konnte.

»Großvater war gelernter Fleischhauer, und Großmutter arbeitete von Sonnenaufgang bis Sonnenuntergang ohne Pause in der Bäckerei. Sieh dir Vater doch nur mal an! Er verbringt mehr Zeit im Pub als im Laden, und Mutter ist in London großgeworden. Sie würde umkippen, müsste sie einem Hasen die Gedärme herausreißen.« Ethan hatte den Hasen befreit und drückte ihn vorsichtig in Yueliangs Arme. Er kraulte das Tier unter dem Kinn, bevor er sich wieder aufrichtete.

Yueliang verlagerte ihr Gewicht und vermied es, Ethan anzusehen. Der Hase war schwerer, als sie erwartet hatte, und seine Krallen bohrten sich schmerzhaft in ihren Arm, aber sie verzog trotzdem keine Miene. Sie hatte triumphiert. Irgendwie. Der Hase war frei.

»Alles wäre anders, wenn Großvater und Großmutter noch leben würden. Der Krieg hat alles kaputt gemacht ...«, murmelte Samuel.

Ein Schatten huschte über Ethans Gesicht. Die Erwachsenen sprachen nicht über den Krieg, aber das machte die Schrecken der letzten Jahre nicht ungeschehen. »Dafür schuldest du uns aber etwas!«

Jacob schien sehr mit seiner Niederlage zu kämpfen, denn auf seinem Hals bildeten sich große rote Flecken. »Du machst für den Rest des Jahres unsere Hausaufgaben!«, forderte Samuel augenblicklich, wobei er sich zu seiner vollen Größe aufbaute und dabei immer noch der Kleinste in der Runde war.

»Das Jahr ist aber noch lang ... Das ist zu viel!«, zischte Yueliang. »Zwei Monate!«, war ihr Gegenangebot.

»Vier Monate, und du erledigst alle Strafarbeiten, die wir zusätzlich bekommen, sonst verkaufen wir den Hasen auf dem Markt.« Samuel stellte sich mit verschränkten Armen neben Jacob. Von den beiden Idioten war er definitiv der Klügere.

Yueliang presste die Lippen aufeinander.

»Ich denke, das ist ein faires Angebot. Immerhin haben sie den Hasen gefangen«, sagte Ethan.

Yueliang gab sich geschlagen.

»Immer nett, mit dir Geschäfte zu machen, Cousinchen.«

»Ich bin nicht eure Cousine!« Yueliang drückte den Hasen fest an sich und kehrte den Sullivan-Brüdern den Rücken zu. Mit hastigen Schritten durchquerte sie den gewaltigen Garten, der die Grundstücke der beiden Familien miteinander verband. Sie musste zurück in die Teestube, bevor ihre Mutter bemerkte, dass sie weg gewesen war.

Kapitel 3

St. Iluna, Gegenwart

Und das soll Yueliangs Haus gewesen sein?

Verunsichert rammte Luana den eisernen Schlüssel ein weiteres Mal mit voller Wucht in das verrostete Schloss der morschen Holztür. Aber er passte nicht. Ganz egal, was sie auch versuchte. Ratlos trat sie ein paar Schritte zurück, wobei sie über einen Pflasterstein stolperte, der aus dem unebenen Boden ragte, und mit einem schrillen Schrei hart auf dem Hintern landete.

»Tā mā de!«, entfuhr es ihr. Verdammt ... Was konnte denn so schwer daran sein, eine Tür aufzusperren, die schief in den Angeln hing und die bei jedem Ruck ein unheilvolles Stöhnen von sich gab?

»Die Ahnen werden nicht besonders erfreut sein, wenn du so in der Gegend herumfluchst, Kleines. Lass es mich noch einmal versuchen ...« An'an war neben sie getreten und nahm ihr den Schlüssel aus der Hand.

Luana blies sich eine dicke schwarze Strähne aus der Stirn und rappelte sich hoch. »Bist du auch wirklich sicher, dass wir hier richtig sind? Das Haus sieht ganz schön mitgenommen aus. Ich dachte, Ururgroßvater Roberts Bruder wollte sich darum kümmern?«

Ihre Großmutter lächelte. »Wir sind hier richtig, ganz bestimmt.«

»Wenn du es sagst ...« Betrübt reckte Luana das Kinn in die Luft. Ihr neues Zuhause wirkte irgendwie so traurig. Genauso traurig wie sie.

Einem hässlichen, von Efeuranken überwucherten Monster gleich ragte es vor ihnen auf. Einzelne von der Witterung rostbraun verfärbte Ziegel strebten spitz aus den Wänden, und von dem geschnitzten Torbogen, der die Tür ummantelte, waren nur noch klägliche Reste vorhanden. Das hier war also ihr Neuanfang.

Wie von selbst bewegten sich ihre Beine zurück zu dem Haus. Ihr Puls beschleunigte sich, als sie die Hände auf das von den vereinzelten Sonnenstrahlen erwärmte Gemäuer legte.

Weglaufen ist so einfach.

Luana presste die Stirn an die Wand und schloss die Augen. Vorfreude wurde zu Angst, ließ sie erschaudern und ihr Herz gefährlich schnell gegen ihre Rippen pochen. Ihr Magen vollführte Saltos, die Finger begannen zu schwitzen, und sie krallte sich an den Ziegeln fest, um nicht umzukippen.

Nein, nicht jetzt. Ich habe das alles hinter mir gelassen ...

Wagemutig horchte sie in sich hinein und drängte die grollende Finsternis, die wieder einmal im Begriff war, ihre Gedanken zu übernehmen, mit aller Macht zurück. Nein, sie brauchte keine Angst mehr zu haben, denn sie war jetzt hier! Die Flucht aus ihrem selbst erschaffenen Gefängnis war ihr gelungen ... Luana neigte den Kopf und linste zu ihrer Năinai. Ein sorgloses Lächeln zupfte an den Mundwinkeln der alten Frau, während sie konzentriert den Schlüssel drehte und dabei immer wieder den Winkel veränderte, bis sie den Rost mit einer gleitenden Bewegung durchbrach.

Wenn du nur wüsstest, wie froh ich bin, dass du mich mitgenommen hast!

Erleichtert atmete Luana auf, als ein dumpfes Klicken ertönte.

Ihre Großmutter klatschte freudig in die Hände. »Siehst du, Kleines, ich habe dir doch gesagt, dass uns die Ahnen den Weg bereiten werden!« An'an deutete ihr an, zu ihr zu kommen. »Lass uns reingehen!«

Luana nickte. Gerade als sie nach ihrem alten Lederrucksack greifen wollte, kam neben ihr ein schwarzer Geländewagen mit einem ohrenbetäubenden Quietschen zum Stillstand. Erschrocken sprang sie zur Seite, wobei sie gegen eine dunkelgrüne Straßenlaterne prallte.

»Au, was zum Teufel soll das?«

Fahrig strich sie sich durchs Haar und tastete nach der Beule, die sich gerade auf ihrem Hinterkopf bildete. Der röhrende Motor des Wagens verstummte, und ein Mädchen mit langen blonden Locken stieg aus und rannte tränenüberströmt an ihr vorbei.

»Lass mich in Ruhe, Ian, du bist verdammt noch mal nicht mein Vater!«, brüllte sie, stürmte durch eine verborgene Gartentür in das angrenzende Anwesen und knallte sie mit voller Wucht hinter sich zu.

Ein hochgewachsener, ebenfalls blonder Mann stieg aus dem Wagen.

»Sei froh, dass ich nicht dein Vater bin, denn sonst könntest du jetzt was erleben!«, rief er ihr nach.

»Du kannst mich mal!«, tönte es hinter dem Gartenzaun.

Luana blieb wie angewurzelt stehen und beobachtete, wie er das Auto mit großen Schritten umrundete.

Wie ein Tiger.

Sein grimmiger Gesichtsausdruck jagte ihr einen Schauer über den Rücken, und sie sprang reflexartig hinter den Laternenmast, obwohl dieser kaum eine Handbreit von ihr verdeckte. Bei den Göttern, was tat sie hier eigentlich? Sie sollte sich lieber umdrehen und ihrer Großmutter ins Haus folgen, anstatt diesen Mann wie eine Verrückte anzustarren! Wie hatte ihn das Mädchen noch gleich genannt?

Sie umklammerte die dunkelgrüne Säule fester, während sein Name in ihren Gedanken widerhallte. *Ian …*

Jetzt war der richtige Zeitpunkt gekommen, um abzuhauen, aber ihr Körper wollte ihr einfach nicht gehorchen. War es, weil er überdurchschnittlich groß war und noch dazu so unverschämt gut aussah? Luana schluckte. Nein, sein attraktives Erscheinungsbild war nicht der Grund. Vielmehr war es der Ausdruck auf seinem Gesicht, der ihr seine Gefühle wie durch ein Kaleidoskop offenbarte. Sie sah die Wut und die Sorge. Aber auch Angst. Und zum Schluss ... reine, aufrichtige Liebe.

Ich will ihn malen ...

Ich will seine Gefühle festhalten ...

Ich will ihn *festhalten.*

Es war der tiefe Klang seiner Stimme, der sie in die Wirklichkeit hinter die Straßenlaterne zurückholte. Ein wohliger Schauer kroch ihr über den Rücken, wie sie es noch nie zuvor gespürt hatte.

»Dieses Kind macht mich noch wahnsinnig.«

Der Kofferraum klappte zu, und Luana hielt erschrocken den Atem an. Wenn er sie jetzt bemerkte, dann wäre sie für alle Ewigkeit als die verrückte Nachbarin gebrandmarkt. Sie duckte sich und machte einen Schritt in Richtung Haus. Einen zweiten. Aus dem Augenwinkel erkannte sie seine hünenhafte Gestalt. Folgte er ihr etwa?

»Hallo, du!«

Luana erstarrte und biss sich auf die Unterlippe. Ertappt neigte sie den Kopf in seine Richtung. Jetzt stand er direkt neben ihr.

»Sie ist so eine launenhafte Göre!«

Er hat eisblaue Augen. Ich habe noch nie einen Mann mit solchen Augen gesehen.

»Und mir wäre es auch lieber, ich müsste nicht die Rolle ihres Vaters spielen. Aber das Leben ist nun mal kein Wunschkonzert, oder?« Erschöpft atmete er aus. Seine Augenbrauen hoben sich fragend.

Erwartete er etwa eine Antwort von ihr? Aber sie kannten sich doch gar nicht ... »Schwieriges Alter?«, murmelte Luana.

Ian zuckte die Schultern. »Sie ist erst siebzehn Jahre alt. Viel zu jung, um mit irgendwelchen dahergelaufenen Typen abzuhängen, die um mindestens fünf Jahre zu alt für sie sind! Aber was bleibt mir anderes übrig, als gute Miene zum bösen Spiel zu machen? Ich kann sie ja schlecht einsperren ...«

»Das stimmt.«

Luana blickte Ian von der Seite an. Er war ihr so nahe, dass sie die Wärme, die von ihm ausging, durch ihr Shirt spüren konnte. Hitze kroch ihr in die Wangen, und ihr Herz geriet ins Stolpern. Sie wusste ja, dass die Gepflogenheiten in Europa andere waren als in Asien. Es war ihr peinlich. Aber auf gar keinen Fall unangenehm. In ihrem Kopf manifestierte sich ein Bild. Da war eine Anhöhe, die aus einem dichten Wald herausragte. Ein riesengroßer Mond. Ian war dort und sie selbst. Der Drang, in ihren Rucksack zu greifen, um die Szene auf Papier festzuhalten, wurde von Sekunde zu Sekunde stärker.

Drehe ich jetzt völlig durch?

»Sag mal, kennen wir uns? Oder hast du dich vielleicht verlaufen?« Seine schmalen, aber dezent geschwungenen Lippen zeigten die Ansätze eines Lächelns.

Luana fühlte sich ertappt, als ob er sie gerade bei etwas Unanständigem erwischt hätte. Von ihm zu träumen, zum Beispiel ... Schnell trat sie zur Seite und vergrößerte den Abstand zwischen sich und diesem Mann, den sie nicht kannte, aber der ihr Herz zum Beben brachte.

»Ich ...«, setzte sie an, doch weiter kam sie nicht, denn ein lautstarker Donner hallte über St. Iluna hinweg, und noch im selben Moment begann es kräftig zu regnen. Hastig ergriff sie ihren Rucksack, aber Ian regte sich nicht. Kümmerte es ihn denn gar nicht, dass sie hier im Regen standen und sich womöglich erkälteten? Stattdessen schien er immer noch geduldig darauf zu warten, dass sie ihm antwortete.

»Ich wohne hier zusammen mit meiner Großmutter ... seit heute«, rief sie.

Er grinste, während der Regen sein Haar und seine Kleidung durchnässte. »Dann werden wir uns wohl noch öfter über den Weg laufen. Ich bin Ian, freut mich.«

Zaghaft ergriff sie seine Hand. Sie war angenehm warm. »Luana.«

»Luana«, wiederholte er ihren Namen, und so, wie er ihn aussprach, setzte ihr Herz einen bedeutsamen Moment lang aus. »Wo wohnst du? Ist es weit?«

Er kam näher und hob seine Hand über ihren Kopf. Wollte er sie etwa vor dem Regen schützen?

»Schon gut, es ist direkt hier.« Sie verbeugte sich schnell, ergriff ihr Gepäck und lief los.

Ian kam ihr mit großen Schritten nach. »Warte, ihr wohnt in *meinem* Haus?«

Luana blieb verdattert stehen. »*Dein* Haus? Das ist unser Haus! Es gehörte meinem Ururgroßvater ...«

»Deinem Ururgroßvater? Unmöglich!«

»Warum, weil ich Chinesin bin?«, platzte sie heraus und ballte die Hände zu Fäusten.

»Nein, das ... das habe ich doch gar nicht gesagt!«

»Aber du hast es gedacht!«

Ian verengte die Augen zu schmalen Schlitzen. »Und wer war dein Ururgroßvater?«, fragte er argwöhnisch.

»Robert Sullivan.« Luana stemmte die Hände in die Hüften. Der Koffer rollte über die Pflastersteine, kippte und fiel um. Aber es war ihr egal. Es war ihr auch egal, dass sie mittlerweile völlig durchnässt war. Sie sollte ihn einfach stehen lassen und gehen! Aber das konnte sie jetzt auf gar keinen Fall. Nicht, wenn das, was er sagte, womöglich stimmen könnte. Immerhin hatten sie nicht mehr als Yueliangs Worte und ein zerknittertes Papier – Ururgroßvater Roberts Testament. Wenn sie also mehr wissen wollte, dann musste sie jetzt herausfinden, was er zu sagen hatte.

»Robert war der Uronkel meines Vaters und galt nach dem Krieg als verschollen. Soweit ich weiß, kehrte er nie nach St. Iluna zurück!«

»Natürlich kam er zurück. Er hatte eine chinesische Frau geheiratet und sie zusammen mit ihrer Tochter Yueliang nach England gebracht!«

»Aber du …?«

»Sie war nicht seine leibliche Tochter, wenn es das ist, was du fragen willst«, unterbrach sie ihn. »Er hatte sie adoptiert.«

Ian schüttelte den Kopf und machte einen Schritt auf sie zu. »Ob du wohl irgendwann damit aufhören wirst, mir ständig Wörter und Gedanken in den Mund zu legen?«

»Vermutlich nicht.«

Er lachte laut auf. Seine Stimme klang merkwürdig heiser. »Woher weiß ich, dass das, was du da behauptest, auch die Wahrheit ist?«

Innerlich zuckte Luana zusammen, doch sie weigerte sich, klein beizugeben. »Robert hat das Haus an Yueliang vererbt, und sie hat es kurz vor ihrem Tod an ihre Tochter, meine Großmutter, weitergegeben. Wir haben sein Testament. Die Teestube gehört also rechtmäßig uns.«

»Okay, aber dieses Haus ist uralt und muss renoviert werden. Es steht seit Jahrzehnten leer! Und es ist schon ewig her, seit ich das letzte Mal drüben war, um nach dem Rechten zu sehen.«

Irritiert blickte sie ihn an. Warum stellte er sie nicht infrage? Glaubte er ihr etwa?

»Das sieht man!«, gab sie etwas barscher zurück als beabsichtigt. *Ich bin so eine Idiotin! Xicheng hat recht!*

Bestimmt hielt Ian sie jetzt für eine Furie! Luana starrte zu Boden und wünschte sich, in einem schwarzen Loch zu versinken. Aus irgendeinem Grund wollte sie auf gar keinen Fall, dass er schlecht von ihr dachte. Sie räusperte sich, um ihre Situation noch einmal in Ruhe zu erklären, aber da überbrückte er schon den verbliebenen Abstand zwischen ihnen und beugte sich zu ihr herab. Jetzt war er ihr so nahe, dass sie seinen Atem auf ihrer Wange spüren konnte. Dicke Regentropfen perlten über sein Gesicht.

»Ich mag dich, Luana.«

»Was?«, hauchte sie.

Luana erstarrte und fühlte sich wie gefangen. Als hätte er eine Angelrute nach ihr ausgeworfen und sie dazu gebracht, freiwillig anzubeißen. Warum sonst ließ sie zu, dass er ihr so nahe kam?

Bestimmt sind es seine stechenden Augen, die sich wie Eiskristalle in meine Haut brennen.

»Aber wir kennen uns doch gar nicht«, flüsterte sie und errötete.

»Oh.«

Erkenntnis spiegelte sich auf seinem Gesicht ebenso wie auf ihrem.

Wie kann man nur so blöd sein?

Er mochte sie ... bedeutete hier in England nicht mehr als genau das. Sich mögen. Respektieren. Jemanden ... nett finden.

»Entschuldige ...« Sie taumelte rückwärts und drehte sich um. Die Tür war nur mehr einen Meter entfernt. Das Gepäck konnte warten.

»Warte!« Seine Hand schoss vor, und mit einem Ruck zog er sie zurück.

Luana verlor das Gleichgewicht, stolperte und fiel. Die harten Pflastersteine vor Augen gelang es ihr gerade noch, die Arme hochzureißen. Gleich würde sie mit dem Kopf auf dem Boden aufschlagen! Sie kreischte. Und dann ... fiel sie weich. Ein frischherber Duft hüllte sie ein, und sie atmete erleichtert aus.

»Alles okay?«

Schlagartig öffnete Luana die Augen. Sie stemmte sich hoch und blickte auf Ian herab, der sie allem Anschein nach vor einem Schädel-Hirn-Trauma bewahrt hatte. Nachdem er es beinahe verursacht hatte!

»J...ja. Bist ... bist du okay?«, stammelte sie und wollte sich von ihm lösen.

Im selben Moment schwang die Tür auf, und An'an erschien darin. »Luana, kommst du nun endl...?« Sie hielt inne und lachte. »Wie ich sehe, hast du bereits einen Freund gefunden«, meinte sie kichernd.

»Hallo, Ma'am.« Ian hob eine Hand und winkte ihr zu, während sein Arm immer noch schützend um Luanas Taille geschlungen war.

»Néi hou, mein Junge, ich freue mich, dich kennenzulernen. Komm doch morgen zum Tee vorbei.«

»Sehr gern, Ma'am.«

An'an nickte wohlwollend. »Luana, sobald ihr hier ... fertig seid, muss ich dir etwas zeigen.« Sie verbeugte sich leicht und verschwand eilig wieder im Haus.

Ian blickte ihr nach. »Eine nette alte Dame.«

»Sie ist verrückt.«

»Warum?«

»Welche Großmutter lässt zu, dass sich ihre Enkelin, auf einem fremden Mann liegend, bei strömenden Regen eine Erkältung einfängt? Sie wollte nicht mal wissen, wer du bist und was passiert ist!«

Wie auf Kommando hob Ian die Hand über ihren Kopf. Erst da wurde ihr bewusst, dass sie immer noch auf ihm lag. Erschrocken sprang sie auf.

»Du bist süß wie eine kandierte Pflaume, wenn du so rot wirst«, sagte er grinsend.

Süß wie eine kandierte Pflaume ...

Luana wandte sich ab und sammelte ihr Gepäck zusammen. Ihr Herz klopfte wie wild in ihrer Brust, und sie traute sich nicht, ihn noch einmal anzusehen. Waren alle Engländer so forsch und sprachen aus, was ihnen gerade in den Sinn kam? Oder war dieser Mann einfach nur anders als die anderen. »Danke, dass du mir geholfen hast«, flüsterte sie durch den Regen.

»Danke, dass du nebenan eingezogen bist«, antwortete er. »Wir sehen uns zum Tee.«

Kapitel 4

St. Iluna, Frühling 1921

Chen Lu war keine Frau, mit der man es sich verscherzen wollte. Yueliang hockte auf dem Treppenabsatz und beobachtete das Treiben in der Teestube, stets darauf bedacht, nicht von ihrer Mutter entdeckt zu werden. Das kleine Restaurant, das ihre Mutter und ihr Stiefvater Robert betrieben, bestand aus einem einzelnen großen Raum. Die Küche befand sich an einem Ende und war durch einen Tresen vom Gastraum getrennt. Dort sah Yueliang ihre Mutter mit Pfannen und Töpfen hantieren. Robert zwängte sich durch die eng platzierten Tische hindurch und nahm Bestellungen auf. Ein Windspiel klimperte jedes Mal, wenn sich die Tür öffnete.

Yueliang atmete tief durch. Der Anblick der Teestube überrumpelte sie jedes Mal, wenn sie hier saß. Ob sie sich wohl jemals an den vertrauten Anblick in der Fremde gewöhnen würde? Es war, wie nach Hause zu kommen, ohne nach Hause zu kommen, und so vieles erinnerte sie an das Teehaus ihrer Großeltern. Da waren zum einen die dunklen Holzmöbel, der Duft von grünem Tee und der Anblick der dampfenden Dim-Sum-Körbchen und zum anderen das Geschnatter der Menschen und das Lachen. Ihre Mutter brüllte quer durch den Raum, und die Seifenblase, in die sich Yueliang zurückgezogen hatte, zerplatzte. Anscheinend war eine Bestellung fertig, und Robert eilte an den Tresen, um ein Tablett mit dampfenden Schüsseln zu holen.

Yueliang stand auf und rief sich ins Gedächtnis, warum sie überhaupt hier auf den Stufen gesessen hatte. In ihrem Zimmer befand sich ein sehr lebendiger weißer Hase, von dem niemand etwas wusste außer den Sullivan-Brüdern. Ethan war zwar nett, aber die Zwillinge waren es nicht und würden sie gewiss bei ihren Eltern verpetzen, wenn sie ihnen die Geschichte mit dem Hasen nicht bald beichten würde. Yueliang wollte den Hasen um jeden Preis behalten, das war ihr klargeworden, nachdem sie ihn die Stufen hochgeschleppt hatte und er erschöpft in ihrem Arm eingeschlafen war. Vertrauensvoll hatte er sein weiches Köpfchen in die Kuhle an ihrem Hals gebettet, und sie hatte sein kleines Herz schlagen gespürt. Das musste ein Geschenk der Götter sein! Schließlich war der weiße Hase einer der Schutzgeister, die über ihre Familie wachten. Ihre Mutter würde ihr jedoch niemals erlauben, solch ein Tier zu halten. Ihre einzige Chance war Robert. Er tat alles, um sich Yueliangs Wohlwollen zu erkaufen. Und ihre Mutter tat alles, um ihrem neuen Mann zu gefallen. Ein Teufelskreis, den sich Yueliang zunutze machen konnte, wenn es darauf ankam. Und dies war in gewisser Weise ein Notfall. Würde sie den Hasen freilassen, würde er niemals überleben, dazu war er zu geschwächt.

Yueliang griff nach dem Mondstein und rieb ihn zwischen ihren Fingern. Der kühle Stein beruhigte ihre Nerven. Bevor sie der Mut wieder verlassen konnte, überwand sie die kurze Distanz, die sie von dem Gastraum trennte.

»Robert, ich muss mir dir reden.«

»Yueliang, gut, dass du da bist, Kleines.« Robert drückte ihr eine Karte und ein Tablett in die Hand. »Heute laufen die Geschäfte gut«, jubelte er und zwirbelte seinen ordentlich gepflegten Schnurrbart. Sein Lächeln war echt, genauso wie die Freude in seinen Augen, wenn er sie sah.

Yueliang schluckte. Es wäre ihr lieber gewesen, Robert wäre nicht so nett, dann fiele es ihr leichter, ihn zu hassen. »Aber ich muss mit dir reden!«, beharrte sie.

»Später, Kleines.«

Noch bevor Yueliang widersprechen konnte, war Robert zum nächsten Tisch gelaufen, um die Bestellung aufzunehmen. Yueliang atmete tief durch. Der strenge Blick ihrer Mutter bohrte sich in ihren Rücken. Immer hieß es »später« oder »nachher«. Gehorsam. Das war es, was von ihr erwartet wurde. Gehorsam gegenüber der Familie.

Yueliang ging zu den Tischen und nahm die Bestellungen auf. Robert hatte recht, heute war ein guter Tag. Und seit ihrer Eröffnung lief es mit jedem Tag besser. Die Engländer hatten ihre anfängliche Scheu schnell abgelegt. Das lag vor allem an Robert, der als fahrender Händler einen gewissen Ruf in St. Iluna innehatte. Die Engländer kamen, um seine Geschichten zu hören. Und die Migranten kamen, um Tee und Essen aus der Heimat zu genießen. Die Stimmung war heiter und friedlich, fast freundschaftlich. Anders als in Liverpool, wo den meisten Migranten aus Hongkong viel Abscheu entgegengebracht wurde.

Klimpernd öffnete sich die Tür, und Sarah Sullivan betrat die Teestube. Die Mutter von Ethan und den Zwillingen huschte wie eine Maus durch den offenen Türspalt. Nur um dann verloren am Eingang zu stehen und sich mit ihren viel zu großen Augen verschreckt umzusehen.

»Sarah, Darling, was für eine Freude!«

Yueliang zuckte zusammen, die Stimme ihrer eigenen Mutter klang fremd in ihren Ohren, die weichen Melodien ihrer Heimat waren verschwunden. Chen Lu war jetzt Engländerin. Ihre Mutter griff nach der Hand, die Sarah ihr reichte, und hauchte ihr zwei Luftküsse auf die Wange. Furchtbar. Sarah nuschelte etwas und blickte zu Boden. Unterschiedlicher hätten die beiden Frauen nicht sein können. Wo Sarah sich bemühte, sich vor Blicken zu schützen, provozierte ihre Mutter diese.

Chen Lu geleitete Sarah zu einem freien Platz am Tresen. Im Vorbeigehen rempelte sie gegen Yueliang.

»Lächle, Tochter ... die Kundschaft kann dich sehen!«

Yueliang löste sich aus ihrer Starre. »Wie Sie wünschen, Misses Sullivan.«

Ihre Mutter verzog das Gesicht. »Benimm dich!«, zischte sie ihr zu.

Yueliang ignorierte sie. Diese Frau hatte mit ihrer Mutter so viel gemein wie ein Borstenschwein mit einem Besen. Aus den Augenwinkeln nahm sie wahr, wie fürsorglich Chen Lu ihre Hand auf Sarahs Rücken platzierte und ihr zuflüsterte, während sie ihr eine Tasse Tee einschenkte. Yueliang kam die Galle hoch. Warum war ihre Mutter zu dieser Fremden freundlicher als zu ihrer eigenen Tochter? Dabei stand doch die Familie über allem! Aber allem Anschein nach hatte die neue Misses Sullivan ihre Werte zusammen mit ihren langen Haaren abgelegt.

Yueliang streckte ihren Rücken durch und wandte sich wieder den Gästen zu. In Windeseile nahm sie zehn Bestellungen entgegen, ohne sich etwas zu notieren. Das brauchte sie auch nicht, denn immerhin war sie in einem Teehaus großgeworden. Mit erhobenem Haupt schritt sie hinter den kleinen Tresen, wo sich ihre Mutter wispernd mit Sarah unterhielt. Selbst wenn Yueliang versucht hätte, nicht zu lauschen, hätte sie Bruchstücke des Gespräches mitbekommen, während sie die Teekannen vorbereitete und weißen Mondkuchen auf rot gesprenkelten Porzellantellern verteilte.

»Was war es dieses Mal, Sarah? Und streite es nicht ab, ich sehe doch, dass du deinen Arm kaum heben kannst.«

»Er ... er wollte sich am Essensgeld der Kinder vergreifen, das habe ich doch nicht zulassen können ...«

»Natürlich nicht, wie kann er es wagen?« Ihre Mutter streute etwas in Sarahs Tee.

»Koriander und Ingwer. Es hilft gegen die morgendliche Übelkeit«, wisperte Chen Lu.

Sarah lachte bitter. »Das hat sich erledigt.«

Aus den Augenwinkeln nahm Yueliang wahr, wie ihre Mutter innehielt.

»Das tut mir leid, Sarah«, sagte sie, und das erste Mal seit Langem hörte Yueliang die sanften Töne ihrer Heimat in der Stimme ihrer Mutter.

»Mir auch, aber vielleicht ist es besser so.«

Yueliang lud das Teeservice und kleine Körbe mit dampfenden Dim Sum auf das Tablett und kehrte ihrer Mutter und Sarah hastig den Rücken zu.

In diesem Augenblick riss jemand die Tür auf, sodass das Glockenspiel nur ein schrilles Klirren von sich gab. Jack Sullivan. Der wuchtige Mann betrat die Teestube, und der Boden unter Yueliangs Füßen vibrierte. Wie bei Ethan war seine Kleidung voller Mehlrückstände, doch hier hörten sich die Ähnlichkeiten auch schon auf. Während Ethan die goldenen Haare und die schmale Statur seiner Mutter geerbt hatte, war Jack Sullivan ein Koloss von Mann. Sein dunkles Haar klebte schmierig an seinem dicken Kopf, und mit seinen tief liegenden Augen blickte er sich unzufrieden um.

Robert ging geschäftig auf seinen Bruder zu.

»Jack, wie schön, dass du hier bist! Kann ich dich für eine Tasse Tee oder ein Dim Sum begeistern? Das sind kleine Teigtaschen, die man ...«

»Du hast immer schon zu viel geredet.«

Jack drängte seinen Bruder zur Seite und schritt durch die Teestube. Die Tischgespräche der anderen Gäste waren leiser geworden. Jeder schien neugierig zu beobachten, was als Nächstes geschehen würde. Jacks Blick blieb an Sarah und Chen Lu hängen.

»Das Kaffeekränzchen ist beendet. Du hast zu arbeiten.«

»Und was ist mit dir?« Trotz lag in Sarahs Stimme.

Das hätte Yueliang der schmächtigen Frau gar nicht zugetraut.

»Ich habe einen Geschäftstermin. Ich treffe mich mit Mable.«

Sarah erhob sich. »Geschäftstermin? Saufen und Kartenspielen mit dem Chief Constable der örtlichen Polizeidienststelle zählt wohl kaum zum Geschäft eines Bäckers«, zischte sie.

Jack ging einen weiteren Schritt auf seine Frau zu. Sein Gesicht war wutverzerrt, die Hände hatte er zu Fäusten geballt.

Yueliang hielt die Luft an. Wer wusste schon, was Jack getan hätte, wenn nicht alle Blicke auf ihn gerichtet gewesen wären?

Sarah lenkte beschwichtigend ein. »Ist ja schon gut, ich komme.«

Jack starrte seine Frau noch einen Augenblick lang an, bevor er kehrtmachte und zum Ausgang stapfte. Diesmal klirrten die Fensterscheiben, als er die Tür hinter sich zuschmiss.

»Danke für deine Gastfreundschaft, Chen Lu.«

Sarah seufzte, während Chen Lu zum Abschied nach ihren Händen griff.

»Jederzeit, Darling.«

Am Abend, nachdem endlich der letzte Gast gegangen war, hatte es Yueliang geschafft, Robert davon zu überzeugen, dass es ihrer kindlichen Seele guttun würde, ein Haustier zu besitzen. Nur etwas Kleines wie zum Beispiel einen Hasen. Sie könnte ihm ein Gehege im Garten bauen und ihn mit Küchenresten füttern. Robert hatte versprochen, darüber nachzudenken.

»Kommst du zum Abendessen?«

Chen Lu sah ihre Tochter fragend an. Sie häufte Reis in kleine Schüsseln. Das Essen fand in der Küche der Teestube statt, eine andere gab es im Haus nicht.

Yueliang schüttelte den Kopf. »Ich muss mich noch auf den Unterricht vorbereiten.«

Nachdem Sarah gegangen war, hatte Samuel ihr die Hausaufgaben der Zwillinge vorbeigebracht. Inklusive Strafarbeit – und das nicht zu wenig.

»Das ist wahr, eine gute schulische Bildung ist wichtig. Ich werde dir etwas auf dein Zimmer bringen.«

»Nein!«, rief Yueliang etwas zu schnell.

Ihre Mutter hielt stirnrunzelnd inne.

»Ich meine ... sicher bist du nach dem harten Tag müde, Mutter. Ich bin doch schon fast erwachsen und kann mir selbst etwas mitnehmen.«

»Du hast eine sehr umsichtige Tochter«, sagte Robert. Er war gerade dabei, das Geschirr abzuwaschen. »Sie achtet auf deine Gesundheit, Chen Lu, und das solltest du auch tun!«

Da fiel Yueliang die Unterhaltung ein, die ihre Mutter mit Sarah geführt hatte. »Mā, war Misses Sullivan krank?«

»Wie kommst du denn darauf?«, fragte Chen Lu alarmiert, sodass Yueliang ihre Frage sofort bereute. Aber nun gab es kein Zurück mehr.

»Ich habe euch reden gehört«, druckste sie herum.

»Nicht jedes Gespräch ist für Kinderohren gedacht!«, schimpfte ihre Mutter.

»War sie denn krank?«, fragte nun auch Robert neugierig.

Chen Lu seufzte, und ein Schatten legte sich über ihre Züge. »Nein, sie war nicht krank.«

Dann drehte sie Robert und Yueliang den Rücken zu. Damit war das Gespräch beendet, und Yueliang schluckte die Fragen, die ihr noch auf der Zunge lagen, hinunter. Es gab ohnehin wichtigere Dinge, die sie im Moment beschäftigten. Ob es ihrer Mutter zum Beispiel seltsam vorkommen würde, wenn sie sich Karotten mit auf ihr Zimmer nehmen würde?

Yueliang schreckte hoch. War es schon Morgen? Dabei hatte sie gerade so schön geträumt. Der Jadehase war gekommen und hatte sie in den Palast der Mondgöttin mitgenommen. Dort hatte sie mit ihrem Vater Tee getrunken. Sie streckte ihren steifen Rücken durch und drehte den Kopf hin und her. Leider hatte sie es letzte Nacht nicht mehr ins Bett geschafft, sondern war direkt am Schreibtisch eingeschlafen, noch während sie an der Hausarbeit der Zwillinge gesessen hatte. Deswegen war auch ein Teil der Tinte verwischt. Yueliang stöhnte, als sie die Bescherung sah. Die weiße Seite war voller blauer Flecken. Sie zuckte mit den Schultern. Daran konnte sie jetzt auch nichts mehr ändern. Sie hatte versprochen, die Hausarbeit zu erledigen, nicht, sie *ordentlich* zu erledigen.

Ein schabendes Geräusch ließ Yueliang aufhorchen. Sie drehte sich um und erhob sich. Der Hase hatte es sich auf ihrem Kopfkissen bequem gemacht. Liebevoll streichelte sie sein Ohr. Das Fell war so flauschig, und sein warmer Atem kitzelte ihre Hand. Vielleicht sollte sie ihn *Yùtù* nennen? Wie den Jadehasen aus ihrem Traum. Am liebsten hätte sie sich zu ihm ins Bett gekuschelt.

Aber da war das Geräusch schon wieder. Woher kam es nur? Sie blickte aus dem Fenster. Die ersten Sonnenstrahlen kämpften sich gerade durch die graue Wolkenfront hindurch. Die Hintertür der Bäckerei schwang auf, und Ethan betrat den Garten. Bestimmt war er auf dem Weg in den Keller, um Mehl zu holen, was zu dieser Uhrzeit nicht ungewöhnlich war. Er war immer der Erste in der Bäckerei. Erneut ertönte das Geräusch, und nun sah Yueliang auch, woher es kam.

Aber Ethan sah es nicht! Ohne nachzudenken, stürzte sie zu ihrer Zimmertür und riss sie auf.

Ethan war in Gefahr.

Kapitel 5

St. Iluna, Gegenwart

Konzentriert goss Ian durchsichtiges Isomalt in eine Silikonform und vermengte es mit einem Tropfen Lebensmittelfarbe. Augenblicklich verfärbte sich die klare Flüssigkeit und nahm einen perlmuttfarbenen Ton an.

»Ian?« Es war Millie, die in der Tür stand.

»Ja?«, fragte er, ohne aufzublicken.

»Ich gehe in den Supermarkt. Brauchst du etwas?«

»In den Supermarkt? Ich war doch extra einkaufen, damit wir alles hier haben, wenn du nach Hause kommst.«

Was zum Teufel braucht dieses Kind denn noch? Hab ich nicht an alles gedacht?

Millie seufzte, und Ian musste sie nicht einmal ansehen, um zu wissen, wie furchtbar genervt sie schon wieder von ihm war.

»Ian?«

»Hm?«

»Ich habe dich was gefragt ...« Millie stand jetzt neben ihm und beäugte die farbige Zuckermasse.

»Hast du genug Geld? Was willst du überhaupt kaufen?«

»Na hör mal! Ich war ein ganzes Semester lang nicht hier! Oder hast du etwa daran gedacht, Tampons für mich zu bunkern? Außerdem habe ich Lust auf Instantnudeln. Und ein Willkommensgeschenk für unsere neuen Nachbarn wäre auch ganz nett.«

Ian hob eine Augenbraue. Wunderte sich seine Schwester gar nicht, wie es sein konnte, dass zwei fremde Frauen einfach so nebenan in ihr Haus gezogen waren? Warum hinterfragte sie diese Tatsache nicht, sondern nahm sie als gegeben hin? Aber dann erinnerte er sich daran, dass er sich selbst kaum darüber gewundert hatte. Zu wissen, dass diese Frau neben ihm wohnte, gefiel ihm mehr, als er es zugeben würde. Er zuckte mit den Schultern. »Nimm dir zwanzig Pfund aus meinem Portemonnaie, es liegt oben auf der Anrichte.«

»Ist gut.«

»Aber keine ungeplanten Ausflüge, klar?«

»Ich bin doch kein Baby mehr! Vielleicht schaue ich nachher noch bei Suzie vorbei und ...«

»Ich hab kein Problem mit Suzie. Schreib mir einfach eine Nachricht, damit ich weiß, wo du bist«, unterbrach er sie. »Aber *ihn* wirst du heute nicht mehr treffen.« Er drehte sich zu Millie um. Da stand sie mit zusammengepressten Lippen und wartete sehnsüchtig darauf, dass sich der Boden unter ihm auftat und ihn verschluckte.

»Er ist ein netter Kerl, wenn du ihm nur mal eine Chance geben würdest!«

»Ist mir egal. Du triffst dich nicht mit ihm.«

Millie seufzte erneut. Ohne ein weiteres Wort zu verlieren, stieg sie die Treppe nach oben, welche aus dem Keller, wo er in der Backstube arbeitete, in die Wohnräume führte.

Ian starrte ihr nach.

Eigentlich habe ich überhaupt keine Lust darauf, hier Vaterersatz zu spielen, kleine Schwester ... »Aber es ist ja nicht so, als ob man mir eine Wahl gelassen hätte!«, zischte er lautstark.

Das Isomalt in seinen Händen knetete sich wie von selbst, und ehe er sich's versah, war es fertig zur weiteren Verarbeitung. Luana ... das war ihr Name. Ian legte den Zucker unter die Zuckerlampe und zog einen Stuhl heran. Er faltete es zweimal und zog an der entstandenen Kante. Mit einer Schere schnitt er ein Zuckerblatt ab. So formte sich Blütenblatt um

Blütenblatt. Ian schmunzelte. Diese Idee, eine weiße Kamelie auf einen schwarzen Kuchen zu setzen, war ihm gestern beim Schlafengehen gekommen. Wahrscheinlich, weil er die ganze Zeit an nichts anderes hatte denken können als an diese überaus erfreuliche Begegnung.

Luana, die ihm ordentlich Konter gab.

Luana, die auf ihm lag und dabei einen tiefen Seufzer ausstieß.

Luana, die ihn mit diesem Blick ansah, nachdem er sich bei ihr bedankt hatte.

Eine verbogene Blüte landete auf der Silikonunterlage, die ihm als Arbeitsplatz und zum Ausrollen der Zuckermasse diente. Hitze kroch in seine Wangen, schoss in seinen Bauch und strahlte in die pochende Region zwischen seinen Beinen.

Meine Güte, ich bin doch kein schwanzgesteuerter Jugendlicher!

Kopfschüttelnd klebte er die misslungene Blüte zurück auf den Isomaltwürfel. Die alte Eieruhr auf der Ablage schrillte laut, was bedeutete, dass der Kuchen fertig war. Froh über die Ablenkung schlüpfte Ian aus den Handschuhen und nahm zwei Topflappen. Ein köstlicher Duft nach gerösteten Nüssen erfüllte den Raum. Das Blech fand seinen Platz auf der steinernen Fläche neben dem Ofen, und er kehrte zurück zu seiner Kamelie. Fachmännisch teilte er das grüne Isomalt und formte einen Kreis. Dann nahm er den Blasebalg zur Hand und knetete den Zucker um die Spitze des Schlauches, der die beiden Teile miteinander verband.

Die niedliche Röte auf ihrem Gesicht, als sie glaubte, er hätte ihr seine Liebe gestanden, hatte ihm gefallen …

Ian drückte den Blasebalg zusammen, und die Kugel platzte.

»Scheiße!«, fluchte er und kratzte die Überreste des Zuckers von der Spitze des Blasebalgs.

Was zum Teufel … Dann eben noch ein Versuch!

Aber auch die nächste Kugel brach. Ian gab ein schnaubendes Geräusch von sich. Verärgert klatschte er den Blasebalg auf den Tisch und verschränkte die Arme.

»Dann die Blume!«, grummelte er.

Vorsichtig setzte er die Kelchblätter der Kamelie zusammen und versiegelte die Klebeflächen mit Eisspray. Es hielt. Dann nahm er eines der weißen Isomaltblätter zur Hand. Es zerbrach. Ian fluchte. Waren zu viele Luftlöcher darin? Behutsam positionierte er ein weiteres. Aber auch dieses Blatt splitterte.

Ian atmete tief ein und aus. Einer der Zuckerklumpen sauste durch die Luft, prallte von der Wand ab und landete preisverdächtig im Mülleimer.

Scheiß drauf!

Der Blasebalg und die Silikonmatte wurden in die Spüle gedonnert. Dann gesellten sich das restliche Isomalt und seine Handschuhe zu dem weißen Klumpen im Müll. Dann eben nur der Kuchen! Er schnitt ihn an und platzierte ihn auf zwei Tellern, die er mit nach oben nehmen wollte. Millie hatte Luana und ihrer Großmutter ohnehin ein Einstandsgeschenk überreichen wollen ...

In den Wohnräumen angekommen stellte Ian die Teller auf den Esstisch und checkte sein Handy. Verdattert erkannte er, dass die Zeit wie im Flug verstrichen war, während er in der Backstube gearbeitet hatte. Wie hatte er nur vier Stunden damit zubringen können, eine läppische Kamelie zusammenzubauen? Und natürlich fehlte auch von Millie jede Spur. Bestimmt hatte sie sich wieder mit diesem Vance getroffen! Der Junge war Ian ein Dorn im Auge, aber was konnte er schon groß machen?

Er warf einen Blick in Millies leeres Zimmer und schrieb ihr eine kurze Nachricht.

»Wo treibt sich diese kleine Hexe nur wieder rum?«, murmelte er.

Dann nahm er einen der Kuchenteller und öffnete die Tür, die ihn auf eine geräumige Veranda führte.

Draußen war es überraschend kühl, vermutlich weil sich die Sonne feige hinter einer dicken Wolkendecke versteckte. Aber wenigstens regnete es nicht mehr. Ian stellte den Kuchenteller auf den gusseisernen Gartentisch, fischte eine Zigarette aus der Schachtel, die er dort gelassen hatte, und zündete sie an.

Ich will meine Ruhe haben, ein langweiliges Leben ohne Überraschungen führen. Keine unberechenbaren Variablen. Aber für Luana könnte ich eine Ausnahme machen.

Er zog an der Kippe. Ein kurzer, schmerzhafter Stich ließ ihn zusammenzucken, und er griff sich erschrocken an die Brust.

Mist!

Die wulstige Narbe unter seinem Shirt pochte. Warum? Sie hatte ihm seit Jahren keine Probleme mehr bereitet!

Eine böse Vorahnung beschlich ihn. Konnte es sein, dass er ...?

Er drückte die Zigarette aus. Kopfschüttelnd drehte er sich um und folgte dem Licht, welches er schon gestern Abend auf der Veranda des anderen Hauses gesehen hatte. Was er jetzt brauchte, war Ablenkung. Ablenkung, um den Halt nicht zu verlieren. Denn er war es längst leid, wie ein Verlorener durch die Finsternis zu dümpeln.

Luana.

In Gedanken ging er ihr gestriges Zusammentreffen noch einmal durch. Ihr warmer Atem, der nach Pfefferminze duftete. Diese Augen, die ihn an karamellisierten Zucker erinnerten. Ihr pechschwarzes Haar, das leicht gewellt an ihrer Haut klebte und strähnenweise seinen Hals kitzelte.

Mein Gott ...

Ian schluckte schwer, während sein Herz wie verrückt pochte. Wie wollten sie überhaupt anständig dort drüben wohnen? Das Haus war kleiner als seins, dafür war ihr Anteil des Gartens größer. Im ersten Stock gab es nur zwei Zimmer und im Untergeschoss die alte Teestube, welche damals zur Sullivan-Bäckerei gehört hatte. Im Keller war er selbst noch nie gewesen, aber er vermutete, dass die Räume früher als Lager gedient hatten. In Gedanken versunken, starrte Ian Löcher in die

Luft, bis lautes Geschrei von der anderen Seite des Gartenzauns zu ihm herüberschallte. Unverständliche Wörter schossen wie spitze Pfeile über die Holzlatten.

»Năinai, nun beruhige dich doch! Xicheng hat es sicher nicht böse gemeint!«

Das war Luanas Stimme.

»Ich glaube auch nicht, dass er es böse gemeint hat, Granny.«

Millie?

Ian nahm den Kuchenteller, stieg die wenigen Treppen hinab und trat durch das Gartentor auf die Straße. Ein paar Meter weiter standen Luana, eine aufgebrachte Großmutter und seine kleine Schwester mit einer Tüte voll Instantnudeln.

»Dieser dumme Junge! Wie kann er sich nur so über mich lustig machen? Was soll das überhaupt heißen? *Haben euch die Ahnen etwa in ein Geisterhaus geschickt?*«

Luana seufzte und schüttelte den Kopf. »Er wollte eben lustig sein, Năinai! Du weißt doch, wie er ist!«

»Und ich habe diesen Bengel auch noch großgezogen ...«, jammerte Luanas Großmutter und fasste sich theatralisch an die Stirn.

Millie stellte die Tüte ab und legte ihren Arm um die alte Frau. Tröstend klopfte sie ihr auf die Schulter. »Ärgere dich nicht, Granny. Er ist ein Mann, und Männer sind eben so. Mein Bruder nimmt mich auch nie ernst.«

Ian erstarrte. *Wann habe ich dich je nicht ernst genommen?*

Ein gereiztes und etwas zu lautes Räuspern kam ihm über die Lippen. Die Frauen drehten sich erschrocken um.

»Ian ...« Millie gab ein entnervtes Schnauben von sich und verschränkte die Arme vor der Brust. »Verfolgst du mich etwa? Ich dachte, du baust an deiner Blume«, zischte sie.

Ian hob eine Augenbraue. Was zum Teufel glaubte diese Göre eigentlich? Sein schlechtes Gewissen verpuffte wie eine Rauchwolke und wurde durch Ärger ersetzt. »Das wollte ich auch tun, kleine Schwester. Aber dann konnte ich mich nicht konzentrieren, weil irgendjemand vier Stunden lang Einstandsgeschenke, Tampons und Instantnudeln einkaufen gehen musste. Wo bist du gewesen?«

»Welche Blume?«, fragte Luana. Sie beugte sich vor, wobei ihr gesäßlanges schwarzes Haar von ihrer Schulter rutschte und ihre zierliche Gestalt wie ein seidenes Tuch umschmeichelte.

Wie hübsch sie war. Ian umklammerte den Kuchenteller fester.

»Sag mal! Ich bin doch kein Baby mehr! Aber wenn du's genau wissen willst: Ich habe Luana im Supermarkt getroffen, wir haben uns unterhalten, über unsere Tampongröße gesprochen ...«

»Millie!« Ians Stimme klang strenger, als er es wollte.

Luana warf ihm einen verschreckten Blick zu. Dann starrte sie zu Boden, während sich ihre Wangen zartrosa färbten.

»Sorry.«

Konnte dieses Kind nicht ein einziges Mal den Mund halten? Das Millie Luana dazu gebracht hatte wegzusehen, gefiel ihm ganz und gar nicht!

»Komm schon, Ian, wir haben uns bei Madame Gu getroffen und sind zusammen nach Hause gegangen. Granny hat mich zum Tee eingeladen. Wir haben uns verquatscht, und ich habe die Zeit vergessen. Zufrieden?«

Also ist sie die ganze Zeit hier gewesen und nicht bei ihm ... Wie waren sich die beiden in der kurzen Zeit nur so nahegekommen? Eine Welle der Eifersucht schwappte über ihn hinweg. *Ich will es sein, der mit ihr zusammen lacht. Luana soll nur mich ansehen.* Jetzt schnappte er wohl endgültig über!

Als ob sie seine Gedanken gehört hätte, hob Luana den Kopf und blickte ihn an.

»Streitet euch nicht, Kinder ...« Luanas Großmutter hob beschwichtigend die Hände, dann winkte sie ihm auffordernd zu. »Komm mal her, Ian.«

Einen Fluch vor sich hin brummend gehorchte er und setzte sich in Bewegung.

»Was haben wir denn hier?«, fragte sie.

»Nusskuchen, Ma'am.«

»Ach, Ma'am ... das klingt ja so furchtbar altmodisch. Nenn mich ruhig An'an – und der sieht sehr schmackhaft aus. Hast du ihn gebacken?«

Ian nickte. »Eigentlich wollte ich ein neues Konfekt kreieren ... aber es ging schief.«

An'an lächelte, dann nahm sie ein Stück vom Teller. Sie deutete mit dem Daumen in Richtung Himmel. »Sehr gut.«

»Du hast eine Blume erschaffen?« Luana stand jetzt direkt neben ihm und blickte neugierig zu ihm hoch.

Ian erwiderte ihren Blick. *Wie klein und zart sie ist, wie eine Blume ...* »Ich wollte eine weiße Kamelie bauen. Aber es ging schief ...«

Luana erstarrte. »Eine weiße Kamelie ... Das war mein letztes Werk, bevor ich nicht mehr malen konnte«, flüsterte sie und ließ den Kopf hängen.

Was meinte sie damit? Und warum wirkte sie plötzlich so traurig? Der Drang, die Hand nach ihr auszustrecken und sie zu berühren, wurde übermächtig, aber Ian besann sich. »Dein letztes Werk? Was meinst du damit, du *kannst* nicht mehr malen?«

Tränen glitzerten in ihren Augen, aber trotzdem lächelte sie. »Das ist eine lange Geschichte.« Sie wischte sich mit dem Handrücken übers Gesicht und griff nach einem Stück Kuchen.

Ian beobachtete, wie sie es sich in den Mund stopfte. Sie hatte schon zu viel gesagt, und er verstand, dass sie es ihm nicht erzählen wollte. Immerhin kannten sie einander kaum.

»Oh ... Das ist ... lecker!«, stieß sie aus.

Hinter Luana gestikulierten An'an und Millie aufgeregt.

»Aber wie kommt er denn überhaupt darauf, das das Haus ein Geisterhaus ist?«, fragte seine Schwester.

»Luana hat ihm ein paar Fotos mit einer dieser kleinen Nachrichten geschickt.«

»WhatsApp?«

»In China heißt es *WeChat*«, antwortete An'an fachmännisch.

»Nun, es hat wirklich sehr lange niemand in dem Haus gewohnt. Es sieht schon etwas verlassen aus. Wie einer dieser Lost Places auf Instagram.«

An'an seufzte bekümmert.

»Ach, mach dir keine Sorgen, Granny. Ihr kriegt das schon wieder hin! Und wir werden euch dabei helfen!« Millie umarmte An'an so herzlich, als würden sie sich schon ewig kennen. »Es ist so cool, dass ihr nach St. Iluna gekommen seid!«

»Die Ahnen haben uns den Weg gewiesen«, antwortete die alte Frau ernst.

Luana aß ein zweites Stück.

»Du hast da einen Krümel.« Ian beugte sich zu ihr herab und berührte ihre Wange.

»Ian wird natürlich auch mithelfen, dann ist alles im Handumdrehen erledigt, und du kannst die Teestube zum Mondfest eröffnen, wie du es wolltest, Granny. Nicht wahr, Bruderherz?«

Millies Stimme klang, als ob sie kilometerweit weit weg wäre. »Hm?« *Sie ist so warm.* Sein Herz klopfte ihm bis zum Hals, und sein Atem beschleunigte sich.

Luana hörte auf zu kauen und starrte ihn an. Seltsamerweise machte sie keine Anstalten, ihn von sich zu stoßen. So wie gestern, als er sie aufgefangen hatte und mit ihr zu Boden gestürzt war. Sie hätte in schlagen sollen, schreien, aber das hatte sie nicht getan. Stattdessen hatte sie sich an ihn geschmiegt und tief eingeatmet, als würde sie es genießen. Und jetzt erlaubte sie ihm sogar, sie erneut zu berühren. Ihre Augen funkelten wie Sterne, als sie ihre Hand auf seine legte und sich ihre Finger miteinander verschränkten. Dann hob sie die andere und streckte sie nach ihm aus. Direkt über seinem Herzen kam sie zur Ruhe.

Spürte sie die Anziehung zwischen ihnen ebenso stark wie er?

Ian fühlte sich wie vom Blitz getroffen. Ein Blitz, der in seinen Bauch ausstrahlte und seine Glieder lähmte.

»Du bist mein Bruder, und ich liebe dich, aber gerade ist mir eher nach Kotzen zumute. Sorry, Luana.«

Luana fuhr erschrocken zusammen und löste sich von ihm. Wärme wurde durch eisige Kälte ersetzt, und Ian schauderte, als ob von einem Moment auf den anderen ein Schneesturm aufgezogen wäre.

»E...entschuldige ... das ... das wollte ich nicht«, stammelte sie, drehte sich um und lief ins Haus.

Ian blickte ihr nach.

»Sie mag ihn«, wisperte An'an Millie zu. Dann wandte sie sich an ihn. »Ian, ich würde mich freuen, wenn du uns zum Tee besuchen kommst. Ich habe Baozi gemacht.«

Ian nickte. Dann drückte er An'an den Kuchenteller in die Hand und starrte weiter in die Richtung, in die Luana verschwunden war.

»Uh, ihn hat's erwischt!«, sagte Millie kichernd. »Er bewegt sich ja gar nicht mehr.«

An'an zuckte mit den Schultern und schnappte sich ein weiteres Stück Kuchen.

»Sie wohl auch. Aber das habe ich sofort gewusst! Die Ahnen haben es mir in meinen Träumen gezeigt.« Sie tätschelte Millies Schulter. »Und die Ahnen haben immer recht.«

Kapitel 6

St. Iluna, Frühling 1921

Ethan verließ die Backstube wie jeden Morgen durch die Hintertür, die in den Garten führte. Kühle Luft empfing ihn, und er begrüßte die Kälte, die sich in Wellen über seinen Körper ergoss und die Müdigkeit vertrieb. Seit Onkel Robert wieder im Land war und ihr ehemaliges Lager in eine Teestube verwandelt hatte, mussten ihre Vorräte im Keller aufbewahrt werden. Es war mühsam, die schweren Mehlsäcke über die schmale Treppe hinauf- und hinunterzuschleppen, aber Ethan scheute nicht vor der harten Arbeit zurück; im Gegenteil, er mochte es, seinen Körper bis zum Äußersten zu treiben. Wenigstens diese eine Sache konnte er gut.

Ein schabendes Geräusch ließ ihn innehalten, er drehte sich um, und sein Puls beschleunigte sich bei dem Anblick, der sich ihm bot. Sein Vater stand am Gartentor ... eindeutig betrunken. Trotz der Entfernung konnte Ethan den süß-säuerlichen Geruch wahrnehmen, der an Jack Sullivan hing wie ein Säugling an der Mutterbrust.

»Guten Morgen, Vater.« Ethan straffte die Schultern.

Sein Vater kam auf ihn zu, und das schabende Geräusch begleitete seine Schritte. Es dauerte nicht lang, bis Ethan erkannte, dass sein Vater ein dünnes Eisenrohr hinter sich her schleifte. Vermutlich hatte Jack sich mal wieder bei einer Baustelle bedient ...

»Was ist los, wollte der alte Ben dein Eisen nicht?«, fragte Ethan und trat dabei einen Schritt zurück. Dabei entging ihm die Frustration in den Augen seines Vaters nicht. Vermutlich hatte er den Tagesumsatz von Gestern beim Kartenspiel verloren und den Rest für billiges Ale ausgegeben.

Sein Vater umkreiste ihn wie ein wildes Tier seine Beute. Es war eindeutig, was er mit der Eisenstange vorhatte ...

Ethan ging in die Knie und nahm dieselbe Kampfposition ein, die er gestern bei Yueliang beobachtet hatte, als sie mit dem Stock auf seinen Bruder losgehen wollte. Jedoch war sein Gegner kein schwerfälliger Zwölfjähriger, sondern sein betrunkener Vater. Dem ersten Schlag wich Ethan geschickt aus, der zweite traf ihn hart an der Schläfe. Er schmeckte Blut, und seine Sicht verklärte sich. Trotzdem schaffte er es irgendwie, Abstand zwischen sich und seinen Vater zu bringen. Sich zu wehren hätte keinen Sinn gehabt, das wusste Ethan aus Erfahrung, denn schlussendlich musste Jack an irgendwem seinen Frust auslassen, und wenn nicht an ihm, dann an seiner Mutter und den Zwillingen.

Das konnte Ethan nicht zulassen, denn er würde seine Brüder und Sarah um jeden Preis beschützen. Taumelnd wich er den nächsten Schlägen aus. Jacks Wut würde nicht ewig anhalten, er musste also nur abwarten, bis sie verraucht war. Zwei weiteren Schlägen konnte Ethan ausweichen, aber dann stolperte er und landete auf dem Hintern. Mittlerweile keuchte sein Vater vor Anstrengung, und Schweißflecken zeichneten sich auf seinem Hemd ab. Nicht mehr lange, und Jack wäre zu müde, um weiterzumachen.

Ethan schob sich rückwärts durch den Dreck und rappelte sich hoch. Noch während er sich umdrehte, hob Jack die Eisenstange über den Kopf. Das Licht der aufgehenden Sonne brachte das Eisen vor Ethans Augen zum Glühen. Wenn sein Vater ihn jetzt mit voller Wucht traf, dann war es vorbei. Er krallte seine Finger in das hohe Gras und stemmte die Beine in die Erde. Wenn er es zumindest schaffte, sich auf die Seite zu rollen, dann würde die Verletzung vielleicht nicht zu schwer ausfallen, dann könnte er seine Mutter am Nachmittag beim Verkauf unterstützten.

Ein lautes Scheppern lenkte Jack ab. Das gab Ethan genug Zeit, um endlich auf die Beine zu kommen und Abstand zwischen sich und seinen Vater zu bringen. Jack holte aus, aber die Eisenstange traf nur die Hausmauer, wo sie Spuren im Stein hinterließ. Sein Vater stand schwer atmend vor ihm, das Eisenrohr entglitt seinen Fingern. Seine Wut schien endgültig verraucht zu sein. Er sah Ethan aus verklärten Augen an, als wäre er gerade aus einem Traum erwacht – als wäre nichts von dem, was eben geschehen war, real.

»Heute … muss Umsatz gemacht werden«, nuschelte er.

Ethan nickte. Er zitterte am ganzen Körper und konnte sich kaum auf den Beinen halten. Sein Vater sah sich um.

»Bist ein guter Junge, du machst das schon …« Jack wankte zur Hintertür. »Ein guter Junge«, murmelte er immer noch, als er zur Tür hineinstolperte.

Ethan sackte auf die Knie. Blut floss seine Wange hinab, und sein Herz hämmerte so wild, als wollte es ihm aus der Brust springen.

»Ethan.«

Erschrocken zuckte er zusammen. Yueliang kniete neben ihm und fasste nach seinen Händen. Aus dunklen Augen blickte sie ihn besorgt an, während sie ihm auf die Beine half. Sie sprach leise mit ihm, aber er hörte kaum, was sie sagte. Behutsam führte sie ihn in Richtung Teestube, und er ließ es geschehen.

Kapitel 7

St. Iluna, Gegenwart

Luana tauchte den Pinsel in die Farbe. »Eine Kamelie ...«

Ein weißer Tropfen löste sich von der Spitze und fiel auf schwarzen Untergrund.

Hatte sie schon jemals auf einer schwarzen Leinwand gemalt? Sie konnte sich nicht daran erinnern.

Der erste Strich ging ihr so leicht von der Hand wie seit Jahren nicht, und ein Hochgefühl erfasste sie. Hatte sie es überwunden? Konnte sie endlich wieder malen? Sie nahm noch mehr Farben auf. Weiß, Gelb, Grün. Eine detailgetreue Kamelie entstand.

»Luana!«

Eine vertraute Stimme rief nach ihr. Tief und samtig weich wie flüssige Schokolade. Ihre Lippen verzogen sich zu einem Lächeln. Sie drehte sich um. Aber es war nicht die Person, die sie erwartet hatte. Eine hagere Gestalt zeichnete sich vor ihr ab. Luanas Lächeln erstarb.

»Wer bist du?«, flüsterte sie. Das Glücksgefühl verwandelte sich in Angst. Angst wurde zu Schuld. Die Last zwang sie in die Knie. Ihr Puls begann zu rasen, und ihr Atem beschleunigte sich. »Was geht hier vor sich?«

Der beißende Geruch von Rauch drang ihr in die Nase.

»Es ist deine Schuld. Nur deine.«

Die Gestalt kam näher, und Luana wich instinktiv vor ihr zurück. »Wer bist du?«

»Deine Schuld.«

Ihr Herz stolperte.

»Ich konnte doch nicht wissen, dass so etwas passiert!«

»Deine Schuld.«

»Nein!« Sie rang nach Luft. Tränen liefen ihr über die Wangen.

Die Gestalt deutete auf die schwarze Leinwand. *»Dreh dich um und sieh, was deine Kunst angerichtet hat!«*

Luana wandte sich um. Die Kamelie zerrann vor ihren Augen.

»Nein, nein«, weinte sie, kam auf die Beine und stolperte auf die Staffelei zu. »Bitte nicht!« Panisch umklammerte sie das Bild, doch die Farbe löste sich wie von Geisterhand und floss in dünnen Rinnsalen über ihre Finger. Es war, als führte das Bild ein Eigenleben. Weiß, Gelb und Grün verschwammen zu einem neuen Bild.

Es war ein Auto. Luana schmeckte Galle. Das Auto ihrer Eltern, in dem sie wegen ihr ums Leben gekommen waren. Ein gequälter Laut zwängte sich aus ihrem Mund. Sie packte das Bild fester, wollte die Leinwand von dem hölzernen Rahmen reißen, aber sie konnte sich nicht bewegen. Hilflos musste sie dabei zusehen, wie die Farben eine Flamme bildeten.

Dann schrie sie und ihr Körper gab auf, weil ihr Geist keine Kraft mehr hatte, ihn aufrecht zu halten. Die Gestalt beugte sich über sie. Endlich erkannte sie das Gesicht.

Es war Luana selbst.

»Du kannst dich nicht vor der Schuld verstecken! Du kannst dich nicht vor dir selbst verstecken. Ich werde dich daran erinnern. Immer und immer wieder. Solange, bis du deine Seele aushauchst und deinen Platz in der Reihe deiner Ahnen einnimmst. Aber dann, Luana, wird nicht mehr viel von dir übrig sein.«

»Lass mich, du Monster!«

»Luana, beruhige dich!«

»Nein, lass mich!«

»Luana, wach auf! Ich bin's doch, deine Năinai!«

»Es war meine Schuld ... meine ... meine Schuld«, weinte Luana.

»Schluss mit dem Unfug!«

Ein klatschendes Geräusch verhallte in der Stille. Luana schlug die Augen auf und fand sich in den Armen ihrer Großmutter wieder. Ihre Wange brannte.

»Es tut mir so leid, aber du wolltest einfach nicht aufwachen! Irgendetwas musste ich doch tun, um dich aus der Traumwelt zu befreien!«

Luana sank in sich zusammen. »Wo bin ich?«, fragte sie.

»In unserem Zimmer in St. Iluna, Kind. Komm, trink erst mal etwas Wasser. Ich helfe dir.« An'an richtete sie auf und zwang Luana, die lauwarme Flüssigkeit zu schlucken. »Genau so, und jetzt leg dich wieder hin. Die Matratze ist bequem. Ich liege direkt neben dir.«

An'an löschte die kleine Lampe, die in Griffweite über ihren Köpfen auf dem Boden stand. Es wurde wieder still. Luana bemühte sich, die Augen geschlossen zu halten, doch es gelang ihr nicht. Der Traum hatte sie zu sehr aufgewühlt.

»Möchtest du mir von deinem Traum erzählen?«, flüsterte An'an und ergriff ihre Hand.

Luana seufzte. Eigentlich gab es nichts zu erzählen, worüber ihre Großmutter nicht schon längst Bescheid wusste.

An'an drehte sich auf die Seite. »Es war nicht deine Schuld, und das weißt du auch. Die Ahnen wissen es ebenfalls. Niemand wird es wagen, dich dafür verantwortlich zu machen, außer du selbst. Hörst du? Es gibt also nichts, wovor du dich fürchten musst, Kleines.«

»Ich hätte diesen Preis nie gewinnen dürfen! Ich hätte meinem Professor sagen müssen, dass er mein Bild nicht anmelden darf. Wäre ich nicht so egoistisch gewesen, dann wären sie jetzt noch hier!«

»Unsinn.«

»Darum tut es auch so weh. Mā und Bà hatten noch so viel Zeit ... Sie haben das nicht verdient!«

An'an drückte ihre Hand. »Aber du hast diese Qualen auch nicht verdient. Glaub mir, ich weiß, wie du dich fühlst. Mein Sohn und meine Tochter wurden mir genommen. Aber ich bin nicht allein. Bevor sie gegangen sind, haben sie mir ein wunderbares Geschenk gemacht.«

»Was ... was meinst du damit, Năinai?«

»Dich und deinen frechen Bruder, meine ich. Durch euch kann ich sie jeden Tag sehen. Sie sind immer bei mir, verstehst du?«

Luana schwieg.

»Lass uns morgen weiterreden, Kleines. Schlaf jetzt.«

»Danke, Năinai.«

Erneut schloss Luana die Augen und horchte auf ihr pochendes Herz. Ruhelos drehte sie sich zur Seite, aber nichts half. Und irgendwann hielt sie es nicht mehr aus. Einen tiefen Seufzer ausstoßend griff sie nach ihrem Handy. Wenn sie nicht bald wieder einschlief, dann wäre sie morgen kaum dazu in der Lage, ihre Großmutter beim Putzen und Aufräumen zu unterstützen. Abgesehen von den zugeschwollenen Augen.

Was würde er von ihr denken? Er. Ian.

Jetzt konnte sie noch weniger einschlafen.

Ich muss endlich den Kopf freikriegen!

Entschlossen setzte sie sich auf und beugte sich zu ihrer schnarchenden Großmutter hinüber. Dem monotonen Geräusch nach zu urteilen schlief ihre Năinai schon längst wieder tief und fest. Luana grinste und zog die Decke über ihre Schultern, damit sie es schön warm hatte. Dann erhob sie sich, schlüpfte in ihren kuscheligen Morgenmantel und stieg die Treppe auf Zehenspitzen hinab.

Ob sich Urgroßmutter Yueliang auch so gefühlt hatte? Vermutlich nicht, wenn sie an Năinais traurige Erzählungen dachte.

Für Luana war es das genaue Gegenteil. Zum ersten Mal seit über einem Jahr fühlte sie sich frei. Schon am zweiten Tag hatte sie sich mit Millie angefreundet, nachdem sie sie in Madame Gus Laden wiedergetroffen hatte. Und natürlich lud An'an das

Mädchen zu einem Tee und Teigtaschen ein, wobei sie ihr geschickt jeglichen Dorftratsch aus der Nase zog. So fand Luana in kürzester Zeit heraus, dass Millie fünf Jahre jünger als sie war – also gerade mal siebzehn – und ein großer Fan von K-Pop, C-Dramen und Instantnudeln. Nachdem sie eine Stunde zusammen Youtube-Videos geguckt und dabei Dylan Wang angeschmachtet hatten, war ihre Freundschaft so gut wie besiegelt. Außerdem erfuhr sie, dass Ian Millie seit ihrem zehnten Lebensjahr allein großgezogen hatte, nur um sie kurz vor ihrem fünfzehnten Geburtstag aufs Internat nach London zu verfrachten. »Um seine Ruhe zu haben«, wie sie mit rollenden Augen betonte. »Kein Wunder, dass er Single ist. Ich hab noch keine Frau getroffen, die es länger als ein paar Monate mit ihm ausgehalten hat.«

An'an klatschte begeistert in die Hände und rief: »Hab ich's doch gewusst, die Ahnen meinen es gut mit dir! Ein alleinstehender Mann, knapp siebenundzwanzig Jahre alt und noch dazu unfassbar gut aussehend! Den darfst du dir nicht durch die Lappen gehen lassen!«

Luana hätte am liebsten im Erdboden versinken mögen, aber Millie hatte der Großmutter kichernd beigepflichtet: »Ich habe Ian noch nie zuvor so erlebt!«

Aber dachte er wirklich an sie? Konnte das möglich sein? Erst gestern hatten sie einander wiedergesehen, nachdem sie ihn drei Tage nicht zu Gesicht bekommen hatte. Millie hatte ihnen beim Ausräumen geholfen und Ian dazu verdonnert, die beschädigten Möbel mit seinem Auto zu entsorgen, damit genügend Platz für die neuen Einrichtungsgegenstände war, die An'an vor ihrer Abreise in Hongkong bestellt hatte. Sie wollte unbedingt, dass alles so bald wie möglich fertig war, damit sie die Teestube pünktlich zum Mondfest eröffnen konnten.

Sie waren zu beschäftigt gewesen, um miteinander zu sprechen, aber er hatte ihr verstohlene Blicke zugeworfen, wenn er glaubte, dass sie zu abgelenkt war, um es zu bemerken. Dabei hatten ihr seine eisblauen Augen jedes Mal einen Schauer über den Rücken gejagt und einen Sturm in ihrer Brust ausgelöst.

Ihr Herz stolperte. Erschrocken hielt sie inne.

Vor der Terrassentür blieb sie stehen und drückte sich die Nase an der Scheibe platt. Von hier aus konnte sie direkt nach drüben sehen. Ein schwacher Lichtschein erhellte die Veranda, und sie fragte sich, ob Ian zu dieser Uhrzeit immer noch arbeitete. Wann schlief dieser Mann eigentlich, wenn er tagsüber in der Bäckerei stand? Schließlich öffnete sie die Tür und trat hinaus. Die alten Holzdielen knarrten unter ihren Füßen. Sie näherte sich der Balustrade mit kleinen Schritten und spähte in den Garten unter ihr. Die kühle Nachtluft füllte ihre Lunge, sie atmete kehlig aus und umklammerte das Geländer. Über ihrem Kopf thronte ein riesengroßer, von Kratern überzogener Mond. Krater wie jene, die der Dämon in ihre Seele geschlagen hatte, nachdem ihre Eltern gestorben waren.

Erneut stahl sich eine Träne über ihre Wange, die sie eilig mit dem Ärmel fortwischte. Beunruhigt von ihrem Albtraum durfte sie es jetzt unter gar keinen Umständen zulassen, dass der Schmerz wieder von ihr Besitz ergriff! Luana schüttelte sich und all die schlechten Gedanken ab, die ihren Geist zu bezwingen versuchten. Dann stieg sie die schmale Treppe hinab und fand sich inmitten von feuchtem, kniehohem Gras wieder. Dank des Mondlichts und mithilfe ihres Handys verfügte sie über genügend Licht, um sich zurechtzufinden, und entschied, sich einen Weg auf die andere Seite zu ebnen. Immerhin gab es keinen Zaun, der die Grundstücke voneinander trennte, also stapfte sie einfach drauflos. Nach ein paar Metern stoppte sie vor den Resten einer Hecke, die vermutlich einst die Grenze zu dem anderen Haus dargestellt hatte. Neben dem verwachsenen Blattgewirr entdeckte sie Teile eines in den erdigen Boden getretenen Zaunes und Holzscheite, die einem kleinen Dach ähnelten. Sie bückte sich und beleuchtete den zertrampelten Flecken Erde. Beinahe andächtig strich sie darüber. Was das hier wohl früher gewesen sein mochte?

Ein leises Knarzen forderte ihre Aufmerksamkeit, und Luana duckte sich instinktiv. Das Licht auf der anderen Seite erlosch, und die Tür öffnete sich. Jemand trat auf die Veranda. Das zischende Geräusch eines sich entflammenden Streichholzes verhallte in der Stille.

Es war Ian.

Luana beobachtete ihn aus der Ferne. Obwohl sie sein Gesicht nur für einen kurzen Moment hatte sehen können, hatte sie die Erschöpfung darin sofort erkannt. Gab es etwas, das ihm Sorge bereitete? Der orangefarbene Punkt bewegte sich wie ein Glühwürmchen über die Terrasse. Graublauer Rauch stob in die Dunkelheit, und der würzige Geruch seines Tabaks wehte zu ihr hinüber.

Er stieg die Treppe hinab. Sollte sie lieber gehen?

»Bleib!«

Luana erstarrte. Seine große Gestalt löste sich aus der Dunkelheit, und sie erkannte, dass er ihr viel näher war, als sie gedacht hatte. Silbernes Mondlicht erhellte sein Gesicht und enthüllte denselben Schmerz, den auch sie die meiste Zeit des Tages so verzweifelt zu verbergen versuchte.

»Du musst nicht gehen. Jedenfalls nicht wegen mir.« Eine Armlänge von ihr entfernt blieb er stehen und legte den Kopf in den Nacken. »Ich weiß ja nicht, warum du mitten in der Nacht hier draußen bist, aber ich bin hier, weil ich zu viel Zeit zum Nachdenken hatte. Mir explodiert gleich der Schädel ...« Er schloss die Augen, und es wirkte, als ob er im Mondlicht badete wie andere Menschen in der Sonne. »Ich mache mir Sorgen um Millie ... Dieser Vance ist kein guter Umgang für sie. Ständig ruft er sie an, als wäre er ihr Stalker, nicht ihr Freund. Ich weiß rein gar nichts über diesen Kerl, außer, wie alt er ist. Hat er überhaupt einen Schulabschluss? Arbeitet er? War er vielleicht im Gefängnis? Gehört er einer Sekte an? Behandelt er sie gut?« Er seufzte. »Außerdem ist sie schon wieder wütend auf mich, weil ich mir die Freiheit genommen habe, seinen Anruf entgegenzunehmen. Ich habe ihm gesagt, dass ich auf sie aufpassen werde. Das fand sie natürlich nur mittelmäßig gut. Und jetzt lässt er sie mal wieder links liegen, weshalb sie in ihrem Zimmer sitzt und in ihr Kissen heult. Wenn sie nicht endlich schläft ...« Er trat seine Zigarette auf dem Boden aus und steckte den Stummel zurück in die Packung. »Ich bin wohl schon wieder zu streng mit ihr, was?«, fragte er.

Luana blickte ihn von der Seite an. Warum erzählte er ihr das alles? Wollte er ihren Zuspruch? Dabei gehörte sie doch weder zur Familie noch zu seinem engsten Freundeskreis! Sie waren nur Nachbarn, die sich vor Kurzem angefreundet hatten. Hatte er angenommen, dass sie ihm beipflichten würde? Aber wie konnte sie das tun, wenn sie sich doch eigentlich auf keine Seite schlagen wollte? Es kam ihr falsch vor, hinter Millies Rücken mit ihrem Bruder über sie zu reden. Erneut stellte sie fest, wie anders die Gepflogenheiten hier waren. In China sprach man nicht mit Fremden über seine Probleme. Und am besten sprach man überhaupt nicht über seine Probleme.

Ian drehte sich zu ihr um, und seine Lippen verzogen sich zu einem schiefen Lächeln. »Schläfst du schon, weil du mir nicht antwortest? Vielleicht sollte ich auch lieber wieder ins Bett gehen, anstatt dich mitten in der Nacht mit meinen Gedanken vollzuquatschen.« Er fuhr sich verlegen durchs Haar. »Dann ... bis dann, schätze ich ...«

Er hob die Hand zum Gruß und wandte sich ab. Langsam entfernte er sich von ihr, und sie erkannte, wie sehr er sich bemühte, aufrecht zu bleiben, um sich vor ihr keine Blöße zu geben. Aber die Last seiner Sorgen lag wie ein schwerer Mantel um seine Schultern und drückte ihn herunter, machte ihn viel kleiner, als er es in Wirklichkeit war. Ihr Magen zog sich gequält zusammen, und ein bleiernes Gefühl legte sich auf ihre Brust. Nein, sie wollte nicht, dass er ging! Nicht, bevor sie nicht wenigstens ein paar Worte miteinander gewechselt hatten! Das war es doch, was sie sich schon die ganze Zeit über wünschte? Luana wollte ihn kennenlernen. Diesen geheimnisvollen Mann, der ihr bereits bei ihrer ersten Begegnung mit seinem Lächeln mehr als nur unter die Haut gegangen war. Er hatte etwas in ihr ausgelöst. Eine Sehnsucht, die ihr so seltsam fremd war, aber die sie mutig ergründen wollte.

Je weiter er sich entfernte, desto schneller schlug ihr Herz. Hatte sie ihn mit ihrem Schweigen beleidigt? Was konnte sie jetzt sagen, damit er blieb? Ihre Finger verkrampften sich, während sie fieberhaft überlegte, wie sie ihn dazu bewegen konnte, hierzubleiben. »Warte! Bitte ...«

Er blieb stehen und drehte sich um.

»... geh nicht!«, flüsterte sie gerade laut genug, damit er es hören konnte. »Entschuldige, ich wollte nicht unhöflich sein. Ich bin es nur nicht gewöhnt, dass mir jemand von seinen ... ich meine ... von sich erzählt. Ich ... ich bin nicht besonders gut in so was.« Sie knetete nervös ihre Finger.

Ian neigte den Kopf. »Eigentlich bin ich auch nicht gut in so was. Ehrlich gesagt weiß ich gar nicht, warum ich dir das alles erzähle. Aber ich sehe dich an, und die Worte kommen einfach so aus mir heraus.«

»Obwohl ich eine Fremde bin?«

»Ganz augenscheinlich gehörst du zur Familie und bist keine Fremde.«

»Woher willst du das wissen? Vielleicht lüge ich ja.«

»Vielleicht, vielleicht auch nicht. Immerhin hattet ihr einen Schlüssel zum Haus, und ich kann dich ganz einfach testen.«

Luana runzelte die Stirn. »Mich testen? Wie soll das funktionieren?«

»Indem du mir eine Frage beantwortest. Wirst du das tun?«

»Ja, natürlich, ich habe nichts zu verbergen.«

Sie straffte die Schultern und machte sich bereit.

Ian räusperte sich leise. »Wann kam Yueliang nach St. Iluna? Sag mir das genaue Datum.«

»Am 18. Mai 1920. Sie reiste mit ihrer Mutter und ihrem Ziehvater Robert Sullivan auf der *MS Fennigan* nach Liverpool und von dort weiter mit dem Zug nach St. Iluna. Yueliang hatte die ganze Überfahrt heimlich in der winzigen Kabine geweint, weil sie Hongkong gegen ihren Willen verlassen musste. Ihr großer Traum war es, so bald wie möglich nach Hause zurückzukehren.«

Ian stand jetzt wieder vor ihr und blickte auf sie hinab. »Und hat sich ihr Traum erfüllt?«

Luana schluckte schwer. Für ihren Traum hatte ihre Urgroßmutter einen hohen Preis zahlen müssen. Den Verlust ihres Herzens. Aber das musste er ja nicht wissen. Noch nicht. Sie schüttelte leicht den Kopf. »Eine Frage...«

Die Umgebung warf einen Schatten auf sein Gesicht, und erneut rührte sich in Luana der Wunsch, ihn zu malen. Wenn sie jetzt eine Leinwand hätte, dann würde sie den Pinsel zur Hand nehmen und diese Szene festhalten. Sie beide in der Dunkelheit, und er war das Licht.

»Ich sage dir, was ich weiß: Sie reisten in der ersten Klasse, und Yueliang sprach die ganze Fahrt über kein Wort mit ihrer Mutter. Wohl aber mit Robert, der es genau so notiert hatte, wie du es mir gerade erzählt hast. In einem kleinen braunen Büchlein, kein Tagebuch, eher ein Terminplaner. Er schrieb: *Yueliang hat mich gefragt, ob sie in St. Iluna ...*«

»... den Mond sehen kann«, beendete Luana den Satz, bevor Ian es tun konnte.

»Warum seid ihr hier?«, flüsterte er.

»Meine Großmutter wollte es so.«

»Und du? Warum bist du hier?« Er ergriff ihre Hand und schloss sie in seiner ein.

Überrascht stellte sie fest, wie groß und warm sie war, ganz im Gegensatz zu ihrer. Sie könnte sie abschütteln, aber das wollte sie gar nicht.

So standen sie da, Sekunden, Minuten, in denen sie nichts sagte, und die Mondgöttin blickte von oben auf sie herab, während sie aneinander festhielten. Aber was sollte sie auch sagen? *Ich bin von zu Hause abgehauen, damit ich mich meinen*

Problemen nicht stellen muss? Das konnte sie ihm auf gar keinen Fall sagen! Bestimmt würde er sie für schwach halten.

»Es ist kalt, du solltest hineingehen.«

»Das sollte ich wohl ...«, wisperte sie.

Beinahe widerwillig löste sie sich von ihm und bahnte sich ihren Weg zurück zur Veranda. So leise wie möglich schloss sie die Tür hinter sich und blickte hinaus. Ian stand noch dort. Seine Umrisse hoben sich deutlich von der Umgebung ab. Er hatte gewartet, bis sie im Haus war. Ihr Herz pochte wie wild in ihrer Brust. War es Bestimmung? Die Ahnen, die sie hierhergeführt hatten? Luana wusste es nicht. Aber eines wusste sie: Sie wollte hierbleiben und es herausfinden!

Kapitel 8

St. Iluna, Frühling 1921

»Geht es dir gut?«, flüsterte Yueliang, vermutlich um ihre Mutter und Onkel Robert nicht zu wecken. Sie wippte auf und ab und berührte ihn an der Schulter, um ihn zu rütteln, als müsste sie schon zu lange auf seine Antwort warten.

Ethan schreckte hoch. Wann hatte er sich an den Tresen gesetzt? Woher kam der Tee in seiner Hand? Ein bitterer Duft kitzelte seine Nase, und die Wärme, die von der kleinen Tasse hinauf in seine Fingerspitzen strahlte, vertrieb die Taubheit aus seinem geschundenen Körper. Yueliang stellte eine dampfende Schüssel auf den Tresen und tauchte ein Tuch hinein, dann begann sie vorsichtig, Ethans Wunden sauber zu tupfen. Anscheinend hatte sie es aufgegeben, auf eine Antwort von ihm zu warten. Ethan hätte ihr mit Ja geantwortet, wäre da nicht dieser stechende Schmerz gewesen, der jedes Mal über ihn hinweggerollte, wenn sie das weiche Tuch auf die offene Stelle drückte.

»Ich bin gleich fertig«, flüsterte sie, als er wieder zusammenzuckte.

Endlich legte sie den Stoff in die Schüssel, und Ethan beobachtete, wie sich das Wasser darin rot färbte. Rot von seinem Blut. Das Blut, das sein Vater vergossen hatte, weil sein Sohn für ihn nicht mehr wert war als die Kleidung, die er trug. Selbst ein Straßenköter wurde besser behandelt als er. Missmutig vergrub Ethan seine Hände in dem Stoff seiner Hose.

»Der Schmerz sollte bald nachlassen«, versicherte Yueliang, die seine Geste falsch gedeutet hatte.

Ethan nickte nur, er wollte ihr nichts erklären, er wollte niemandem irgendetwas erklären müssen.

Sie erhob sich und trug die Schüssel zurück in die Küche. Dabei kam jeder ihrer Handgriffe einem Tanz gleich, schnell und fließend wie ein Strom, aber gleichzeitig so leicht und schwerelos wie eine Feder. Andere Mädchen bewegten sich nicht so. Nicht einmal die Tänzerinnen, die er mit seinen Freunden beobachtete, wenn Madame Pomperi wieder vergessen hatte, das Fenster im Ballettsaal zu schließen. Yueliang kam zurück und platzierte einen Teller auf dem Tresen. Es war ein weißer Kuchen, der fest in seiner Form saß und mit filigranen Zeichen verziert war, die in den Teig gepresst worden waren. Ein kleines Kunstwerk. Wie gern hätte er ein Dessert wie dieses in der Bäckerei verkauft, aber mit dieser Idee stieß er bei seinem Vater auf taube Ohren.

Ein hungriger Mann braucht Brot und keine Torte.

»Danke«, sagte Ethan.

Die ganze Situation war ihm mit einem Mal furchtbar unangenehm.

»Ich glaube, es ist besser, wenn ich jetzt gehe ... Ich belästige dich sowieso schon viel zu lang, und sicher willst du gar nichts mit mir und meinen Problemen zu tun haben.«

Seine eigenen Worte regneten wie Hagel auf ihn herunter und erinnerten ihn daran, wie allein er mit seinen Sorgen war. Seine Mutter wusste zwar Bescheid, aber sie tat nichts, weil sie Angst vor ihrem eigenen Ehemann hatte.

Ethan versuchte aufzustehen, aber Yueliang drückte ihre Hände auf seine Schultern und zwang ihn dazu, sitzen zu bleiben.

»Du belästigst mich nicht. Würde ich nichts mit dir zu tun haben wollen, dann hätte ich mich nicht eingemischt.«

Eingemischt?

Da fiel Ethan das Geräusch ein, das Jack kurz abgelenkt und ihn gerettet hatte.

»Du warst das?«

Yueliang nickte zaghaft.

»Wieso hast du mir geholfen?«

»Ist es nicht normal, jemandem in Not zu helfen? Lehrt das nicht euer allwissender christlicher Gott?«, fragte sie mit einem gewissen Hohn in der Stimme. Sie holte einen Verband und begann, den Stoffstreifen um Ethans Kopf zu wickeln.

Er sog scharf die Luft ein.

»Ich weiß, dass es wehtut, aber versuch bitte, noch ein bisschen länger durchzuhalten.«

»Es tut gar nicht weh«, murmelte Ethan zwischen zusammengebissenen Zähnen.

»Du musst vor mir nicht den Starken spielen, ich habe gesehen, was dein Vater dir angetan hat.«

Ethan erstarrte innerlich. Sie hatte alles gesehen? Natürlich hatte sie alles gesehen. Schweigend beobachtete er Yueliang. Was dachte sie wohl von ihm? Und von seiner Familie? Onkel Robert war so anders als sein Vater. »Weißt du, er war nicht immer so«, flüsterte Ethan, nachdem Yueliang fertig war und sich neben ihn gesetzt hatte. Sie füllte seine Teetasse auf. Wann hatte er sie leer getrunken? »Vor dem Krieg, als meine Großeltern noch lebten und Onkel Robert bei uns war, da war er nicht so.«

Ethan kämpfte mit den Tränen. Auf gar keinen Fall durfte er vor diesem Mädchen weinen. Vor dieser kleinen schwarzhaarigen Kriegerin, die sich, ohne mit der Wimper zu zucken, auf eine Prügelei eingelassen hätte, um einen Hasen zu retten.

»Macht er das öfter?«, fragte sie.

Ethan schwieg, und das schien ihr Antwort genug zu sein.

»Vor dem Krieg war vieles anders.« Yueliangs Blick wanderte in die Ferne.

Es war das erste Mal seit dem Umbau, dass Ethan in der Teestube war. Sein Vater sah es nicht gern, wenn er Umgang mit Onkel Robert pflegte, und er wollte den alten Jack nicht noch mehr erzürnen.

Er sah sich fasziniert um. Die Laternen, die von der Decke baumelten, hatten es ihm besonders angetan. Wie es wohl in Yueliangs Heimat aussah? War es anders als in England? Sicherlich schien die Sonne öfter, und es war wärmer. Aber wie lebten die Menschen dort? Waren sie die Wilden, von denen sein Vater so gern sprach? Yueliang sah nicht wie eine unzivilisierte Wilde aus. Ganz im Gegenteil. Er musterte sie verstohlen. Der warme Lichtschein der aufgehenden Sonne zauberte tanzende Schatten in ihr Gesicht. Ethans Herz machte einen Satz, und er blickte verlegen zur Seite. Da entdeckte er ein Bild, das direkt auf die Wand gemalt worden war. Ein gigantischer Vollmond, der sich aus dunklen Wolken emporkämpfte. Eine Frau tanzte in wallenden Kleidern im Schein des Gestirns. In ihrer Hand hielt sie eine Art Instrument, und zu ihren Füßen saß ein weißer Hase mit goldenen Augen.

»Das ist wunderschön ...«

Yueliang stellte sich neben ihn. Gemeinsam betrachteten sie das Bild.

»Das ist Chang'e, die Mondgöttin.«

Ethan horchte auf. Er wusste, dass die Chinesen nicht nur an einen Gott, sondern an Dutzende Götter glaubten, aber er hatte noch nie eine Geschichte darüber gehört. Gespannt hielt er die Luft an und hoffte, dass Yueliang weitersprechen würde. Von der schönen Frau in den prächtigen Gewändern.

Yueliang trat an das Bild heran und strich über die gemalte Laterne. »Weißt du, Chang'e lebt dort oben ganz allein in ihrem Palast, nur der Jadehase Yùtù ist bei ihr.«

»Ein weißer Hase?«

Yueliang hob die Augenbrauen »Du kennst die Legende?«

Ethan schmunzelte. »Nein, aber jüngst war ein Mädchen ganz bestürzt, als zwei Dummköpfe einen weißen Hasen fast zu Hasenbraten verarbeitet hätten. Sie hätte die beiden womöglich selbst zu Hasenbraten verarbeitet, wenn das Tier zu Schaden gekommen wäre.«

»Das Mädchen hätte das sicher gekonnt!« Yueliang zog eine Schnute, woraufhin sie zu lachen begannen.

»War es dir deswegen so wichtig? Wegen der Legende?«

»Vielleicht. Ich weiß es nicht. Was deine Brüder tun wollten, erschien mir einfach so falsch. Aber die Geschichte der Mondgöttin bedeutet mir viel, sie erinnert mich an meinen Vater. Er hat sie mir bestimmt einhundert Mal erzählt.«

Ein Lächeln umspielte ihre Lippen, und Ethans Herz pochte wieder verräterisch. Sie war genauso bezaubernd wie die Frau auf dem Bild. Perfektion in seiner kleinsten Form. Von den schwarzen Haaren über die sanft schimmernde Haut bis zu den wissbegierigen dunklen Augen.

»Erzählst du sie mir?«

Ethan wusste nicht, was über ihn gekommen war. Er hätte unzählige andere Dinge zu tun gehabt, das Mehl musste auch immer noch vom Keller nach oben getragen werden. Dennoch, dieser Moment gehörte nur ihm. Keine Eltern, keine Bäckerei, keine Verpflichtungen. Nur ein Mädchen, das ihm ein Märchen aus einem fernen Land erzählte. So wie Onkel Robert früher, als er noch ein Kind gewesen war.

»Einst war Chang'e eine Sterbliche«, begann Yueliang.

Sie war eine geschickte Geschichtenerzählerin. Bilder entstanden vor seinem geistigen Auge. Er sah Houyi vor sich, den Bogenschützen, der die neun Sonnen vom Himmel schoss, um die Menschheit zu retten. Seine Frau Chang'e, die ihn über alles liebte und auf seine Heimkehr wartete. Yueliang erzählte von dem großen Unglück, als Chang'e die Medizin ihres Mannes trank und zur Strafe als Unsterbliche auf dem Mond leben musste, während Houyi seinen Palast auf der Sonne erbaute.

»Sie sind auf ewig voneinander getrennt, und doch sind sie eins. Sie sind Tag und Nacht, Yin und Yang, die ewige Balance.« Yueliangs Stimme entführte Ethan in ein märchenhaftes Land, wo Götter wandelten und Heldentaten vollbracht wurden. »Um die Mondgöttin zu ehren, lassen wir jedes Jahr Hunderte Laternen zum Mond aufsteigen. Und natürlich darf man sich etwas wünschen.« Jetzt gluckste Yueliang, als würde sie sich an etwas Erfreuliches erinnern. »Mein Vater hat mir heimlich immer eine zweite Laterne gegeben, damit ich einen weiteren Wunsch äußern konnte ...«

Plötzlich hielt sie inne.

Ethan runzelte die Stirn. Hatte es sie traurig gemacht, über ihre Heimat zu sprechen?

»Es tut mir leid«, flüsterte sie.

Es tat ihr leid? Aber warum? Sie hatte doch nichts falsch gemacht?

»Wegen deinem Vater ... Ich ... ich habe so viele wundervolle Erinnerungen an meinen Bà, und du ...« Ihre Augen glänzten.

Ethan war so sehr an Jacks Eskapaden gewöhnt, dass er schon fast wieder vergessen hatte, warum er eigentlich in der Teestube saß. Womöglich lag es aber auch an seiner faszinierenden Gesellschaft. Er hätte den ganzen Morgen hier sitzen und ihren Geschichten lauschen können. Dass sie sich seinetwegen schlecht fühlte, berührte etwas tief in ihm, das er nicht zuzuordnen vermochte. »Wie gesagt, er war nicht immer so. Und seine Familie kann man sich nicht aussuchen.« Ethan versuchte, gleichgültig zu klingen.

Jetzt bekam Yueliang denselben Gesichtsausdruck wie an dem Tag, als sie mehr als bereit gewesen war, Jacob wegen eines Hasen zu verprügeln. »Nein, man kann sich seine Familie nicht aussuchen, aber wir sind auch keine Marionetten im Schicksalsspiel der Götter. Du hast deine Bestimmung selbst in der Hand. Chang'e hätte die Medizin ihres Mannes nicht trinken müssen, denn dann hätten sie wenigstens ein Menschenleben lang in Liebe zusammenleben können, aber sie entschied sich anders, weil sie Angst vor dem Tod hatte. Hast du etwa vor, ewig so weiterzumachen? Dich nie zu wehren? Aus Angst ...?« Yueliang war wütend.

Wütend für ihn.

Ein warmes Gefühl breitete sich in Ethans Brust aus. Er verfiel wieder in Schweigen, während er an seinem Tee nippte. Ihre Worte hatten ihn zum Nachdenken gebracht, weil sie recht hatte. Wie lange wollte er seinen Vater noch so weitermachen lassen? Er seufzte. Es war schön, neben Yueliang zu schweigen. Sie drängte ihn nicht, und er musste auch nichts erklären, weil sie klug genug war, die Situation selbst zu verstehen.

»Das Bild ist auf jeden Fall wunderschön. Wer hat es gemalt, deine Mutter?«

Yueliang entwich ein heiseres Lachen. »Meine Mutter hat längst mit unserer Heimat abgeschlossen. Ich habe es gemalt.«

Ethan blickte sie erstaunt an. »Dann bist du eine wahre Künstlerin!«

Sie schüttelte den Kopf. »Der Umgang mit dem Pinsel ist genauso wichtig wie der Umgang mit dem Schwert. Alles muss im Gleichgewicht sein. Das lehrt man uns von Anfang an.«

»Das heißt, du malst wunderschöne Bilder, erzählst fantastische Geschichten und bist fähig, Jacob zu verprügeln?« Ethan grinste.

»Mit den zweien hätte ich es locker aufgenommen, wenn du nicht dazwischengegangen wärst!«

Jetzt lachte Ethan. Blut tropfte auf seinen Handrücken. Seine Lippe war bei dem Kampf aufgeplatzt und blutete jetzt wieder. Erneut zauberte Yueliang ein dampfendes Tuch hervor und tupfte behutsam das rote Rinnsal von seinem Kinn. Ethan bemühte sich, nicht mehr zu grinsen, sonst würde seine Lippe niemals aufhören zu bluten.

»Es ist eine Sache, sich mit einem ebenbürtigen Gegner zu messen«, sagte Yueliang plötzlich sehr ernst, »aber eine ganz andere, wenn jemand seine Macht ausspielt, um den Menschen, die er beschützen sollte, wehzutun.«

Ethan spürte ihre Worte wie Messerstiche in seinem Herzen. Es tat weh. Ja, es tat verdammt weh, sich einzugestehen, dass der eigene Vater ein grausamer Mistkerl war. Weil in Ethan immer noch die Erinnerung an bessere Tage nachhallte. An eine Zeit, in der sein Vater ihm beigebracht hatte, wie lange ein Teig ruhen musste, und ihm stolz auf die Schulter geklopft hatte, wenn er das Brot genau im rechten Augenblick aus dem Ofen holte.

»Du bist sehr erwachsen für dein Alter.« Ethan erschrak über die Bitterkeit, die in seiner Stimme mitschwang.

»So viel jünger als du bin ich gar nicht.«

Nein, das war sie tatsächlich nicht, aber es war einfacher, sich einzubilden, sie wäre es. Besser, als daran zu denken, dass sie sein Herz ein wenig schneller klopfen ließ. Denn wer war er schon? Ein geprügelter Hund in einer Sackgasse ...

Ethan wirbelte Yueliang verspielt durchs Haar. Einerseits, um die ernste Situation aufzulockern, andererseits weil es ihn in den Fingern juckte, dieses seidige Haar anzufassen. Selbst wenn er auf dem Hocker saß und Yueliang neben ihm stand, war er auf Augenhöhe mit ihr und konnte sehen, wie ihre Wangen eine zartrosa Färbung annahmen.

»Ein, zwei Jahre fehlen dir noch, kleine Cousine.«

»Ich bin nicht deine Cousine«, wiederholte Yueliang augenrollend.

»Du hast mich wieder durch das Fenster beobachtet, nicht wahr?«, wechselte Ethan das Thema. Das hatte sie am Anfang oft gemacht, als sie frisch aus Hongkong angekommen war. Sie hatte wahrscheinlich gedacht, er hätte es nicht bemerkt.

Yueliang errötete noch mehr. »Du ... du weißt davon?«

Er zuckte mit den Schultern. »Es hat mich nie gestört. Ich dachte, du bist vielleicht einsam.« Jetzt hatte Yueliangs Gesicht die Farbe einer reifen Tomate angenommen, und fast tat es Ethan leid, sie bloßgestellt zu haben ... Aber nur fast. Er grinste und wirbelte ihr noch einmal durchs Haar. Die Strähnen flossen wie ein wilder Strom durch seine Finger hindurch. Außerdem war es schön, seine Gedanken mit jemandem teilen zu können. Ob sie wohl wusste, welch großen Dienst sie ihm mit ihrer Hilfsbereitschaft erwiesen hatte? Wahrscheinlich nicht. »Ich muss zurück.« Ethan schwankte, als er sich erhob, hielt sich aber aufrecht. »Danke ... für alles.«

Yueliang deutete eine Verbeugung an. Es war eine Geste, die er auch schon oft bei ihrer Mutter beobachtet hatte. Ihr Blick wurde ernst. »Heute kam ich rechtzeitig, morgen komme ich vielleicht zu spät.«

Ethan straffte seine Schultern. »Das ist mein Problem, nicht deins.« Nein, er durfte sie nicht mit hineinziehen in die Seuchengrube seiner Existenz.

»Hast du denn keine Träume, Ethan?«

Die Frage überraschte ihn. Sein Blick glitt zu dem Gemälde an der Wand. »Einsam in einem Palast zu wohnen, das hört sich nicht schlecht an.« Hatte er Träume? Träume, die weiter reichten als bis zum nächsten Tag? »Ich liebe die Bäckerei«, gestand er ihr. Er konnte nicht verhindern, dass sich ein Lächeln auf seine Lippen stahl, auch wenn seine Hände Brandblasen und Narben aufwiesen und die Arbeit hart war. Er liebte, was er tat. Würde seine Mutter es erlauben, dann hätte er schon längst die Schule abgebrochen und wäre den ganzen Tag in der Bäckerei.

»Es gibt eine Schule für Bäcker und Konditoren in Paris, das wäre mein Traum«, flüsterte er. Davon hatte er noch nie jemandem erzählt. Und auf einmal hämmerte sein Herz so stark in seiner Brust, dass es ihm den Atem raubte. Ja, er hatte eine Annonce in einer Zeitschrift gesehen. Ein Bild war auch dabei. Es zeigte einen Mann, der eine dreistöckige Hochzeitstorte dekorierte. Und eine Beschreibung des Unterrichts. Seitdem träumte er davon, Konditor zu werden. Ein echter Zuckerbäcker. »Ein dummer Traum, geträumt von einem dummen Jungen.« Die Worte fühlten sich wie Säure auf seiner Zunge an. »Was ist mit dir, Mädchen aus dem Land der aufgehenden Sonne. Hast du Träume?«

»Ich will zurück!«

Auch wenn Ethan längst mit dieser Antwort gerechnet hatte, schockierte es ihn, wie schnell und mit wie viel Selbstverständlichkeit sie ihren Wunsch geäußert hatte. Als wäre er bereits in Stein gemeißelt, als hielte sie die Fahrkarte schon in den Händen. Er lächelte. Was sollte dieses Mädchen auch hier wollen? In einem fremden Land, wo es niemals fliegende Lichter am Himmel geben würde?

Ethan seufzte. »Anscheinend wollen wir beide weg von hier. Aber das ist unmöglich.«

Ein Grinsen stahl sich in Yueliangs Mundwinkel. »Ich habe keine Angst vor dem Unmöglichen.«

Ethan sah sie skeptisch an, doch sie erwiderte seinen Blick voller Zuversicht. Das warme Gefühl in seiner Brust kehrte zurück und breitete sich bis in seine Fingerspitzen aus. Wie der warme Tee die Taubheit aus seinem Körper vertrieben hatte, so trugen ihre Worte eine heilende Wirkung auf seine Seele in sich. Zum ersten Mal seit Langem dachte er nicht nur an den nächsten Morgen. Ihr Mut war ansteckend, und Ethan fasste einen Entschluss. Er wollte genauso mutig in die Zukunft sehen, wie sie. »Dann auf das Unmögliche!« Er trank den letzten Schluck Tee aus, lächelte ihr zu und verließ die Teestube.

Als er in den Garten trat, umspielte der kühle Wind seine Nasenspitze. Er sog die frische Luft tief in seine Lunge. Alles sah so aus wie immer, dennoch hatte er das Gefühl, dass sich alles verändert hatte. Heute Morgen war er von einer Fremden gerettet worden und hatte eine Verbündete gewonnen.

Kapitel 9

St. Iluna, Gegenwart

Es war erst drei Stunden her, seit Ian seinen eigenen Rat befolgt und zurück ins Haus gegangen war. Nachdem Luana sich zurückgezogen hatte, hatte er sich eine zweite Kippe angezündet, danach eine dritte und noch eine vierte, bis ihm speiübel gewesen war. Sie in dieser Nacht zu sehen hatte sein Herz so verwirrt zurückgelassen, dass an Schlaf nicht mehr zu denken gewesen war. Es hätte ja sein können, dass sie zurückkam, weil ... Ja, warum eigentlich?

Was für ein einfältiger Idiot ich doch bin ...

Und jetzt lag er hier, starrte an die Decke und fragte sich, was zum Teufel in ihn gefahren war, als er Luana erst wie eine Verbrecherin verhört hatte, nur um anschließend ihre Hand zu nehmen, damit er ihr nahe sein konnte. Warum hatte sie es erneut zugelassen, obwohl er sich so seltsam verhalten hatte?

Ian nahm sein Handy. Noch zehn Minuten, bis der Wecker läutete. Da konnte er sich auch gleich für die Arbeit fertig machen. Nachdenklich setzte er sich auf und knipste die Nachttischlampe an. Sie hatte ihm eine Frage beantwortet. Nicht mehr und nicht weniger. Dabei interessierte ihn viel mehr, *warum* sie ihre Großmutter nach St. Iluna begleitet hatte. Da gab es etwas. Und ein vertrautes Gefühl sagte ihm, dass sie mit niemandem darüber sprechen konnte. Aber wollte er wirklich derjenige sein, dem sie ihre Sorgen anvertraute? Hatte er nicht genug eigene Probleme?

Wir alle haben unsere Geheimnisse.

Mechanisch fasste er sich an die Schulter und strich über die verästelte Wulst, die seine Haut wie ein hässliches Mahnmal zierte. Vielleicht wurde auch Luana von einer Erinnerung aus der Vergangenheit heimgesucht. Wie ein alter Bekannter, der sich zum Plaudern eingeladen hatte und den man auf freundliche Art und Weise dazu zwingen musste, wieder nach Hause zu gehen.

Ian seufzte und ließ die Hand in seinen Schoß fallen. Wenigstens tat es heute nicht mehr so weh wie vor ein paar Tagen ...

Er stand auf und schlüpfte in die schwarze Arbeitshose und die karierte Bäckerjacke. Die dreckige Schürze von gestern lag noch auf dem Boden, und er hob sie auf und warf sie auf den Wäschehaufen neben der Tür, bevor er eine neue aus dem Schrank zerrte. Dann ging er ins Bad und zupfte seine Haarsträhnen zurecht, als ob er jemanden beeindrucken wollte. So leise wie möglich schloss er die Tür und warf einen prüfenden Blick in Millies Zimmer. Seine Mundwinkel zuckten belustigt. Selbst als Jugendliche schlief sie noch mit Nachtlicht und bei offener Tür. Aber dann hielt er inne, weil ihn der stechende Schmerz in seiner Brust daran erinnerte, warum sie das tat. Spott verwandelte sich in Wehmut.

»Ian, du bist so gemein ...«

Ian zuckte erschrocken zusammen. Hatte er sie geweckt?

»... ich wollte doch nur in Ruhe meine Lieblingsserie gucken ...«, nuschelte sie.

Die Bettdecke raschelte verdächtig, Ian erstarrte zu Stein und wagte es kaum zu atmen. Nachdem sie aber glücklicherweise darauf verzichtete, wie eine Furie aus ihrem Zimmer zu poltern, um ihm die Tür vor der Nase zuzuschlagen, wusste er, dass sie immer noch schlief. Erleichtert atmete er aus, wanderte auf Zehenspitzen den Flur entlang und stieg die Treppe ins Erdgeschoss hinab, bis er die kleine Küche erreicht hatte, die mindestens genauso alt war wie das Haus selbst. Er hatte es einfach nicht übers Herz gebracht, etwas zu verändern, seit er wieder hier eingezogen war. Vielleicht weil es ihm gefiel. Womöglich aber auch, damit er sich besser an die Vergangenheit erinnern konnte und somit nie das Gefühl verlor, dass dies hier sein Zuhause war.

Vier gehäufte Kaffeelöffel und ein Wasser-Malheur später stand Ian mit einer dampfenden Tasse im Garten und blickte nach drüben auf die andere Seite. Mittlerweile dämmerte es, und er fragte sich, ob Luana noch schlief. Oder war sie schon wach? Hatte sie überhaupt geschlafen?

Gedankenverloren nippte er an dem schwarzen Gebräu in seinen Händen und verbrannte sich prompt die Zunge. »Fuck, verdammt!«, fluchte er und ließ die Tasse fallen. Kaffee ergoss sich über die kniehohe Wiese, die er seit Wochen vernachlässigte. Wenigstens hatte das Gras den Sturz abgefangen. Er bückte sich nach dem Pott und fühlte sich dabei plötzlich beobachtet. Aus dem Augenwinkel meinte er eine Bewegung am Fenster wahrgenommen zu haben, aber als er erneut hinsah, war niemand zu sehen. Hatte er etwa gehofft, sie würde dort stehen und auf ihn warten? Er musste ganz eindeutig verrückt geworden sein!

Kopfschüttelnd wandte er sich ab und entsperrte die Tür zum Lagerraum. Die Mehlsäcke schleppten sich schließlich nicht von selbst in die Backstube.

Gegen Mittag wagte sich Ian zum ersten Mal aus seiner Bäckerhöhle im Keller ans Tageslicht. Er löste die Bänder der Schürze und hängte sie an den Haken neben dem Treppenaufgang. Dann wusch er seine Hände und schlenderte in den Wohnbereich, der, wie zu erwarten, verlassen war. Millie war wohl wieder irgendwo mit ihrem Freund in der Stadt unterwegs. Dies bestätigte auch ein Zettel, der auf dem Couchtisch lag:

Falls du mich suchst, wir sind zusammen im Park.
Und wehe, du kommst mir nach!

Missmutig verzog Ian das Gesicht. Obwohl er sich erst gestern Nacht geschworen hatte, Millie nicht länger wie ein rohes Ei zu behandeln, konnte er das ungute Gefühl nicht abschütteln, das ihn jedes Mal beschlich, wenn er Wortfetzen über Vance aufschnappte. Sich vorzustellen, was er mit diesem Typen anstellen würde, falls er es wagen sollte, seiner kleinen Schwester auch nur ein Haar zu krümmen, brachte sein Blut auf eine Weise in Wallung, die nicht gesund sein konnte. Weder für ihn noch für den Jungen. Ein Knurren zwängte sich zwischen seinen Lippen hervor, und sein Magen stimmte grollend mit ein.

Scheiße, warum hört sie mir nie zu? Bin ich wirklich so machtlos?

Ian ließ sich auf die Couch fallen und angelte nach einem angebissenen Müsliriegel, der in einer Ritze des durchgesessenen Möbelstücks stecke. Obwohl vertrocknet, war er immer noch genießbar. Wie spät war es eigentlich?

Er zückte sein Handy, um nachzusehen. Ein Anruf in Abwesenheit.

»Komm schon, Millie ... du kannst das, vertrau mir!«

Ohne dem Telefon weitere Beachtung zu schenken, ließ er es auf die Couch fallen. Es war Luanas Stimme, die durch das geöffnete Fenster zu ihm ins Wohnzimmer gedrungen war.

»Meinst du? Ich weiß nicht, ob das so eine gute Idee ist«, antwortete Millie.

»Ach, Millie, es ist sogar eine ganz grandiose Idee! Vertrau mir, es wird dir Spaß machen ... und es hilft, Stress abzubauen. Du kannst auch dabei schreien, wenn du magst. Oder fluchen. Und am Ende hast du sogar noch Kunst erschaffen. Du musst dir nur eine Farbe aussuchen und dich hierhin stellen, schau, ich zeige es dir ...«

»Das klingt, als ob du das schon öfter gemacht hast ...«

»Zu oft«

Ian horchte auf. *Zu oft.* Sie klang traurig. Angespannt erhob er sich und blickte aus dem Fenster. Die Frauen standen auf Luanas Seite des Gartens. So leise wie möglich trat er auf die Veranda, zündete sich eine Kippe an und lehnte sich mit verschränkten Armen an die Hausmauer.

»Ian wird sicher wütend werden …«

»Na und? Das hier ist unser Teil des Gartens, und wir dürfen hier so viel Farbe verspritzen, wie wir wollen!« Einer Königin gleich straffte Luana die Schultern, während sie die Hände in die Hüften stemmte. Dabei flog ihr langer, hochgebundener Zopf wie eine Peitsche durch die Luft.

Millie verzog das Gesicht. »Ich weiß nicht. Eigentlich hoffe ich immer noch, dass er sich wegen der Sache mit Vance bei mir entschuldigt. Aber vermutlich kann ich darauf noch bis zur nächsten Mondfinsternis warten. Dein Bruder hätte es bestimmt nie gewagt, ohne Erlaubnis an dein Handy zu gehen, wenn dein Freund anruft. Ich kann einfach nicht fassen, dass Ian Vance sogar bedroht hat!«

Ians rechte Augenbraue schnellte ungläubig in die Höhe. Bedroht? Er hatte Vance lediglich nahegelegt, seiner Schwester nicht wehzutun.

»Hm, ich weiß nicht. Aber ich glaube, Xicheng hätte sich ähnlich verhalten.«

»Kein Mann, keine Probleme.« Millie lachte, als ob sie die Erfahrenere von beiden wäre. Dabei begriff sie nicht einmal, dass sich ihr »Freund« ihr gegenüber die meiste Zeit wie das Arschloch des Jahrhunderts benahm. Warum sonst lag sie alle drei Tage heulend in ihrem Bett? Er schnaubte leise, dann nahm er einen tiefen Zug von seiner Zigarette und blies den Rauch in den Himmel.

Ich war immer dein Anker, kleine Schwester.

Aber so, wie es aussah, hatte sie endlich eine Freundin gefunden, an deren Schulter sie sich ausweinen konnte. Die anderen hatten er und Vance längst vergrault.

Ich bin froh, dass Luana für dich da ist.

»Ich glaube, Ian macht sich einfach nur Sorgen um dich. Er will dich beschützen.«

»Ich weiß nicht …«

»Hier, deine Dose. Tauch sie einfach ein und schütte die Farbe auf das Tuch.«

Die Frauen positionierten sich nebeneinander.

»Hast du eigentlich in letzter Zeit mal mit ihm gesprochen?«

Luana hielt inne, und ihre Augen blieben an dem Platz hängen, an dem sie gestern Nacht zusammen gestanden hatten.

»Ich hätte nie gedacht, dass mein Bruder so einen Stock im Arsch haben könnte!«, plapperte seine Schwester munter weiter. »Dabei sah es doch so aus, als ob ihr ... Na ja, du weißt schon ... Oder hab ich da was nicht mitgekriegt? Habt ihr euch etwa auch gestritten? Wenn ja, dann kann er was erleben!«

Kleine Schwester, Meisterdetektivin.

Dabei hatten sie gar nicht miteinander gestritten. Eher das Gegenteil war der Fall gewesen, und sein Herz machte einen Sprung, als er sich an die Wärme ihrer Hand erinnerte. Und als hätte sie wieder einmal seine Gedanken gehört, blickte Luana über ihre Schulter und entdeckte ihn. Eine zarte Röte erschien auf ihrem Gesicht, und sie drehte sich schnell weg.

»Ich zähle bis drei, dann werfen wir, okay? Eins, zwei ... drei«, rief Luana.

Mit Schwung schütteten sie die Farbe auf die weiße Leinwand, welche eher schlecht als recht mit Schnüren an den hohen Büschen befestigt worden war.

Luana tauchte ihre Dose in den nächsten Farbkübel. Ein weiterer Schwall Farbe ergoss sich auf das Leinen. Millie lachte vergnügt. Zum ersten Mal seit einer Ewigkeit. Und auch auf Luanas Gesicht zeichnete sich ein strahlendes Lächeln ab.

»Sieht verdächtig nach Spaß aus.«

Millie ließ vor Schreck die Dose fallen und bespritzte sich selbst mit blauer Farbe, während Luana noch mehr errötete.

»Verdammt, Ian! Musst du dich so anschleichen? Ich hab mir vor Schreck fast in die Hose gemacht! Und jetzt ...«, sie blickte zwischen ihm und Luana hin und her, »... kann ich mich auch noch duschen und umziehen gehen.« Sie nickte ihm übertrieben zu. »Versau es nicht. Wir beide sprechen uns später.« Dann drückte sie ihm die Dose in die Hand und drehte sich um. »Bis später, Luana! Ich freu mich!«

Und weg war sie. Luana blickte verlegen zu ihm auf. Es war wie gestern Nacht. Sie standen so eng beisammen, dass er sich einbildete, die Hitze, die von ihr ausging, durch seine Jacke spüren zu können. Sein Herz stolperte, als sich ihre Lippen erneut zu einem Lächeln verzogen.

»Und was jetzt?«

»Lass uns ein Duell starten. Hier ...« Sie deutete auf die Farbkübel. »Wer seinen Farbkübel schneller leer macht, hat gewonnen.«

»Und was bekomme ich, wenn ich gewinne?«

Luana stemmte die Hände in die Hüften. »Wer sagt, dass du gewinnst?«

»Wie wäre es mit einem Wunsch?«

»Ein Wunsch?« Sie wirkte irritiert.

»Natürlich nichts Peinliches oder ... oder Unangemessenes.«

Traute sie sich etwa nicht? Wo sie doch zuvor noch so tough gewirkt hatte!

Ian hielt Luana die Hand hin. Sie ergriff sie.

»Deal.«

Ein paar Minuten später hatten sie jegliche Farbe, die sie zur Verfügung hatten, aufgeteilt und nahmen ihre Startpositionen samt Dose ein.

»Eins, zwei ... und go!«

Noch während sie »Go!« schrie, tauchte Luana ihre Büchse in die Farbe und rannte los.

»Was zum Teuf...? Hey!« Ian hechtete hinterher, und sie lachte, während sie immer wieder zu der tropfenden Leinwand rannten.

»Ich habe gewonnen! Gewonnen! Ha!« Luana kam jubelnd auf ihn zu, aber er dachte gar nicht daran aufzugeben.

»Ach, Fuck!« Kurzerhand schnappte er sich einfach den Kübel und rannte los.

Einen Arm ausgestreckt erwischte er Luana und riss sie von den Füßen. Sie kreischte und strampelte mit den Beinen. Der Eimer flog durch die Luft, gefolgt von Ian, der über die glitschige Wiese schlitterte und mit der Gewinnerin am Arm zu Boden stürzte. Nun waren sie beide voller Farbe, und wie bei ihrer ersten Begegnung landete sie auf ihm. Ihr Haargummi riss, und ein Vorhang von seidig schwarzem Haar ergoss sich um sie. Sie atmete schwer, machte aber keine Anstalten, von ihm hinunterzurollen. Dafür starrte sie ihn mit diesem weichen Ausdruck im Gesicht an.

Waren das bunte Sterne in ihren Augen?

»Wǒ xǐhuān nǐ.«

Was hatte sie gerade gesagt? Er streckte die Hand nach ihr aus und strich über ihre fleckige Wange. »Was heißt das?«

»Ich habe gewonnen, also darf ich mir etwas wünschen«, flüsterte sie mit geröteten Wangen und leuchtenden Augen. »Außerdem werde ich dir sicher nicht auf die Nase binden, dass ich dich mag.«

Ians Stimme klang rau. »Luana, du ... magst mich?«

Sie atmete tief durch. »Lass uns erst duschen und dann einen Tee trinken.«

»Zusammen?«

Luana kicherte. »Das hättest du wohl gern.«

Als Ian später den Garten durchquerte, wartete Luana bereits an der Verandatür auf ihn.

»Komm rein«, sagte sie und deutete ihm an, ihr zu folgen.

»Wow, es sieht so viel besser aus, als ich es in Erinnerung habe.«

Den morschen Möbelstücken waren neue Tische und Stühle gefolgt. Von der Decke hingen farbenfrohe Tiere aus Papier, die um eine große, kugelförmige Lampe gespannt waren. Es sah so aus, als ob sie um den Mond herumtanzten.

»Nǎinai möchte die Teestube so bald wie möglich neu eröffnen.«

»Sagt Bescheid, wenn ihr noch Hilfe bei irgendwas braucht, wir werden euch unterstützen. Ich hätte große Lust, so einen Drachen aus Zucker nachzubauen.«

»Du willst mit uns zusammenarbeiten?«, fragte sie erstaunt, als ob sie nicht glauben konnte, was er da sagte. Sie führte ihn von der Teestube im Erdgeschoss über eine schmale Treppe nach oben in den einzigen Wohnraum.

Ian blickte sich um. Dieses Haus hier war viel kleiner als ihres. Wo sich sein winziger Laden wie ein perfektes Puzzlestück in die Wohnräume einfügte, nahm die Teestube hier das ganze Erdgeschoss ein.

»Ja, warum denn nicht? Wir könnten voneinander profitieren … du könntest mein Gebäck zum Tee reichen und ich eure traditionellen Süßigkeiten im Laden verkaufen.« *Und so kann ich dich öfter sehen.* »Schlaft ihr gemeinsam hier oben?«

Luana nickte. »Năinai wollte ihren Futon nicht aufgeben, also haben wir ihn aus Hongkong schicken lassen. Und da es hier oben nur dieses riesige Zimmer und ein Bad gibt …«

»Aber es gab hier mal ein zweites Zimmer.«

»Woher weißt du das?«

»Ich kenne die Baupläne. Mein Vater hat sie mir gezeigt, bevor ich nach Frankreich gezogen bin.«

Sie setzten sich auf farbenfrohe Sitzkissen, die um einen niedrigen Tisch verteilt waren.

»Ich war noch nie in Frankreich. Wie lange hast du dort gelebt?«

»Ein paar Jahre. Ich habe dort meine Lehre gemacht, hier und dort gearbeitet. Aber als Millie mich gebraucht hat, bin ich zurückgekommen.«

Luana stellte eine Tasse Tee vor ihm ab. Schweigend setzte sie sich neben ihn, und er konnte nur erahnen, ob ihre Finger seine absichtlich gestreift hatten oder ob es nur Zufall gewesen war.

»Das tut mir leid.«

Wusste sie es? Wenn ja, wie viel hatte Millie ihr erzählt? Ian konnte sehen, dass sie darüber nachdachte, ihn zu fragen. Aber er wollte jetzt nicht über die Vergangenheit reden. Sein Vater war tot. Millies Mutter ebenso. Bevor sie ansetzen konnte, griff er nach der Papiertüte, die er mitgebracht hatte, und stellte sie auf den Tisch.

»Für dich ... und Granny natürlich ... Willkommen in St. Iluna!«

Luana starrte die braune Tüte an.

»Mach es auf. Es ist nichts Besonderes, nur eine kleine Aufmerksamkeit.«

Sie lehnte sich vor und warf einen Blick hinein. Gleich würde sie wissen, dass er es nur für sie kreiert hatte, und er hoffte inständig, sie würde ihn nicht missverstehen. Luana öffnete die kleine Schachtel. Darin befand sich eine schwarze Praline, auf deren glänzender Oberfläche eine filigrane Kamelie aus Zucker thronte.

Es gefällt ihr nicht. Ian konnte sich nicht daran erinnern, wann er sich zuletzt so angespannt gefühlt hatte. Sein Puls beschleunigte sich, während er sie dabei anstarrte, wie sie die weiße Blume anstarrte. Was dachte sie? Gefiel es ihr oder hatte er einen wunden Punkt getroffen?

Wie in Zeitlupe hob sie den Kopf. Eine einzelne Träne rollte über ihre Wange und fiel auf ihre Hand.

Scheiße, ich habe sie zum Weinen gebracht! Warum?

Er wollte ihre Hand nehmen, sie trösten und sich bei ihr entschuldigen. Aber stattdessen grub er seine Finger in die Handflächen und hieß die frostige Kälte willkommen, die seine Brust malträtierte. Kalte Ablehnung fühlte sich beschissener an, als er es in Erinnerung hatte.

Sein Handy vibrierte, aber er drückte den Anruf einfach weg, ohne hinzusehen.

»Luana ... es ... es tut mir ...«

»Danke«, unterbrach sie ihn. Dabei strahlte sie, als ob er ihr die ganze Welt zu Füßen gelegt hätte und keine winzige Zuckerblume.

Ians Herz machte einen Sprung. »Ich ... Sie ... Ich meine, ich hoffe, du magst sie«, stammelte er verlegen.

»Sie ist wunderschön, und ich werde sie niemals essen.«

Luana ergriff seine Hand und jagte ein angenehmes Prickeln über seine Arme.

»Was hast du vorhin zu mir gesagt?«, hauchte er.

Sie errötete. »Wann?«

»Vorhin, als ich dich mal wieder vor einer Gehirnerschütterung gerettet habe.«

»Die deine Schuld gewesen wäre!«

»Touché.« Grinsend beugte er sich über den Tisch. »Es ist ungerecht, dass du einfach zwischen den Sprachen hin und her wechseln kannst.«

»Oh, tue ich das? Ich kann mich nicht daran erinnern ...«

Wie süß sie log.

Mutig lehnte er sich noch weiter vor, bis sich ihre Nasenspitzen fast berührten. Luana wich nicht zurück. Gott, er wollte ihr Gesicht in seine Hände nehmen und sie küssen. Sie kannten sich erst seit ein paar Tagen, aber der Drang, sie in den Armen zu halten, wurde von Tag zu Tag stärker. Und natürlich war er sich auch vollends darüber bewusst, wie offensichtlich er ihren Mund anstarrte.

»Ich ...«

»Du?«

Ihre betörend geschwungenen Lippen öffneten sich leicht. Erneut vibrierte das Handy und ratterte lautstark über den Tisch. Der Moment war zerstört.

Fuck.

Luana atmete geräuschvoll aus, wandte sich schnell ab und richtete ihre ganze Aufmerksamkeit auf die weiße Zuckerblume. »Vielleicht ist es wichtig? Du solltest rangehen.«

»Okay, entschuldige mich kurz.«

Ian ergriff das Telefon und stand auf. Die Nummer kam ihm seltsam bekannt vor. Seine Finger zitterten leicht, als er das Handy ans Ohr führte.

»Hey Ian, wir haben uns lange nicht gesprochen ... Wie geht es deiner Schwester? Sie hat gerade Sommerferien, nicht wahr? Bestimmt ist sie nach Hause gefahren, um dich in der Bäckerei zu unterstützen. Wie alt ist sie jetzt? Sechzehn? Siebzehn? Ich nehme an, du hast immer noch ein Auge auf sie? Ein kluger Bruder würde das tun.«

Ian erstarrte. Wie in Trance berührte er die Narbe an seiner Schulter. Sein Magen vollführte einen Salto, und er kämpfte mit aller Macht gegen den Drang an, sich hier und jetzt, vor Luanas Augen auf den Boden zu übergeben.

»Hat es dir etwa die Sprache verschlagen? Aber keine Sorge, wir werden uns bald wiedersehen und auf alte Zeiten anstoßen. So wie früher.«

Das Telefon entglitt seiner Hand und kam mit einem Klirren auf dem harten Holzboden auf.

»Ian!« Luana eilte zu ihm. »Geht es dir gut?«

Er hob den Kopf. In ihren Augen blitzte ein Funke, der nur für ihn leuchtete. *Ich bin so ein Idiot.* Wenn *er* wusste, dass Millie wieder zu Hause war, dann wusste *er* wahrscheinlich auch von Luana. Bei dem Gedanken lief es ihm eiskalt den Rücken hinab. Das durfte nicht sein. Nein, das würde er niemals zulassen!

Ian musste sofort hier raus und telefonieren, um mehr zu erfahren. »Ich kann das jetzt nicht. Tut mir leid, aber ich muss gehen.«

»Ian, was ist passiert, warum ...?«

»Lass uns später darüber reden. Ich muss nach Millie sehen.«

»Kann ich dir helfen?«

Ihre Augen sprachen aus, was er dachte. Er wollte nicht gehen, aber er konnte jetzt auch nicht bei ihr bleiben. Nicht, wenn er am Abgrund stand und in die Dunkelheit blickte. »Luana.« Er drehte sich zu ihr um und zog sie in eine Umarmung. Wie ein Ertrinkender atmete er ihren Duft ein, bevor er sich von ihr löste.

Dann krachte die Tür hinter ihm ins Schloss.

Kapitel 10

St. Iluna, Gegenwart

Eine Weile lang starrte Luana Ian nach. Dann fiel ihr Blick auf die filigrane Zuckerblume, die er für sie kreiert hatte. Ob er wusste, dass er den Nagel auf den Kopf getroffen hatte? Die weiße Kamelie war das Herz ihrer Albträume. Sie hätte ihr letztes Werk werden sollen. Aber dazu war es nie gekommen. Die Schuld hatte ihr alles genommen. Darum hatte sie sich beinahe ein Jahr in ihrem Zimmer eingesperrt. Und jetzt wollte sie nicht mehr nach Hongkong zurück, weil sich St. Illuna so gut anfühlte. Besonders in seiner Nähe.

Luana nahm einen Schluck von dem kalten Tee, hustete und verzog das Gesicht zu einer gequälten Grimasse. Die frischen Ingwerstücke brannten wie Feuer auf ihrer Zunge. Aber sie klärten auch ihren Geist.

Langsam wurde es ihr bewusst: Sie und Ian. Zusammen.

Ein leises »Ahhhh« entfloh ihrem Mund, und ihr Herz machte einen Sprung. Sie hätte so gern gewusst, wie sich seine Lippen auf ihren anfühlten. *Ob er es versucht hätte, wenn uns sein Handy keinen Strich durch die Rechnung gemacht hätte?*

Plötzlich überschlugen sich ihre Gedanken. Warum war er so überstürzt aufgesprungen? Wer war der Anrufer gewesen? Ihr Magen zog sich auf diese unangenehme Art und Weise zusammen. Ian war so ... panisch gewesen. Sollte sie ihn anrufen oder eine Nachricht schreiben? Millie hatte ihr seine Nummer heimlich ins Telefon eingespeichert. Nachdenklich betrachtete Luana die Kamelie. Sie könnte auch ... ein wenig Zeit vergehen lassen und wie eine Besucherin an seine Verandatür klopfen. Aber dann würde er sie bestimmt für eine dieser aufdringlichen Frauen halten.

Luana schüttelte den Kopf. *Er wird sich melden.* Ja, sie würde hier warten, bis er sich meldete.

Sie trank die Tasse leer. Um sich abzulenken, nahm sie den Karton mit dem Konfekt und stellte ihn in eins der schmalen Regale hinter ihrem Bett. Sie stieg die Treppe hinab. Bevor sie gar nichts tat, könnte sie auch putzen oder das restliche Geschirr einräumen. Außerdem stand da noch ein mannshohes Paket aus Hongkong mitten im Raum, das händeringend um ihre Aufmerksamkeit bettelte.

Ganz bestimmt wird er okay sein.

Zielstrebig durchquerte Luana die Teestube, blieb aber vor dem großen Wandgemälde stehen. Das Bild zeigte die Mondgöttin Chang'e, wie sie zusammen mit ihrem Hasen über der Welt schwebte und dabei eine Dizi, die chinesische Querflöte, spielte.

»Sie war eine begabte Künstlerin, deine Urgroßmutter Yueliang.«

Luana blickte auf. Năinai stand in der Tür. »Ich dachte, du kommst erst spät abends nach Hause?«

An'an faltete ihren farbenfrohen Schirm zusammen und lehnte ihn an die Wand. »Warum, störe ich dich etwa? Wartet oben jemand auf dich? Lass mich raten ... könnte es dieser hübsche junge Mann sein, der ganz zufällig nebenan über der Bäckerei wohnt?«

Luana errötete. »Nein, ich meine ... ja. Nein, er ist schon gegangen ...«

Ihre Großmutter grinste breit.

»Năinai, hör auf damit! Bestimmt haben dich die anderen Großmütter früher nach Hause geschickt, weil du so viel Unsinn redest!«

»Überraschenderweise kamen Gus Enkelkinder zu Besuch, darum habe ich mich früher verabschiedet.« Sie seufzte.

»Ahhh, Enkelkinder. Ich hätte so gern noch mehr ... Die Ahnen wären bestimmt auch hocherfreut darüber!«

»Xicheng und Yanxi schenken dir doch bald ein Urenkelkind!«

»Ist ja schon gut, Luana. Du musst ja nicht gleich rot werden! Ich mache doch nur Spaß. Obwohl ich das glückliche Lachen und die kleinen Handabdrücke an den Wänden vermisse. Aber lassen wir das Thema. Was tust du hier?«

»Ich wollte das Paket öffnen, aber dann ...«

»Dann hat Chang'e deine Aufmerksamkeit auf sich gezogen?«

Luana nickte.

»Deine Urgroßmutter hat dieses Bild gemalt. Sie wäre bestimmt sehr stolz gewesen, hätte sie gewusst, dass du dieses Talent von ihr geerbt hast.«

An'an ließ ihre Finger über den schon recht verblassten Jadehasen gleiten.

»Welches Talent, Năinai? Ich schaffe es doch kaum, einen Pinsel in Farbe zu tauchen. Mein Talent ist vergeudet.«

»Na, na, na, jetzt sei nicht so streng mit dir! Wie wäre es, wenn du es mit diesem Bild versuchst? Etwas frische Farbe könnte Chang'e guttun. Und vielleicht hilft es dir ja dabei, dich selbst und die Freude an der Malerei wiederzufinden. Hast du denn gar keine Lust mehr zu malen?«

Lust zu malen?

Natürlich wollte sie malen! Sie wünschte sich nichts mehr als das. Besonders, seit sie Ian getroffen hatte. Er war es, den sie malen wollte! Ihn und niemanden sonst.

Da war es wieder, dieses Bild. Tausende Farben explodierten vor ihrem inneren Auge und setzten sich Stück für Stück zusammen, bis sie ihn erkannte.

»Du denkst an den hübschen Bäcker, nicht wahr?«

»Ja ...«

Luana dachte andauernd an ihn. Seit sie sich den Kopf an der Laterne gestoßen hatte. Und danach, als er sie aufgefangen hatte. Ihr Treffen im Mondlicht, der Farbwerfwettbewerb und sein warmer Atem, der ihre Lippen streifte …

»Nun, wie es scheint, hat es dieser Junge geschafft, dich daran zu erinnern, dass du noch am Leben bist, auch wenn sie es nicht mehr sind. Das werte ich als eine göttliche Fügung.« An'an entknotete Luanas Finger und barg sie in ihren warmen Händen. »Du musst es nur zulassen. Lass dir helfen.«

Luana holte tief Luft. »Ich werde es versuchen.« *Wenn ich es schaffe, Chang'e neues Leben einzuhauchen, dann …*

»Komm.« An'an geleitete sie zur Theke und deutete ihr an, sich zu setzen. Sie selbst trat auf die andere Seite, füllte den Teekessel und stellte ihn auf den alten Holzofen.

»Warum war Yueliang hier nicht glücklich? Die Menschen in St. Iluna haben uns wohlwollend aufgenommen.«

»Damals waren es noch ganz andere Zeiten, weißt du? Der Krieg war gerade vorbei, nicht aber in den Köpfen der Menschen. Migranten wurden toleriert, aber nicht wie Einheimische behandelt. Nicht einmal die, die hier geboren worden waren.«

»Wie schrecklich …«

»Deine Urgroßmutter musste ihr Zuhause gegen ihren Willen verlassen. Ihr Traum war es, nach Hongkong zurückzukehren.«

»Sie war immer so traurig.«

»Außer wenn ich euch mitgenommen habe.«

»Warum, Năinai? Ihr Traum hatte sich doch erfüllt?«

An'an nickte. »Sie sprach nicht gern darüber. Auch nicht mit mir. Aber ich weiß, dass sie nie wieder dieselbe wurde, weil sie etwas wichtiges in St. Iluna verloren hatte.«

»Die verschollenen Mondkuchenformen?«

An'an schüttelte den Kopf. »Ihr Herz.«

Yueliangs Herz …

An'an stellte einen Teller mit einem kleinen Kuchen vor sie hin.

»Mondkuchen, Năinai? Aber es ist doch noch gar nicht September.«

»Ich wollte nur sichergehen, dass ich es noch kann. Ich habe seit einer Ewigkeit keine mehr gebacken und dachte, wir könnten sie in der Teestube verkaufen.«

»Das wird Ian bestimmt gefallen, er möchte mit uns zusammenarbeiten, sobald wir die Teestube eröffnen. Du könntest es ihm beibringen.«

»Ach ja? Ich bin sicher, du könntest es ihm auch beibringen.«

Luana nickte verlegen und biss ein Stück von dem quadratischen Kuchen ab. Der vertraute Geschmack der roten Bohnenpaste erinnerte sie an ihre Kindheit.

»Er ist ein guter Junge. Und so höflich. Dein Vater hätte ihn bestimmt gemocht. Du könntest ihn zum Mondfest einladen und ein paar Laternen mit ihm steigen lassen. Zwei Wünsche pro Kopf – so wie es dein Bà immer gehalten hat. Und wer weiß? Vielleicht gehen sie ja in Erfüllung.« Sie lächelte, während sie in der kleinen Küche hantierte.

»Ach, Năinai …«

»Bereust du es, dass du mich nach St. Iluna begleitet hast?«

»Nein, wie könnte ich?« *Zum ersten Mal seit einer sehr langen Zeit fühle ich mich … glücklich.*

»Dann haben die Ahnen wohl recht behalten, nicht wahr?« Ihre Großmutter lächelte selbstzufrieden. Schließlich stellte sie eine mit Ornamenten verzierte Truhe auf die Theke.

»Was hast du da?«, fragte Luana.

An'an breitete ein weiches Tuch aus und legte zwei kunstvoll geschnitzte Holzformen darauf. »Das, mein Kind, sind die Mondkuchenformen unserer Familie.«

Andächtig umfasste Luana den Sichelmond vor ihrer Brust. Ob sie die anderen sechs Formen jemals wiederfinden würden? Ihre Großmutter glaubte daran, also wollte sie das auch tun.

Eine Weile lang saßen sie stumm da und hingen ihren Gedanken nach.

Ob Ian sich über einen selbst gebackenen Mondkuchen freuen würde? Sie könnte ihn traditionell füllen, mit Süßkartoffeln, Eidotter und Sesam … oder mit Nüssen!

»Woran denkst du, Kleines?«

»Daran, dass Mondkuchen alles besser macht, Năinai.« Bei dem Gedanken wurde ihr ganz warm ums Herz.

Kapitel 11

St. Iluna, Frühling 1926

»Bemühe dich etwas mehr!«

Miss Lees Bambusstab sauste auf Yueliangs Hand nieder. Erschrocken fuhr sie hoch. In Sekundenschnelle hatte der dünne Stock eine blutrote Strieme auf ihrer Haut hinterlassen. Tränen schossen Yueliang in die Augen, und ihr Hals wurde trocken. Sie schwieg, während ihr Herz lautstark pochte. Wie lange würde sie diese Scham noch erdulden müssen? Ein teurer Perlmuttknopf war ihr aus der Hand gefallen und klackernd auf dem billigen Kachelboden gelandet. Das Perlmutt schimmerte wie ein verlorener Schatz auf dem dunklen Stein.

Yueliang atmete durch den Schmerz und die Demütigung hindurch und bückte sich, um den Knopf aufzuheben. Sie spürte den strengen Blick der alten Dame wie Messerstiche in ihrem Rücken. Der Bambusstab schwankte einem Damoklesschwert gleich über ihr. Zitternd streiften ihre Finger das kühle Perlmutt, und sie hielt für einen Augenblick inne. Ihr Atem kam viel zu schnell, und sie konzentrierte sich auf den weißen Knopf, um sich zu beruhigen. Der schwarze Boden war ein unheilvoller Kontrast zu dem jungfräulichen Glimmer des Perlmutts. Yueliang schüttelte energisch den Kopf und befahl ihren Händen, mit dem Zittern aufzuhören. Ja, sie könnte hier sitzen und nur das Meer aus düsteren Kacheln sehen, in dem der kleine Knopf unterzugehen drohte, oder sie sah, wie hell das Perlmutt im Dunkeln schimmerte. Wie der Sichelmond kurz vor Sonnenaufgang, wenn alle Sterne erloschen waren und die Hoffnung auf den Morgen im Zweifel versickerte. Ein Schlag konnte ihre Haut zum Bersten bringen, aber nicht ihren Stolz. Dafür war sie ihrem Vater eine zu gute Schülerin gewesen. Er hatte immer von dem ewigen Gleichgewicht gesprochen: *Yin und Yang. Wer einatmet, muss auch ausatmen. Wer schlechte Zeiten erduldet, wird auch gute erleben.*

»Schlampig«, zischte Miss Lee neben ihrem Ohr.

Yueliang zuckte zusammen. Die sanfte Stimme ihres Vaters, die sie gerade eben noch so klar in ihrem Geist vernommen hatte, verlor sich in der Grausamkeit ihrer Realität. Der Bambusstab sauste erneut auf sie nieder und streifte ihre Wange.

»Für schlampige Arbeit zahlen die Engländer nicht. Und ich auch nicht.«

Yueliang rieb sich die Wange, bevor sie ein »Verzeihung, Miss Lee« murmelte.

Die alte Dame nickte und setzte ihren Kontrollgang weiter fort. Sie duldete weder Fehler noch Müßiggang.

Bald hätte Yueliang das Geld für die Überfahrt zusammen. Dann könnte sie der Waschküche für immer den Rücken kehren.

»Geht es dir gut?«, flüsterte Yini.

Ihre Freundin hatte ihre Nähmaschine zum Stillstand gebracht und sah ihrer Großmutter missmutig hinterher. Keines der vier Mädchen in Miss Lees Waschküche würde je das Wort gegen die alte Dame erheben, nicht einmal Yini, ihre eigene Enkeltochter.

Ein Bimmeln ertönte, und Miss Lee verschwand zwischen Jacketts und dicken Pelzmänteln, um in den Verkaufsraum zu gelangen. Im Vorbeigehen schlug sie nach Yinis Nähmaschine.

»Ich bezahle dich nicht fürs Nichtstun.«

»Du bezahlst mich gar nicht«, murmelte Yini, doch ihre Großmutter war bereits verschwunden. An Yueliang gewandt sagte sie: »Sie ist nur in der Arbeit so streng. Später entschuldigt sie sich dann wieder. Ich habe eine Ringelblumensalbe angerührt. Ich gebe sie dir dann.«

Yueliang nickte dankbar. Es war nicht das erste Mal, dass Miss Lee unzufrieden mit ihrer Arbeit war. Und auch nicht das erste Mal, dass ihr Yinis wohltuende Salbe Linderung brachte. Wie Ethan wohl die ständigen Schmerzen ertrug? Erst vor wenigen Wochen hatte sie Yini um eine Salbe gebeten, damit sie Ethans Blessuren behandeln konnte.

Yueliang seufzte.

»Denkst du schon wieder an ihn?«, fragte Juan hinter ihr.

»Würdest du dich nicht ständig in Tagträumen über den Nachbarsjungen verlieren, könntest du dich besser konzentrieren«, kicherte auch Lan.

Yueliang biss sich auf die Zunge. Diese Hexen! Sie griff nach ihrem Mondstein und rieb ihn zwischen den Fingern, bis sich ihre angespannten Nerven beruhigten. Lan und Juan standen an einer steinernen Wanne und rührten mit langen Holzstäben in einem Sud aus Wäsche und Bleiche.

»Ich denke nicht an Ethan«, sagte Yueliang.

Die beiden Freundinnen brachen in unkontrolliertes Gelächter aus. Ob es an diesem Ort lag? In dem beengten Raum stank es furchtbar nach Bleiche, und Yueliang vermutete, dass es die Dämpfe waren, die wie gut gealteter Maotai auf Juana und Lan wirkten und sie in gehässige Monster verwandelten.

»Nur manchmal. Ich mach mir eben Sorgen«, wisperte sie, sodass nur Yini es hören konnte. Vor ihr hatte sie keine Geheimnisse. Yini wusste, dass es kompliziert war.

»Lass uns ausgehen«, schlug Lan vor. »Du brauchst Ablenkung. Einen echten Mann, keinen verkorksten Engländer«, verkündete sie belehrend, doch jeder im Raum wusste, dass sie es eigentlich nur auf die Musiker im Wudao abgesehen hatte. Das Tanzlokal, in dem sich vor allem junge Migranten trafen, lockte nicht nur Musiker aus Liverpool in das kleine Städtchen.

»Das Wudao hat heute nicht geöffnet«, wisperte Yini hinter vorgehaltener Hand, um sie daran zu erinnern, ein wenig leiser zu sein.

»Dann eben morgen«, wisperte Lan zurück. »Komm schon, ein wenig unter deinesgleichen zu sein, wird dir guttun. Der Engländer hat dir ganz eindeutig den Kopf verdreht! Was wirst du nur mit all deinen Gefühlen tun, wenn du nach Hongkong zurückkehrst?«

Yueliang stach sich mit der Nähnadel in den Finger und zuckte zusammen. Das Lan immer ihren wundesten Punkt fand! Diese Frau hatte keinen Funken Taktgefühl in ihren Knochen ...

»Ich tue alles, wenn du endlich aufhörst zu reden.«

»Ist das ein Versprechen?« Yueliang seufzte erneut.

»Sie wird nicht lockerlassen«, sagte Yini mit einem hoffnungsvollen Glimmern in den Augen. Yueliang wusste, dass ihre beste Freundin jede Gelegenheit nutzte, um den Fängen ihrer Großmutter zu entkommen.

»Es macht nur Spaß, wenn wir zu viert sind«, mischte sich Juan noch einmal ein.

Yueliang steckte die Nähnadel in das runde Kissen. »Meinetwegen.« Denn auch wenn Lan und Juan nur Vermutungen über sie und Ethan anstellten, so ganz unrecht hatten sie damit ja nicht.

Ethan.

Sie waren von Fremden zu Freunden geworden. Er hatte sie mitgenommen, um ihr seine Welt zu zeigen. Die Wälder von St. Iluna waren zu ihrem Spielplatz geworden. Endlos scheinende Sommer, die Yueliang über den Verlust ihrer Heimat hinweggetröstet hatten, auch wenn sie diese nie hatte vergessen können. Denn so viel Spaß sie auch hatte, wirklich dazugehört hatte sie nie. Sie war immer eine Fremde in einem fremden Land gewesen. Eine junge Frau, die sich nach Lichtern im Himmel sehnte, die es hier nie geben würde.

Yueliang legte die Nähnadel beiseite und begutachtete den Perlmuttknopf, den sie auf dem schwarzen Jackett befestigt hatte.

In Gedanken war sie jedoch bei dem jungen Mann mit den honigblonden Haaren und den leuchtend blauen Augen. Irgendwann waren Ethan und sie von Kindern zu Erwachsenen geworden. Die Unbeschwertheit ihres Zusammenseins war verschwunden.

Und nun war es … kompliziert.

Kapitel 12

St. Iluna, Gegenwart

»Ist es wahr, das Andrew wieder draußen ist?« Ian langte nach seiner Zigarettenschachtel, steckte sich eine Kippe zwischen die Lippen und zündete sie an.

»Du rauchst wieder? Ich dachte, du hättest aufgehört.«

»Aufgehört? Ich habe nie aufgehört.«

Er schob die Packung über den Tisch.

»Wie ungesund, Ian. Du hast dich wirklich überhaupt nicht verändert. Obwohl ... stimmt nicht ganz. Du bist viel größer geworden.«

Der einstmals beste Freund seines Vaters und Anwalt der Familie Sullivan, Christopher Howers, schenkte ihm ein aufmunterndes Lächeln. Dann nahm er sich ebenfalls eine Zigarette.

»Beantworte einfach meine Frage, Christopher.«

»Ja.«

»Ja, was?«

»Ja, Andrew ist draußen.« Er paffte eine graublaue Rauchwolke an die Decke seines Büros.

»Du hättest es mir sagen müssen.« Ian dämpfte seine Zigarette aus und lehnte sich weiter über den Tisch. »Eine Warnung wäre nett gewesen.«

Christopher seufzte. »Du hast recht. Ich wollte es dir sagen. Ian ... ich dachte nicht, dass er dich als Erstes kontaktieren würde, sobald er draußen ist. Ich verstehe nicht, warum er dich überhaupt wieder in diese Sache hineinzieht.«

»Weil er mir die Schuld gibt.«

»Aber es war nicht deine Schuld! Du warst nur zur falschen Zeit am falschen Ort. Fakten belegen das.«

Ian lehnte sich in dem Stuhl zurück. Seine Mundwinkel zuckten. »Warum fühlt es sich dann nicht so an? Wir beide wissen, dass ich Mitschuld hatte.«

»Unsinn!« Christopher schlug mit der flachen Hand auf den Tisch. »Du warst ein unschuldiger Junge, der einen Fehler gemacht hat! Und diesen Fehler hast du nur deshalb begangen, weil dein bester Freund, der Sohn des Polizeichefs, dich zum Sündenbock machen wollte. Du wärst niemals dorthin gegangen, hätte er dich nicht angerufen und hinbestellt. Die Wahrheit ist, dass du der Grund bist, warum nicht noch mehr Menschen gestorben sind. Wann wirst du das nur endlich in deinen Dickschädel bekommen?«

Ian zuckte mit den Schultern. »Ich weiß nicht. Vielleicht niemals. Ich ... ich habe Angst.«

»Ich habe ein Wegweisungsgebot erwirkt. Andrew darf sich dir nur auf hundert Meter nähern.«

»Gilt das auch für Millie?«

Sein Anwalt nickte. »Für die ganze Familie.«

Die ganze Familie. Aber nicht für Luana und ihre Großmutter.

»Ich verstehe ja, dass du Angst hast. Aber du kannst der Polizei vertrauen. Sie haben zugesagt, öfter bei euch vorbeizufahren! Officer Mable setzt alles daran, Andrew zu finden und ihn zur Vernunft zu bringen.«

»Ich habe keine Angst um mich. Ich habe Angst um jemanden, der mir sehr wichtig ist.«

Christopher blickte ihn überrascht an. »Jemand, der dir wichtig ist? Gibt es da etwa eine Frau in deinem Leben, von der ich noch nichts weiß?«

»Sie wohnt erst seit Kurzem neben uns.«

»In dem verfallenen Haus neben der Bäckerei?«

»Ja.«

»Ihr seid doch nicht etwa verwandt ...?«

Ian hob eine Augenbraue. »Natürlich nicht. Sie gehört zur Familienlinie meines Ururgroßonkels väterlicherseits, aber wir sind nicht verwandt, da ihre Urgroßmutter ein Adoptivkind war.«

»Ah, na dann ist es gut. Und du magst sie? Ist sie hübsch? Deinem Vater würde es gefallen zu wissen, dass du nicht einsam bist.«

Ich bin immer einsam. Außer sie ist bei mir.

»Kann man diese Verfügung auch für sie erwirken?«

Christopher schüttelte den Kopf. »Nein, da sie nicht in den Fall verwickelt war. Außerdem können wir nicht davon ausgehen, dass sie in Gefahr ist, nur weil Andrew entlassen wurde. Wenn sie erst vor ein paar Wochen hier angekommen ist, dann ist es unwahrscheinlich, dass er von ihr weiß. «

»Er hat mir am Telefon gedroht, Chris! Wenn das nicht Grund genug ist?«

»Dir. Aber nicht deiner ... Freundin. Trotzdem werde ich darum bitten, dass man bei der Polizei auch darauf ein Augenmerk legt. Ich hatte so gehofft, dass er dich in Ruhe lässt. Seine Zeugnisse während seiner Haftzeit waren hervorragend. Keine Raufereien, kein Drogenschmuggel, nichts. Er hatte eine weiße Weste, wie man so schön sagt. Darum hat der Richter seiner vorzeitigen Entlassung überhaupt erst zugestimmt.«

»Eine weiße Weste ...« Ian seufzte.

Christopher zog eine weitere Zigarette aus Ians Schachtel. »Wirst du zurechtkommen? Ich meine ...«

»Ich werd's schon schaffen.«

Mit viel Arbeit, Alkohol und wenig Schlaf werde ich es schaffen.

»Hast du meinen Rat eigentlich jemals in Erwägung gezogen? Ich meine, bist du zu Doktor Cheung gegangen und hast mit ihr über die Sache von damals gesprochen?«

»Ich brauche keine Hilfe von irgendeiner dahergelaufenen Quacksalberin.«

»Sie ist eine renommierte Ärztin! Und du bist genauso ein Sturkopf wie dein Vater.«

Jetzt musste Ian grinsen. Sturheit schien eine Eigenschaft zu sein, die jeder Person, die zu seiner Familie gehörte, in die Wiege gelegt worden war.

»Ian?« Christopher drückte seine Zigarette aus, drehte sich um und stellte zwei teure Kristallgläser auf den blank polierten Mahagonitisch. Bernsteinfarbene Flüssigkeit glitzerte darin. »Versprich mir, dass du noch mal darüber nachdenken wirst. Die Zeit ist viel zu schnell vergangen, aber wie mir scheint, nicht für dich. Wenn du jetzt eine Frau hast, die dir mehr bedeutet als irgendein Techtelmechtel ohne Verpflichtungen, dann solltest du deinen Hintern heben und etwas für dich selbst tun. Denn sonst wird sie deine Probleme früher oder später mitschultern müssen. Und das könnte das Ende bedeuten. Glaub mir, ich weiß, wovon ich rede, sonst müsste ich nicht für zwei Ex-Frauen und zwei Kinder Unterhalt zahlen.«

Ian nickte. »Ich werde darüber nachdenken.«

»Gut. Und ich werde mich wie besprochen um die Sache mit Andrew kümmern. Sobald ich etwas Neues weiß, melde ich mich bei dir. Bis dahin rate ich dir, dein Leben zu genießen, aber trotzdem keine Dummheiten zu machen.«

Nachdem er sich von Christopher verabschiedet hatte, fand sich Ian, wie von Geisterhand gelenkt, an dem Ort seiner Albträume wieder. Ein baufälliges Herrenhaus aus der Jahrhundertwende. Von außen wirkte das Gemäuer so unschuldig. Aber von innen – er umfasste die gedrehten Metallstäbe des Zauns so fest, dass er sich schmerzhaft in seine Handflächen grub.

Christopher hatte ihn gewarnt, nichts Dummes zu tun.

Trotzdem war er hier. Das erste Mal seit zehn Jahren. Sein Handy läutete, aber er drückte die unbekannte Nummer weg. Andrew. Kalter Schweiß brach ihm aus, sein Herz pumpte viel zu schnell, und das Blut rauschte ihm in den Ohren, sodass er kaum etwas hören konnte. Nur seinen stockenden Atem.

»Scheiße …«

Warum nur war er in diese Straße eingebogen, statt einfach die Hauptstraße entlangzuspazieren und auf dem Heimweg in der Buchhandlung vorbeizuschauen, wie Millie es ihm aufgetragen hatte? Weil er geglaubt hatte, alles wäre jetzt anders? Aber da hatte er sich geirrt. Er hatte sich nicht verändert. Er war immer noch derselbe. Und *sie* blieb tot.

Es ist deine Schuld, flüsterte ihm eine leise Stimme zu. *Du bist schuld, dass ich gestorben bin.*

Ian taumelte, und ein verzweifelter Laut verhallte zwischen ihm und dem Haus. Es klang wie der Schrei einer Frau. Oder war das seine eigene Stimme gewesen, die ihm einen Streich gespielt hatte?

Hast du etwa geglaubt, du könntest einfach so weiterleben? Mach dich nicht lächerlich! Wenn die Zeit gekommen ist, wirst du schon wissen, was ich damit meine. Ich wünsche dir ein schönes Leben, bester Freund! Aber genieß es nicht zu sehr. Denn du weißt nie, was es noch für dich bereithält. Das waren Andrews letzte Worte an ihn gewesen, bevor sie ihn aus dem Gerichtssaal geführt hatten.

Ian löste seine Finger von den schwarzen Streben und raufte sich das Haar, während er ein paar Schritte über den Bürgersteig taumelte. Die schwarz gebrannten Fenster riefen seinen Namen. Auf dem Dach des Hauses drehte eine Sonnenuhr ihre quietschenden Runden.

Erneut vibrierte sein Telefon.

Ian zuckte zusammen, und das Mittagessen kroch seine Speiseröhre hoch.

Wärst du nur schneller da gewesen, dann hätte ich überlebt!

»Nein, du warst schon lange tot, als Andrew mich anrief!«

Alles nur, weil ein Drogendeal schiefgegangen war.

Du glaubst das, ja?

»Ja!«

Ian schloss die Augen. Er musste hier weg, und zwar so schnell wie möglich! Langsam drehte er sich um, die Übelkeit quetschte ihm die Eingeweide zusammen, und er krümmte sich nach vorn. Gleich würde er sich übergeben.

»Ian?«

Eine vertraute Stimme ließ ihn aufhorchen.

»Ian, was ist mit dir?«

Sie kam näher. Luana?

»Mein armer Junge!«

An'an?

»Ian!«

Millies Schrei dröhnte in seinem Kopf wie eine verstimmte E-Gitarre und hinterließ ein lang gezogenes Pfeifen in seinen Ohren. Instinktiv duckte er sich weg, als erwartete er, dass sie ihm eine Ohrfeige verpasste. Dabei stolperte er und landete hart auf den Knien.

»Millie, was ist mit ihm?« Luana klang panisch.

»Dieses dämliche Haus! Los, wir nehmen ihn zwischen uns und verschwinden, bevor seine Panikattacke noch schlimmer wird!«

Ein vertrauter Duft kitzelte seine Nase, und der Geruch von Jasmin und Orangenblüte hüllte ihn ein.

»Weiter, Ian, jetzt reiß dich zusammen, verdammt! Ein Fuß vor den anderen ... Ja, genau so. Warum bist du überhaupt hier? Wenn wir nicht zufällig vorbeigekommen wären ... Ich will mir gar nicht ausmalen, was dann mit dir passiert wäre!«

Ihre Worte prallten dumpf an seinem Schädel ab.

»Halt dich an mir fest, Ian. Ich stütze dich«, flüsterte Luana ihm zu. Dabei zog sie ihn noch einmal hoch, als wollte sie ihn Huckepack nehmen.

Scheiße! Er wollte nicht, dass Luana ihn so sah! Aber was blieb ihm anderes übrig? Alles um ihn herum summte, sein Herz drohte, ihm aus der Brust zu springen, und seine Haut kribbelte, als würde er von innen heraus verbrennen.

»Luana ...?«

»Ich ... ich bin hier.«

Sein Kopf sackte auf ihre Schulter. Verdammt, warum fiel es ihm nur so schwer, die Augen offen zu halten?

»Nur noch ein kleines Stück, dann haben wir es geschafft! Oh, ihr Ahnen, wie konntet ihr das nur zulassen?«

»Lu...ana, es ... es tut mir ... leid.«

Ihr warmer Atem wehte ihm ins Gesicht. Weil sie ihn ansah?

»Ich ... mag ...«

»Konzentrier dich, Ian! Du kannst ihr deine Liebe auch später gestehen!«, blaffte Millie ihn an.

Luana atmete geräuschvoll aus, wobei sie ihn noch fester an sich drückte.

War es ein Zufall? Oder suchte sie seine Nähe absichtlich? Endlich fiel das Gartentor hinter ihnen ins Schloss.

Sein Handy vibrierte in der Hosentasche.

Als Ian das nächste Mal die Augen öffnete, fand er sich in seinem Bett wieder. Es war dunkel, nur ein schmaler Lichtstreifen schenkte genügend Helligkeit, um seine Umgebung zu erkennen.

Millies Nachtlicht.

Sie musste es hingestellt haben, nachdem sie ihn hergebracht hatten.

Millie und ... Luana.

Ian stieß einen lauten Seufzer aus. Hitze kroch ihm ins Gesicht, als er sich daran erinnerte, wie sie ihn gehalten und ihm Worte ins Ohr geflüstert hatte. Ihr warmer Atem auf seiner Haut. Der melodische Klang ihrer Stimme ... Sein Puls beschleunigte sich und eine Gänsehaut kribbelte über seine Arme. Es war das erste Mal seit einer Ewigkeit, dass er eine Panikattacke gehabt hatte. Natürlich zum falschen Zeitpunkt und ausgerechnet vor Luana, der einzigen Frau, vor der er nicht hatte schwach wirken wollen. Verdammt, es passte ihm überhaupt nicht, dass sie ihn so erlebt hatte! War es Zufall gewesen, oder hatten sie nach ihm gesucht? Er konnte sich nicht mehr an Millies Worte erinnern.

Ich brauche frische Luft!

Ruckartig setzte er sich auf und stolperte aus dem Bett. Doch als seine Füße den Boden berührten, wurde ihm schwarz vor Augen.

»Fuck!«

Er schwankte, klammerte sich aber ans Fensterbrett und wartete, bis die Finsternis verschwand. Als er einigermaßen sicher stand, verließ er das Zimmer. Im Wohnzimmer brannte noch Licht, und der Fernseher lief. Millie lag zusammengerollt auf der Couch, umgeben von vollgerotzten Taschentüchern. Sie hatte geweint. Wegen ihm.

Es tut mir so leid, kleine Schwester!

Obwohl es nicht das erste Mal gewesen war, dass sie ihn in solch einem Zustand vorgefunden hatte, fühlte er Scham.

Ich bin ein schlechter großer Bruder.

Vorsichtig nahm er ihr die Fernbedienung aus der Hand und drehte den Ton leiser. Dann breitete er die flauschige Decke über ihr aus und dimmte das Licht, bevor ihn eine unsichtbare Macht nach draußen zog. Kühle Luft schlug ihm ins Gesicht, als er die Verandatür öffnete, und er schloss die Augen. Was Luana jetzt wohl von ihm dachte? Hielt sie ihn für einen Schwächling? Oder einen Verrückten? Würde sie jemals wieder auch nur ein Wort mit ihm wechseln? Und was zum Teufel hatte er sich nur dabei gedacht? Warum war er überhaupt an diesen Ort zurückgekehrt? Dabei wusste er doch selbst am besten, dass es nicht gut für ihn war, sich der Vergangenheit in den geifernden Schlund zu werfen. Er war einfach nicht stark genug.

Ian warf einen Blick auf die andere Seite. Obwohl die Teestube im Halbdunkel lag, konnte er die Umrisse des Fensters im ersten Stock erkennen. Dort schlief Luana auf einer Matratze auf dem Boden. Ein wehmütiges Ziehen verengte seine Brust. Am liebsten wollte er zu ihr gehen, einfach bei ihr sein.

Aber konnte er das? So, wie er war? Er wollte es. Sehr sogar! Und sie schien ähnlich zu fühlen. Zumindest glaubte er das.

Er musste mit ihr reden …

Würde sie seine Dunkelheit akzeptieren, wenn er ihr sein Herz ausschüttete? Traurig ließ er den Kopf hängen und drehte sich um, wobei er gegen den Terrassentisch stieß. Das leise Klirren von Glas weckte seine Aufmerksamkeit, und er schaltete die Laterne neben der Tür ein, um besser sehen zu können.

Da stand ein Teller mit einem quadratischen Kuchen, in dessen Kruste ein kunstvolles Bild gedruckt war. Ian erkannte ein Kaninchen und chinesische Schriftzeichen. Waren das die berüchtigten Mondkuchen, von denen An'an erzählt hatte? Ian nahm das Gebäck in die Hand. Es war schwer, vermutlich gefüllt, und roch nach Zuckersirup. Während er es von allen Seiten betrachtete und immer wieder daran schnupperte, segelte ein Stück Papier zu Boden.

Ich habe unser Familienrezept ausprobiert. Ich weiß, er ist nicht so schön wie deine Zuckerblume, aber vielleicht, nun … womöglich wird er dir trotzdem schmecken. Ich habe den Kuchen mit süßem Bohnenmus und Nüssen gefüllt. Schreib mir, ob er dir geschmeckt hat, Năinai ist schon ganz aufgeregt deshalb. Meine Nummer steht auf der Rückseite.
Luana
PS: Das ist ein ziemlich unförmiger Mondkuchen!

Ians Mundwinkel zuckten vor Belustigung, als er in den Kuchen biss und sich vorstellte, wie Luana in der Teestube stand und mit konzentrierter Miene den Teig knetete. Diesen Ausdruck hatte er schon öfter bei ihr gesehen. Vielleicht hatte sie aber auch gelächelt, weil sie an ihn dachte … Ein zufriedenes Stöhnen kam ihm über die Lippen, als das Bohnenmus samtig weich auf seiner Zunge zerging. Die Nüsse waren geröstet und verliehen der Füllung eine zuckrig-rauchige Note.

Luana.

Sie hatte das für ihn gemacht. Sein Herz machte einen aufgeregten Sprung.

Ganz egal, was auch geschehen war, er würde sich nicht von der Finsternis verzehren lassen!

Kapitel 13

St. Iluna, Frühling 1926

Yueliang verneigte sich zum Abschied vor Miss Lee und verließ die Wäscherei durch den Hinterausgang. Von dort gelangte sie in einen großzügig angelegten Garten. Der Frühlingswind blies ihr sachte um die Ohren und ließ sie trotz der milden Temperaturen frösteln. Sie band ihre graue Jacke mit einer Kordschnur enger zusammen.

Als sie vor gut einem Jahr zum ersten Mal den Garten gesehen hatte, waren ihr die Tränen gekommen, weil sie die liebevoll gestaltete Landschaft so sehr an den Garten ihrer Großeltern erinnerte. Im Vorbeigehen warf sie ein paar Brotkrumen in den Teich, auf die einige Entenküken mit ihrer Mutter zu schwammen. Kurz erlaubte sie sich zu vergessen, wo sie war und was sich hinter den Mauern dieses Refugiums befand. Sie wanderte durch die Reihen knospender Kirschbäume und dachte an die Mondgöttin in ihrem Palast der Stille und Einsamkeit.

Hinter einem kleinen Hügel, versteckt zwischen hochgewachsenen Chrysanthemen, fand sie ein steinernes Tor, das sie viel zu schnell zurück in die Wirklichkeit brachte. Es war Mittagszeit und die Menschen auf den Straßen von St. Iluna beeilten sich, nach Hause zu kommen, um vor der Arbeit am Nachmittag noch eine warme Mahlzeit genießen zu können. Obwohl es alle eilig zu haben schienen, spürte Yueliang die neugierigen Blicke, die sich förmlich in ihren Rücken bohrten. Es war egal, wie unscheinbar sie sich kleidete und wie geduckt sie ging. Je älter sie wurde, desto anstrengender wurde es. Sie schüttelte ihre trüben Gedanken wie eine lästige Fliege ab, schließlich könnte es auch weitaus schlimmer sein. Die Musiker aus Liverpool erzählten oft die schrecklichsten Geschichten aus der Stadt.

Dennoch war sie erleichtert, als der Wind die Klänge eines Glockenspiels an ihr Ohr trug, denn das bedeutete, dass die Teestube nicht mehr weit war …

»Du kommst spät«, sagte ihre Mutter streng, kaum dass sie einen Fuß über die Schwelle gesetzt hatte.

Chen Lu und Sarah Sullivan saßen konzentriert über bunte Mah-Jongg-Steine gebeugt und aßen Mondkuchen, während Robert sich um das Mittagsgeschäft kümmerte.

Yueliang ignorierte den Kommentar ihrer Mutter und schnappte sich eine Schürze, um Robert zu unterstützen. Ihr Stiefvater musterte sie, und ihr entging die echte Besorgnis in seinen Augen nicht. Es gefiel ihm nicht, dass sie bei Miss Lee arbeitete. Er hätte sie lieber auf einer englischen Schule gesehen, dass sie sich mehr anpasste und versuchte, ein Teil dieser, *seiner* Welt zu werden.

Yueliang lächelte ihm zu und verbeugte sich. Nie würde sie die rüden englischen Gepflogenheiten annehmen. Und Robert würde nie verstehen, dass die Welt, in der er lebte, nie die ihre werden würde. Ihre Mutter hingegen hätte angepasster nicht sein können. Yueliang schielte zu der Frau hinüber, die sich bis auf ihre Gesichtszüge in keinster Weise mehr von den Engländern unterschied. Diese Frau wurde mit jedem Tag, den sie hier verbrachten, mehr und mehr zu einer Fremden für sie. Die liebevolle Mutter ihre Kindheit existierte nicht mehr, die anmutig stille Schönheit, in die ihr Vater sich verliebt hatte, war verschwunden; der gutmütige Geist, der sich bis zum Schluss um ihren sterbenden Mann gekümmert hatte, war mit ihm ins Jenseits gezogen. Die Wahrheit war: Yueliang wusste nicht, wer dort am Tisch saß, Mah-Jongg spielte und dabei eine Zigarette rauchte.

Sarah kicherte und leerte ihr Weinglas in einem Zug. Irgendwann in den letzten Jahren hatte sie zu trinken begonnen. Sie hatte begonnen und nicht mehr aufgehört. Yueliang wandte den Blick von den beiden Frauen ab. Der bittere Geschmack von Galle lag auf ihrer Zunge. Bald schon ... ja ... wirklich bald hatte sie das Geld für die Überfahrt zusammen. Dann würde sie diesem Land, das die Seelen der Menschen verpestete, für immer den Rücken kehren. Auch wenn sich ihr Herz bei dem Gedanken, ihre Freunde zurücklassen zu müssen, traurig zusammenzog. Ihr Kopf wusste, dass die Entscheidung richtig war.

Es war bereits dunkel, als Yueliang ihre erste Verschnaufpause einlegte. Sie saß im Garten auf dem kleinen Dach von Yútús Verschlag und sah dem in die Jahre gekommenen Hasen dabei zu, wie er Grashalme kauend über die Wiese hopste.

»Uns sind Möhren vom Abendessen übrig geblieben.« Jacob war in den Garten gekommen und reichte Yueliang einen Teller mit Gemüse.

»Danke.«

Sie schenkte ihm ein ehrlich gemeintes Lächeln. Er wurde sofort rot.

»Das tu ich nicht für dich, sondern für den Hasen«, fauchte er sie an und verschwand schnell wieder im Haus.

Yueliang schüttelte den Kopf. Auch wenn ihre Beziehung zu den Zwillingen nicht mehr feindselig war, gab ihr Jacobs Verhalten oft Rätsel auf. Sie war sich nie sicher, ob er sie nun mochte oder nicht.

»Wenn das nicht meine hübsche Cousine ist.«

Ethan steckte seinen Kopf durch die Wachholderhecke hindurch. Mit ein wenig Mühe schlängelte er sich durch das dichte Blattwerk und setzte sich zu Yueliang auf den Hasenverschlag. Er roch nach kaltem Rauch, und im Licht des Mondscheins konnte sie die frischen Wunden in seinem Gesicht deutlich erkennen. Getrocknetes Blut klebte auf seiner Nase, auf seinem Kinn, und über seinem linken Auge klaffte eine Platzwunde.

»Ich bin nicht deine Cousine«, murmelte Yueliang und versuchte, ein wenig Abstand zwischen sich und Ethan zu bringen, was kein leichtes Unterfangen war, wenn sie nicht vom Verschlag herunterplumpsen wollte. Schlussendlich war ihr Plan nach hinten losgegangen, sie war Ethan noch nähergekommen, weil sie sich seitlich gedreht hatte und er sofort dichter an sie herangerutscht war.

»Hast du dich schon wieder geprügelt?«, fragte sie deswegen gereizter, als sie es eigentlich beabsichtigt hatte.

Er ignorierte ihre Frage und wedelte mit einem Geldbündel vor ihren Augen herum.

»Hier bitte, Frau Buchhalterin. Jetzt sind wir unserem Traum wieder ein Stück näher.«

Yueliang schnappte sich das Bündel. »Besser wäre es, du würdest in einem Stück bleiben, bis wir das Geld zusammen haben.«

Ethan zuckte mit den Schultern. »Die Reichen zahlen gut und sogar noch besser, wenn Blut spritzt.«

Yueliang knirschte mit den Zähnen. Und da behaupteten die Engländer doch tatsächlich, ihr Volk – die Chinesen – sei barbarisch ...

»Sieht dein Gegner wenigstens genauso schlimm aus wie du?«

»Schlimmer.«

Ethan grinste, und Yueliang entkam ein lang gezogener Seufzer. Sie scheuchte Ethan von dem Hasenverschlag herunter, um das Geld unter Yútús Heulager zu verstecken. Dort lagen bereits ihr Trinkgeld von heute und der Sold aus der Waschküche. Unter einem losen Brett im Boden des Stalls war ein Loch, in dem sich der Rest ihrer Einnahmen befanden.

»Du bist viel zu vorsichtig«, sagte Ethan und half ihr, das abnehmbare Dach wieder auf dem Verschlag zu positionieren. Er setzte sich und zog sie in eine etwas unfreiwillige Umarmung. Ihre Wangen begannen zu glühen. Warum nur brachte seine Nähe ihren ganzen Körper zum Kribbeln?

Yueliang blickte zur Bäckerei. Hier hinten im Garten waren sie vor neugierigen Blicken geschützt. Yueliang verharrte für ein paar Sekunden in Ethans Armen, bevor sie wieder Abstand zwischen sich und ihn brachte. Ganz entkommen ließ er sie jedoch nicht, er behielt ihre Hand in seiner und streichelte über ihre wunden Fingerkuppen. Yueliang konnte ein leises Wimmern nicht unterdrücken. Der Bambusstab hatte tiefere Wunden hinterlassen, als sie vermutet hatte. Sofort stieg ihr die Schamesröte ins Gesicht. Ethan saß wie ein geschlagener Hund neben ihr, und sie miaute wegen ein paar Kratzern.

Sie nahm ein Taschentuch aus ihrer Rocktasche und befeuchtet es mit ihren Lippen, bevor sie vorsichtig Ethans Gesicht damit abtupfte. Er strich weiter behutsam über ihre Finger. Sie spürte jede einzelne seiner Narben und Brandblasen, die er von der harten Arbeit in der Backstube davongetragen hatte, und sie wusste, dass er sich seiner Hände wegen immer noch schämte, aber nicht vor ihr. Ein verträumtes Lächeln umspielte seine Züge und trieb ihren Puls weiter in die Höhe. An seinem Blick erkannte sie, dass er tief in Gedanken versunken war. Deswegen überraschte es sie, als er ihre Hand anhob und einen Kuss auf ihre geschundenen Knöchel hauchte.

»Jemand sollte der alten Dame den Stock wegnehmen«, flüsterte er grimmig.

Yueliangs Herz pochte.

Es wurde schon wieder kompliziert. Sollte sie einen Schritt auf ihn zumachen oder einen zurückweichen?

Er zog sie wieder in eine Umarmung, und sie ließ es geschehen.

Nachdem sie keinen Widerstand leistete, wurde er forscher und zog sie auf seinen Schoß. Wo sie es sogar zuließ, dass er sein Gesicht in ihrem Nacken vergrub. Sein Atem kitzelte sie hinter ihrem Ohr, doch sie hielt still. Denn in seinem klammernden Griff lag keine Leidenschaft, sondern Verzweiflung. Sie hatte die Situation falsch eingeschätzt. Sein Lächeln hatte sie verwirrt, und ihre eigenen Gefühle hatten ihre Sicht verklärt. Sie hatte nicht gesehen, wie verletzt er tatsächlich war. Nicht nur äußerlich. Sie hatte das Bild von dem blutenden Jungen am Boden nach all den Jahren noch deutlich vor Augen. Manche Wunden waren so tief, dass sie sich in die Seele brannten. Und dann diese Kämpfe. Das Menschen Geld dafür bezahlten, dass er sich vor ihren Augen die Seele aus dem Leib prügelte. Einfach widerwärtig. Sein Leben war eine Odyssee aus Schmerz und Verzweiflung. Deswegen hielt er sie heute im Arm und suchte ihre Nähe. Er brauchte einen Anker. Einen Menschen in seinem Leben, der den Schmerz von ihm nehmen konnte. Denn er brauchte einen Ort, einen sicheren Hafen, an dem er mit all seinen Wunden und Narben ankommen konnte, wo er willkommen war – und sie wollte für ihn diese Zuflucht sein.

Er hielt sie so fest, als könnte er dadurch die Welt daran hindern, sich weiterzudrehen. Yueliang stiegen die Tränen in die Augen. Wenn sie es könnte, würde sie es für ihn tun. Stattdessen legte sie ihre Arme um ihn und erwiderte seine Geste der Zuneigung. Sie begegnete seiner Verzweiflung mit all dem Guten, das sie in sich finden konnte. Sie dachte an ihren Vater und ihre Großeltern, an die schwebenden Laternen im Himmel und versuchte, all ihre positive Energie auf Ethan zu übertragen. Sie strich ihm sachte über den Rücken und begann, ein altes chinesisches Wiegenlied zu summen. Eines, von dem sie wusste, dass Ethan es gernhatte. Er würde sich vor ihr keine weitere Blöße geben, doch sie spürte die gewaltige Summe der ungeweinten Tränen in jedem stockenden Atemzug, und es brach ihr das Herz. Ethans Traum war nicht nur ein Traum, es war sein einziger Ausweg aus diesem Albtraum. Es konnte für sie keine gemeinsame Zukunft geben, sie durfte diese komplizierten Gefühle nicht zulassen. Ethan musste weg von hier und sie auch, sonst würde noch ein großes Unglück über sie hereinbrechen. Yueliang spürte, wie die Last ihrer Gedanken sie hinabschubste, doch sie musste stark bleiben. Für sich selbst und für Ethan. Gemeinsam hierzubleiben wäre für sie beide der Untergang.

Und so saßen sie da, bis der Mond an ihnen vorbeizog und sie in der Dunkelheit zurückließ. Bis man die Wunden ihrer Seelen nur noch erahnen konnte. Bis sie sich schließlich loslassen mussten und die Welt sich einfach weiterdrehte ...

Kapitel 14

St. Iluna, Frühling 1926

Mit starrer Miene saß Yueliang vor der Nähmaschine. Yini hatte sie bereits des Öfteren mit dem Ellenbogen in die Seite gestupst, um zu verhindern, dass sie wegnickte. Sie war die ganze Nacht wach gelegen und hatte an Ethan gedacht, hatte versucht, Klarheit in das Gefühlschaos in ihrem Inneren zu bringen. Was empfand sie für ihn? Mehr als für einen Freund? Anders als für einen Bruder? Ihr Atem stockte jedes Mal, wenn sie ihn sah. Es reichte schon, an ihn zu denken, und ihr Puls beschleunigte sich.

Und wenn sie zusammen waren, kamen die dümmsten Wörter aus ihrem Mund heraus.

Und wenn er ihr nahe kam, leuchteten Hunderte von Laternen in ihrem Herzen auf.

Und wenn sie all seine Wunden und Blessuren sah, würde sie am liebsten die Welt niederbrennen und eine kleine Welt schaffen, in der nur Ethan und sie in Sicherheit leben konnten.

Und was empfand Ethan für sie? Er suchte ständig ihre Nähe, doch er wollte nie mehr von ihr als eine Umarmung. Vielleicht interpretierte sie zu viel in all diese kleinen Gesten hinein. Schließlich betonte er ja immer, dass sie seine Cousine war. Und vermutlich war sie auch nicht mehr als das für ihn. Es klang logisch, fühlte sich aber falsch an.

Und noch eine Sache hielt sie nachts wach. Eine, die noch beängstigender war als ihre Gefühle für Ethan: ihre Reise nach Hongkong.

Bald hatte sie das Geld zusammen. Ihrer Mutter hatte sie bereits erzählt, dass sie Geld für eine Überfahrt zusammensparte, um ihre Großeltern zu besuchen. Dass sie nicht vorhatte zurückzukehren musste sie ja nicht erwähnen. Ihre Mutter war natürlich dagegen, aber die ersten Brotkrumen waren gestreut. Sie müsste nur Robert davon überzeugen, dass es eine gute Idee war. Dennoch – wenn sie an das große Schiff, die weite Reise und alles, was sie hier zurücklassen würde, dachte, dann füllte sich ihr Bauch mit Steinen.

»Yueliang, pass doch auf«, zischte Yini.

Erschrocken fuhr sie hoch. Wenn Miss Lee sehen würde, wie schlampig ihre Naht war, dann würde sie wieder den Bambusstab zu spüren bekommen. Yueliang straffte den Rücken und konzentrierte sich auf die Nadel, die in beängstigender Schnelligkeit rauf- und runtersauste. Sie drosselte die Geschwindigkeit. Gut, dass Miss Lee nicht da war. Sie stand im Verkaufsraum und bediente den ersten Kunden des Tages.

»Ich würde gern die Arbeitskleidung meines Vaters grundreinigen lassen.«

Yueliang stockte der Atem, weil sie die Stimme erkannte.

»Und ein paar Knöpfe müssen ebenfalls angenäht werden.«

Und diese Stimme auch.

Samuel und Jacob?

Verwirrt hielt sie inne.

Warf da jemand Kieselsteine gegen das Fenster?

Juan und Lan, die anscheinend dasselbe gehört hatten wie sie, stürzten zum Fenster und rissen es auf, noch bevor Yueliang oder Yini – die Stimme der Vernunft – etwas sagen konnten. Ethan kletterte durch das offene Fenster hinein und brachte den Frühlingswind mit sich. Sein Blick suchte ihren, und ein keckes Lächeln umspielte seine Lippen.

»Was zur Hölle?«, formte Yueliang mit ihrem Mund, doch Ethan ignorierte sie.

Er deutete den Mädchen an, leise zu sein, und verschwand geschmeidig wie eine Katze zwischen den dicken Pelzmänteln.

Lan und Juan starrten sich mit offenem Mund an, bevor sie sich quer durch den Raum drängten, um besser sehen zu können. Yini fasste nach Yueliangs Hand. Die Freundinnen sahen sich an und wussten, was die jeweils andere dachte. Wenn Miss Lee Ethan erwischen würde, wäre Yueliang ihren Job los.

»Können Sie die Wäsche auch bleichen?«

»Im Ärmel ist ein Riss, der muss genäht werden! Sehen Sie? Hier! Nehmen Sie das Hemd in die Hand, Sie müssen den Riss mit Ihren Fingern ertasten, er ist nur sehr klein.« Samuel und Jacob redeten ohne Unterlass auf Miss Lee ein.

Was hatten die drei nur vor?

Die Mädchen verharrten in absoluter Stille. Wenn sich Miss Lee jetzt umdrehte, würde sie Ethan auf jeden Fall entdecken. Yueliang legte sich schon die richtigen Wörter parat, mit denen sie Ethan heute Abend die Standpauke seines Lebens halten würde.

So ein Idiot!

Nach ein paar Sekunden, die sich für Yueliang wie das Warten auf den Morgen in der Neujahrsnacht angefühlt hatten, tauchte Ethan wieder auf. Stolz präsentierte er ihnen Miss Lees Bambusstab, und noch bevor Yueliang Einwände erheben konnte, zerbrach er den Stock in zwei Teile.

Yueliang wurde schlecht. Deswegen war Ethan so ein Risiko eingegangen? Sie könnte ihren Job verlieren! Und wenn Miss Lee die Constables rief, hätte das sogar für ihn Konsequenzen. Dieser Wahnsinnige! Am liebsten hätte sie ihn erwürgt. Doch ein winziger Teil in ihrem Herzen schmolz gerade wie Schnee in der Sonne dahin.

Ethan zwinkerte Yueliang zu und verbeugte sich galant vor den anderen Mädchen, bevor er samt zerbrochenem Bambusstab durch das offene Fenster verschwand. Yini schloss das Fenster so schnell wie möglich hinter ihm und blickte entsetzt in die Runde.

»Gar nicht schlecht für einen Engländer …« Juan hatte ihre Stimme als Erste wiedergefunden.

»Und niedlich ist er auch noch«, kam es wenig hilfreich von Lan.

Yueliang rauschte das Blut in den Ohren. Ethan machte es schon wieder komplizierter. Ihr Entschluss hatte doch festgestanden? Ihr Herz durfte nicht jedes Mal ins Stocken geraten, wenn sie an ihn dachte. Und nun hatte das arme Organ in ihrer Brust mit einem schweren Schluckauf zu kämpfen.

Yini nahm ihre Hand und drückte sie behutsam. »Geht es dir gut?«

Wie sollte sie diese Frage beantworten?

Die Glocke an der Tür bimmelte, und die Mädchen beeilten sich, zurück an ihre Plätze zu kommen.

Miss Lee erschien, und als sie das nächste Mal den Bambusstab zücken wollte und nicht konnte, mussten die Mädchen sich sehr zusammenreißen, um nicht in ein ungehöriges Gelächter auszubrechen.

Kapitel 15

St. Iluna, Gegenwart

»Luana, hast du gerade Zeit? Ich könnte deine Hilfe brauchen, Kleines ...«

Luana stand in Gedanken versunken vor dem wandhohen Gemälde der Chang'e und betrachtete es.

»Hm.«

»Kannst du den Reis waschen? Ich kümmere mich gerade um das Hühnchen.«

»Ist gut.«

»Wo ist die Austernsoße? Warst du denn nicht vor ein paar Tagen mit Millie bei Gu im Laden?«

»War ich ...«

»Und hast du sie auch mitgebracht? Ich kann sie nämlich nirgends finden!«

»Hab ich.«

Zwei kleine, warme Hände schlossen sich um ihr Gesicht. Es war ihre Großmutter, die sich ihr auf Zehenspitzen entgegenreckte. »Mèngxiǎng jiā«, rief sie.

Träumerin ...

Luana atmete tief ein und aus. Dann nickte sie und neigte ihren Kopf, bis sich ihre Stirnen berührten. »Entschuldige, Nǎinai, aber ich möchte so bald wie möglich mit der Restaurierung beginnen. Doch bevor ich starte, muss ich mir erst über den Zustand des Bildes sicher sein und wie schlimm es wirklich beschädigt ist. Weißt du, ob es mal ausgebessert wurde? Gibt es alte Fotos? Hat Urgroßmutter mit dir darüber gesprochen? Hat sie sich Notizen gemacht? Bevor ich nicht mehr über das Gemälde herausgefunden habe, kann ich nicht beginnen.«

An'an tätschelte ihre Wangen. Dann schüttelte sie den Kopf und wischte sich eine Träne aus dem Augenwinkel.

»Năinai, warum weinst du? Habe ich etwas Falsches gesagt? Ich kann auch noch warten, wenn dir das lieber ist? Du brauchst es mir nur zu sagen, ich ...«

»Sei still, du Dummerchen! Ich weine doch nicht, weil ich traurig bin! Ich weine, weil ich so glücklich darüber bin, dass die Ahnen ihren Weg zurück in dein Herz gefunden haben. Dem Himmel sei Dank, dass du diesem Jungen über den Weg gelaufen bist.«

Luana errötete, aber bevor sie sich abwenden konnte, damit ihre Großmutter es nicht sah, wurde sie in eine feste Umarmung gezogen.

»Beginne deine Arbeit, wann auch immer du willst! Ich werde die Teestube erst dann wiedereröffnen, wenn du fertig bist. Aber was deine Fragen angeht, muss ich dich leider enttäuschen. Meine Mutter hat so gut wie nie über ihre Zeit in St. Iluna gesprochen. Das bedeutet, dass du auf dich allein gestellt bist. Das hier ist jetzt dein Bild.«

»Mein Bild?«

An'an nickte. »Es gehört dir. Sie wollte es so.«

Wenig später stand Luana neben ihrer Großmutter, wusch Frühlingszwiebeln und vermischte helle mit dunkler Sojasoße und süßlich riechender Austernsoße.

»Ich liebe Clay Pot Rice ... Haben wir auch Würstchen?« Sie lugte über An'ans Schulter, die gerade das Gemüse zusammen mit dem Hühnchen in dem schweren Topf anbriet. »Es riecht so gut!«

Plötzlich flog die Terrassentür auf, krachte lautstark gegen die Wand, und ein schwer atmender Ian erschien im Türrahmen.

»Bei den Göttern, Ian! Wie kannst du eine alte Dame nur so erschrecken? Willst du mich etwa umbringen? Ich möchte doch noch meine blonden Urenkelkinder erleben!«, schimpfte An'an, die vor lauter Schreck ihre Kochstäbchen über die Theke geworfen hatte.

»Năinai, was sagst du denn da?« Luana eilte in seine Richtung und ergriff seine Hand. Voller Sorge drückte sie ihn auf einen der Stühle. Ian war völlig außer Atem, und es dauerte eine Weile, bis er sprechen konnte.

»Habt ... habt ihr Millie irgendwo gesehen? Wir haben uns wieder einmal gestritten, und ich habe ihr Hausarrest gegeben, aber sie ist einfach abgehauen!«

»Sie ist ein gutes Kind, also wird sie wieder nach Hause kommen«, sagte An'an, wobei sie mit einem zweiten, sauberen Paar Kochstäbchen auf Ian deutete. »Aber du bist viel zu streng mit ihr. Was hast du denn gedacht? Dass sie in ihrem Zimmer herumsitzt und darauf wartet, dass du den Schlüssel rumdrehst?«

Ian seufzte. »Das weiß ich, Granny. Es ist nur ...«

Sein Telefon läutete, und er zuckte zusammen. Schnell drückte er das Gespräch weg, bevor er sich zu Luana umdrehte. Sein Gesicht hatte jegliche Farbe verloren, und in seinen Augen blitzte Panik auf.

Wer war dieser geheimnisvolle Anrufer, und warum hob Ian nie ab, wenn Luana in der Nähe war? Hatte er eine Freundin, von der er ihr nichts erzählen wollte? Ihre Nägel bohrten sich wütend in ihre Handflächen. Die Erkenntnis traf sie wie eine Ohrfeige: Eifersucht. Luana schluckte. Dazu hatte sie doch überhaupt kein Recht! Aber ... er hatte ihr die weiße Kamelie geschenkt, und das bedeutete etwas, oder nicht? Peinlich berührt zog sie ihre Hand zurück. Jetzt war er es, der sie mit diesem Ausdruck musterte. Als wäre da mehr zwischen ihnen als nur ein gutes Nachbarschaftsverhältnis und eine gemeinsame familiäre Vergangenheit. Aber warum hatte er sich dann nicht bei ihr gemeldet, nachdem sie ihm ihren selbst gebackenen Mondkuchen auf die Terrasse gestellt hatte?

»Warum geht ihr nicht erst mal nach oben? Der Reis ist gleich fertig, also brauche ich Luanas Hilfe nicht mehr.« An'an scheuchte sie in Richtung der Treppe. »Und vergesst die Schüsseln nicht! Ihr habt zehn Minuten.«

Jetzt zwinkerte sie Luana so offensichtlich zu, dass diese am liebsten im Erdboden versinken wollte.

»Komm, Luana.«

Ian nahm die gleiche Hand, die sie ihm zuvor entzogen hatte, und sie ging ohne ein weiteres Wort mit ihm. Oben angekommen setzten sie sich auf die Sitzkissen, und Luana wollte ein Stück wegrücken, aber er ließ sie nicht los.

»Luana, ich ... ich möchte mich bei dir entschuldigen. Ich wollte nicht, dass du mich so siehst. Ich wollte dir keine Angst machen. Und ich hätte mich melden sollen.«

Und warum hast du's nicht einfach getan?

Sie neigte den Kopf. Erst jetzt fiel ihr auf, wie erschöpft Ian aussah. Schlief er überhaupt? Vorsichtig strich sie ihm eine blonde Haarsträhne aus der Stirn. Er atmete geräuschvoll aus und seine Lippen öffneten sich einen Spaltbreit.

»Luana, ich ... wir müssen ...«

Müssen reden? Nein, sie wollte jetzt nicht reden. Zu hören, wie er beteuerte, dass er sie mochte, dass sie aber lieber Freunde bleiben sollten, konnte sie jetzt nicht ertragen. Schnell legte sie ihm den Zeigefinger auf die Lippen, bevor er noch auf die Idee kam weiterzusprechen. »Ich glaube, ich weiß, wo Millie ist.«

Die Ablenkung funktionierte, denn Ian hob überrascht die Augenbrauen. »Woher?«

»Sie hat mir vor ein paar Minuten eine Nachricht geschrieben, hier ...«

Die SMS erschien auf dem Bildschirm.

»Sie hat vor, heute ins Wudao zu gehen. Shinshi tritt dort auf«, sagte Luana. »Was hältst du davon, wenn wir ... ich meine ... wenn wir ausgehen?«

»Ausgehen.«

Sie nickte. »Ins Wudao. Wir beide zusammen? So könntest du ein Auge auf Millie haben ... und vielleicht könnt ihr euren Streit klären.«

»Du willst mit mir zusammen dahin gehen?«

»Nein, ja! Ich meine, wenn du nicht willst«, stammelte sie verlegen.

»Ich will.« Plötzlich glichen seine Iriden einem dunklen See bei Mondschein.

»Okay.«

»Luana, ich wollte mich bei dir melden. Jeden Tag.«

»Okay.«

»Aber weil ich ein verfluchter Feigling bin, habe ich es nicht getan.«

»Okay.«

»Es liegt nicht an dir, sondern an mir. Aber ich verspreche, dass ich es dir erkläre, sobald ich die Sache geregelt habe.«

Die Sache. Welche Sache? Sie wollte ihn fragen, aber er imitierte ihre Geste von vorhin und legte ihr den Zeigefinger an die Lippen. Seine freie Hand wanderte über ihren Arm bis zu ihrer Schulter.

Luana hielt den Atem an. Würde er sie umarmen, so wie beim letzten Mal, als sie zusammen gewesen waren?

»Darf ich dich ...?«

Chinesischer Singsang, der etwas schief klang, schallte über die Treppe nach oben. Offenbar waren die zehn Minuten schon vorbei. Ian hielt in seiner Bewegung inne.

Aber selbst als An'an den schweren Steintopf Minuten später auf den Tisch stellte, rückte er nicht von Luana ab.

»Ich hoffe, du hast trotzdem Hunger, mein Junge.«

Neugierig linste sie zwischen Ian und Luana hin und her.

»Wann beginnt das Konzert?«, fragte er.

»Gegen zehn. Wir haben also noch Zeit. Ich gebe Millie Bescheid, dass ich auch komme. Shinshi ist ein toller Künstler.«

»Ein toller Künstler?«, fragte Ian.

»Und hübsch!« An'an kicherte. »Shinshi ist der Enkel einer Freundin aus Hongkong und studiert in London Musik.«

Ian seufzte. »So, so. Ziemlich toll und ziemlich hübsch also.«

Luana kicherte. Dabei berührten sich ihre Schultern. Am liebsten hätte sie ihren Kopf an seine Seite geschmiegt ...

»Was ist das, Granny?«, fragte Ian.

»Clay Pot Rice mit Hühnchen und chinesischen Würstchen. Ein einfaches, aber sehr schmackhaftes Gericht aus Hongkong.« Sie drückte ihm ein Paar rote Stäbchen mit goldener Verzierung in die Hand, bevor sie eine große Portion Reis in seine Schüssel schaufelte und drei Würstchen darauflegte. »Guten Appetit!«

Schweigend begannen sie zu essen, bis Ian erneut das Wort ergriff. »Granny, ich wollte dich schon länger etwas fragen.«

»Keine Scheu, mein Junge, frag ruhig.«

»Aus welchem Grund seid ihr wirklich nach St. Iluna gekommen?«

Luana suchte An'ans Blick. Dort las sie nichts anderes als Wärme. Würde sie es ihm erzählen?

»Weil mich meine Mutter an ihrem Sterbebett um einen Gefallen gebeten hat. Einen Teil ihrer Geschichte kennst du ja bereits, und auch Roberts Testament hast du gelesen.«

Ian nickte.

»Warte, ich zeige es dir.« Sie erhob sich, stieg die Treppen in die Teestube hinab und kehrte mit der hölzernen Truhe zurück, in der sie die verbliebenen Mondkuchenformen aufbewahrten.

»Darin befinden sich die Mondkuchenformen unserer Familie. Ursprünglich waren es einmal acht Stück, von denen nur noch diese beiden hier übrig sind.« Sie hob den Deckel an. »Das hier ist der Jadehase. Er versinnbildlicht den Neumond, der für Neubeginn und Wachstum, aber auch für Veränderung steht. Und dieses Zeichen hier steht für den abnehmenden Mond, also Befreiung, aber auch dafür, etwas oder jemanden gehen zu lassen.«

Jemanden gehen zu lassen ... Ein mulmiges Gefühl machte sich in Luanas Magen breit.

»Meine Mā hat mich gebeten, die Formen nach Hause zu bringen. Sie wollte, dass ich sie finde, damit sie wieder vereint sein können.«

»Aber ihr habt sie noch nicht gefunden?«

An'an schüttelte den Kopf. »Nein, ich hatte gehofft, sie wären in der Teestube, aber sie sind verschwunden.«

»Könnten sie ... ich meine ... könnten sie vielleicht bei uns sein?«

»Es ist wahrscheinlicher, dass sie verkauft oder weggeworfen wurden. Dein Ururgroßvater, der auf unser Haus achtgeben sollte, war unserer Familie nicht sehr zugetan. Schon damals hatten sie keinen echten Wert, und auch heute sind es nichts weiter als hölzerne Formen für süße Teigkuchen. Aber für uns haben sie eine große emotionale Bedeutung.«

Ian starrte in seine Schüssel. Eine ganze Zeit lang schwiegen sie, und niemand wagte es, seine Stäbchen auch nur in die Hand zu nehmen.

»Ich werde trotzdem danach suchen. Auch wenn es aussichtslos ist.«

»Das ist lieb von dir.« An'an verneigte sich leicht. »Jetzt esst aber weiter! Von der Vergangenheit lassen wir uns bestimmt nicht den Appetit verderben.« Beherzt ergriff sie ihre Stäbchen, als erneut Ians Handy klingelte.

Er blickte zu Luana ... und verabschiedete sich schnell. »Sorry.«

So lautstark, wie er zuvor durch die Tür gestürzt war, so leise verschwand er wieder.

»Na los, ihm nach!«, flüsterte An'an.

»Năinai ...«

»Du bist doch kein Feigling, na los!« Sie kniff Luana fest in die Wangen. »Schnapp ihn dir!«

Mit klopfendem Herzen stürzte Luana ihm hinterher und fand ihn schließlich im Garten vor der farbenfrohen Leinwand. Er telefonierte, aber als er sie bemerkte, legte er auf und steckte das Telefon in seine Hosentasche. Mutig trat sie zu ihm.

Streck die Schultern durch, Luana. Er soll nicht bemerken, wie niedergeschlagen du wegen dieser vielleicht anderen Frau bist.

»Wer ist sie?«, flüsterte sie. Bei den Göttern, was war nur in sie gefahren?

Ian verzog das Gesicht. »Sie?«

»Deine Freundin.«

Dann schien er zu begreifen. »Für so einen Mann hältst du mich also?«

Zwei große Schritte reichten, um seine Hände an ihre Taille zu legen und sie an sich zu ziehen.

»Ich ... nein! Ich dachte nur ...«

Am liebsten wollte sie weg hier oder auf der Stelle im Erdboden versinken. Aber statt abzuhauen, fand sie sich in seinen Armen wieder. Seine Finger an ihrem Nacken und sein warmer Atem an ihrem Ohr.

»Ich habe keine Freundin. Obwohl ich wünschte, es wäre so ...«

Ein Schauer jagte über Luanas Rücken, als er sie anblickte. Was bedeutete das? Wollte er *sie*?

»Aber leider habe auch ich eine Vergangenheit. Ich bin nicht so, wie du denkst ... und du bist in jeder Hinsicht zu ... gut für mich. Jemand wie ich hat kein Glück verdient.«

Ihre Finger krallten sich in sein Shirt. »Ich entscheide selbst, was gut für mich ist, also treffen wir uns in genau einer Stunde vor der Teestube. Wenn du kneifst, suche ich dich so wie eben.« Sie hauchte ihm einen Kuss auf die Wange, dann drehte sie sich um und stürmte mit hochrotem Kopf davon.

Kapitel 16

St. Iluna, Frühling 1926

Das Radio knackte zweimal, und dann war die Stimme von Officer Mable zu hören.

Noah, Mables Sohn, klopfte Samuel auf den Rücken. »Der Wahnsinn.«

Ethan beobachtete die beiden und grinste. Endlich hatte Samuel jemanden gefunden, der seine seltsamen Interessen für diesen modernen Schnickschnack teilte.

»Dein Vater killt dich, wenn er das erfährt.« Jacob verschränkte die Arme vor der Brust, während Samuel mit einem Schraubenzieher die Abdeckung des Radios wieder anbrachte und Noah das restliche Werkzeug an seinen Platz zurücklegte. Der Schuppen der Familie Mable roch nach altem Diesel, und es zog durch jede Ritze, doch hier hatten sie wenigstens ihre Ruhe. Misses Mable störte es nicht, wenn die Jungs den hinteren Teil des Gartens in Beschlag nahmen.

»Das muss er erst mal herausfinden, der Herr Starermittler. Seine Beförderung hat er doch auch nur bekommen, weil er dicke mit dem Bürgermeister ist.«

Noah schnitt eine Grimasse und setzte sich neben das Radio. Mit einem konzentrierten Gesichtsausdruck drehte er an den Reglern, bis die Stimme seines Vaters klarer wurde. Ethan stand auf, um sich ein Ginger Beer aus der Regentonne vor dem Schuppen zu holen. Er hielt sich die kühle Glasflasche gegen sein schmerzendes Nasenbein. Er war heute wieder einmal zu weit gegangen. Das Bündel Scheine in seiner Hosentasche war es jedoch wert gewesen. Er war seinem Traum einen Schritt näher gekommen – einem Leben ohne Gewalt und Prügelei.

Officer Mable und der Bürgermeister wussten, was in St. Iluna vor sich ging. Die geheimen Kämpfe waren also gar nicht so geheim. Niemanden schien es zu stören, aber was konnte er von diesen Männern schon erwarten? Immerhin gehörten sie zum engeren Kreis seines Vaters.

Zeig mir deine Freunde, und ich sage dir, wer du bist …

»Ethan? Komm her, sie haben etwas über das Wudao gesagt.« Samuel klang aufgebracht.

»Mein Vater hasst diesen Laden.« Noah nahm einen Schluck von dem Ginger Beer, das Ethan ihm reichte.

»C12, Punkt 2300«, kam es rauschend aus dem Radio.

»Was bedeutet das?« Jacob hatte sich neben Ethan gestellt, und alle Augenpaare waren auf Noah gerichtet.

Ethan spürte ein unangenehmes Ziehen in der Magengegend. Yueliang liebte dieses blöde Tanzlokal. War sie heute wieder dort? Eine Gänsehaut kroch schmerzhaft über seine Arme.

»Hmm, Code 12 steht, glaube ich, für eine Hausdurchsuchung, und 2300 steht für die Uhrzeit.« Noah warf einen Blick auf seine Trench-Watch.

Ethan sah die Zeiger der alten Militäruhr aufleuchten. »Noch eine Stunde, bis sie beginnen.«

»Ethan?« Jacob ballte unruhig die Hände zu Fäusten, und Samuel rückte seine Brille zurecht.

Sie alle fragten sich gerade dasselbe. War Yueliang heute im Wudao?

Kapitel 17

St. Iluna, Gegenwart

Sie hatte ihn geküsst.

Leicht wie der Flügelschlag eines Schmetterlings waren ihre Lippen über seine Wange geflattert und hatten eine prickelnde Spur auf seiner Haut hinterlassen. Obwohl sie es nicht ausgesprochen hatte, glaubte er zu wissen, was sie fühlte. Und das machte ihm in gewisser Weise Angst, weil er es auch fühlte. Seit er sie wie ein verschrecktes Reh hinter dem Laternenmast entdeckt hatte.

Prüfend blickte er an sich hinab. Es war eine Ewigkeit her, seit er zuletzt ausgegangen war, und außer seinem schwarzen Hemd und dieser einen gewaschenen Hose hatte er nichts annähernd Passendes anzuziehen gehabt. Nervös fuhr er sich durchs Haar. Was würde sie denken, wenn sie ihn sah? *Scheiße, ich bin doch kein verdammter Teenager mehr!*

Luana war nicht die erste Frau, mit der er ausging. Aber die erste, die ihm tatsächlich etwas bedeutete. Mehr als nur eine ungezwungene Nacht mit einer flüchtigen Bekanntschaft. Außerdem hatte er keine Lust darauf, den Unmut ihrer Ahnen auf sich zu ziehen. Oder die Wut ihrer Großmutter. Er drehte sich um und blickte in den Himmel. Der Mond schien riesengroß und wunderschön auf ihn herab. Fast wie aus der Legende der Mondgöttin, von der Luana ihm erzählt hatte. Ob Chang'e wohl gerade von dort oben auf ihn herabblickte? Gedankenverloren fischte er nach dem Päckchen in seiner Hosentasche, steckte eine Zigarette zwischen seine Lippen und zündete sie an. Es war still. Beinahe zu still, und ihm fiel auf, dass sein Telefon seit genau einer Stunde nicht mehr geläutet hatte. Ian wagte es nicht, erleichtert darüber zu sein. Schließlich hatte Andrew gerade erst damit begonnen, ihn rund um die Uhr daran zu erinnern, dass er wieder da war.

Scheißkerl.

Aber wenigstens um Millie brauchte er sich im Moment keine Sorgen zu machen. Seine Schwester hatte vor ein paar Minuten ein Foto auf Instagram gepostet, vermutlich um ihn zu provozieren und ihm zu zeigen, dass sie sich nicht wie ein Kleinkind einsperren ließ.

Sturkopf. Aber deine Erziehung ist ja auf meinem Mist gewachsen ...

»Ian?«

Er fuhr herum. Luana stand in der Tür zur Teestube und schenkte ihm ein schüchternes Lächeln. Sein Herz machte einen Sprung und setzte aus, nur um seine Arbeit in einem halsbrecherischen Rhythmus fortzusetzen. Sie sah ... atemberaubend aus. Hilfe, er war verloren. Ihr langes schwarzes Haar fiel wie ein schwerer samtener Vorhang um ihre Schultern, und das kurze, mit asiatischen Stickereien verzierte Kleid schmiegte sich wie eine zweite Haut an ihren zarten Körper und ließ sie elegant, aber zugleich sexy wirken. Ob ihre Wangen vor Aufregung gerötet waren oder weil sie Make-up benutzt hatte, vermochte er nicht zu sagen. Nur, dass sie eine dieser Frauen war, die von Natur aus schön waren und eigentlich keine Schminke notwendig hatten.

Sein Mund wurde trocken. Die Zigarette fiel auf den Boden, und seine Beine bewegten sich wie von selbst in ihre Richtung.

Luana kam ihm entgegen.

Nur einen Augenblick später stand sie vor ihm und blickte ihn erwartungsvoll an. Obwohl sie schwindelerregend hohe Absätze trug, war sie immer noch eineinhalb Köpfe kleiner als er.

»Tut mir leid, dass ich so lange gebraucht habe.«

Er sagte nichts.

»Ist alles in Ordnung?«

Sie berührte seinen Arm. Er nickte langsam, während er immer noch wie gebannt an ihren kirschroten Lippen hing. Lippen, die er gern mit seinen verschließen wollte, wenn sie es ihm denn erlauben würde.

»Du bist wunderschön ...«, war alles, was er herausbrachte.

Die niedliche Röte auf ihrem Gesicht vertiefte sich, und sie strich sich verlegen eine Strähne hinters Ohr. Gott verdammt, wäre er frei und nicht der Gefangene seiner eigenen Vergangenheit und seines verkorksten Denkens, dann hätte er sie gefragt, ob sie lieber auf das Konzert verzichten wollte, um mit ihm zusammen zur Lichtung zu gehen. Aber dann fiel ihm ein, dass er noch Stunden zuvor wie ein Berserker in die Teestube gestürmt war, weil er Millie nicht finden konnte.

»Lass uns gehen«, sagte er.

Sie nickte, dann liefen sie los. Schon nach ein paar Metern bemerkte er, wie sehr sie sich bemühte, mit ihm Schritt zu halten und nicht über die groben Pflastersteine zu stolpern. Das Tanzlokal lag noch ein ganzes Stück weit die Straße entlang, und ihre Füße würden sie umbringen, wenn sie so weitermachte. Sollte er es wagen? Würde sie ihn wegstoßen? Dabei war es nicht das erste Mal, dass sie einander so nahe waren. Der Drang, sie zu halten, wurde übermächtig.

»Darf ich?«

Luana blickte überrascht zu ihm auf, als er sie mit einer vorsichtigen Berührung um Erlaubnis bat, bevor er seine Hand an ihren Rücken legte. Sein Herz hämmerte gegen seine Brust, und er wünschte, die Zeit mit nur einem Fingerschnippen anhalten zu können. Damit er jeden Zentimeter ihres Gesichts erkunden und jede noch so kleine Regung wahrnehmen konnte.

»Wir kommen zu spät, du ... wolltest doch nach Millie sehen«, hauchte sie.

Sie setzten sich wieder in Bewegung, und ein Hochgefühl überkam ihn. Weil jeder Mensch, dessen Weg sie kreuzten, glauben würde, sie wären mehr als nur Nachbarn. Ja, er würde die Dunkelheit überwinden, damit er bei ihr bleiben konnte, wenn sie ihn denn wollte.

»Wir sind da.«

Ian öffnete die Tür und gemeinsam betraten sie das überfüllte Tanzlokal. Beschwingt drehte sich Luana zu ihm um und nahm seine Hand. Ganz so, als wäre sie nicht zum ersten Mal hier. Aber vielleicht war sie das ja auch nicht? Langsam bahnten sie sich einen Weg durch die Menge, bis sie die Bar erreichten. Dabei huschten Ians Augen immer wieder durch den Raum, aber von Millie fehlte jede Spur.

Wo zum Henker bist du nur, kleine Schwester?

Ein nervöses Gefühl breitete sich in seiner Magengegend aus.

»Sie ist hier, schau ...« Luana tippte auf das Display ihres Handys, das Millie auf einem Foto neben Vance zeigte. Sie saß auf seinem Schoß und drückte ihre Wange an seine. War das etwa einer der braunen Stehtische neben der Bühne?

Ian drehte sich um und meinte, ihre blonden Ringellocken in der Ferne zu erkennen.

»Was möchtet ihr trinken?«, fragte ein schlanker Barkeeper mit blauem Zopf.

»Ein Bier, bitte«, antwortete Luana.

»Whisky, ohne Eiswürfel.« Seufzend wandte sich Ian um.

»An deinem Trinkverhalten hat sich auch nichts verändert, Mann. Du warst lange nicht hier.«

Die Männer sahen sich an. Und dann ging Ian ein Licht auf. Es war Jimmy Chung, ein Freund aus Jugendzeiten. Einer der wenigen, die rechtzeitig die Kurve gekratzt hatten. Sie schlugen ein.

»Lange nicht gesehen, Jim. Ich hätte dich fast nicht erkannt! Wann bist du zurückgekommen?«

»Vor ein paar Monaten. Amerika hat mir doch nicht so gut gefallen wie erhofft.«

»Du hättest ruhig mal ein Lebenszeichen von dir geben können.«

»Du aber auch!«

Drei leuchtend grüne Schnapsgläser gesellten sich auf die Theke, und sie stießen an. »Und wie ich sehe, hast du die hübscheste Frau in ganz Großbritannien mitgebracht.« Er lehnte sich vor. »Wie konntest du den Kerl nur an dich ranlassen? So ein grimmiger Kautz.«

»Ihr kennt euch?«, fragte Ian misstrauisch.

»Kein Grund, eifersüchtig zu werden, alter Junge. Unsere Großmütter sind miteinander befreundet.«

Jimmy wackelte wissend mit den Augenbrauen.

»Wir haben ein Date«, antwortete Luana mit piepsiger Stimme.

Wir haben ein Date.

Wie auf Kommando verebbten die harten Gitarrenklänge zu einer langsamen Melodie, und die rauchige Stimme eines Mannes setzte ein. Es war ein Lovesong voller Melancholie.

»Dann hat unser griesgrämiger Bäcker also endlich eine Frau gefunden, die ihn aushält?« Jimmy lachte.

Eine kleine Hand schob sich in seine, und in ihren Augen tanzten Sterne. Besitzergreifend zog er sie an seine Seite.

Drei weitere Runden des giftig eingefärbten Alkohols brannte ihre Kehlen hinab. Die Luft wurde zusehends dicker, und Luana nahm ihre Haare zusammen und ließ sie locker über ihre rechte Schulter gleiten.

»Du bist ziemlich trinkfest, Luana. Hätte ich nicht gedacht! Ich meine, von ihm hier habe ich ja gar nichts anderes erwartet.«

Luana kicherte. »Du kannst viel trinken?«, fragte sie ihn.

»Eigentlich vertrage ich ein bisschen was, ja.«

Sie biss sich auf die Unterlippe und starrte zu ihm hoch. Plötzlich landete sie mit dem Gesicht voran an seiner Brust.

Die ersten Töne eines dramatisch klingenden Liebesliedes erklangen.

»Tanzt«, rief Jimmy.

Lachend schlang Luana die Arme um seinen Hals, und er führte sie fort von der Bar, bis sie sich inmitten der sich wiegenden Menge wiederfanden. Sie drehten sich langsam, während die rauchig tiefe Stimme des Sängers wie ein Mantra durch den summenden Club wummerte. Es war heiß. Aber nicht nur, weil es in dem engen Raum so stickig war. Sondern weil Luana sich an ihn schmiegte, als ob er ihr Teddybär wäre. War sie betrunken? Ihre Lider waren geschlossen, und sie sang leise mit, kannte jede einzelne Zeile des Liedes, das sich aus englischen und chinesischen Phrasen zusammensetzte. Er legte seine Hand an ihre Wange und strich ihr eine Strähne aus dem Gesicht.

Verträumt schlug sie die Augen auf. »Ich habe auf dich gewartet«, formten ihre Lippen Worte. »Und ich hatte Angst.«

Sein Puls beschleunigte sich, als er verstand, was sie ihm zu sagen versuchte. »Wovor?«

Sie schauderte. »Ich weiß auch nicht. Ich ... ich habe mir Sorgen gemacht, weil du so außer dir warst. Aber Millie hat mich beruhigt. Sie hat mir versprochen, dass es dir gut geht, aber ich ... ich konnte nur noch an dich denken. Ich hatte Angst, Ian!«

Angst?

Er seufzte. »Ich wollte nicht, dass du mich so siehst. Ausgerechnet du. Vor allem nicht du!«

»Aber wer, wenn nicht ich? Du hast uns geholfen, hast mir die Kamelie geschenkt. Ich dachte, ich meine ... Habe ich mich wirklich so sehr getäuscht, was uns beide betrifft?«

Plötzlich wirkte sie unendlich traurig und bemühte sich, Abstand zwischen sich und ihn zu bringen, aber es war zu voll, um erfolgreich von ihm abzurücken.

Hatte er etwas Falsches gesagt? Hatte er ihr denn nicht deutlich genug gemacht, wie sehr er das hier wollte? Obwohl ihm seine Vergangenheit wie ein Parasit im Nacken saß, wollte er sie. Obwohl er nicht ausschließen konnte, dass Andrew wieder nach Hause kam, wollte er sie. Scheiße, sein krankes Hirn war sogar bereit, Luanas Sicherheit für dieses kleine Stück Glück, das ihm wie ein Wunder auf einem Silbertablett serviert wurde, zu riskieren!

Ich will dich küssen. So sehr, dass es wehtut. So sehr, dass es dir wehtun könnte! Aber trotzdem ...

»Luana, schau mich an.«

Sie reagierte nicht. Stattdessen blickte sie an ihm vorbei. Wie in Zeitlupe glitt seine rechte Hand über ihr Rückgrat, verfing sich in ihren Haaren. Ganz leicht nur zog er an den schwarzen Strähnen, damit sie sich ihm zuwandte. Dann beugte er sich herab. Ihr Duft hüllte ihn ein und raubte ihm jeglichen Verstand, den er noch besaß, weil alles, was er mit ihr erlebte, so viel tiefer ging, als er es jemals zuvor gefühlt hatte.

»Darf ich dich küssen?«

Stoß mich weg, Luana, na los!

Aber das tat sie nicht.

»Ian, ich ...«

Dann küsste er sie. Ein unbeschreibliches Gefühl schwoll in ihm an und versickerte wie glühend heiße Lava in seinem Bauch. Diese Frau schmeckte so verboten nach Sehnsucht und Freiheit, wie er es sich nie zu träumen gewagt hätte. Aber durfte er sich dieses Glück wirklich erlauben?

Er wusste nicht, wie viel Zeit vergangen war, als sie inmitten der Menge atemlos voneinander abließen.

»Ich liebe deinen Mondkuchen. Bitte back ihn bald wieder für mich ...«

»Das ... werde ich.«

»Ich will der einzige Mann sein, der ihn essen darf.« Er hauchte einen Kuss auf ihre Stirn.

Wie zwei Ertrinkende hielten sie aneinander fest, bis die Musik verklang und sie zurück in die Wirklichkeit holte. Ian blickte in die Menge. Die meisten Leute, die heute Abend hier waren, kannte er. Und dann entdeckte er sie. Die langen blonden Korkenzieherlocken seiner Schwester. Sie tanzte … mit einem großen, schlaksigen Typen.

Vance.

»Du musst ihr vertrauen. Was sie jetzt braucht, ist Freiraum, sonst wird sie irgendwann nicht mehr zu dir zurückkommen.«

»Ich weiß.«

»Sie ist kein Kind mehr.«

»Hm.«

»Findest du, dass es so aussieht, als ob sie deine Hilfe braucht? Warum lassen wir sie nicht erst mal in Ruhe? Falls es sein muss, kannst du immer noch eingreifen.« Luana lenkte seine Aufmerksamkeit wieder auf sich. »Lass uns zurück zur Bar gehen.«

Ian seufzte. Dann nickte er und fasste nach dem Telefon in seiner Hosentasche, weil es vibrierte.

Ein Anruf von Unbekannt. Fuck! Warum ausgerechnet jetzt?

War er hier? Beobachtete er sie? Scheiße, er musste sofort verschwinden! Schnellen Schrittes schob er Luana durch die tanzenden Leute und setzte sie auf einen Barhocker in Jimmys Nähe. Dann hauchte er einen flüchtigen Kuss auf ihre Lippen.

»Bin gleich zurück!«

Kapitel 18

St. Iluna, Frühling 1926

Es war stockfinster, bis auf den Lichtschimmer, der durch die Fugen der maroden Baracke drang, und die Lichtkegel ihrer Taschenlampen. So weit ab von der Hauptstraße gab es keine Straßenbeleuchtung. Ethan schaltete seine Taschenlampe aus und verankerte sie in der Schlaufe seines Gürtels.

»Das ist doch Irrsinn.« Noah schlich hinter den Zwillingen und Ethan her.

»Selbst wenn sie das Wudao durchsuchen, was soll ihr denn schon passieren?«

»Meinst du das ernst, Noah? Wir alle kennen doch deinen Vater«, zischte Samuel.

»Er ist genauso ein Scheißkerl wie unserer«, fügte Jacob hinzu.

»Ist vermutlich der Grund, warum sie so gut befreundet sind.«

Noah spuckte auf den Gehweg. Ethan hob die Hand, um sie alle zum Schweigen zu bringen. Sie hatten die Hintertür des Lokals erreicht. Dumpf drang Musik an sein Ohr.

»Wir haben fünfzehn Minuten, um sie da rauszubekommen und zu verschwinden, wenn sie wirklich drin sein sollte«, flüsterte Noah.

»Sie war nicht daheim, wo sollte sie also sonst sein?« Samuel scharrte mit den Füßen.

»Keine Ahnung.«

»Ich gehe allein rein. Ihr wartet und schlagt Alarm, sobald sie hier eintreffen«, sagte Ethan.

»Ich komme mit.« Jacob stand jetzt neben ihm und griff nach der Klinke der Hintertür.

Wann war sein kleiner Bruder nur so groß geworden? Mittlerweile überragte er ihn um eine Handbreite, und seit er in der Bäckerei mithalf, waren aus den wabbeligen Armen feste Muskeln geworden. Ethan nickte ihm zu, und gemeinsam betraten sie das Tanzlokal. Die Hintertür führte in einen Flur. Sie durchquerten ihn mit nur wenigen Schritten. Keiner hielt sie auf oder fragte, warum sie hier waren. Der eigentliche Wohnraum der Baracke war zum provisorischen Tanzlokal umgebaut worden. Es gab eine Bar und eine kleine Bühne für die Musiker. Tische oder Sesseln sah er keine. Alle standen und drängten sich in der Mitte. Die Band spielte Lieder, die Ethan aus dem Radio kannte, aber die Worte waren in einer anderen Sprache, als ob sie einfach umgeschrieben worden wären. Es war Yueliangs Sprache.

»Wir werden sie in diesem Gewusel nie finden.« Jacob drehte sich im Kreis.

»Dort!« Ethan hatte sie sofort entdeckt. Zielstrebig kämpfte er sich durch die tanzende Meute, die ihm den ein oder andern missbilligenden Blick zuwarfen. Dort an der Wand stand Yueliang und unterhielt sich mit ihren Freundinnen aus der Waschküche. Sie trug ein schlichtes weißes Kleid, während die anderen wie farbenfrohe Papageien wirkten. Geschmückt mit Federn und Perlen. Genauso schnell wie Ethan Yueliang entdeckt hatte, genauso schnell hatten ihre Augen seine in der breiten Menschenmasse gefunden. Als wären sie Magnete, die einander anzogen.

Ethan erreichte die Mädchen. »Wir müssen hier raus. Schnell!«

Yueliang zögerte nur einen Augenblick, dann wandte sie sich ihren Freundinnen zu. »Kommt, wir gehen.«

Sie nickte Ethan zu, und er griff nach ihrer Hand, um sie in der Masse nicht zu verlieren. Er verließ sich darauf, dass Jacob den anderen Mädchen den Weg freimachen würde. Es erfüllte ihn mit Stolz, dass Yueliang ihm so sehr vertraute. Ihre Finger umschlossen seine, und trotz der Narben auf seiner Hand schreckte sie nicht zurück. Ein Gefühl der Sicherheit ergriff von ihm Besitz. Sie war hier. Bei ihm. Jetzt konnte ihnen nichts mehr passieren. Sie hatten es beinahe geschafft. Er konnte die Hintertür schon sehen. Alles würde gut werden ...

Sie traten ins Freie und wurden sofort von mehreren Taschenlampenkegeln geblendet. Ethan war so geistesgegenwärtig, die Tür hinter sich zuzuschlagen, damit Jacob mit den restlichen Mädchen nicht hinterherkam. Er würde den Wink hoffentlich verstehen und einen anderen Ausgang benutzen. Die Lichtkegel senkten sich, und Ethan sah in das grimmig verzerrte Gesicht von Officer Mable. Fünf Constables eskortieren ihn.

»So, so, wen haben wir denn da?«

Der Kreis der Beamten schloss sich um Ethan und Yueliang. Er konnte spüren, wie sie sich neben ihm versteifte und dichter an ihn heranrückte. Kein Wunder, Officer Mable machte keinen Hehl daraus, dass ihm alle Einwanderer zuwider waren, und dass Robert auch noch eine geheiratet hatte, war ihm ein besonderer Dorn im Auge. Immerhin waren sie einmal Freunde gewesen, er, Robert und Jack.

Von Noah und Samuel fehlte, zum Glück, jede Spur. Gut so. Nicht auszudenken, was Officer Mable mit Noah angestellt hätte. Sein eigener Sohn inmitten von Einwanderern. Ethan bekam eine Gänsehaut. Es war eine dumme Idee gewesen, Noah zu involvieren.

»Wir wollten gerade nach Hause gehen.« Ethan bemühte sich um eine ruhige Stimmlage.

»Hast du deine Papiere?« Officer Mable sah Yueliang an, und sein Ton gefiel Ethan gar nicht.

»Welche Papiere? Das ist meine Cousine, und das wissen Sie auch.« Ethan versuchte, Yueliang vor Mables Blicken abzuschirmen, und stellte sich vor sie.

»Mach dich nicht lächerlich, Junge, woher soll ich das wissen? Die sehen doch alle gleich aus. Außerdem wüsste ich nicht, dass Robert eine Tochter hätte.« Mable spuckte auf den Boden, und die Polizeibeamten tuschelten miteinander.

Ethan hatte das Gefühl, in einer zischenden Schlangengrube zu stehen.

Yueliang löste sich von ihm und stellte sich aufrecht vor den Constable hin. »Robert Sullivan hat mich offiziell adoptiert, somit brauche ich keine Papiere mehr.«

Mable spuckte erneut auf den Boden. »Einen Ausweis brauchst du trotzdem.«

Yueliang griff in eine kleine Handtasche, die an einem perlenbesetzten Band von ihrer Schulter baumelte, und reichte Mable ihren Ausweis.

»Tatsächlich. Und ich dachte, der alte Jack wollte mir einen Bären aufbinden. Aber Robert hatte immer schon eigenartige Vorlieben.«

Mable gab Yueliang ihren Ausweis zurück und betrachtete die beiden eingehend. Sein Gesichtsausdruck ließ nichts Gutes vermuten. »Trotzdem bist du noch zu jung, um nachts allein unterwegs zu sein.«

Ethan wurde klar, dass Mable sie am Schlafittchen hatte. Seine Anschuldigungen waren lächerlich, Yueliang war kein Kind mehr, natürlich durfte sie nachts allein unterwegs sein.

»Bringen wir sie auf die Wache.«

Der Kreis der Polizisten wurde enger. Yueliang krallte sich schmerzhaft an seinem Arm fest.

So ein Scheißkerl! Ethan dachte fieberhaft nach. Mit sechs bewaffneten Männern konnte er es unmöglich allein aufnehmen.

»Wie wäre es, wenn wir eine andere Lösung finden, Officer Mable? Sie haben hier doch zu tun. Wollen Sie da wirklich wegen eines kleinen Mädchens auf einen Beamten verzichten?«

Mable lachte. »Na, auf die Lösung bin ich gespannt.«

Ja, das war Ethan auch. Im schlimmsten Fall würde er sich den Männern eben entgegenstellen. Aber bevor er sich die Hände schmutzig machen konnte, kam ihm noch ein Einfall. Etwas riskant, aber wenn Mable wirklich so war wie sein Vater, könnte es klappen ... Oder er landete mit Yueliang auf der Wache.

»Unter vier Augen?«, fragte er verschwörerisch.

Mable hob die Augenbrauen, deutete seinen Männern aber an zu verschwinden. Anscheinend hatte seine Verwandtschaft mit Jack ihm einen kleinen Vertrauensbonus eingebracht. Als sie allein waren, griff Ethan in seine Hosentasche und zog das Bündel Geldscheine heraus.

»Was halten Sie davon, wenn ich meine Cousine nach Hause begleite und sie sicher bei ihren Eltern abgebe?«

Mables Blick weiteten sich, als er die vielen Scheine sah.

»Ethan, nicht«, wisperte Yueliang, doch er drückte nur ihre Hand, um sie zum Schweigen zu bringen.

Jetzt war nicht die Zeit, um an das Geld zu denken, das konnte er immer wieder verdienen, aber er würde nicht zulassen, dass Mable Yueliang mitnahm. Er wollte sich nicht vorstellen, was der Constable hinter verschlossenen Türen mit ihr anstellte.

Mable rümpfte die Nase und nahm das Bündel an sich. »Dein Vater hat dich gut erzogen, Ethan, du bist ein wahrer Gentleman.« Er trat dichter an ihn heran und schlug ihm mit voller Wucht in die Magengrube. »Dir ist hoffentlich klar, dass du gerade einen Beamten bestochen hast?«, flüsterte er dicht an seinem Ohr, bevor er ihn mit einem weiteren Schlag zu Boden beförderte.

Yueliang schrie auf. Ethan rappelte sich hoch, Blut tropfte an seinem Kinn hinab.

»Das nächste Mal landet das Mädchen auf meiner Wache und dich gebe ich höchstpersönlich bei deinem Vater ab, der alte Jack wird nicht so gnädig mit dir sein wie ich.«

Dann steckte er das Geld ein und gab den Weg frei. Yueliang legte ihren Arm um Ethan und half ihm, vom Tanzlokal wegzukommen. Nach nur wenigen Schritten konnte sie bereits die ersten Schreie hören. Die Hausdurchsuchung hatte begonnen.

»Schneller.« Ethan hatte seinen Schock überwunden.

Yueliang tat sich schwer, in ihren hohen Schuhen zu laufen, deswegen zögerte er nur kurz, bevor er sie hochhob und ein paar Meter trug. Zumindest, bis sie außer Sicht waren.

Ein winziger Lichtkegel glomm in der Ferne auf, und sie steuerten direkt darauf zu. Noah, die Zwillinge und Yueliangs Freundinnen warteten dort auf sie. Die Mädchen fielen sich weinend in die Arme.

»Das war knapp«, murmelte Noah, der seine Taschenlampe mit der Hand abschirmte, um nicht zu viel Licht zu erzeugen.

»Knapp ist gar kein Ausdruck«, pflichtete Jacob ihm bei. Samuel reichte Ethan ein Taschentuch. »Du blutest. Alles in Ordnung?«

Ethan nickte und wischte sich die warme Flüssigkeit aus dem Mundwinkel. »Wir sollten von hier verschwinden«

Ethan sah sich um, ob ihnen auch niemand gefolgt war.

»Kommt, wir gehen zu mir.« Noah grinste schief. »Mein Vater wird die ganze Nacht beschäftigt sein, und in der Höhle des Löwen wird er uns nicht vermuten«

Jacob lachte laut auf und klopfte Noah auf die Schultern. Yueliang und ihre Freundinnen hielten sich weiter im Arm.

»Die Einladung gilt auch für euch, es ist vermutlich besser, zusammen zu bleiben.«

Die Mädchen sahen sich an und nickten, bevor sie gemeinsam in der Nacht verschwanden.

Kapitel 19

St. Iluna, Gegenwart

Hastig schlug Ian die Tür hinter sich zu und suchte nach dem dunkelsten Fleck neben dem Lokal. Dann nahm er ab.

»Was willst du?«, zischte er ins Telefon.

»Hast du Spaß?«

»Ich wüsste nicht, was dich das angeht? Lass mich verdammt noch mal in Ruhe, Andrew.«

»Oh, es geht mich sehr viel an, dass du dir eine kleine asiatische Schlampe angelacht hast. Fickst du sie? Vielleicht können wir sie ja irgendwann mal teilen ...« Heiseres Gelächter ertönte.

Ruhig bleiben. Ich muss ... ruhig bleiben, darf mir nichts anmerken lassen.

Sein Puls raste, während unbändige Wut in Wellen durch ihn hindurchrauschte. Ian schloss die Augen und atmete tief durch. »Lass sie in Ruhe, Andrew, ich warne dich! Sie hat nichts damit zu tun. Das hier ist eine Sache zwischen dir und mir.«

»Ach, ist das so? Aber wir beide wissen doch ganz genau, wie du bist. Ich meine, wie du wirklich bist. Warum willst du dieses kostbare Juwel überhaupt dieser Gefahr aussetzen? Nur weil du damals einmal gekniffen hast, macht dich das nicht zu einem Heiligen.«

Ian schwieg.

»Was trägt sie heute, hm? Ein schwarzes Seidenkleid mit bunten Stickereien? Hochhackige Schuhe? Oh, sie hat sogar Lippenstift für dich aufgelegt! Und diese dicken pechschwarzen Haare, die ihr bis zum Arsch reichen – damit könnte man so einiges anstellen. Ja, ich verstehe langsam, warum sie dir so gut gefällt!«

Er war also hier. Nur wo? Ian drehte sich im Kreis, aber bis auf ein knutschendes Pärchen, war er allein.

»Kommst du ihr oder Millie zu nahe, dann bringe ich dich um.« Seine Stimme klang eisig.

»Ah, da ist er ja, der alte Ian. Deshalb hättest du es ebenso verdient gehabt, in den Bau zu wandern, wie ich.«

»Bullshit! Du warst es, der es vertickt hat, nicht ich. Du warst es, der Nicky dabei zugesehen hat, wie sie gestorben ist. Ich war nur dein Mittel zum Zweck.«

»Ich kann mich nicht daran erinnern, dich je zu irgendwas gezwungen zu haben.«

Nicht mit physischer Gewalt, nein. Aber ich war nur ein dummer Junge, der dir geglaubt und vertraut hat. Du warst wie Familie für mich. »Fahr zur Hölle!«

Erneut drang schallendes Gelächter durch das Telefon. »Da ich heute Abend leider nicht persönlich im Wudao anwesend sein kann, würde ich sagen, wir sehen uns bald dort ... du weißt schon, in der Hölle.«

Die Verbindung brach ab.

Was sollte er jetzt tun? Seine Finger verkrampften sich um das Telefon, als wollte er es mit der bloßen Hand zerquetschen.

Luana.

Eine böse Vorahnung beschlich ihn, und er machte auf dem Absatz kehrt.

»Fuck!«, fluchte er, während er sich einen Weg zurück durch die tanzende Menschenmenge bahnte.

Sie war nicht mehr da.

»Jimmy, hast du Luana gesehen?«, rief er dem blauhaarigen Barkeeper zu.

»Ich glaube, sie wollte zur Toilette, seitdem habe ich sie nicht mehr gesehen.«

Nein.

Im Laufschritt bahnte er sich einen Weg in den hintersten Winkel des Lokals, als ein Schrei ertönte.

»Verpiss dich, Bitch!«

Ian fuhr herum. Da stand Luana zusammen mit einem fremden Typen, der ein Butterflymesser auf sie gerichtet hatte. Hinter Luana kauerte seine Schwester und weinte unkontrolliert, während Blut von ihrer Lippe auf ihr Shirt tropfte.

»Du sollst sie in Ruhe lassen, habe ich gesagt!« Luana machte einen Schritt vorwärts. »Geh nach Hause und schlaf deinen Rausch aus, dann komm wieder und entschuldige dich!«

»Wofür denn, ha? Die Kleine hat mich zuerst angemacht! Und wir hatten Spaß, bis du dazugekommen bist!«

»Für mich sah das aber so gar nicht nach Spaß aus! Vance wird bestimmt nicht glücklich darüber sein, wenn er erfährt, was du getan hast, nachdem er gegangen ist.«

Der Typ lachte. »Ich scheiß auf ihn. Und jetzt geh mir aus dem Weg!«

Das Messer sauste durch die Luft.

»Luana!«

Ian stieß Luana zur Seite, holte aus und schlug seine Faust mit voller Wucht in das Gesicht des Mannes.

Blut spritzte auf den Boden.

»Ian, nicht!«

Der Typ rappelte sich hoch. »Scheiße, Alter! Was soll das? Ist sie etwa dein Mädchen, oder was? Du solltest ihr bessere Manieren beibringen, wenn du nicht willst, dass sie sich in Schwierigkeiten bringt!«

»Und du solltest dich jetzt lieber verpissen, wenn du deine Zähne behalten willst«, knurrte Ian.

»Jungs, auseinander, sofort.« Jimmy klopfte Ian beruhigend auf die Schulter. »Er ist es nicht wert, glaub mir.«

»Mit so einem Temperament ist sie bestimmt gut im Bett, hm?«, flüsterte der andere ihm zu.

Ich bringe ihn um.

Alles, was Ian sah, waren seine Hände, die blutverschmiert auf den anderen herabsausten, bis ihm schwarz vor Augen wurde. Verblüfft ließ er von dem Typen ab und taumelte rückwärts. Es dauerte eine Weile, bis er begriff, dass es sein eigenes Blut war, das sein Hemd dunkel und klebrig tränkte. Der andere brach ihn hysterisches Gelächter aus. Eine Mischung aus Tränen und schrillem Gekicher.

»Ian, beruhige dich! Du bist verletzt, und Jimmy hat die Polizei gerufen! Wenn du ihn jetzt verprügelst, werden sie denken, es war deine Schuld.«

Ian biss die Zähne zusammen. Adrenalin pumpte durch seine Adern und ließ ihn ungeahnte Kräfte entwickeln. Wie in Trance packte er den anderen am Hals und hielt ihn fest, bis sein Lachen zu einem panischen Röcheln verebbte.

Aus dem Augenwinkel erkannte er kleine Hände, die sich entschlossen auf seinen Arm legten.

»Ian, bring mich nach Hause. Sofort!«, befahl sie.

Er erstarrte. Schwer atmend blickte er sie an, und der Ausdruck in ihren Augen holte ihn zurück in die Wirklichkeit.

Sie hat Angst vor mir.

»Raus mit euch, die Polizei ist gleich da!«, rief Jimmy. »Worauf wartet ihr noch? Ich kümmere mich darum.«

Luana ergriff Ians Hand und zerrte ihn durch den Hintereingang nach draußen.

Vor der Bäckerei war es still. Millie umarmte Luana und dankte ihr, dann lief sie tränenüberströmt ins Haus und ließ sie allein.

»Ian ...«

Er wandte sich ab, weil er ihren angsterfüllten Blick nicht länger ertragen konnte. Sie fürchtete ihn, und das war seine eigene Schuld. Wie hatte er nur so dumm sein können zu glauben, er könnte seine Vergangenheit einfach hinter sich lassen? Eine Frau finden, sie lieben ... vielleicht irgendwann eine eigene Familie gründen und seine Bäckerei in Ruhe weiterführen? Nein. Weil er kein Recht dazu hatte. Er war keiner von den Guten. Im Gegenteil. Er war genauso schlecht wie Andrew. Und sie wäre nicht mehr hier, wüsste sie davon. Sie hätte sich niemals von ihm küssen lassen, wüsste sie davon. Er hatte es nicht verdient, sie im Arm zu halten.

»Darf ich?«

Er wich vor ihr zurück. »Nein«, sagte er barsch.

Aber sie ließ sich nicht abschütteln. Blutverschmierte Finger fuhren über seine Brust, öffneten das Hemd und begutachteten die klaffende Wunde, die schon längst nicht mehr schmerzte. Der Schmerz pulsierte an einer anderen Stelle. Weil er wusste, dass er dem ein Ende setzen würde. Finster starrte er auf sie herab. Ein letztes Mal.

Nur ein letztes Mal. Versprochen.

Er hob ihr Kinn an und sah ihr in die Augen. Seine Lippen trafen auf ihre. Dann drehte er sich um und ging.

Kapitel 20

St. Iluna, Frühling 1926

»Und du hast das ganz allein umgebaut?«

Yini begutachtete das Radio, während Samuel sich verdächtig oft die Brille richtete.

»So schwer ist ... gar nicht, du musst nur ...« Er sprach so schnell, dass er die Hälfte der Wörter verschluckte. »Man ... man muss es nur ... verkabeln und ... und... die richtige Frequenz einstellen.«

Yini setzte sich dicht neben ihn und hörte ihm neugierig zu.

Jacob und Noah verloren indes ihr letztes Hemd bei einer Partie Poker gegen Lan und Juan.

»Wo habt ihr nur so gut spielen gelernt?« Noah gab einen ungläubigen Laut von sich.

Lan grinste. »Das hättest du uns wohl nicht zugetraut.«

Dem Schreck von vorhin war eine heitere Stimmung gefolgt, und endlich konnten sie wieder lachen.

»Möchtest du ein Ginger Beer?« Ethan reichte Yueliang eine kühle Flasche. Sie war als Einzige ungewöhnlich still. Gemeinsam standen sie an der offenen Schuppentür und starrten in die Nacht hinaus.

»Ich möchte nach Hause«, flüsterte Yueliang.

Ethan schwieg, denn er wusste nicht, ob sie Hongkong oder die Teestube meinte. Wo war ihr Zuhause? Für welchen Ort schlug ihr Herz? Er musste an die fliegenden Lichter denken. Yueliang hatte ihm so oft von den Laternen erzählt, und wenn er in die dunkle Nacht hinausblickte, könnte er meinen, sie da draußen zwischen den Sternen zu sehen. Doch hier würde es diese Lichter für Yueliang nie geben. Sie griff nach dem Mondanhänger, der an ihrer Kette baumelte, und plötzlich war Ethan sicher, dass sie an Hongkong dachte. Ein bitterer Geschmack breitete sich in seinem Mund aus, den auch das Ginger Beer nicht wegspülen konnte. Er würde sie verlieren. Noch nicht heute oder morgen, aber sie würde gehen. Hier würde sie niemals eine Heimat finden. In den letzten Jahren waren die Leute zunehmend feindseliger geworden. Etwas Böses lag in der Luft.

»Komm wir gehen ein Stück. Es ist warm und die frische Luft wird dir guttun.« Ethan reichte Yueliang seine Hand, doch sie zögerte. Das tat weh.

»Geht ruhig.« Yini war hinter ihr erschienen und tätschelte ihr die Schultern. »Jacob hat versprochen, uns nachher nach Hause zu begleiten.«

»Okay ...« Yueliang nickte und gab ihrer Freundin einen Kuss auf die Wange, bevor sie hinaus in den Garten ging. Ethan formte ein lautloses »Danke« in Yinis Richtung, und diese lächelte.

»Pass auf sie auf«, flüsterte sie, bevor sie zu Samuel zurückeilte.

Yueliang war einige Schritte vorausgegangen, doch Ethan hatte sie schnell eingeholt. Die Mables wohnten nicht weit von ihnen entfernt. Eine Zeit lang gingen sie schweigend nebeneinander her, bis ihm auffiel, dass Yueliang einen Weg einschlug, auf dem sie länger nach Hause brauchen würden. Er fragte sie nicht, warum. Er drängte sie nicht, weil er genau wusste, dass sie sich an ihn wenden würde, sobald sie die Kraft zum Sprechen fand. Der Polizeieinsatz musste ihr sehr zugesetzt haben. Wut brodelte in Ethan hoch.

»Du hättest ihm dein Geld nicht geben müssen«, sagte Yueliang in die Stille hinein.

War es etwa das, was sie die ganze Zeit beschäftigte? »Ich konnte nicht zulassen, dass er dich mitnimmt.«

Yueliang blieb stehen. Der Schuppen war nicht mehr zu sehen. Sie standen neben einem brachliegenden Feld, der Mond erleuchtete die Umgebung und tauchte alles in ein silberweißes Licht.

Yueliang sah zu Boden. »Danke.« Sie fing an zu zittern.

Weinte sie etwa? »Yueliang.« Ethan griff nach ihrem Kinn und zwang sie, ihn anzusehen. Tatsächlich. Tränen kullerten ihre Wange hinab und flossen warm über seine Finger.

»Ich weiß, was du für dein Geld tun musst. Es ist furchtbar, Ethan, und jetzt hast du meinetwegen so viel davon verloren.« Sie schluchzte. »Und dann hat er dich auch noch geschlagen ... Was sind das nur für grausame Menschen?« Sie konnte sich kaum noch halten.

Ethan nahm sie in den Arm, bettete ihren Kopf an seine Brust und streichelte ihr übers Haar. »Bitte, weine nicht«, flüsterte er.

Ihm selbst drohte die Stimme zu versagen. Was konnte er noch tun, um ihren Schmerz zu lindern? Sie sollte doch nicht weinen. Nicht seinetwegen. Nicht des Geldes wegen.

Aber es gab keine Worte. Sie standen einfach nur da.

Er hätte gern mehr für sie getan, als sie nur im Arm zu halten. Er beugte sich zu ihr herab, küsste ihr Haar, ihre Stirn. Sie sollte wissen, dass er für sie da war, dass er immer für sie da sein würde, aber er fand einfach keine Worte dafür. Vorsichtig wischte er ihre Tränen mit seinem Daumen fort und zwang sie wieder, ihn anzusehen. Das Mondlicht spiegelte sich in ihren dunklen Augen.

Er hätte sie gern geküsst. *Wirklich* geküsst. Wie ein Mann eine Frau küsste. Seine Lippen auf ihren. Dann hätte sie aufgehört zu weinen. Dann hätte sie gewusst, was er für sie fühlte. Was er immer schon für sie gefühlt hatte, seit jenem Tag, als sie den Hasen vor dem Tod bewahrt hatte. Seit jenem Augenblick, als sie verhindert hatte, dass sein Vater ihn zu Tode prügelte. Und in all den Jahren, in denen sie gemeinsam ihren Träumen hinterhergelaufen waren ...

Ich liebe dich.

Das hätte er ihr gern gesagt. Doch er schwieg.

»Ethan …«

Da waren so viele unausgesprochene Worte, die keinem von ihnen über die Lippen kommen wollten. Er konnte es in ihren Augen sehen. Mutlos ließ er die Arme sinken, wollte sich von ihr lösen, aber sie ließ ihn nicht gehen.

»Bitte.«

War da etwa Sehnsucht unter all ihren Tränen? Verlangen? Konnte es wirklich sein, dass sie ihn ebenso sehr wollte wie er sie? Wollte sie, dass er sie küsste? Sie stellte sich auf die Zehenspitzen und presste sich dichter an ihn. Er hatte sich nicht getäuscht. Doch das konnte er ihr nicht antun. Sie war kein Mädchen für einen Augenblick, nicht für einen Kuss, nicht für eine Nacht. Sie war alles. Sie verdiente alles. Doch er war nichts und konnte ihr nichts bieten. Während ihre Tränen immer langsamer flossen und das Sehnen in ihren Augen sich in leise Enttäuschung verwandelte, weil er ihr nicht gab, wonach sie verlangte, brach sein Herz Stück für Stück.

»Entschuldige«, sagte sie und ließ ihn los.

Doch er schüttelte nur den Kopf und nahm sie wieder in den Arm. Verzweifelt presste er sie an sich und wünschte, die Zeit würde einfach stehen bleiben. Aber die Welt war unbarmherzig, und sie mussten sich irgendwann voneinander lösen. Yueliang blickte verlegen zur Seite. Er wusste, wie stolz sie war. Diesen Augenblick der Schwäche würde sie sich lange nicht verzeihen können.

Zaghaft hob er ihre Hand und küsste ihre Fingerknöchel.

»Du kannst es mir ja zurückzahlen …« Er zog sie noch einmal an sich. »Mit Zinsen«, flüsterte er ihr ins Ohr. Woraufhin sie ihm spielerisch auf den Fuß trat und sich kichernd von ihm löste.

»Du bist unmöglich, Ethan.«

Endlich lachte sie wieder. Für dieses Lachen und die Frau, zu der es gehörte, würde er alles tun. Ein Schatten legte sich wie eine böse Vorahnung über sein Herz. Wahrscheinlich würde sie es nie erfahren. Nie erfahren, was er wirklich für sie empfand. Und das war auch gut so. Er wollte nicht der Grund sein, warum sie womöglich in ihrer Entscheidung wankte. Sie sollte ein Leben fernab von hier führen, in einem Land, in dem ihr keiner verbot zu tanzen und wo es schwebende Lichter am Himmel gab.

Kapitel 21

St. Iluna, Gegenwart

Zwei Wochen.

Zwei Wochen waren vergangen, seit sie Ian zuletzt gesehen hatte. Egal wie oft sie es auch versuchte, er reagierte weder auf ihre Anrufe noch auf ihr zaghaftes Klopfen an der Tür. Es war, als ob er einfach verschwunden wäre.

Luana seufzte, dann nahm sie ihre Lupe und den weichen Pinsel zur Hand.

Ihr Handy vibrierte. Eine Nachricht von Millie: *Ich komme später vorbei und helfe dir, okay?*

Luana antwortete: *Okay. Geht es ihm gut?* Das war immer ihre erste Frage.

Er öffnet die Bäckerei und macht seinen Job. Dann verschwindet er wieder in der Backstube.

Sie las mit klopfendem Herzen und tippte bereits: *Ich muss mit ihm reden! Warum schließt er mich aus?*

Er spricht mit niemandem, auch nicht mit mir. Er ist einfach Ian. So macht er es mit allen Menschen, die ihm etwas bedeuten.

Luana schluckte. *Aber ich bin nicht alle.* Das hatte er ihr an jenem Abend mehr als deutlich gemacht.

Nein, das bist du nicht. Du bist viel mehr als das. Und mein Bruder ist ein Idiot.

Luana legte das Telefon neben sich auf den Boden und schloss die Augen. In Gedanken war sie zurück im Wudao und küsste ihn. Seine Lippen legten sich auf ihre, beantworteten ihr stummes Verlangen nach seiner Nähe und entfachten einen prickelnden Funken, der heiß in ihrem Bauch verglühte.

Warum stieß er sie weg?

Eine einzelne Träne rollte über ihre Wange. Aber das würde sie nicht zulassen! Schon der bloße Gedanke an ihn ließ ihr Herz höherschlagen. Er konnte sie nicht für immer ignorieren.

Schlagartig öffnete sie die Augen. War das etwa sein Ziel? Zeit zu schinden, bis sie nach Hongkong zurückkehrte, damit er ihr gar nichts erklären musste? Aber da konnte er lange warten, denn sie würde nicht einfach so gehen. Nicht heute und auch nicht in sechs Monaten. Niemals. Sie wollte bleiben. Und genau das würde sie ihm auch sagen, sobald sie ihn endlich erwischte.

Ich bin doch keine Puppe, die du einfach in die Spielzeugkiste werfen kannst, wenn du keine Lust mehr auf sie hast.

Wütend sprang sie auf und trat vor das Gemälde der Mondgöttin Chang'e, das ihre Urgroßmutter Yueliang vor ungefähr hundert Jahren gemalt hatte. Eine kurze, aber sehr genaue Inspektion hatte ausgereicht, um die Schäden festzustellen, die gar nicht so groß waren wie vermutet. Voller Tatendrang setzte Luana den Staubpinsel an.

Ob die Mondgöttin ebenso traurig gewesen war, nachdem sie ihren Mann, der ihr Seelenverwandter gewesen war, hatte verlassen müssen?

Ich will ihn küssen ...

»Ich will dich küssen.«

Luana erstarrte, der Pinsel entglitt ihren Fingern und landete mit einem dumpfen Aufprall auf dem alten Holzboden.

Sie wagte es nicht, sich umzudrehen, denn dann würde er sehen, wie elend sie sich in den letzten zwei Wochen gefühlt hatte. Wie allein sie gewesen war. Und wie sehr sie sich gewünscht hatte, er wäre bei ihr. Wie sehr sie sich wünschte, er würde sie nicht länger ausschließen und ihr endlich sagen, was sie tun konnte, um ihm zu helfen. Denn irgendetwas stimmte hier ganz und gar nicht. Diese mysteriösen Anrufe und sein Zusammenbruch in der Gasse ... Was zum Teufel verbarg er nur vor ihr?

»Luana.«

»Komm nicht näher.«

»Sieh mich an.«

»Nein.«

Er seufzte. »Es zu beenden, bevor es zu schwer wird, ist besser für uns beide.«

»Und warum entscheidest immer nur du, was für uns beide besser ist?« Sie wusste, dass sie wie ein kleines, trotziges Mädchen klang, das nicht bekam, was es wollte. Weil es stimmte. Sie wollte ihn, aber die Götter schienen ihr nicht wohlgesonnen zu sein.

»Weil du unschuldig bist. Und ich ... ich bin es nicht.«

Sein Telefon läutete, aber er ging nicht ran.

»Wer ist das?«

»Niemand.«

»Ian.«

»Das musst du nicht wissen. Es ist besser so.«

»Warum?«

»Weil es einfach so ist.«

Sie schüttelte den Kopf. »Das kann ich nicht akzeptieren. Ich ... ich will es nicht akzeptieren. Sag mir endlich, was los ist!«

Stille.

»Wir machen uns Sorgen um dich! Millie, Năinai, sogar Jimmy, den du seit einer Ewigkeit nicht mehr gesehen hast. Weißt du, dass er vor der Polizei für dich gelogen hat?«

»Ich kann mich nicht daran erinnern, ihn darum gebeten zu haben.«

Das klang hart. Zu hart für den Mann, den sie kannte. Oder glaubte zu kennen.

»Aber das ist es, was Freunde tun. Sie verlassen sich aufeinander. Vertrauen einander.«

»Ich vertraue niemandem. Nicht einmal mir selbst.«

Das Herz wurde ihr schwer. »Aber ich vertraue dir.«

»Du hattest Angst vor mir.«

»Das glaubst du, ja?«

»Es war offensichtlich.«

»Ich hatte Angst *um* dich. Hat er ... hat er dich schwer verletzt? Wurde die Wunde genäht? Ich wollte niemals, dass du wegen mir verletzt wirst!«

Das Vibrieren hörte nicht auf. Dieses verdammte Telefon, sie hasste es! Es war wie ein Unglücksbote, der sie stets daran erinnerte, dass sie nichts wusste. Weder über Ian noch über die Dunkelheit, die er ganz augenscheinlich mit sich herumschleppte.

So wie ich. Ich bin nicht besser als er.

Erschrocken schnappte sie nach Luft. Beinahe lautlos war er hinter sie getreten und hatte seinen Arm um ihre Taille geschlungen. Dabei zog er sie so sanft an seine Brust, dass sie nicht anders konnte, als erleichtert gegen ihn zu sinken.

»Sag es mir«, flüsterte sie.

»Ich kann nicht. Du bedeutest mir zu viel, als dass ich dich einfach aufgeben könnte. Darum darf ich dich nicht haben.«

»Aber ich will es. Es ... es fühlt sich richtig an. Echt. Die Ahnen ...«

»Weil es das ist«, unterbrach er sie. »Aber ich werde nicht von dir verlangen, auf mich zu warten. In ein paar Monaten wirst du nach Hongkong zurückkehren, und ich werde mit diesem Verlust leben. Damit kenne ich mich aus.«

Aber ich gehe nicht zurück. »So leicht werde ich es dir aber nicht machen! Ich bin nicht Yueliang. Ich habe aus ihren Fehlern gelernt!«

»Du wirst mich schneller vergessen, als du denkst«, flüsterte er in ihr Ohr.

Die Rauheit seiner Stimme verursachte ihr eine Gänsehaut, die sich wie ein Lauffeuer über ihr Rückgrat und ihre Arme zog. War es wirklich so einfach für ihn? Vor ihrem inneren

Auge wurden all jene Momente abgespult, die sie zusammen erlebt hatten.

Ich weiß, dass du den kaltherzigen Kerl nur als Maske benutzt, um dich zu schützen. Aber vor mir musst du nicht beschützt werden.

Das Läuten verklang. Sein Telefon. Darum war er draußen gewesen! Die Person, mit der er gesprochen hatte, musste der blinde Fleck sein, der Puzzlestein, der ihr fehlte, um sein eigenartiges Verhalten zu erklären. Als hätte er ihre Gedanken gelesen, löste sich Ian von ihr.

»Es tut mir leid.«

Seine Wärme verging und wurde durch eisige Kälte ersetzt.

Luana fuhr herum. »Bitte bleib! Lass mich nicht allein hier stehen, Ian!«

Aber er war schon fort.

Ihre Knie knickten ein, und sie konnte die Tränen nicht länger zurückhalten.

Als sie das nächste Mal aufsah, war es ihre Großmutter, die sie hielt und beruhigend auf ihre Schulter klopfte.

Später saßen sie bei Tisch und betrachteten die Zuckerblume, die Ian Luana geschenkt hatte.

»Ian lügt«, flüsterte sie. »Die weiße Kamelie ist der Beweis. Was soll ich nur tun, Năinai?«

Ihre Großmutter lächelte. »Bestimmt hat er seine Gründe, Luana. So wie du, als du uns damals ausgeschlossen hast. Ich habe mich auch immer wieder gefragt, warum du nicht mit mir darüber reden wolltest.«

Luana erstarrte. »Du weißt, warum«, flüsterte sie. Sie war so schwach gewesen. Und verletzt. Weglaufen war einfach. Viel einfacher, als sich seinen Gefühlen zu stellen.

»Sprich es laut aus, Kleines.«

»Ich …« Sie umklammerte den Rand des Tisches fester. »Ich wusste keinen Ausweg mehr. Wäre meine Kunst nicht gewesen, dann wären sie nicht gestorben.«

»Falsch.« An'an erhob sich, kramte in einer Lade und kehrte mit ihrem Zeichenblock und dem Beutel, in dem Luana ihre Stifte aufbewahrte, zurück. Dann legte sie das Papier vor Luana hin und drückte ihr einen Bleistift in die Hand.

»Wessen Schuld war es wirklich?«

»Năinai ...«

»Sprich es laut aus!«

Der Schmerz in ihrer Brust traf Luana so unvermittelt, dass sie fahrig nach Luft schnappte und den Bleistift so fest umklammerte, dass ihre Knöchel weiß hervortraten.

»Solange du darüber nachdenkst, wer tatsächlich die Schuld am Tod deiner Eltern trägt, könntest du doch zeichnen. Was ist das Erste, das dir in den Sinn kommt?«

Ich und Ian unter dem Vollmond. Glühwürmchen tanzen um uns herum. Er lächelt.

Es war, als führte der Stift ein Eigenleben. Zum ersten Mal seit dem Tod ihrer Eltern musste sie sich nicht dazu zwingen.

»Aber ich verstehe nicht, warum er mich von sich stößt. Ist es, weil unsere Welten so verschieden sind?«

An'an verzog das Gesicht. »Sind sie das denn wirklich? Was, wenn es nicht so einfach ist, wie es scheint? Deine Urgroßmutter hat das auch immer geglaubt. Darum wollte sie wieder zurück. Aber du bist anders, Luana. Klammere dich nicht an der Vergangenheit fest.«

»Ich klammere mich nicht mehr an der Vergangenheit fest, Năinai!«

»Vielleicht ist es für ihn ebenso hart, wie es für dich war, und es geht gar nicht darum, dich fernzuhalten, weil er es sich anders überlegt hat, sondern um dich vor etwas zu beschützen, das ihm selbst Angst macht? So, wie du Angst davor hast, die Trauer über deinen Verlust zuzulassen.«

»Aber wenn er das zwischen uns doch nicht will? Wenn er mich weiter im Dunkeln tappen lässt? Wir ... haben uns geküsst. Bedeutet ihm dieser Kuss denn gar nichts?«

Ihre Großmutter kicherte.

»Machst du dich über mich lustig?«

An'an schüttelte den Kopf. »Jeder Mensch, der euch begegnet, kann sehen, dass ihr über beide Ohren ineinander verliebt seid. Bestimmt haben die Ahnen nicht ohne Grund dafür gesorgt, dass sich eure Wege kreuzten.«

»Sie machen es uns aber nicht gerade leicht.« *Uns.* Konnte es dieses Uns jemals für sie geben?

An'an strich ihr eine schwarze Strähne aus der Stirn, während sie beobachteten, wie Luanas Finger über das Papier flogen. »Und, hast du deine Antwort gefunden?«, flüsterte sie.

Luana seufzte. »Ja.«

»Weißt du, ich glaube, dass er nur Angst hat, genau wie du. Und weil er alles mit sich allein ausmacht, kann er sich nicht auf dich einlassen. Also musst du diejenige sein, die sich dafür entscheidet, ihre Angst zu überwinden, und euch eine Chance gibt. Nichts, was es sich zu haben lohnt, ist je einfach.«

Ihre Großmutter hatte recht. Natürlich hatte sie das! Aber selbst, wenn sie ihren eigenen Dämon überwand, wie könnte sie Ian dazu bringen, sich ihr zu öffnen?

»Dein Urgroßvater, mein Bà, war ebenso ein sturer Mann wie Ian. Aber das hat ihm auch dabei geholfen, deine Urgroßmutter zu lieben, obwohl sie ihr Herz vor ihm verschlossen hielt.«

Luana legte den Stift nieder. Das Bild war fertig.

»Du hast es geschafft, Kleines. Siehst du? Da hast du deine Antwort.«

Luana fasste nach dem schimmernden Sichelmondanhänger, der über ihrer Brust baumelte. Sie und Ian … zusammen – das war ihre Antwort.

Kapitel 22

St. Iluna, Sommer 1926

Yueliang stellte die frischen Mondkuchen auf die breiten Fensterbänke, um den Teig sacken zu lassen. Die Sonne stand noch hoch am Himmel, obwohl es eigentlich schon Abend war. Ein warmer Wind wehte ihr die Haare ins Gesicht, und sie flocht sie zu einem lockeren Zopf. Die Wärme des sich zu Ende neigenden Tages legte sich wie eine wohltuende Decke um ihren Körper. Im Sommer fiel es ihr leichter, sich in ihre Heimat zurückzuträumen. Wenn es in England genauso heiß und schwül war wie an den Küsten Hongkongs, dann brauchte sie nur kurz die Augen zu schließen und stand wieder im Garten ihrer Großeltern. Wenn sie sich anstrengte, dann konnte sie sogar diesen unverkennbaren Geruch nach frisch gebrühtem Grüntee, Jasmin und dem herben Salz des Meeres riechen. Aber die Farben und Düfte ihrer Heimat verblassten mit jedem Jahr, das sie in der Ferne verbrachte.

Vor ein paar Monaten hatte sie einem Brief an ihre Großmutter geschrieben, aber noch keine Antwort erhalten. So, wie sie auf keinen ihrer anderen Briefe je eine Antwort erhalten hatte. Die Sorge, dass etwas mit ihren Großeltern passiert sein könnte, schlich sich immer häufiger in ihre Gedanken. Was würde sie vorfinden, wenn sie zurück nach Hongkong kam? Gab es dort noch einen Ort, ein Zuhause für sie? Yueliang schüttelte die Fragen ab wie lästige Mücken. Auch wenn es ihre Großeltern nicht mehr gäbe, das Teehaus wäre da und sie als Erbin müsste die Tradition fortführen.

Sie verließ die Teestube und durchquerte den Garten. Für heute hatte sie ihre Arbeit erledigt. Am Morgen hatte sie frische Möhren am Markt gekauft. Yùtù würde sich freuen. Sie setzte sich auf den Hasenverschlag und warf die Möhren ins Gras. Yùtù schnupperte einmal an dem Gemüse und ließ es dann links liegen. Verwundert runzelte Yueliang die Stirn. Wahrscheinlich hatten ihn die Zwillinge wieder mit den Resten ihres Abendessens gefüttert. Kein Wunder, dass der Hase aussah wie ein Fellschweinchen.

Aus der Bäckerei drang Geschrei. Geschirr klirrte, ein Glas zerbrach. Yueliang war diese Geräuschkulisse mittlerweile so gewohnt wie das Rauschen des Windes in den Wacholderbüschen. Eine Tür fiel knallend ins Schloss, und ein paar Augenblicke später saß Ethan neben ihr. Er atmete schwer und hatte seine Gesichtszüge nicht unter Kontrolle. An solchen Abenden konnte sie in ihm lesen wie in einem offenen Buch, da waren Trauer, Hass, Verzweiflung und erzwungene Gleichgültigkeit sowie ein tief sitzender Schmerz, der unter all den Gefühlen verwurzelt zu sein schien. Yueliang fragte ihn nicht, ob alles in Ordnung war, denn sie wusste ja, dass nichts in Ordnung war. Früher hätte sie ihn einfach in den Arm genommen. Doch seit er sie unter dem Mondschein abgewiesen hatte, fiel es ihr schwer, weil ihr Herz so schrecklich dabei schmerzte.

Wollte er ihren Trost überhaupt? Wer war sie für ihn? Eine Art lästige kleine Schwester? Eine Cousine, die für Unruhe sorgte? Trotz ihrer Unsicherheit griff sie nach seiner Hand. Sie konnte gar nicht anders. Sein Leid umgab ihn wie eine wabernde Aura, die sie beinahe sehen konnte. Wie konnte sie ihn da allein lassen? Er brauchte sie, egal was er für sie empfand und wie oft er sie noch wegstoßen würde. Sie war die Einzige, die ihm Halt geben konnte.

»Komm, wir gehen ein Stück.« Sie zog ihn hoch, und er ließ es geschehen.

Zuerst wanderten sie ziellos durch die Straßen, bis es langsam zu dämmern anfing. Irgendwann übernahm Ethan die Führung, brachte sie raus aus St. Iluna, in den Wald hinein und einen Hügel hinauf. Obwohl Yueliang die Strecke kannte, war sie froh über das verbliebene Tageslicht. Der Waldweg war überwuchert mit Wurzeln, und sie stolperte das ein oder andere Mal, bis Ethan sie an der Hand nahm wie ein Kind. Oben auf dem Hügel gab es eine kleine Sitzbank. Ethan und Jacob hatten sie vor ein paar Sommern aus Steinen und Ästen gebaut, die sie dort oben auf dem Hügel gefunden hatten. Die Bank lehnte an einer alten Eiche, die ihr den nötigen Halt gab. Dieser Ort war geheim und gehörte nur ihnen. Hier würde sie niemand stören.

Während Yueliang ihre Kindheit unendlich lange vorgekommen war, spürte sie die Uhr nun umso schneller ticken. Die Zeit, um flügge zu werden, rückte immer näher, und bald würde sie sich entscheiden müssen, was sie mit dem Rest ihres Lebens anfing. Das Geld für die Rückfahrt war längst zusammengespart. Sollte sie es wagen und zurück nach Hongkong fahren? Allein? Sie sah Ethan an, der stoisch auf die Stadt unter ihnen blickte. Die kleinen Häuser und die dahinterliegenden Gemüsegärten waren eher praktisch, als schön anzusehen. Die Lichter, die nun langsam eines nach dem anderen angingen, weil die Sonne nur noch ein orangefarbener Streifen am Horizont war, hatten nichts Magisches an sich. Hier würde es niemals Lichter im Himmel geben, aber es gab Lichter in St. Iluna. Während Hongkong immer mehr zu einem Traum verblasste, den sie vor langer Zeit geträumt hatte, verankerten sich die Bilder von St. Iluna nun glasklar vor ihrem inneren Auge.

Ethan atmete tief ein und aus. »Ich kann die Zahnräder in deinem Kopf arbeiten hören, woran denkst du?«

Yueliang verlagerte ihr Gewicht auf der Bank. Noch vor dem Sommer hätte sie Ethan alles erzählt, ihre Sorgen, ihre Bedenken ... Sie hätte alles mit ihm geteilt, aber jetzt zögerte sie. Als wäre ihre Freundschaft eine Vase, die Risse bekommen hatte und nur noch eine Erschütterung davon entfernt war zu brechen. Sie spürte, wie ihr die gemeinsame Zeit mit Ethan wie Sand durch die Finger rieselte. Diese Tatsache raubte ihr die Luft zum Atmen. Er war so lange an ihrer Seite gewesen – ihr heimlicher Verbündeter gegen eine Horde grausamer, egoistischer Erwachsener. Wie oft hatten sie sich gegenseitig Trost gespendet und sich motiviert, nicht aufzugeben? Was sollte sie nur ohne ihn tun?

»Dein Schweigen ist so laut, dass es mir in den Ohren wehtut. Sag doch endlich, was dir auf der Seele brennt!« Er boxte sie spielerisch in die Seite, seine Laune hatte sich gebessert, und ein Stück Unbeschwertheit war wieder zurückgekehrt.

»Ich habe das Geld für die Überfahrt zusammen, aber ich weiß nicht, ob ich gehen soll«, flüsterte sie, und die Wörter brannten wie Säure in ihrem Mund. Seit Jahren arbeitete sie auf dieses Ziel hin, und nun kamen ihr Zweifel. Ethan musste sie für furchtbar dumm und naiv halten, doch wie immer schaffte er es, sie zu überraschen.

»Ich habe das Geld für die Ausbildung auch zusammen, aber ich weiß nicht, ob ich nach Paris gehen soll.«

Sie sahen sich einen Moment lang an, bevor Yueliang die Lider senkte. Sie konnte ihm nicht länger in die Augen schauen.

»Wir sind Idioten, oder?«, fragte Ethan.

»Große Idioten.«

»Was sollen wir tun?«

Es war, als würde ein riesiger Elefant direkt vor ihnen sitzen und keiner von ihnen traute sich, darüber zu sprechen.

»Ich habe eine Idee«, flüsterte Yueliang.

»Natürlich hast du die, du bist ja auch die Schlauere von uns.«

Wie selbstverständlich legte Ethan den Arm um ihre Schultern und zog sie näher an sich heran. Yueliang leistete keinen Widerstand, im Gegenteil, sie kuschelte sich in seine Armbeuge und blickte hinauf zu den Sternen. Egal was zwischen ihnen war, für den Augenblick zerbrach die Vase nicht, im Moment stand sie sicher auf einem Podest, und solange der Wind nicht zunahm, war alles in Ordnung.

»Was hältst du von einer Rückversicherung?«, fragte Yueliang und begann, Zahlen in den Himmel zu zeichnen. In ihrem Kopf stellte sie bereits Berechnungen an.

»Das musst du mir erklären.«

»Nun ja, wir haben beide das Geld für die Reise zusammen, aber was ist mit dem Geld für die Rückreise?«

»Du willst zurückkommen?« Ethan richtete sich auf und sah sie an.

Die Hoffnung in seiner Stimme versetzte ihr einen Stich. Nein, eigentlich hatte sie nicht vorgehabt, zurückzukommen, aber sie war einfach noch nicht bereit zu gehen. »Im schlimmsten Fall, ich meine, falls meine Großeltern nicht mehr leben und das Teehaus verkauft worden ist, muss ich zurückkehren«, sagte sie.

Ein nachdenklicher Blick umgab Ethans Züge, die sie in dem schwachen Licht kaum mehr erkennen konnte. Der Rückweg durch den Wald würde nicht einfach werden, sie sollten eigentlich sofort aufbrechen, aber er schien noch nicht an eine Heimkehr zu denken.

Stattdessen legte er sich auf die Bank und bettete seinen Kopf in ihren Schoß.

»Das gefällt mir, eine Rückversicherung. Und ein wenig mehr Zeit zum Nachdenken.«

Yueliang strich Ethan durch sein dichtes strubbeliges Haar. Mehr Zeit klang gut. »Möchtest du mir erzählen, was heute los war?«

Ethan schloss die Augen. »Nein, es ist nichts, was du nicht weißt, derselbe Mist wie jedes Mal.«

Yueliang strich ihm weiter durch das Haar und sagte nichts mehr. Nach einer Zeit wurden seine Atemzüge gleichmäßiger; er war eingeschlafen.

Yueliang griff nach ihrer Kette und suchte nach dem Mond am dunklen Firmament. Neumond ... kaum zu sehen. Sie hatte sich gerade eine Gnadenfrist ausgehandelt, doch was würde die Zukunft für sie bereithalten?

Bedächtig legte sie ihre Hand auf Ethans Brust und spürte sein Herz pochen. Je länger sie blieb, desto schwerer würde es ihr fallen zu gehen … Oder hatte sie den Moment vielleicht sogar schon verpasst?

Die Morgensonne schickte bereits ihre ersten Strahlen über die Dächer der Stadt, als sie in die Hauptstraße einbogen und durch St. Ilunas verschlungene Pfade den Heimweg antraten. Schweigend schlichen sie von Laterne zu Laterne, während Ethan ihre Hand hielt und Yueliang seine Wärme in der Kühle des Morgens genoss. Sie hoffte, dass ihre Mutter und Robert ihren kleinen Ausflug nicht bemerkt hatten. Die beiden waren bereits in ihrem Zimmer gewesen, bevor sie sich auf den Weg gemacht hatte. Dennoch breitete sich ein mulmiges Gefühl in ihrer Magengegend aus. Was würde ihre Mutter sagen, wenn sie erfuhr, dass sie die ganze Nacht weg gewesen war, und dann auch noch mit einem Mann?

Als sie endlich die Bäckerei erreichten, blieb Ethan abrupt stehen. Sie waren nicht allein. Polizisten standen auf der Straße. St. Ilunas einziger Krankenwagen parkte auf dem Rasen zwischen ihren Häusern. Ethan drückte Yueliangs Hand. Was war hier los? Panik erfasste sie beide, als sie von Officer Mable entdeckt wurden, der schnellen Schrittes auf sie zukam. Jack hingegen spuckte auf die Straße und ging zurück ins Haus. Die Zwillinge saßen am Straßenrand. Samuel weinte und Jacob hatte das Gesicht unter seinen Armen verbogen.

Yueliang entdeckte Chen Lu und Robert vor dem Krankenwagen. Das letzte Mal, als ihre Mutter so viele Tränen vergossen hatte, waren sie auf der Beisetzung ihres Vaters gewesen. Yueliang war genauso erstarrt wie Ethan. Die Zeit schien wie in Zeitlupe zu vergehen. Wenn sie nicht weiterliefen, würde das Unheil sie vielleicht nicht ereilen. Doch Officer Mable kam unaufhaltsam auf sie zu.

Und mit jedem Schritt, den er näher kam, spürte Yueliang, dass ihre Kindheit nun endgültig vorbei war.

Kapitel 23

St. Iluna, Gegenwart

Das ist es, was Freunde tun. Sie verlassen sich aufeinander. Vertrauen einander. Jemandem zu vertrauen heißt, sich angreifbar zu machen.

Ian schnaubte. Seiner Finger verkrampften sich um die halb leere Flasche in seiner Hand. Er hatte schon einmal vertraut. Und was hatte es ihm gebracht? Eine tote Frau und ein Loch in der Brust. Die Nachttischlampe ging an und warf einen schwachen Schein in das Zimmer. Langsam erhob er sich. Seine Schulter schmerzte stärker als je zuvor, und er betrachtete die wulstige Narbe im Spiegel.

Ich hatte Angst um dich.

Ein heiserer Laut zwängte sich aus seinem Mund. Es klang, als ob er den Verstand verloren hätte. Scheiße, aber das hatte er nicht, obwohl er wünschte, es wäre so. Dann wäre es nicht so schwer. Aber welche Wahl hatte er schon, wenn er die Personen, die er liebte, schützen wollte? Angespannt warf er einen Blick auf sein Telefon. Zweiunddreißig Anrufe in Abwesenheit. Natürlich hätte er seine Nummer einfach wechseln können, wie Christopher es ihm geraten hatte. Oder Officer Mable, der ihn erst vor ein paar Tagen in der Bäckerei besucht hatte, aber das hätte das Problem sicher nicht gelöst. Andrew hätte sie erneut im Handumdrehen herausgefunden und ihn weiter belästigt. Ohne konkreten Tatbestand könne man nichts tun, hieß es. Was bedeutete, dass erst etwas passieren musste. Und das würde es. Niemand kannte Andrew besser als er und wusste, wozu er fähig war. Deshalb konnte er nicht aufgeben.

Eine Lüge.

Er hatte aufgegeben. Weil er zu feige war, sich seiner Vergangenheit zu stellen. Er schaffte es ja nicht einmal in die Nähe jenes Hauses.

Ein leises Klopfen riss ihn aus seinen Gedanken.

»Ian?«

Stille.

»Ich weiß alles, also komm raus und lass uns besprechen, wie wir dein Leben wieder hinkriegen.«

Du weißt gar nichts.

»Luana war heute bei mir und hat nach dir gefragt.«

Ian erstarrte.

»Andrew hat dein Leben schon einmal beinahe zerstört ... warum lässt du dir das gefallen? Warum lässt du dir immer alles von ihm wegnehmen?«

Er ballte die Hände zu Fäusten. Weil es einfacher war wegzulaufen.

»Ich habe dir die Reste vom Abendessen in die Mikrowelle gestellt, falls du Hunger hast. Und falls du doch ... reden willst ... Ich bin in meinem Zimmer.«

»Okay.« Er wollte nicht reden.

»Weißt du, ich glaube, Luana liebt dich wirklich. Ich kann es in ihren Augen sehen. Was auch immer gerade in dir vorgeht, sie kann damit umgehen. Und sie hat nicht vor aufzugeben. Also gib auch du nicht auf. Du musst es nur zulassen.«

Seine weise kleine Schwester. *Vermutlich bist du die Erwachsenere von uns beiden.*

Er seufzte. Hinter ihm auf dem Boden lag die Whiskyflasche, die er vor drei Stunden in der Dunkelheit seines Zimmers geöffnet hatte. Er hob sie auf und ließ sie in einer Schublade verschwinden. Betrunken zu sein änderte auch nichts. Was, wenn Millie recht hatte und er Luana einfach die Wahrheit erzählen sollte? Andrew wusste ohnehin längst von ihr, also war es nur noch eine Frage der Zeit, bis er sie in diese Sache zwischen ihnen hineinzog. Dann wäre sie wenigstens vorbereitet. Und sie könnte frei entscheiden, ob sie sich auf ihn einlassen wollte oder nicht.

Aber durfte er ihr diese Last wirklich aufbürden?

Stunden später saß Ian auf einem der wackeligen Terrassenstühle und rauchte. Das Telefon lag vor ihm auf dem Tisch und blinkte unheilverkündend. Warum kam Andrew nicht einfach zu ihm? Warum geilte sich dieser Idiot daran auf, Psychospielchen mit ihm zu spielen?

Er will endlich zu Ende bringen, was er vor Jahren begonnen hat. Und das ist nur der Anfang.

Wer wusste schon, wann sein ehemals bester Freund das nächste Mal um die Ecke kam, um ihm eine Kugel in die Brust zu jagen? Ian drückte gerade die Zigarette aus, als die Tür auf der anderen Seite leise klapperte und Luana die Terrasse betrat.

Gespannt hielt er den Atem an. Wenn er still hier sitzen blieb, könnte er sie in aller Ruhe aus der Ferne betrachten. Das durfte er sich doch erlauben, nicht wahr? In ein langes weißes Kleid gehüllt hob sich ihre schmale Gestalt deutlich von der Dunkelheit ab. Die winzige Lampe über der Tür ging an und gab den Blick frei auf unzählige Farbkleckse und einen Pinsel, der aus ihrem hohen Zopf ragte.

Sie ... malte wieder. Seit wann?

Das Mondlicht spiegelte sich auf ihrem Gesicht und verlieh ihrer Haut einen unwirklichen Schimmer, der sie beinahe wie eines der Fabelwesen aus den chinesischen Märchen aussehen ließ, die er heimlich gelesen hatte. Sein Puls beschleunigte sich. In Gedanken war er zurück im Wudao und küsste Luana, verlor sich auf ihren Lippen und presste sie an sich, sodass sie nicht vor ihm fliehen konnte, selbst wenn sie es wollte. Gott, er begehrte diese Frau so sehr, wie er noch nie zuvor einen Menschen begehrt hatte. Wenn er nur nicht so kaputt wäre.

Missmutig betrachtete er seine Hände, die so rau und rissig von der harten Arbeit in der Bäckerei waren. Hände, die es nicht wert waren, sie zu berühren.

»Ian, falls du hier bist …«

Erschrocken hob er den Kopf. Sie blickte ihm direkt in die Augen.

»Bitte, schließ mich nicht aus, du musst das alles nicht allein durchstehen«, wisperte sie. »Ich möchte bei dir sein.«

Er hielt den Atem an. Hatte sie ihn gesehen? Nein, er saß in völliger Dunkelheit. Sie konnte ihn nicht gesehen haben.

Die Minuten verstrichen, und es kam ihm eine Ewigkeit vor, während sie einander anstarrten. Irgendwann wandte sie sich ab und ging zurück ins Haus.

Geräuschvoll entließ er die angehaltene Luft.

Ians Nacht war zu kurz gewesen, und als er am nächsten Morgen an Millies Tür klopfte, fühlte er sich so erschöpft wie noch nie zuvor in seinem Leben. Die Dunkelheit kreiste um ihn wie ein Wolf, der auf seine Beute lauerte.

»Komm rein.«

Überrascht, dass sie schon wach war, betrat er das Zimmer und fand seine Schwester in einem flauschigen Bademantel vor ihrem Computer vor. Sie verzog das Gesicht. »Du siehst furchtbar aus.«

»Danke, es ist auch schön, dich zu sehen.«

Millie seufzte. »Was hast du da?«

Sie deutete auf die Kiste in seinen Händen.

»Die Wahrheit.«

Ihre Augen weiteten sich vor Überraschung, und sie zerrte sich die bunt leuchtenden Kopfhörer vom Kopf.

»Was willst du damit sagen? Ich weiß doch schon alles, oder nicht?« Wie in Zeitlupe erhob sie sich und ließ sich neben ihn auf ihr Bett sinken. »Oder … nicht?«, hakte sie nach.

»Du warst gerade erst geboren, als ich weggegangen bin. Und dann sind deine Eltern gestorben.«

»*Unsere* Eltern«, korrigierte sie ihn.

»Darum habe ich entschieden, dir nur das Nötigste zu erzählen, um dich zu schützen. Aber jetzt geht das nicht mehr. Es tut mir leid«, fuhr er fort und knöpfte sein Hemd auf.

Millie wurde bleich. »Was zum Teufel ... Ian, was ist das?« Sie streckte die Hand nach ihm aus, doch er fing sie ab und verbarg sie in seiner.

»Du weißt, dass ich als Jugendlicher Probleme hatte.«

»Warum hast du mir das nie gezeigt? Hat Andrew dir das angetan? Ich bringe ihn um! Bist du deshalb nach Paris gegangen? Musste ich darum so lange auf meinen großen Bruder verzichten?« Tränen schossen aus ihren Augenwinkeln.

Deshalb und weil ich diesen Ort nicht länger ertragen konnte. Aber jetzt ... jetzt hat mir St. Iluna eine Chance gegeben.

»Was ist damals passiert, Ian?«

Er zögerte.

»Jetzt spuck es schon aus!«, schimpfte sie.

»Du weißt von der Gerichtsverhandlung und dass die Anschuldigungen gegen mich fallen gelassen wurden. Aber wie es dazu kam, habe ich dir nie erzählt.« Er hielt inne und schloss die Augen. Millie wartete geduldig, bis er sich gesammelt hatte. »Ich war gerade in der Backstube, als das Telefon läutete. Andrew verlangte, dass ich sofort zu ihm komme, aber er wollte mir nicht sagen, worum es geht, also bin ich hingefahren.«

»In dieses Haus.«

Ian nickte. »Das Haus stand schon damals lange leer und wurde als Treffpunkt genutzt.«

»Als Treffpunkt wofür?«

»Deals, illegales Glücksspiel, manchmal auch Gefälligkeiten.«

»Hier, in St. Iluna? Aber ...«

»St. Iluna ist zwar klein, aber nicht so klein.«

Naives Schwesterchen. Sie war so verdammt unschuldig, und er wünschte, er müsste ihr das nicht nehmen. Aber um zu verstehen, musste sie die ganze Wahrheit kennen.

»Als ich dort ankam, war es still im Haus, was ungewöhnlich war, also machte ich mich auf die Suche nach ihm. Schließlich fand ich Andrew im zweiten Stock in einem leeren Zimmer. Er hockte auf einer Bierkiste und war zugedröhnt. Das dachte ich zumindest. Neben ihm lag ein Mädchen auf dem Boden. Sie atmete nicht mehr.«

»Sie war ... tot?«

»Fast. Ich habe ihn gefragt, was passiert ist, aber er hat nur gelacht. ›Lass die Bitch einfach sterben. Sie hat eh nicht bezahlt‹, war alles, was er zu sagen imstande war.«

Millie starrte ihn an, und das Herz wurde ihm schwer. Trotzdem fuhr er fort.

»Ich begann sofort mit der Wiederbelebung, aber sie kam nicht zurück. Also entschied ich, einen Krankenwagen zu rufen. Andrew wollte mich davon abhalten.«

»Warum?«

»Sie hätten die Polizei alarmiert. Und was hätten sie dort vorgefunden? Zwei junge Männer, einer davon amtskundig und unter offensichtlichem Drogeneinfluss, und ein Mädchen, das eine Überdosis intus hatte.«

»Aber du warst doch unschuldig!«

»Aber er war es nicht, Millie.« Ian senkte den Kopf.

»Und dann? Was war dann, Ian?«, drängte sie.

»Ich habe den Notruf gewählt. Das Letzte, an das ich mich erinnere, ist, wie sich die Kugel in meine Brust bohrt, und da ist Blut, das in mein Gesicht spritzt. Dann wache ich im Krankenhaus auf, und Dad ist da.«

»Dieser Mann hat dich angeschossen!« Sie sprang auf. »Er wollte dich umbringen?« Ihre Stimme überschlug sich.

»In der Kiste findest du alles, was ich dazu gesammelt habe. Fotos, alte Zeitungsberichte, meine Zeugenaussagen und so weiter. Du kannst selbst entscheiden, ob du sie lesen willst, oder nicht. Aber jetzt weißt du alles.«

Es war, als fiele ihm ein Stein vom Herzen, als Millie ihm weinend um den Hals fiel. Sie bebte, während sie in sein Hemd schluchzte.

»Es tut mir so leid ... so leid ...«, schniefte sie.

»Darum hat Luana etwas Besseres als mich verdient.«

»Aber du hast doch nichts Falsches getan.«

»Nun ... das ist Ansichtssache. Ich habe zugesehen, nichts getan und mich dadurch mitschuldig gemacht.«

»Und jetzt willst du wieder weglaufen? Vor Luana?«

»Ich weiß es nicht.«

Sein Handy läutete. Wie gebannt starrten sie auf das Display.

»Andrew gibt mir die Schuld an allem. Und da du jetzt weißt, wozu er fähig ist, wirst du vielleicht verstehen, warum ich Luana dieser Gefahr nicht aussetzen wollte. Aber vermutlich ist es dafür schon längst zu spät. Er weiß von ihr.«

»Natürlich ist es zu spät, Ian! Sie liebt dich, und du liebst sie auch. Also rede mit ihr. Sie zu ignorieren, wird sie nicht davon abhalten hierzubleiben.«

Sein Herz setzte aus. Fuck! »Sie will ... hierbleiben?«

Millie lächelte. »Sie hat es mir gestern gesagt. Ist dir denn nie aufgefallen, dass sie noch nie von einem Zuhause gesprochen hat, wenn sie von Hongkong erzählt? Was auch immer dort passiert ist ... Luana will nicht zurück, und Granny wird nicht gehen, bevor sie nicht ihre Mondkuchenformen gefunden und das Unrecht gesühnt hat, das ihrer Familie damals widerfahren ist.

Kapitel 24

St. Iluna, Sommer 1926

Der Himmel über St. Iluna war strahlend blau, nicht eine einzige Wolke zeigte sich. Ethan blinzelte die Tränen in seinen Augenwinkeln weg, von denen er nicht wusste, ob sie daher rührten, dass ihn der Sonnenschein blendete, oder weil er am offenen Grab seiner Mutter stand. Auf dem Lindenbaum neben ihm hüpften ein paar Spatzen munter auf und ab, und der Baum selbst verströmte einen süßlichen Geruch. Das fröhliche Gezwitscher der Vögel vermengte sich mit dem andächtigen Gemurmel des Geistlichen.

Ethan hob den Kopf und starrte direkt in die Sonne. Vielleicht würde er ja erblinden? Er seufzte. Ob er wohl irgendwann aus diesem grauenhaften Albtraum aufwachen würde? Aber nicht nur er schien es kaum erwarten zu können, endlich von hier fortzukommen. Auch die anderen Trauergäste waren unruhig. Jacob knöpfte sich bestimmt zum zehnten Mal das Jackett auf und zu, während Onkel Robert ständig von einem Bein auf das andere trat, und Chen Lu sah aus, als würde sie gleich jemandem an den Hals springen …

Gut, dass Jack nicht hier war. Er hatte anscheinend Besseres zu tun, als bei dem Begräbnis seiner Frau anwesend zu sein. Oder waren es tatsächlich Schuldgefühle? Chen Lu machte Jack für Sarahs Tod verantwortlich – angeblich war seine Mutter die Treppe hinabgestürzt, so stand es zumindest im offiziellen Polizeibericht, den Officer Mable geschrieben hatte. Es könnte sein. Seine Mutter hatte in den letzten Jahren ein paar schlechte Angewohnheiten entwickelt, wie zum Beispiel, zu oft zur Flasche zu greifen. Also ja, es hätte durchaus sein können, dass sie unachtsam oder betrunken gewesen und deshalb die Treppe hinabgestürzt war. Das war eine der Varianten, die ihm weniger Magenkrämpfe verursachte. Viel wahrscheinlicher war es allerdings, dass sein Vater etwas mit diesem »Unfall« zu tun gehabt hatte. Der bloße Gedanke daran, dass Jack seine Frau einfach die Treppe hinabgestoßen haben könnte, verursachte Ethan unbändige Übelkeit.

Verflucht.

Wäre seine Mutter noch am Leben, wenn er an jenem Abend nicht gegangen wäre?

Die Ungewissheit macht ihn wahnsinnig.

Doch anstatt wütend oder traurig zu sein, war er einfach nur leer. Als hätte ihn jegliche Kraft verlassen. Er schloss die Augen. Schwarze Punkte tanzten hinter seinen Lidern, das gleißende Licht der Sonne drang immer noch durch die zarte Haut, die sein Augapfel umhüllte. Eine kleine, warme Hand legte sich in seine. Yueliang. Er griff nach ihren Fingern wie ein Ertrinkender nach der Rettungsleine. Für einen Augenblick ließ er sich innerlich fallen. Seine Zukunft lag im Ungewissen, doch *sie* war noch da. Sie würde ihn leiten, so, wie sie es schon immer getan hatte. Sicher hatte sie einen Plan und wusste einen Ausweg.

Sein mühsam erspartes Geld war zu einem großen Teil für die Beerdigung draufgegangen. Ethan biss sich in die Wange, so lange, bis er Blut schmeckte. Er ließ Yueliangs Hand los und verschränkte die Arme vor der Brust. Der Schmerz holte ihn aus seiner Lethargie heraus. Er durfte sich nicht auf sie verlassen. Er durfte sie nicht weiter in den Strudel aus Chaos und Gewalt hineinziehen. Viel zu lang war er ihrem Weg gefolgt, in der Hoffnung, dass es auch seiner war. Er hatte sich treiben lassen, ihr die Entscheidungen überlassen, weil es so einfach gewesen war. Er in Paris! In einer Konditorschule. Eine Zukunft, die leuchtend und glitzernd vor ihm lag, gemalt in den prächtigsten Farben ... Doch diese Farben entsprangen Yueliangs Seele und nicht seiner.

Bevor sie gekommen war, hatte er seinen Weg gekannt. Er würde irgendwann die Bäckerei übernehmen und alles würde so bleiben, wie es schon immer gewesen war. Später würde er heiraten, Kinder bekommen und ein besserer Vater werden als sein eigener. Die Vorstellung, sieben Tage die Woche Brot für die Menschen von St. Iluna zu backen, kam ihm gar nicht so schlecht vor. Es wäre kein aufregendes Leben, nein, aber ein sinnvolles Leben ohne Höhen, aber hoffentlich auch ohne viele Tiefen. Yueliang war anders als er. Sie hatte Pläne, Ideen! Sie sah eine Zukunft, wo er nur Asche sah. Und deshalb durfte er sich nicht länger von ihr tragen lassen. Es war Zeit, sein Schicksal in die eigene Hand zu nehmen! Wenn er wirklich etwas für sie empfand, dann musste er sie loslassen. Und jetzt, da seine Mutter fort war, lag es an ihm, sich um seine Brüder zu kümmern. Sie waren kaum den Kinderschuhen entwachsen und konnten noch lange nicht auf eigenen Beinen stehen. Und die Bäckerei musste auch geführt werden. Außerdem musste er sich seinem Vater stellen, um ein für alle Mal eine Lösung zu finden. Da konnte er sich nicht von seinen Gefühlen leiten lassen. Es war Zeit, die Abzweigung zu nehmen und zu seinem vorherbestimmten Weg zurückzukehren.

Ethan öffnete die Augen. Eine Zeit lang sah er alles doppelt. Er spürte Yueliangs Blick, und sein Herz schrie verzweifelt auf. Aber nein, er durfte jetzt nicht nachgeben! Er musste stark sein! Für sich selbst. Für seine Brüder. Und schlussendlich auch für Yueliang.

Wenn es für sie je schwebende Lichter im Himmel geben sollte, durfte er sie nicht länger festhalten.

Kapitel 25

St. Iluna Gegenwart

Mit ihrer Brille auf der Nase und dem Pinsel im Haar kauerte Luana vor dem Wandbild der Mondgöttin Chang'e und sang lauthals und falsch, aber mit Begeisterung den Introsong einer neuen Serie auf der Iqiyi-App, die sie und Millie bereits zum zweiten Mal innerhalb einer Woche gesehen hatten. Die Geschichte handelte von einem verfluchten Dämonenkönig, der sich in eine Fee verliebt hatte. Zum Schluss fanden die beiden zueinander. Ob es für sie wohl auch ein Happy End geben würde?

Gestern Nacht war sie nach draußen gegangen, weil sie eine Pause von der Arbeit gebraucht hatte. Der Mond war so riesengroß und wunderschön gewesen wie der funkelnde Stein um ihren Hals, und Luana hatte sich vorgestellt, wie es wohl wäre, nicht allein hier zu stehen, sondern aufzublicken und die Sterne in seinen eisblauen Augen zu deuten. Seine warme Hand, die ihren Kopf sanft an seine Schulter drückte, damit sie sich ausruhen konnte ...

Und dann hatte sie es ausgesprochen, als ob er dagewesen wäre: *Bitte, schieb mich nicht weg, du musst das nicht allein durchstehen. Ich möchte bei dir sein.*

Der schwarze König und die Fee. Der grimmige britische Bäcker und die schüchterne chinesische Künstlerin. Dabei war sie gar nicht mehr so schüchtern wie noch vor ein paar Wochen. Seit sie Ian praktisch in die Arme gefallen war, waren mehr als zwei Monate vergangen. Zwei Monate, die sich wie die Fahrt in einer kurvenreichen Achterbahn angefühlt hatten. Nur dass sie plötzlich nicht mehr allein in dem Wagen saß, sondern umringt von lieb gewonnenen Menschen, die schnell zu Familie geworden waren. Luana hatte nicht länger das Gefühl, weglaufen zu müssen. Nein, sie wollte die Mondkuchenformen ihrer Urgroßmutter finden und hierbleiben. Das warme Gefühl in ihrer Brust ließ ihr Herz höherschlagen. Die Ahnen hatten sie nach England geführt, und St. Iluna hatte ihr die Hand gereicht, die sie, ohne zu zögern, ergriffen hatte. Und so hatte sie sich in kleinen Schritten von dem Abgrund wegbewegt, der sich nach dem Tod ihrer Eltern vor ihr aufgetan hatte. Ihre Familie hatte an sie geglaubt, und nun war es an Luana, geduldig zu sein, bis Ian die Kraft fand, ihre Hand zu nehmen. Irgendwann würde er ihr genug vertrauen, um ihr von der Dunkelheit zu erzählen, die in den Abgründen seiner Seele schlummerte und ihn dazu zwang, sie von sich zu stoßen. Sie konnte warten. Sie würde warten. Weil sie es verdient hatten, glücklich zu sein.

»Kommst du voran?« An'an war neben sie getreten.

Luana nickte. »Das Bild ist gut erhalten. Ich denke, bis zum Mondfest schaffe ich es.«

»Meinst du, du könntest mal eine Pause einlegen, um Enoki-Pilze, Erbsen und Eier für heute Abend zu besorgen? Ich habe ein paar Freundinnen eingeladen, um über die Eröffnung der Teestube zu sprechen – und damit wir endlich mit der Planung für das Mondfest beginnen können.«

»Millie wird auch da sein. Wir wollten die Tuchmasken ausprobieren, die sie in Korea bestellt hat.«

»Schneckenschleim?«

»Genau.«

Ihre Großmutter kicherte. »Und Ian?«

»Nein ...«

Luanas Herz stotterte, und sie ließ die Schultern hängen. Mitfühlend tätschelte An'an ihren Arm.

»Alles wird gut, du wirst sehen. Und singen kannst du ja auch schon wieder.«

Luana zwang sich zu einem Lächeln. Dann erhob sie sich, streifte den fleckigen Überwurf, den sie über ihrer Jogginghose trug, ab, und zog sich ein einfaches Shirt über.

»Bin gleich wieder da.«

Sie schnappte ihre Tasche und öffnete die Terrassentür. Hoffnungsvoll linste sie auf die andere Seite, aber außer ihr war niemand hier. Sie biss sich auf die Unterlippe.

Natürlich wartet er nicht auf dich.

Schnellen Schrittes und mit gesenktem Kopf huschte sie durch das Tor auf die Straße hinaus. Ein Regentropfen landete auf ihrer Stirn. Unbeeindruckt wischte sie ihn fort. Sie hatte sich schon längst an das unbeständige Wetter in Großbritannien gewöhnt. Bis zum Asia-Supermarkt war es nicht mehr weit.

»Meine Güte, Kind!« Madame Gu schlug entsetzt die Hände über dem Kopf zusammen, als Luana völlig außer Atem zur Tür hereingestolpert kam, und reichte ihr ein weiches Handtuch, welches sie auf wundersame Weise unter der Verkaufstheke hervorgezaubert hatte. »Hat dir die alte Schreckschraube etwa nicht gesagt, dass Mister Brown für heute Nachmittag Regenschauer angesagt hat?«

Die alte Schreckschraube? Luana kicherte. »Nein, das hat sie nicht.«

»Oje, du wirst dich noch erkälten!«

Eine dampfende Tasse Ingwertee wurde ihr in die Hände gedrückt.

»Also, was hat sie vergessen?«

»Enoki-Pilze, Erbsen und Eier.«

Schwungvoll landeten die Zutaten in einem bedruckten Papierbeutel.

»Tsss ... Ich werde sie gleich anrufen, um ihr zu sagen, dass du bei mir wartest, bis der Regen aufgehört hat. Als du mit Ian aus warst, hatte sie beinahe einen Herzinfarkt, so krank war sie vor Sorge um dich! Und ich musste ihr eine halbe Stunde lang Luft zufächeln.«

Überrascht hob Luana eine Augenbraue, aber Madame Gu winkte ab. »Nicht wegen des Bäckerjungen …«

Junge? Ian war doch kein Junge mehr. Schon die bloße Erinnerung an seine tiefe Stimme und wie besitzergreifend er sie gehalten und geküsst hatte, reichte aus, um ihre Wangen zum Glühen zu bringen. Zum Glück schien die alte Dame nichts davon zu bemerken und plapperte munter weiter vor sich hin.

»Und während ich An'an an unseren wöchentlichen Kartenspielabend erinnere, kannst du ja in den Modemagazinen blättern und …«

Das Glockenspiel an der Tür bimmelte. Madame Gu verstummte, und ihr Gesicht nahm eine ungesunde gräuliche Färbung an, als steckte ihr ein Baozi im Hals. Sie schluckte angestrengt, bevor sie einen prüfenden Blick auf den winzigen Monitor neben der Kasse warf. Irritiert blickte Luana über ihre Schulter, aber sie waren allein. Im Laden war es still.

»Alles in Ordnung, Madame?«

»Natürlich, Süße. Viel Spaß in der Zeitschriftenecke. Und ruf mich, wenn was ist!«

Warum klang ihre Stimme plötzlich so … beunruhigt? Luana zuckte die Schultern und griff nach einer Tüte Chips, die sie sich demonstrativ unter den Arm klemmte, bevor sie ihren Rundgang startete. Das Handtuch um die Schultern geschlungen schlenderte sie durch die Reihen, vorbei an den Gewürzen und Soßen, bis sie im hintersten Teil des Ladens angelangt war. Neugierig nahm sie die neueste Ausgabe der *Vogue China* zur Hand und blätterte das Magazin durch, bis eine Hand neben ihrem Gesicht erschien und nach einer Zeitschrift griff. Ihr Herzschlag beschleunigte sich. Es war die *Sing Tao Daily*, eine chinesische Tageszeitung.

Langsam drehte sie sich um. Der Mann hinter ihr war definitiv nicht chinesischer Abstammung, und sie bezweifelte, dass er die Schriftzeichen überhaupt lesen konnte.

»Entschuldigung.« Sie tauchte unter seinem Arm hindurch, um Abstand zwischen sich und den Fremden zu bringen. Warum starrte er sie so an? Und warum entschuldigte sie sich überhaupt bei ihm? Schließlich war nicht sie diejenige, die ihm zu nahe gekommen war. Er räusperte sich, und das kratzige Geräusch jagte einen eisigen Schauer über ihren Rücken. Luana umklammerte ihr Magazin fester, während er sie mit starrem Blick musterte.

Warum nur kam er ihr so bekannt vor? Sein Haar war blond, ähnlich wie Ians, und er war groß, aber eher schmächtig gebaut. Unzählige Tattoos lugten unter seinem engen schwarzen Shirt hervor.

»So ist das also.«

Er reckte das Kinn, wobei er die Lippen zu einem übertriebenen Lächeln verzog, und machte einen Schritt auf sie zu. Instinktiv wich Luana vor ihm zurück und fasste nach dem erstbesten Gegenstand, der hinter ihr im Regal lag. Es war eine Suppenkelle.

»Siehst genauso aus wie beschrieben. Niedlich, aber nichts für mich. Keine Titten, kein Arsch. Einfach langweilig. Aber er scheint dich wirklich zu mögen.«

»Wie bitte?«

Er lachte, wobei er den Kopf in den Nacken warf. Die Totenkopffratze an seinem Hals riss ihr Maul noch weiter auf. »Er hat mir sogar gedroht, dich in Ruhe zu lassen! Dabei habe ich ihm damals versprochen, dass ich zurückkomme, um seine Schuld einzutreiben.«

Zwei schnelle Schritte, dann war er ihr so nahe, dass sie seinen Atem auf ihrem Gesicht spüren konnte.

Tu was, Luana! Schlag ihn mit der Kelle und lauf weg! Na los. Schrei!

Ihr Herz hämmerte in ihrer Brust, und sie umklammerte die Suppenkelle fester.

»Alles nur leeres Geschwätz! Würde er dich wirklich lieben, dann wäre er jetzt hier, nicht wahr? Stattdessen versteckt er sich in seiner Bäckerei, anstatt dich vor mir zu beschützen. Aber deshalb musst du nicht traurig sein. Er war schon immer ein Feigling, wenn es um Frauen ging.«

Seine Lippen streiften ihren Hals.

»Wer bist du?«, flüsterte sie, während sie mit aller Macht darum kämpfte, nicht vollends in Panik auszubrechen.

»Du wirst mein Druckmittel sein. Für dich würde mein bester Freund einfach alles tun, kleine Luana aus Hongkong.«

Er klatschte vergnügt in die Hände. Dieser Typ war ganz eindeutig verrückt.

»Das wird ein Spaß! Ich kann dir gar nicht oft genug dafür danken, dass ihr nach St. Iluna gekommen seid. Mit dir an meiner Seite bekomme ich endlich meine Rache, und er wird leiden, wie ich wegen seiner Verfehlungen gelitten habe.«

Luana erstarrte, als sie begriff. Ian. Dieser Wahnsinnige sprach von Ian!

»Luana? Luana!«

So schnell, wie er gekommen war, verschwand der Totenkopf aus Luanas Blickfeld. »Bis zum nächsten Mal ...«

»Ah, da bist du ja! Alles okay? Geht es dir gut? War jemand hier? Ich war nur draußen, um einer Kundin zu helfen.«

Madame Gu fasste nach ihrer Hand. Luana linste an ihr vorbei, aber der Mann war fort.

»Nein, niemand ...«

Die alte Dame seufzte erleichtert. »Gut ... komm, ich packe dir die Zeitschrift ein, die geht aufs Haus.«

»Danke.« Ihre eigene Stimme hallte unangenehm in ihren Ohren, und Luana biss die Zähne zusammen.

»Gern geschehen, Kleines. Geh jetzt nach Hause, der Regen hat aufgehört, und An'an wartet bestimmt schon auf dich.«

»Ja. Auf Wiedersehen, Madame Gu.«

»Auf Wiedersehen, Luana. Pass gut auf dich auf!«

Das werde ich.

Sollte sie es Ian sagen? Oder Millie? Luana starrte auf ihr Handy. Nein! Noch zehn Minuten, bis ihre Freundin freudestrahlend durch die Tür tanzen würde.

Es ist besser, wenn sie nichts davon weiß. Vorerst.

Luana seufzte und raufte sich die Haare. Zum ungefähr einhundertsten Mal an diesem Abend. Wer war dieser Mann? Und woher kannte er ihren Namen? Was wollte er von Ian? Unzählige Fragen kreisten durch ihren Kopf, vermischten sich mit dem lauten Geschnatter der anderen Großmütter, welches von der Teestube zu ihr nach oben drang.

Ihr Handy vibrierte. Luana hielt inne. Vor ihren Augen sah sie Ian, dessen Blick sich verdunkelte, sobald sein Telefon läutete. Dieser Mann. War er es gewesen, der ihn angerufen hatte, als sie zusammen im Wudao gewesen waren? Eine dunkle Vorahnung beschlich sie, und sie nahm es zur Hand. Zwei neue Nachrichten. Eine war von Millie. Die zweite SMS stammte von einer unbekannten Nummer. Luana schauderte. Sie öffnete Millies Nachricht zuerst.

Bitte hass mich nicht, aber ich kann heute doch nicht kommen. Vance lädt mich zum Essen ein!

Luana lächelte.

Ein heulender Smiley folgte und: *Lass uns das bald nachholen, ja? Als Wiedergutmachung habe ich Karten für das Magic Wheel in Liverpool am Sonntag besorgt. Was sagst du, wollen wir da hin?*

Ein Festival? Eigentlich hatte sie gar keine Lust. Trotzdem tippte Luana *Magic Wheel* in die Suchmaschine ein. Dann schrieb sie zurück: *Es ist ein Jahrmarkt mit Schießbuden, Geisterhäusern, kandierten Äpfeln und einem Riesenrad. Ich weiß nicht ...*

Komm schon, Luana, das wird lustig! Du wirst es nicht bereuen, ich verspreche es!

Luana seufzte. Konnte es schaden, wenigstens ein bisschen Spaß zu haben? Sie switchte zu der anderen Nachricht. Ihr Herz raste.

Es war schön, dich kennenzulernen, kleine Luana aus Hongkong.

Das Handy entglitt ihren Fingern. Panik rauschte wie Gift durch ihre Adern. Woher kannte er ihre Nummer? Die Hintergrundgeräusche verebbten zu einem dumpfen Wummern. Was sollte sie jetzt tun? Konnte sie überhaupt etwas tun? Vielleicht zur Polizei gehen? Aber was sollte sie den Beamten sagen? Man würde sie für verrückt erklären! Vielleicht wäre es doch besser, sich einfach tot zu stellen und dieses Zusammentreffen zu vergessen ...

Ein schrilles Geräusch riss Luana aus ihren Gedanken. Millie rief an.

»Du kommst mit, ja? Und wehe, du sagst Nein! Es hat mich mindestens zehn Jahre meiner Jugend gekostet, diese Karten zu besorgen! Das Magic Wheel ist zwar klein, aber megabeliebt! Außerdem ...«, sie sprach leiser, »habe ich vor, Ian dazu zu zwingen mitzugehen, damit er endlich aus seinem Dungeon hervorkriecht und mit dir redet.«

Ihr Puls beschleunigte sich, als ihr Blick vom Telefon zu der weißen Zuckerblume im Regal glitt.

»Also kommst du jetzt mit, ja? BITTE! Ich kann's nicht länger ertragen, euch leiden zu sehen. Ich musste doch etwas tun!«

Sollte sie Ja sagen? Egal wie sie es auch drehte und wendete, Millie würde mit Sicherheit kein Nein akzeptieren. *Ich könnte Ian sehen. Mit ihm reden.* Nein, sie wollte gar nicht absagen! »Okay ... aber was, wenn er sich einfach umdreht und geht? Ich weiß nicht, ob ich das verkraften kann.«

»Wird er nicht, keine Sorge. Ich kenne meinen großen Bruder. Er ist zwar die meiste Zeit seines Lebens ein Arsch, aber nicht, wenn er mit dir zusammen ist.«

»Ich glaube, das ist keine gute Idee. »

Luana konnte praktisch sehen, wie ihre Freundin die Schultern zuckte. »Ist mir scheißegal, ob er wütend auf mich sein wird. Würde er sich nicht wie ein Kleinkind benehmen, müsste ich ihn nicht belügen. Es ist also seine Schuld.«

»Millie …«

»Dann ist es abgemacht! Sonntag um neun vor der Bäckerei. Ian fährt.«

Millie legte auf, bevor Luana antworten konnte. Mit klopfendem Herzen sank sie aufs Bett und rollte sich zu einer Kugel zusammen.

Endlich würde sie ihn wiedersehen.

Ich liebe deinen Mondkuchen. Bitte back ihn bald wieder für mich …

Luana öffnete die Augen. Bunte Lichter flimmerten über die Wand, und es dauerte eine Weile, bis sie begriff, dass es der Fernseher war, der ihr Zimmer farbenfroh erhellte. Schlaftrunken tastete sie neben sich, aber die Bettseite ihrer Großmutter war leer. Vermutlich schliefen An'an und ihre Freundinnen bei Madame Gu, die irgendwann im Laufe des Abends angerufen und sich lautstark darüber beschwert hatte, nicht zur der Mondfest-Teestuben-Eröffnungsverschwörung eingeladen worden zu sein.

Sie nahm ihr Handy und entsperrte es. Keine neuen Nachrichten. Erleichterung flutete ihren Körper, und sie tippte wie selbstverständlich auf die Unterhaltung mit Ian.

Ich warte auf dich, waren seine letzten Worte an sie gewesen. Danach hatte er sie geküsst, sich für sie geprügelt und aus irgendeinem Grund, den er ihr nicht sagen wollte, sein Herz vor ihr verschlossen. Seine Ablehnung tat weh. Mehr, als sie es ertragen konnte.

Weil ich mich in ihn verliebt habe.

Eine Träne bahnte sich ihren Weg über Luanas Wange. Sie wischte sie weg und erhob sich. Ohne das Licht anzustellen, schlüpfte sie in ihren flauschigen Morgenmantel und stieg die Treppe in die Teestube hinab. Auf der Theke stand ein Blech mit frisch gebackenen Mondkuchen von gestern Abend. Luana hatte sie mit Kirschblütenmus gefüllt. Vorsichtig platzierte sie eines der kunstvoll verzierten Vierecke auf einem Teller.

Ich will der einzige Mann sein, der ihn essen darf.

Dann öffnete sie die Terrassentür und durchquerte den Garten schnellen Schrittes. Sie stellte den Mondkuchen auf das kleine Tischchen, ergriff Ians Zigarettenpäckchen und öffnete es. Die süßlich herbe Note des Tabaks stieg ihre in die Nase und umgab sie wie ein schweres Parfum. Sie mochte es nicht, nein, eigentlich war es ihr zuwider, aber das hier war etwas anderes. Wegen ihm. Mit zittrigen Fingern steckte sie sich eine Kippe zwischen die Lippen.

Luana nahm das Feuerzeug und entzündete eine Flamme. Es war das zweite Mal in ihrem Leben, dass sie rauchte. Sie schloss die Augen und erinnerte sich an Ians Bewegungen, imitierte sie, zog an den glühenden Stängel und atmete den Rauch in ihre Lunge. Es brannte, und erneut quollen Tränen aus ihren Augenwinkeln, aber sie verbot sich zu husten. Aufgeben war keine Option mehr. Und auf gar keinen Fall würde sie sich von irgendwelchen dahergelaufenen Verbrechertypen einschüchtern lassen.

Niemals. Weil sie die Frau sein wollte, die er lieben konnte, obwohl er sich selbst so sehr verabscheute. Ian würde es ihr erzählen. Sie musste ihn nur dazu bringen, sich ihr zu öffnen und ihr aus tiefster Seele zu vertrauen. Dafür war sie bereit, alles zu tun, was nötig war. So wie ihr Bruder Xicheng, der ihr den nötigen Schubs in die richtige Richtung gegeben hatte. Oder ihre Nǎinai, die sie immer wieder aus der Dunkelheit gezogen hatte, wenn sie darin zu ertrinken drohte.

Ich werde ihn auffangen, und alles wird gut werden. Dann finden wir zusammen die verlorenen Mondkuchenformen, und ich erfahre endlich, was damals geschehen ist.

Sie zog an der Zigarette, und es war, als hüllte sie der Rauch in eine tröstliche Umarmung. Was, wenn er plötzlich vor ihr stehen würde? Würde sie ihn küssen? Würde er es zulassen? Würde er sie fortschicken? Ein plötzliches Grollen ließ sie zusammenzucken. Es war, als ob ihr jemand einen Stoß verpasst hätte.

Ich gebe nicht auf. Năinai hatte recht. Ich kann stark sein. Für uns beide!

Sie ballte ihre freie Hand zu einer Faust und nahm einen letzten Zug, bevor sie die Zigarette ausdrückte.

Als sie die Terrassentür hinter sich schloss, öffnete der Himmel seine Schleusen.

Kapitel 26

St. Iluna, Herbst 1926

»Wach auf!«

Yueliang schreckte hoch. Yini hatte sie in die Seite geboxt.

»Wenn du müde bist, dann geh doch heim.«

»Nein, alles in Ordnung.« Yueliang bückte sich, um die Näharbeit aufzuheben, die ihr vom Schoß gefallen war. Sie rieb sich den Schlaf aus den Augen und streckte sich. Yini legte derweil ein unglaubliches Tempo an der Nähmaschine vor, die Nadel bewegte sich mit Hochdruck rauf und runter, sodass Yueliang fürchtete, das Gerät würde gleich explodieren. Draußen tobte ein Sturm, und die Lampen surrten und flackerten. Yueliang trennte den Saum noch einmal auf, den sie gerade eben genäht hatte, weil er unsauber war. Dafür würde Miss Lee ihr keine Extrastunde bezahlen. Ihre Finger waren taub vor Kälte, und es dauerte eine gefühlte Ewigkeit, bis sie den Faden endlich wieder gelockert hatte.

»Ich weiß, dass du das nicht für dich selbst tust, sondern für Ethan, aber trotzdem könntest du versuchen, dabei wenigstens wach zu bleiben«, zischte Yini.

Seit Wochen arbeiteten sie jeden Abend zusammen in der Nähstube. Yini hatte recht, sie musste sich mehr anstrengen und sich besser auf ihre Aufgabe konzentrieren! Es war kaum vier Monate her, seit Ethan für die Beerdigungskosten seiner Mutter aufgekommen war. Seitdem arbeitete er unermüdlich in der Bäckerei, trotzdem kamen sie kaum über die Runden, und er musste immer wieder auf sein Erspartes zurückgreifen.

Dabei wusste er nicht, dass das Geld beinahe aufgebraucht war. Er hatte die Zahlen nicht so im Blick wie sie. Deswegen arbeitete auch sie rund um die Uhr und verdiente Geld, um es heimlich zu seinem Ersparten dazulegen zu können. Was sollte sie sonst tun? Sie konnte Ethan nicht seinem Schicksal überlassen, auch wenn er sie die meiste Zeit mied und sich hinter seiner Arbeit verschanzte. Er war ihr Freund, nein, er war mehr als das.

»Bist du sauer auf mich?« Yueliang sah sie von der Seite an. Ihr war Yinis scharfer Unterton vorhin nicht entgangen. Ihre Freundin war in letzter Zeit oft launisch.

Yini hielt inne. Sie atmete tief ein und aus. Dann schüttelte sie den Kopf und arbeitete weiter.

Da stimmte doch etwas nicht?

»Geht es um Samuel?«

Yueliang wusste, dass die beiden sich heimlich trafen, aber da Yini sich selbst nie in den Mittelpunkt stellte, bedeutete das auch, dass sie ihr jede Information aus der Nase ziehen musste.

»Sprich doch mit mir, dann wird es dir besser gehen …«

Die Nähmaschine stoppte.

Yini warf Yueliang einen verbitterten Blick zu. »Wieso sollte ich mit dir reden? Du hast doch gar keine Ahnung davon, was ich gerade durchmache!«

Ihre Atmung kam einem Schnappen gleich, und dicke Tränen kullerten über ihre Wangen. Yueliangs Herz zog sich traurig zusammen. Was war hier los? War sie so sehr mit sich selbst und Ethan beschäftigt gewesen, dass sie nicht gemerkt hatte, das sich Yini in einer Krise befand? Das schlechte Gewissen regte sich in ihr, sie stand auf und nahm ihre Freundin in den Arm. Eine Zeit lang saßen sie so da, während Yini an ihrer Schulter schluchzte.

»Komm her …« Yueliang nahm ihre Hände, und sie setzten sich ans Fenster. Es war dasselbe Fenster, durch das Ethan einst geklettert war, um Miss Lees Bambusstab zu zerbrechen.

Diese unbeschwerten Tage ihrer Jugend schienen eine Ewigkeit zurückzuliegen.

Es dauerte lange, bis Yini sich wieder so weit beruhigt hatte, dass sie sprechen konnte.

»Ich weiß nicht, was ich tun soll«, brach es aus ihr heraus, gefolgt von einem weiteren Schwall Tränen.

Yueliang reichte ihr ein Taschentuch. »Keine Sorge, so schlimm wird es schon nicht sein. Gemeinsam finden wir bestimmt eine Lösung!«

»Es ist schlimmer ... Es ... es ist das Allerschlimmste, und es gibt keine Lösung!« Yini schluchzte laut auf.

Gut, dass die Waschküche im Erdgeschoss lag und draußen der Sturm tobte, so würde niemand ihre Freundin weinen hören.

Yueliang fasste nach ihren Schultern und sah ihr in die Augen. Yini trocknete ihre Tränen und schwieg. Regentropfen trommelten gegen die Fensterscheibe, und ein lauter Donner grollte über sie hinweg. Die Natur war so laut, dass Yueliang Mühe hatte, Yini zu verstehen, als sie sich ihr endlich anvertraute.

»Ich bin überfällig.«

Yueliang legte den Kopf schief und runzelte die Stirn. »Mit Rechnungen? Du hast doch nichts zu bezahlen, deine Großmutter kommt doch für alles auf.«

Yini warf ihr einen Blick zu, als wäre sie nicht ganz bei Trost, und es dauerte noch einen Moment, bis es auch bei Yueliang Klick machte. »Du und Samuel?«

Yini nickte und wurde erneut von einem Heulkrampf übermannt.

In Yueliang brodelte es. Wie hatte Yini nur so dumm sein können? So unvorsichtig? Wenn ihre Großmutter das erfuhr, würde sie ihr den Kopf abreißen! Sie würde sie in das nächste Schiff nach China setzen. Kein Wunder, dass Yini so außer sich war ...

»Weiß er es?«

»Niemand weiß es.«

»Und du bist dir sicher?«

»Es ist jetzt schon der zweite Monat, in dem meine Blutung ausbleibt.«

Erneut donnerte es, und die beiden jungen Frauen zuckten zusammen. Der Sturm musste direkt über ihnen sein.

»Was willst du tun? Du brauchst einen Plan.«

»Ich ... ich habe keinen Plan und ich ... ich habe keine Ahnung, was ich jetzt tun soll«, flüsterte Yini und holte tief Luft.

Yueliang nahm sie in den Arm. »Soll ich es ihm sagen?«, fragte sie zwischen zwei lauten Schluchzern.

Yueliang versuchte, sich vorzustellen, wie Samuel reagieren würde. Er war immer der ruhigste der Brüder gewesen, und der klügste. Aber auch er war noch jung. Jünger als sie und Yini. Was konnten sie tun, um ihrer Freundin zu helfen?

»Wenn du nicht willst, dass deine Großmutter dich mit dem nächsten Schiff nach China schickt oder dir noch Schlimmeres antut, dann musst du mit ihm darüber reden! Sonst wird sie für dich entscheiden! Aber mit ihm an deiner Seite wird sie sich nicht trauen, über deinen Kopf hinweg zu urteilen. Sie fürchtet sich vor den Engländern.«

Yini nickte an ihrer Schulter. »Du hast recht, aber ich weiß nicht, wie ich es ihm sagen soll. Du weißt doch, wie er im Augenblick drauf ist. Ob er mich überhaupt anhören wird?«

Seit dem Tod seiner Mutter war Samuel oft in Gedanken versunken. Entweder saß er nur da und blickte in die Ferne oder er schraubte und bastelte an irgendwelchen Geräten herum. Dabei war er nicht gerade gesprächig.

»Du musst es versuchen, Yini. Aber noch viel wichtiger ist: Was willst du? Willst du es behalten? Oder ... ich meine, wir könnten ...«

»Nein! Ich ... nein, das könnte ich nicht! Niemals ...«

Yueliang seufzte. »Ich kenne Samuel und kann mir nicht vorstellen, dass er dich und sein Kind im Stich lassen würde. So ist er nicht.«

Yini löste sich von Yueliang und wischte sich die Tränen aus den Augen. Dann lachte sie. Ein verzweifeltes Lachen. Yueliang nahm ihre Hand.

»Ich bin für dich da, egal was passiert. Und im schlimmsten Fall laufen wir beide weg und fangen irgendwo von vorn an.«

Yini sah sie an. Ein trauriger Glanz lag in ihren Augen. »Als ob du Ethan jemals zurücklassen würdest. Aber danke für das Angebot, ich weiß es zu schätzen.«

Yueliang schluckte schwer. Ihre beste Freundin glaubte ihr nicht. Warum? Aber wenn es nicht wahr war, warum fühlte sie sich dann so ertappt? Es würde ihr tatsächlich das Herz brechen, Ethan zurückzulassen, dennoch: Für Yini würde sie es zumindest versuchen. Oder? Sie ballte die Hände zu Fäusten. Nein, sie würde ihre Freundin nicht im Stich lassen.

Kapitel 27

St. Iluna Gegenwart

Ausgerechnet ein Jahrmarkt ... Ian verdrehte die Augen. »Warum, Millie?«

Seine Schwester spießte drei Blaubeeren auf ihre Gabel und warf ihm einen bösen Blick zu.

»Weil du mir versprochen hast, Vance eine Chance zu geben!«

Ian verschränkte die Arme. »Ja, das habe ich. Leider.«

»Dann wirst du dein Versprechen auch einhalten und dich nicht wie ein Idiot verhalten. Wehe, du blamierst mich!«

Sie langte nach einem zweiten Pancake und goss Ahornsirup darüber.

»Ian?« Ihre Stimme überschlug sich beinahe, während sie das Besteck auf den Tisch knallte. »Versprich es!«

Ian seufzte und ließ resigniert die Arme sinken. »Na gut, ich verspreche es.«

»Du wirst nicht wütend werden und abhauen!«

»Und dich allein in Liverpool stehen lassen? Das würde dir so passen!«

Millie nickte selbstzufrieden. Warum zum Teufel wurde er das Gefühl nicht los, dass es hier gar nicht um sie und Vance ging?

»Warst du heute schon draußen?«

»Nein. Sollte ich?«

Sie nickte. »Ich glaube kaum, dass Luana den Mondkuchen für mich auf den Tisch gestellt hat.«

Luana. Die bloße Erwähnung ihres Namens versetzte ihm einen Stich. Seit Wochen ging er ihr aus dem Weg, arbeitete bis spät in die Nacht, nur um sie nicht sehen zu müssen. Es war kindisch, das wusste er. Wäre er nicht so ein verdammter Feigling, der sich selbst nicht traute ...

Er hatte ihr gesagt, dass er nicht gut für sie war. Dass sie nach Hause fahren sollte. Eine Lüge. Aber er musste Andrew von ihr fernhalten. Und das funktionierte nur, wenn er es schaffte, Luana *von sich* fernzuhalten. Dann gab es für seinen ehemals besten Freund keinen Grund mehr, sie gegen ihn zu benutzen. Das zumindest war es, was er sich mit aller Macht einzureden versuchte. Was auch immer Andrew vorhatte, er musste es herausfinden, ohne Luana in die Sache hineinzuziehen.

»Bist du denn gar nicht neugierig? Ich meine ja nur, du solltest wenigstens nachsehen. Gott, Ian, jetzt sieh mich nicht so an! Sei kein Idiot und tu es einfach.« Sie schob sich einen halben Pancake in den Mund. »Dann bin ich auch endlich still ...«

Wortlos erhob er sich und trat auf die Terrasse. Auf dem Tisch warteten ein Stück Mondkuchen und ein Zettel auf ihn. Daneben seine Zigarettenschachtel und eine halb gerauchte und dezent zerdrückte Kippe im Aschenbecher. Hatte sie etwa eine seiner Zigaretten geraucht? Aufregung wallte durch seine Adern. Er zog eine aus der Schachtel, entzündete sie und entfaltete den Zettel.

Heute habe ich beschlossen, nicht aufzugeben, und es gibt nichts, was du dagegen tun kannst. Ich will dich. Du sagst, dass du mich nicht willst, aber ich weiß, dass du lügst.
Ps: Deine Kippen schmecken furchtbar, aber ich werde sie trotzdem rauchen. Weißt du auch, warum?

Fassungslos starrte Ian auf den Zettel. Asche fiel auf das Papier, und er zuckte zusammen, wischte sie hastig fort. Seit wann war sie so mutig? Erneut schweiften seine Gedanken ab, zurück ins Wudao, zurück zu dem Kuss, der so viel mehr gewesen war als nur das. Und da war er, der Funke in ihren Augen, der nur für ihn leuchtete. Er schauderte und seine Nackenhaare stellten sich auf, hießen das kostbare Gefühl, nach dem er sich wie ein ausgehungerter Wolf verzehrte, willkommen.

Und trotzdem würde er es weiter leugnen. Für sie. Liebe. Fuck, verdammt. Es war seine Schuld. Weil er es zugelassen hatte. Von dem Moment an, als er sie gesehen hatte, bis heute. Er steckte den Zettel in die Hosentasche. Dann biss er von dem süßen Kuchen ab. Der unbekannte Geschmack explodierte in seinem Mund, und er gab ein zufriedenes Stöhnen von sich. Es schmeckte zu gut. Genauso gut wie ihre Lippen.

Kapitel 28

St. Iluna, Herbst 1926

Der Sturm war vorübergezogen und der Morgen graute bereits, als Yueliang die Teestube betrat. Sie hatte nicht damit gerechnet, ihre Mutter wach vorzufinden, doch dort stand sie im Dunkeln am Tresen. Die acht Mondkuchenformen lagen vor ihr, und sie befüllte eine nach der anderen mit dickem Teig. Die Formen waren ihr wertvollster Besitz, obwohl sie aus schlichtem Holz waren. Sie waren Yueliangs Erbe. Ihr Vater hatte ihr oft erzählt, dass die Mondgöttin selbst ihnen die Formen geschenkt habe, als Dank, weil sie den Jadehasen gerettet hätten. Sie waren die Grundsteine des Teehauses, das mittlerweile seit einem Jahrhundert im Besitz ihrer Familie war. Und nun waren die Formen hier, weit weg von dem Teehaus und ihrer Familie. Yueliang hatte es immer als ihre Pflicht angesehen, die Mondkuchenformen wieder zurück nach Hongkong zu bringen, doch nun war sie sich nicht mehr so sicher. Dinge, die ihr einst wichtig erschienen waren, verblassten immer mehr vor den Problemen der Gegenwart.

»Du kommst spät oder früh ... wie man es nimmt.«

Die rauchige Stimme ihrer Mutter riss sie aus ihrer Gedankenwelt. »Miss Lee zahlt gutes Geld für jede Stunde, dich ich extra mache.« Yueliang wollte die Stube durchqueren und hinauf in ihr Zimmer gehen. Nach ihrem Gespräch mit Yini musste sie in Ruhe nachdenken. Außerdem war sie müde, und ihre Schicht im Teehaus würde in wenigen Stunden beginnen.

»Du weißt, dass du nicht bei ihr arbeiten müsstest ... Wir verdienen genug Geld.«

Yueliang blieb mitten im Raum stehen. »Ich weiß, aber ich verdiene gern mein eigenes Geld, daran ist doch nichts falsch, oder?«

Ihre Mutter schüttelte den Kopf und sah sie an. »Nein, gar nicht, im Gegenteil! Ich schätze diesen Ehrgeiz an dir, aber ich wollte dir einfach nur sagen, dass es nicht notwendig ist. Sieh dir an, was deiner Tante passiert ist. Das Leben ist zu kurz, und du bist noch so jung. Du solltest jeden Tag genießen!«

Yueliang lag es auf der Zunge, ihrer Mutter zu sagen, dass Sarah nicht ihre Tante gewesen war, doch sie beließ es dabei. Sie wusste, dass ihre Mutter immer noch um ihre Freundin trauerte. »Ich arbeite nicht für mich. Ethan ... ich meine, die Bäckerei hat finanzielle Schwierigkeiten.«

»Hat er dich darum gebeten?«

Die Strenge in der Stimme ihrer Mutter ließ es Yueliang sofort bereuen, sich ihr anvertraut zu haben. Was hatte sie sich nur dabei gedacht? Sie redete doch sonst nicht so offen mit Chen Lu. Yinis Geständnis und die Müdigkeit mussten sie unvorsichtig gemacht haben. »Nein, er weiß nicht einmal davon, ich stecke ihm das Geld heimlich zu.« Yueliang wollte ihren Weg fortsetzen, aber als sie die Erkenntnis im Gesicht ihrer Mutter sah, hielt sie inne.

»Du magst ihn.«

Das war keine Frage. Es war eine Feststellung.

»Das ist unwichtig. Er ist Familie, und Familie hilft einander in Zeiten der Not.«

»Ich dachte, du bist nicht seine Cousine, zumindest habe ich dich das oft genug sagen hören.«

Yueliang verspürte den unbändigen Drang, ihre Mutter zu packen und zu schütteln. Sie war schon immer eine unmögliche Person ohne Feingefühl gewesen, aber im Augenblick überspannte sie den Bogen gewaltig. Yueliang verschränkte die Arme vor der Brust und wendete sich ihrer Mutter zu.

»Seit wann interessierst ausgerechnet du dich für meine Belange? Hast du Langeweile, seit Sarah gestorben ist?«

Sie war zu weit gegangen, das merkte sie bereits in jenem Augenblick, da die Worte ihren Mund verlassen hatten und sie die Tränen in den Augen ihrer Mutter sah. »Es tut mir leid, Mā, ich bin nur müde«, fügte sie schnell hinzu, um die Wogen zu glätten. Yueliang hatte damit gerechnet, auf ihr Zimmer geschickt zu werden, doch ihre Mutter deutete auf einem Sessel vor dem Tresen. Zögerlich nahm sie Platz.

»Ein Schatten liegt auf deiner Seele, Tochter.«

Yueliang betrachtete die flinken Finger ihrer Mutter, wie sie eine Form nach der anderen befüllte. Der Teig selbst strahlte weiß wie der Mond selbst.

»Yini ist in anderen Umständen.«

Ihre Mutter hielt inne.

Yueliang wusste nicht, welcher Dämon in sie gefahren war. Hatte sie Yinis Vertrauen gerade missbraucht? Wieso saß sie hier und erzählte ihrer Mutter das Geheimnis ihrer besten Freundin?

»Samuel?«

»Du weißt davon?«

»Ich habe Augen im Kopf, Yueliang! Auch wenn du glaubst, ich interessiere mich nur für mich selbst.«

Yueliang presste die Lippen aufeinander.

»Wer weiß noch davon?«

»Niemand außer mir. Sie hat sich mir erst heute anvertraut, und ich habe ihr geraten, mit Samuel zu reden. Aber ich weiß nicht, ob es ein guter Rat war, Mā. Wie regelt man so eine Situation?«

»Ich werde mit ihr sprechen.«

Panik stieg in Yueliang auf. »Nein! Was willst du ihr sagen? Ihre Situation ist doch schon schlimm genug, auch ohne deine Vorwürfe!« Noch ein schrecklicher Gedanke jagte durch Yueliangs Kopf. »Du darfst es auf gar keinen Fall ihrer Großmutter erzählen.«

Chen Lu lachte heiser auf. »Dieser alten Sklaventreiberin würde ich nie etwas sagen! Was denkst du nur von mir, Tochter? Ich werde mit Yini reden und ihr ein Angebot machen. Egal wie sie sich entscheidet, hier bei uns hat sie immer einen Platz, einen Ort, an dem sie wohnen und arbeiten kann – ob mit oder ohne Baby.«

Yueliang blieb der Mund offen stehen. »Wieso würdest du das tun?«

»Weil es Yini leichter fallen wird, eine Entscheidung für ihre Zukunft zu treffen, wenn ihre Existenz nicht davon abhängt. Ohne diesen Druck kann sie in sich hineinhorchen und das tun, was sie wirklich möchte.«

Yueliang sah ihrer Mutter direkt in die dunklen Augen.

»Ich bin nicht das Monster, für das du mich gern hältst.«

Schuld verknotete Yueliangs Magen. »Ich habe dich nie für ein Monster gehalten, Mā, nur ab und an für unfair.«

Ihre Mutter lachte erneut. »Weil ich es gewagt habe, dich aus Hongkong fortzubringen? Weggerissen von deinen liebenden Großeltern und einer schillernden Zukunft im Teehaus?« Sie spuckte den letzten Satz beinahe aus.

Yueliang zuckte zusammen. Vielleicht weil ihre Mutter heute ausgesprochen hatte, was sie selbst schon immer gedacht hatte.

»Weißt du, mein Schatz, du warst noch ein Kind ... Du hast nie mitbekommen, was für Menschen deine Großeltern wirklich waren. Dein Vater war noch keine zwei Wochen unter der Erde, da begannen sie schon damit, Pläne für meinen neuen Ehemann zu machen. Ich sollte so schnell wie möglich den Nächsten heiraten, um die Zukunft des Teehauses zu sichern. Und ich hätte es ertragen, mein Schatz, für dich, weil du es so geliebt hast, aber sie hatten auch Pläne für deine Zukunft. Sie wollten dich aufs Land schicken, zu einem weit entfernteren Zweig unserer Familie. Bauern, die Tee anbauten. Dort solltest du einen der Söhne heiraten, um die Lieferungen für das Teehaus günstiger zu machen.«

Yueliang schüttelte den Kopf. »Nein, das kann nicht sein, ich bin die Erbin des Teehauses. Wer außer mit hätte es übernehmen sollen?«

»Oh, mein liebes Kind, was glaubst du, warum ich wieder hätte heiraten sollen? Sie hatten schon den perfekten Kandidaten, einen Witwer mit zwei Söhnen, natürlich hätte einer von ihnen alles übernommen.« Ihre Mutter griff unter den Tresen und holte einen Schwung geöffneter Briefe hervor. »Deine Großeltern schreiben dir oft, aber ich hatte das Gefühl, ihre Worte hätten dir nur Schmerzen bereitet.«

Yueliang starrte fassungslos auf die Papiere vor ihr. »Du bist nach England gegangen, um mich zu beschützen?«

Ein Lächeln umspielte die Mundwinkel ihrer Mutter. »Ich bin nach England gekommen, damit du eine Wahl hast. Das ist die Aufgabe von Eltern ihren Kindern den Weg zu bereiten. Aber es fiel mir nicht schwer. Robert war schon lange mehr als nur ein guter Freund.«

Yueliang wusste nicht, was sie sagen sollte.

»Ich weiß, dass du immer davon geträumt hast, zurück nach Hongkong zu gehen, aber, mein Liebling, dort wartet nichts und niemand auf dich. Was hält dich davon ab, hier deinem Herzen zu folgen? Dem Jungen von nebenan eine Chance zu geben? Diese Teestube hier wirst tatsächlich einmal du übernehmen. Und er die Bäckerei. Stellt dir nur vor, was ihr tun könntet ... gemeinsam! Ein großes Haus, ein kleines Imperium, das euch gehört. Und du hättest jemanden an deiner Seite, für den *du* dich entschieden hast.«

Ihr Mutter hatte die Mondkuchenformen fertig befüllt.

»Kannst du sie in den Garten bringen, damit sich der Teig setzen kann?« Chen Lu nickte ihrer Tochter zu und zog sich zurück.

Yueliang blieb allein in der Teestube sitzen. Zögerlich erhob sie sich und ging hinaus auf die Terrasse.

Gerade kam Ethan aus dem Keller. Ein Sack Mehl lag auf seinen Schultern und schien ihn nach unten zu drücken. Ihre Blicke trafen sich. Yueliangs Hals war wie zugeschnürt. Wieso fand sie keine Worte für diesen Menschen, der ihr so viel bedeutete?

Er blickte zu Boden, ein Schatten lag auf seinem Gesicht. Sie sah, wie müde er war, wie erschöpft. In ihrem Kopf formte sich ein neuer Plan. Einer, der sie nicht mehr nach Hongkong zurückführen würde, sondern in die Arme des Mannes, für den sie sich entschieden hatte.

Kapitel 29

St. Iluna, Gegenwart

Gegen neun Uhr verließen sie das Haus. Vance wartete vor der Bäckerei auf sie. Ian unterdrückte ein Schnauben, als Millie ihren Freund überschwänglich küsste. Dann stiegen sie in den Wagen, Vance neben ihn, seine Schwester setzte sich auf die Rückbank. Warum setzte er sich nicht neben sie?

Der Motor sprang an.

»Warte, Ian!«

Die Wagentür wurde aufgerissen. Ian erstarrte. Er musste sie noch nicht einmal gesehen haben, um zu wissen, dass es Luana war, die hinter ihm Platz genommen hatte.

»Sorry, dass ich zu spät bin, aber Năinai stellt gerade das ganze Haus auf den Kopf. Ich glaube, ihr ist der Baijiu von letzter Nacht zu Kopf gestiegen ...«

Millie, du Biest!

Das war es also, was sie hinter seinem Rücken ausgeheckt hatte. Er umklammerte das Lenkrad fester.

»Macht doch nichts, wir freuen uns, dass du es doch noch geschafft hast. Nicht wahr, Bruderherz?«

Ian antwortete nicht. Er starrte nur in den Rückspiegel. Luana erwiderte seinen Blick. Sein Puls beschleunigte sich, und er schluckte schwer, als er die Sehnsucht in ihren Augen erkannte. Das aufgeregte Pochen seines Herzens strahlte in seine Glieder und erfüllte jede einzelne Faser seines Körpers.

Es war, als hätte sie seine Hand genommen, damit er sich ihr zuwandte. Sie sah umwerfend aus. Ihr langes Haar war zu einem seitlichen Zopf zusammengefasst, sie trug eine weiße Bluse und einen geblümten Rock, der ihr bis zu den Knöcheln reichte. Ihr Make-up war dezent, wenn sie denn überhaupt welches trug ...

»Nicht wahr, Ian?« Millie betonte seinen Namen mit mehr Nachdruck.

Ian räusperte sich. »Ja.«

Es klang mehr wie ein Knurren. Luana senkte den Kopf, während sie nervös an ihrer winzigen Tasche nestelte. Sie fuhren los.

Die restliche Fahrt verbrachten sie schweigend, und selbst seiner Schwester fehlten die Worte.

Das Magic Wheel war ein kleiner Jahrmarkt, der einmal im Jahr seine Pforten öffnete. Neben den üblichen Attraktionen gab es hier auch eine Bühne für Konzerte und die Möglichkeit, mit einem Boot über den See zu fahren.

»Also, wo wollen wir zuerst hin?«

Millie hakte sich bei Luana unter. Vance ging neben ihnen her und unterhielt sich mit ihr. Ian beugte sich vor. Es gefiel ihm nicht, wie ungezwungen sie mit diesem Typen lachen konnte, während sie es kaum wagte, ihm in die Augen zu blicken. Aber war das nicht seine eigene Schuld? Hatte er sie nicht von sich gestoßen? Sollte er nicht froh darüber sein?

Sie blieben stehen.

»Das Geisterhaus?«

Vance umarmte Millie von hinten und hauchte ihr einen Kuss auf den Scheitel. »Willst du wirklich damit beginnen?«

Hinter ihnen flackerte die Projektion eines Familienporträts aus dem 19. Jahrhundert über eine Videowand, bei der sich die Gesichter der Menschen zu fürchterlichen Fratzen verzogen.

Sie kicherte verschwörerisch. »Hast du etwa Angst? Dann ist es ja gut, dass Ian da ist, um dich zu beschützen ...«

»Er und ich?« Er straffte die Schultern.

»Ja, ihr beide«, sagte Millie streng.

Vance schien sich nicht weiter an Millies Idee zu stören.

»Sollen wir auch Händchen halten?«, fragte er belustigt und streckte die Finger nach ihm aus.

»Nur über meine Leiche …«

»Na, dann bist du da drinnen ja genau richtig!«, kombinierte seine Schwester.

Luana kicherte. Die Frauen gingen voran, während sie ihnen folgten. Vance nickte ihm fast kameradschaftlich zu, als sie zum Eingang gelangten. War das wirklich der gleiche Typ, der Millie in regelmäßigen Abständen zum Heulen brachte, weil er immer erst zu spät antwortete oder sich tagelang gar nicht bei ihr meldete? Oder weil er ihr Dinge versprach, die er am Ende nicht halten konnte?

»Sie müssen leider hier warten, der Aufzug bietet nur Platz für zwei Personen«, wies sie ein Mitarbeiter an.

Millie winkte ihnen fröhlich zu. »Pass gut auf Ian auf.«

Dann schlossen sich die Türen. Hatte er es sich nur eingebildet oder hatte sich Luana noch einmal mit angsterfüllter Miene zu ihm umgedreht?

Vance schien ebenso nervös zu sein wie sie. »Hey, Ian, es …«

»Wir müssen nicht miteinander reden, nur weil Millie sich das in den Kopf gesetzt hat.«

Der junge Mann seufzte. »Ich weiß, dass wir keinen guten Start hatten. Und zuerst war es für mich auch nichts Ernstes, ich sollte nur so tun … Ach, egal, alles, was du wissen musst, ist, dass ich Millie liebe. Sie ist das Beste, das mir je passiert ist. Sie war der Grund, warum ich mein Leben wieder auf die Reihe gekriegt habe, bevor es zu spät war.«

»Nimmst du Drogen? Hast du einen Job?«

»Ich arbeite als Automechaniker in Marvins Werkstatt. Den Ausbildungsplatz habe ich seit Dezember. Und nein, ich nehme keine Drogen. Mein Dad war ein Säufer, daher verabscheue ich Alkohol. Mein einziges Laster sind die hier.«

Er fischte eine Schachtel Zigaretten aus seiner Hosentasche. Es war die gleiche Marke, die auch Ian rauchte.

»Und dein Vorstrafenregister?«

Vance erstarrte.

»Schon gut.« Auch seine Weste war nicht makellos.

»Sie dürfen jetzt einsteigen.«

Die Männer betraten den Aufzug. Ian beobachtete Vance in dem verschmierten Spiegel. Hatte er dem Jungen womöglich unrecht getan? Er kannte ja nur eine Seite der Medaille. Und vor allem kannte er seine Schwester.

»Alles, was ich will, ist, dass du sie gut behandelst, wie sie es verdient hat. Und da ich immer noch ihr Vormund bin, trage ich die Verantwortung für sie. Wenn du es also wirklich ernst mit ihr meinst, dann gebe ich dir die Chance, dich zu beweisen. Du hast acht Monate Zeit, mich davon zu überzeugen, dass du kein Arschloch bist. Danach habe ich nichts mehr mitzureden. Was natürlich nicht bedeutet, dass ich gar nichts tun werde, solltest du ihr in irgendeiner Art und Weise wehtun.«

Vance nickte. Wenn auch etwas bleicher um die Nase.

»Willst du lieber gleich aussteigen?«

Millie wird nie wieder mit mir sprechen, sollte sie je von diesem Gespräch erfahren ...

Ein schriller Ton kündigte ihre Ankunft an, und sie wurden von einem weiteren Mitarbeiter in Empfang genommen. Bevor Sie losgingen, streckte Vance ihm seine Hand entgegen, die Ian, ohne zu zögern, ergriff.

»Ich habe nicht vor auszusteigen, ganz gleich, was passiert.«

»Gut.«

Sie gingen los.

Im Geisterhaus war es stockdunkel. Schreie hallten durch das Stockwerk, und Ian fragte sich, ob Luana und Millie irgendwo in der Nähe auf sie warteten. Vance schien ebenso gelangweilt zu sein wie er, obwohl die Projektionen an den Wänden definitiv nichts für schwache Nerven waren. Sie stiegen die Treppe hinab und erreichten den nächsten Raum: ein Badezimmer, in dem eine Badewanne mit brodelndem schwarzen Wasser stand. Als sie vorbeigingen, tauchte eine Gestalt darin auf, die nach Ians Shirt zu greifen versuchte.

»Was für ein kranker Scheiß!«, rief Vance, und sie gingen weiter, lachten beinahe freundschaftlich miteinander, als ein schriller Schrei ertönte, der so gar nicht nach Tonband klang.

Wenig später stürzte ihnen Millie entgegen, die völlig aufgelöst in Vance' Arme fiel. »Ich ... ich habe Luana verloren! Da war diese Frau, die uns einen blutigen Handabdruck verpasst hat, und wir haben uns so erschreckt, dass ich ihre Hand losgelassen habe. Plötzlich war sie weg. Es tut mir so leid, aber ich wusste doch nicht, dass sie solche Angst haben würde!«

Vance versuchte, sie zu beruhigen. »Hör auf, es war nicht deine Schuld, Baby! Wir finden sie schon. Vielleicht wartet sie beim Ausgang auf uns.«

Dich kann man wirklich keine Sekunde aus den Augen lassen ...

»Ich suche sie!«

»Ich ruf dich an, falls sie schon draußen ist!«, schrie Millie ihm nach.

Wo bist du?

Sein Magen zog sich nervös zusammen. Adrenalin pumpte durch seine Adern. Im Laufschritt durchquerte er zwei weitere Zimmer, lugte unter ein blutbespritztes Bett, hob Vorhänge hoch und brüllte eine Schauspielerin an, die Luana natürlich nicht gesehen hatte.

»Luana?«, rief er, doch seine Stimme wurde von einem unheimlichen Lachen übertönt.

»Ian, hier bin ich!«

Und da kauerte sie, den Kopf zwischen den Knien in einer Ecke unter einem Tisch. Tränenüberströmt. Er streckte die Hände nach ihr aus, zog sie aus der Dunkelheit und barg sie in seinen Armen. Sie schluchzte, während sie sich ängstlich an ihm festkrallte.

»Ian ...«

Kurzerhand hob er sie hoch und trug sie zum Ausgang, wo er einem lustig verkleideten Gespenst, das sie zum Abschied für ein Foto erschrecken wollte, einen vernichteten Blick zuwarf.

Millie und Vance warteten draußen auf sie.

»Es tut mir so leid, Luana! Hätte ich gewusst, dass du Geisterhäuser nicht abkannst, dann hätte ich das nie vorgeschlagen!«, sagte Millie und ließ reumütig den Kopf hängen.

»Es war nicht deine Schuld. Ich hätte ja etwas sagen können, aber ich wollte einfach kein Spielverderber sein.«

Ian starrte auf Luana hinab. Ihr Kopf lag immer noch auf seiner Brust, während sie mit seiner Schwester sprach. Dabei fielen ihm die unzähligen Schlieren, die die getrockneten Tränen auf ihren Wangen hinterlassen hatten auf.

Verdammt! Wenn er es schon kaum ertragen konnte, sie weinen zu sehen ...

Stille.

Er blickte auf. Ein selbstzufriedenes Lächeln zierte Millies Gesicht.

»Honey, was hältst du davon, wenn wir uns erst mal was zu trinken holen? Ian und Luana können hier auf uns warten.«

»Gute Idee, lass uns gehen.«

Sie winkten ihnen zu und verschwanden um die Ecke.

»Ich bin so dankbar, dass Millie meine Freundin ist. Sie ist so aufmerksam.«

Ja, sehr aufmerksam. Doch er musste grinsen. *Hexe!*

»Ähm, Ian ...«

Erst jetzt schien Luana zu bemerken, dass er sie immer noch hielt, und ihre Wangen nahmen diese leichte zartrosa Färbung an, die er so mochte.

»Ian, ich ... Bitte lass mich runter.«

»Nein.«

»Nein?«, hauchte sie.

»Dich kann man nicht allein lassen.« Sanft strich er ihr eine Strähne aus der Stirn.

»Die Leute beobachten uns.«

»Ist mir egal.«

Er trug sie zu einer Parkbank unter einem Baum und ließ sich mit ihr darauf sinken.

»Ian ...«

»Ich habe deinen Brief gelesen.« Sofort wollte sie von seinem Schoß rutschen, aber er ließ sie nicht gehen. »Hast du gewusst, dass ich heute dabei sein würde?«

Schuldbewusst blickte sie zu ihm hoch. »Tut ... tut mir leid.«

Sein Handy vibrierte. Es war Millie: *Gern geschehen, großer Bruder. Und versau es dieses Mal nicht!*

Außerdem drei Nachrichten von Andrew, in denen er ein Treffen forderte, um *alle Missverständnisse zu beseitigen*, wie er es nannte.

»Es scheint, als ob sich Millie und Vance in den Schwanentunnel verirrt haben. Sie sagen, wir sollen uns selbst beschäftigen.«

»Oh.«

»Was hältst du von einer Bootsfahrt?« Schneller, als er denken konnte, hatten die Worte seinen Mund verlassen. *Ich bin so ein Idiot!* War er jetzt von allen guten Geistern verlassen? Er hatte sich doch fernhalten wollen!

»Du willst mit mir Boot fahren?«

Ein skeptischer Schleier trübte ihr Gesicht und versetzte ihm einen herben Schlag in die Magengrube, direkt hinter die Narbe. Aber was hatte er erwartet? Luana hatte jedes Recht dazu, seine Absichten anzuzweifeln. Er hatte es nicht verdient, dass sie ihm vertraute. Er vertraute sich ja nicht einmal selbst! Hitze durchströmte ihn, und er atmete tief durch, versuchte, sich zu kontrollieren, und bemerkte ihre Finger erst, als sie ihm so nah war, dass er ihren Atem auf seinem Gesicht spüren konnte. Da war es wieder, dieses sehnsuchtsvolle Funkeln in ihren Augen.

»Dann lass uns gehen.«

Sie ergriff seine Hand und ging bereitwillig mit.

Das Boot, das man ihnen zur Verfügung stellte, glich einer Nussschale, in der er kaum seine Beine ausstrecken konnte.

Luana saß zwischen seinen Knien und blickte auf den See hinaus.

»Kannst du schwimmen?«, fragte er sie.

»Ja, warum?«

»Nur für den Fall, dass wir untergehen.«

Sie kicherte. »Wir werden nicht untergehen, ich vertraue dir.«

Da war es wieder, dieses Wort. Vertrauen. »Warum, Luana?«

»Hm?«

»Warum willst du einfach nicht auf mich hören?«

»Weil ich es nicht mag, wenn jemand Entscheidungen für mich trifft. Wir haben das, was da zwischen uns ist, gemeinsam begonnen, aber du hast es einfach beendet, ohne mir eine Stimme zu geben.« Sie ließ ihre Finger durch das Wasser gleiten. Dabei lächelte sie.

»Aber damit ist jetzt Schluss.« Sie beugte sich vor. »Ich weiß, dass du etwas vor mir verbirgst, aber ich kann uns nicht einfach aufgeben. Es ist zu spät, Ian! Was auch immer der wahre Grund dafür ist, weshalb du mich wegstoßen musst, ich kann ihn ertragen.«

Ian umfasste die Paddel fester. »Das kannst du nicht.«

»Ich weiß, dass ich es kann. Mit der Dunkelheit kenne ich mich aus.«

»Und was, wenn nicht? Was wirst du tun, wenn du alles über mich erfährst und dir nicht gefällt, was du hörst? Wie willst du damit umgehen? Mich verlassen oder lieber zusammen mit mir untergehen?«

»Ich werde nicht gehen.«

Ian schnaubte. Und plötzlich wollte er nur noch eines. Die Flucht ergreifen. Aber das konnte er nicht. Außer er wollte sie beide ertränken.

»Ich kann wieder malen«, flüsterte sie, als wollte sie ihn beschwören.

Er horchte auf.

»Weil ich dich getroffen habe.«

Sie berührte sein Gesicht mit ihren zierlichen Händen. Sanft zog sie ihn näher an sich heran. Ihre Lippen berührten seine Stirn, schickten einen elektrischen Impuls in seine Brust, der seinen Herzschlag beschleunigte. Beinahe schmerzhaft pochte das aufgeregte Organ gegen seine Rippen. Er starrte sie an, und es war, als blickte er in einen Spiegel. Ja, es war zu schön, um wahr zu sein ...

»Du hast mal gesagt, ich sei so süß wie eine kandierte Pflaume ...« Sie lachte.

Wenn ich sie jetzt in mein Herz lasse, dann ist es vorbei. Dann kann ich sie nie wieder gehen lassen. Aber Andrew wird mich nicht gehen lassen, und am Ende wird er sie gegen mich verwenden.

»Ich will das. Aber vor allem will ich dich.« Sie verbarg ihr Gesicht hinter ihren Händen. »Ich kann nicht glauben, dass ich das gerade von mir gegeben habe ... Es ist so peinlich! In Hongkong hätte ich mich nie im Leben getraut, einem Mann so etwas zu sagen!«

Ian atmete hörbar laut aus. Dann gab er auf.

»Aber du bist jetzt nicht mehr in Hongkong, und ich bin nicht irgendein Mann.«

Er ließ die Paddel los, zog Luana in seine Arme und küsste sie. Willig sank sie gegen ihn, grub ihre Finger in sein Haar und stöhnte, als er ihre Lippen mit seiner Zunge öffnete. Gott, er wollte sie so sehr ... ihre Haut auf seiner, diese Wärme, die nur für ihn bestimmt war. Ian rutschte tiefer und nahm sie mit, bis sie auf ihm lag. Dabei hielt er sie fest an sich gepresst, während er sich immer weiter an ihrem Mund verlor.

Erst als der Pager am Boot vibrierte, schafften sie es, voneinander abzulassen.

»Wir müssen zurück«, flüsterte er, während er sanft über ihren Rücken streichelte.

»Können wir nicht einfach hierbleiben? Nur du und ich.«

»Sie werden uns aus dem See fischen.«

Widerwillig richtete sie sich auf und schenkte ihm ein schüchternes Lächeln, als er ihr einen letzten Kuss gab, bevor sie sich auf den Rückweg machten. Keiner von ihnen sagte ein Wort, aber das mussten sie auch nicht. Nachdem das Seil festgebunden war, hob Ian Luana aus dem Boot und trug sie ein Stück weit, bis er Millie und Vance auf der gleichen Parkbank entdeckte, auf der auch sie zuvor gesessen hatten.

Einen Arm um die Schultern seiner Schwester gelegt hatte sich Vance mit geschlossenen Augen der Sonne zugewandt.

Er sieht glücklich aus.

»Also, was machen wir als Nächstes?«

Reden. Wir werden reden.

Kapitel 30

St. Iluna, Herbst 1926

Ethan presste seine Hände in den klebrigen Teig. Erst zaghaft und dann mit mehr Kraft, bis er den Teig nicht mehr knetete, sondern schlug. Immer schneller und schneller sausten seine Fäuste auf den weißen Mehlklumpen hinunter. Die rasant größer werdende Teigmasse drohte, ihm über die Tischkante hinabzuquellen, denn das hier war eigentlich keine Arbeit für einen allein. Aber er war allein. Seit dem Tod seiner Mutter war er der Einzige, der sich um die Backstube kümmerte. Es war aber auch das Einzige, um das er sich kümmern *wollte.* Denn hier gab es niemanden außer ihm. Der bloße Gedanke, sich mit einer anderen Person unterhalten zu müssen, ließ ihm die Galle hochsteigen. Manchmal waren ihm schon die Geräusche aus dem Verkaufsraum zu viel. Gut, dass die Bäckerei für heute bereits geschlossen hatte.

Ethan atmete hörbar aus, seine Seele schien die Stille wie einen wohltuenden Balsam aufzusaugen, und er war dankbar, dass bis auf das schmatzende Geräusch des Teiges kein weiterer Laut an sein Ohr drang. Bald müsste er ein Licht anmachen, denn die schwindende Sonne schickte bereits ihre letzten goldenen Strahlen durch die verschlossene Fensterfront. Dabei ertrug er das Licht genau so wenig wie den Lärm. Schweißperlen sammelten sich auf seiner Stirn, doch obwohl er die Hitze des Holzofens in seinem Rücken spürte, war ihm kalt. Es war dieselbe Kälte, die einen auch während eines Fiebers heimsuchte, wenn es sich so anfühlte, als ob man von innen verglühte und von außen erfror. Genauso fühlte er sich, konnte aber nichts dagegen tun. Ein Tag nach dem anderen. Morgen würde er den Ofen reinigen, das Feuer erneut entfachen, und seine Arbeit würde von vorn beginnen. Der Teig, den er heute vorbereitete, würde das Brot von morgen sein.

Er ließ seine Faust erneut niedersausen, aber egal, wie oft er auf den Teig einschlug, es dauerte nur wenige Sekunden, bis sich die weiße Masse wieder zusammenzog. Der Teig fühlte keine Schmerzen, und die Schläge zerstörten ihn nicht, ganz im Gegenteil: Je mehr der Mehlklumpen einsteckte, desto besser würde das Brot später werden. Ethan griff nach seinem alten Eisenspachtel und begann damit, die Masse vor ihm in zwölf gleichgroße Stücke zu teilen. Und was als klebrige Masse begonnen hatte, lag jetzt in leuchtend weißen Laiben vor ihm. Er würde sie nahe am Ofen ruhen lassen, damit die Hefe bis morgen früh ihre Arbeit tun konnte.

Es klopfte an der Hintertür.

Ethan sah sich um und rief: »Jacob! Samuel!«

Gab es denn außer ihm niemanden in diesem Haus, der die Tür öffnen konnte? Seine Hände waren voller Teigreste und Mehl. Wo waren seine Brüder? Gut, wo Samuel war, konnte er sich denken. Vor einer Woche hatte er es ihm erzählt. Die Sache mit Yini und dem Baby. Er hatte es zuerst nicht glauben wollen, hatte angenommen, es sei ein schlechter Scherz. Jacob hätte er alles zugetraut, aber nicht Samuel. Der Kleinste von ihnen, der Schmächtige, der Kluge und Besonnene. Wie hatte sich sein dummer Bruder nur in so etwas hineinreiten können? Hatten sie es denn nicht schon schwer genug? Vielleicht hatte er Samuel deshalb eine geknallt. Es war das erste Mal in seinem Leben, dass er sich an seinem Bruder vergriffen hatte. Er hatte ihm eine geknallt und ihn dann in den Arm genommen. Seitdem hatten sie kein Wort mehr über das Thema gewechselt. Aber Ethan machte sich dennoch Gedanken. Wenn sie das Baby behalten wollten, dann musste Samuel dafür aufkommen. Und wenn Miss Lee ihre Enkeltochter verstoßen würde, was Ethan der alten Kneifzange zutraute, dann mussten Yini und das Baby bei ihnen unterkommen und sie hätten zwei weitere Mäuler zu stopfen. Und was würde sein Vater sagen? Würde es ihm überhaupt auffallen, so wenig Zeit, wie er daheim verbrachte? Er kam morgens, um die Kasse zu plündern, und ließ sich dann nicht mehr blicken. Wer wusste schon, wo er die Tage und Nächte verbrachte? Ewig konnten sie nicht mehr so weitermachen. Er und seine Brüder nagten am Hungertuch, weil Jack all ihr hart verdientes Geld verspielte und versoff. Und Ethan würde den Teufel tun, Frau und Kind hungern zu lassen. Immerhin war er für die Familie verantwortlich, jetzt wo ihre Mutter nicht mehr da war.

Es hämmerte erneut an der Tür.

Ethan klopfte sich Mehl und Teig von den Händen und öffnete.

Im Nachhinein wäre es klüger gewesen, erst aus dem Fenster zu sehen. Wer wusste schon, ob er die Tür dann für Yueliang geöffnet hätte? Denn ihre Anwesenheit tat weh. Sie war die einzige Person, die es immer verstand, seine Mauern zu durchbrechen. Die Einzige, die wusste, was in ihm vorging. Und trotzdem konnte er es nicht zulassen, weil er nicht wollte, dass ihre Gefühle ihr später verboten, zu ihren Laternen zurückzukehren. Niemals würde sie ihn verlassen …

Und nun stand sie hier und sah so wunderschön aus. Ihr Haar war zu einer kunstvollen Frisur gesteckt, und sie trug ein wallendes fremdartiges Kleid, das an ihrem schmalen Körper weich herabfloss. In diesem Aufzug erinnerte sie ihn an eine der Figuren aus ihren Sagen. Sie sah aus wie die Mondgöttin selbst, die hinabgestiegen war, um ihn zu besuchen.

Yueliang lächelte ihm zu, und all die Gefühle, die unter der Oberfläche zu Eis erstarrt waren, brodelten in ihm hoch. Er wollte sie in den Arm nehmen und dann wieder wegstoßen. Er wollte sein Leben an ihrer Seite verbringen und hätte sie am liebsten schon morgen auf einem Schiff nach Hongkong gewusst. Er wollte sie küssen und nie wiedersehen. Die Hitze auf seiner Haut kämpfte mit der Kälte in seinem Inneren. Er war unfähig, etwas zu sagen, und konnte nichts weiter tun, als sie anzustarren, während sein Herz das Blut immer schneller durch seinen Körper pumpte. Sie griff nach seinen Händen, und er zuckte zusammen, wollte sie ihr entziehen. Sie waren schmutzig vom Mehl, außerdem waren da immer noch die Narben und Brandblasen. Doch sie ließ ihn nicht los. Das hatte sie noch nie getan. Nicht wegen seiner Hände. Sie zog ihn mit nach draußen in die frische Luft des schwindenden Tages. Ein sanfter Wind streichelte über seine Haut hinweg und nahm Hitze und Kälte mit sich.

»Du meidest mich, Ethan.«

Typisch Yueliang, sie fiel sofort mit der Tür ins Haus. Ethan kannte kein anderes Mädchen, das immer so direkt sagte, was es dachte.

»Nicht nur dich, alle Menschen ... Ich ertrage es einfach nicht.« Ethan löste sich aus ihrem Griff. Es war viel einfacher, sich hinter seiner Arbeit zu verstecken und keine Gedanken an die Geschehnisse der letzten Tage zuzulassen ... überhaupt keine Gefühle zuzulassen ...

»Das verstehe ich, trotzdem werde ich dich bitten, mich zu begleiten.«

Ethan raufte sich die Haare. *Begleiten? Wohin?* »Yueliang, ich möchte wirklich nicht ...«

»Keine Ausreden«, fiel sie ihm ins Wort.

Er sah ihre schicke Kleidung. Wofür auch immer sie sich so herausgeputzt hatte, aber dorthin wollte er sie auf keinen Fall begleiten.

»Und keine Widerworte.«

Ethan ließ die Schultern hängen. »Yueliang wir sind keine Kinder mehr, und das hier ist kein Spiel, sondern mein Leben. Ich muss noch die Ware für morgen vorbereiten.«

»Du bist gerade damit fertig geworden.«

Warum ließ sie ihn nicht einfach in Ruhe? Er schluckte schwer. Wenn sie ihn doch so gut kannte, dann sollte sie wissen, dass er das Haus im Augenblick nicht verlassen wollte …

Erneut umschloss Yueliang seine Hände und zwang ihn, sie anzusehen. »Ich weiß genau, warum du dich hier drin versteckst … Du denkst, wenn du damals nicht abgehauen wärst, sondern die Prügel eingesteckt hättest, dann würde sie jetzt noch leben.«

Ethan sog scharf die Luft ein. *Warum muss dieses Mädchen immer aussprechen, was keiner hören will?* »Und wenn es so ist?«

»Du kannst den Schnee nicht am Fallen hindern und den Schmetterling nicht am Fliegen.«

Dann nahm sie ihn in den Arm.

Ethan fiel es schwer zu atmen, geschweige denn zu sprechen. Sie hatte ja recht. Wer konnte schon sagen, was wirklich passiert wäre? Aber die Ungewissheit nagte an ihm wie eine alte Wunde, die nie ganz verheilte, weil sie immer wieder aufriss. Wäre seine Mutter noch am Leben, wenn er weniger egoistisch gehandelt hätte? Wenn er an diesem Abend nicht abgehauen, sondern zu Hause geblieben wäre? Hätte er sie dann vor ihrem Schicksal bewahren können? Hätte er es verhindern können? Er blickte auf Yueliang hinab. Sie schienen nie irgendwelche Selbstzweifel zu plagen. Er wollte ihre Umarmung erwidern, aber seine Hände hingen schlaff und nutzlos neben seinem Körper.

»Dein Kleid wird schmutzig.«

»Als hätte mich das je gestört.«

Jetzt entrang sie ihm doch noch ein Lächeln.

»Lass dich von mir entführen … nur … nur für eine Nacht! Ich verspreche, es wird dir guttun!«

»Ich weiß nicht, Yueliang.«

Er schaffte es, seine Arme, um ihren Körper zu legen, und sie schmiegte sich sofort näher an ihn. Eine andere Art von

Hitze stieg in ihm hoch, und er schämte sich. Schämte sich, weil es sich so gut anfühlte und er sich nicht gut fühlen *wollte.*

»Bitte, hör auf, dich selbst zu bestrafen«, flüsterte Yueliang, die anscheinend wieder einmal seine Gedanken gelesen hatte.

Sie schob ihn ins Haus hinein und durch die Wohnräume hindurch.

»Ich warte hier, während du dich umziehst.«

Ethan seufzte. Es hatte keinen Sinn, mit ihr zu diskutieren, und er war auch zu müde, um mit ihr zu streiten. Es war einfacher, ihr ihren Willen zu lassen. Sie sah sich mit gerümpfter Nase um und schüttelte den Kopf. Anscheinend merkte man der Wohnung an, dass sich vier Männer darum kümmerten. Oder niemand.

»Hast du Angst, ich laufe dir weg, wenn du die Tür nicht bewachst?«

»Wer weiß?«

Ethan brauchte keine fünf Minuten im Badezimmer und noch kürzer in seinem Zimmer, bevor er zurück bei Yueliang war.

Sie sah ihn mit weit aufgerissenen Augen an.

»Wie hast du es bloß geschafft, dich in unter zehn Minuten von einem Straßenköter in einen schönen Schwan zu verwandeln? Weißt du, wie lange ich allein an meinen Haaren gesessen bin?« Sie knuffte ihm in die Seite, und er lachte auf.

»Straßenköter? Na, hör mal!«

Als wäre es das Normalste der Welt, legte er einen Arm um sie. Ihre Nähe tat ihm gut, das wusste er. Doch er spürte auch die Angst, die wie Gift durch seine Gedärme wallte. Er durfte das nicht ... Durfte sich nicht zu wohl bei ihr fühlen! Sonst würde sie niemals gehen ...

Kapitel 31

St. Iluna, Gegenwart

»Und ihr wollt wirklich nicht mit?« Sie standen vor der Bäckerei. Millie warf Luana einen verschwörerischen Blick zu, der sie bis ins Mark erröten ließ. »Oder habt ihr etwas Besseres vor?« Ein filmreifer Augenaufschlag folgte.

Ian seufzte. »Ich habe Kopfschmerzen von der Achterbahn, in die du mich gezwungen hast.«

»Aha.« Sie kicherte. »Und du bist vermutlich zu müde, um den ganzen Film durchzuhalten?«

»Genau.«

Es war Ian, der für sie geantwortet hatte. Luana umklammerte den Henkel ihrer Tasche fester. Vance verkniff sich ein Lachen. Konnte es heute wirklich noch peinlicher werden? O ja, das konnte es! Demonstrativ legte Ian seinen Arm um ihre Schultern und drückte sie an sich. Die Erinnerungen an das Boot flammten in ihr auf, und ihre Knie wurden weich, als würde sie dahinschmelzen. Wie Schokolade, die in der Sonne lag.

»Na gut, dann lassen wir euch jetzt allein. Du brauchst nicht auf mich zu warten …«

Ian schüttelte den Kopf. »Du weißt, dass ich auf dich warten werde, oder? Ich möchte, dass du um Mitternacht zu Hause bist. Und du …« Vance straffte die Schultern wie ein Kadett beim Morgenappell. »Du bringst sie sicher nach Hause.«

»Ja, Sir.«

Millie verdrehte die Augen. »Wenn du nur nicht so peinlich wärst.«

»Ich habe mich damit abgefunden, peinlich zu sein.«

»Mitternacht ist zu früh! Ich bin doch kein Kind mehr!«

»Möchtest du ins Kino gehen, Schwesterherz?« Er neigte den Kopf auf diese väterlich strenge Art und Weise.

»Wir wollen«, ergriff Vance das Wort, bevor Millie etwas sagen konnte. »Ich bringe sie rechtzeitig nach Hause, versprochen.«

Seine Schwester warf ihm einen fassungslosen Blick zu, der so etwas schrie, wie *Ich hasse dich, Ian! Warte nur auf morgen. Ich werde dir das Leben zur Hölle machen, weil du mich vor meinem Freund und meiner besten Freundin bloßgestellt hast, als wäre ich ein Kleinkind.*

Luana wandte sich Ian zu und grub ihre Finger in sein Shirt. »Lass sie gehen ...«

Wir wollten doch reden ...

Ian blickte auf sie herab, und sein Arm rutschte von ihrer Schulter. Panik ergriff von Luana Besitz. Hatte sie etwas Falsches gesagt? Sie schauderte.

Millie seufzte und umarmte sie. »Alles okay?«

»Ja ... ja, alles ist gut. Ich bin nur etwas erschöpft.«

»Ruf mich an, wenn was ist.«

»Okay.« Sie klang wie eine ältere Schwester, dabei war es eigentlich Luana, die diese besondere Rolle übernehmen sollte.

Ein starker Arm schob sich um ihre Taille und zog sie ein wenig von Millie fort, sodass diese sie loslassen musste. Erneut blickte Luana zu ihm auf und versuchte, in seinem Gesicht zu lesen.

»Wolltet ihr nicht gehen?«, fragte er und machte eine ausschweifende Handbewegung.

Millie zwinkerte Luana verstohlen zu.

Das ist deine Chance ...

»Nun, dann bleibt uns wohl nichts anderes übrig, als euch eine erfolgreiche Nacht zu wünschen.«

»Millie!«, rief Luana.

»Gern geschehen«, sagte sie grinsend. Dann nahm sie Vance' Hand, und die beiden verschwanden lachend in Richtung Hauptplatz.

»Dieses Kind ...« Ian schüttelte den Kopf.

»Sie ist kein Kind mehr. Sie hat sich verändert. Findest du nicht?«

»Ich bin ihr Bruder. Für mich wird sie immer die kleine freche Göre sein, die sich das Knie beim Fahrradfahren stößt und eine Stunde lang auf meinem Schoß heult.«

»Vance hat sich auch gut angestellt.«

»Wir werden sehen.«

»Du bist zu streng mit ihm, meinst du nicht?«

Seine Finger umschlossen ihre Taille fester. »Ich weiß, aber ich kann nicht anders. Ich wette, dein Bruder ist genauso besorgt um dich.«

Sie lächelte. »Das ist er. Und ich hasse es.«

»Hm ...«

Er drehte sie zu sich, sodass sie gegen seine Brust sank. Ein wohliges Seufzen entkam seinen Lippen.

»Wie geht's deinem Kopf? Tut es sehr weh?«, flüsterte sie.

»Es ist schlimm. Kaum auszuhalten. Und du? Bist du müde?«

»Wenn wir noch länger hier stehen, werde ich wie ein kleines Kind an deiner Brust einschlafen.«

Er atmete tief durch, und seine Stimme vibrierte, als er ihr ins Ohr raunte. »Sei vorsichtig mit dem, was du dir wünscht.«

»Warum?«

»Weil es mir schon öfter sehr gefallen hat, wenn du auf mir liegst.«

Luana schluckte. Er schloss die Arme um ihren Körper und hüllte sie ein. Sie hob den Kopf und blickte in seine wunderschönen eisblauen Augen, die vor Sehnsucht glänzten. Sehnsucht, und ...

»Willst du noch ...?« *O Gott, Luana, was tust du denn da?*

»Will ich was …?«, fragte er und lächelte.

»Willst du noch mit reinkommen? Năinai ist zwar zu Hause, aber ich könnte uns Tee machen und wie könnten … reden.«

»Oder wir reden bei mir.«

Ians Handy läutete, und Luana erstarrte. Ihr Magen zog sich nervös zusammen, während der Klingelton unheilverkündend in ihren Ohren schallte.

Ian reagierte nicht darauf. Dafür hielt er sie noch fester, als ob er befürchtete, sie könnte weglaufen, sobald er sie losließ.

So standen sie schweigend zwischen der Bäckerei und der Teestube, bis das Telefon endlich verstummte.

»Ich … ich möchte mich noch umziehen und … na ja … frisch machen?«, hauchte Luana.

»Dann sehen wir uns nachher?«

»Ja.«

»Ich warte auf dich.«

Als Luana nach Hause kam, fand sie ihre Großmutter im oberen Stockwerk, vergraben zwischen alten Büchern, Briefen und Kisten vor.

»Năinai?«

An'an blickte überrascht auf. »Oh, du bist ja schon wieder zurück! Hattest du Spaß?«

Luana nickte. Dank Millie hatte sie zum ersten Mal seit einer Ewigkeit wieder das Gefühl gehabt, unbeschwert lachen zu können. Sie reichte An'an ein Foto. Es zeigte sie zusammen in der Hochschaubahn sitzend. Vance und Millie vorn, die Arme in die Luft gestreckt und mit weit aufgerissenen Mündern. Dahinter Ian, der sie festhielt, während sie kreischend an seinem Arm hing. Sein Blick war auf sie gerichtet. Warum hatte sie das zuvor nicht bemerkt?

»Oh … ihr habt euch ausgesprochen, ja? Den Ahnen sei Dank! Jetzt kann ich beruhigt sterben …« Sie zuckte mit den Schultern, dann zwinkerte sie. »Aber erst, nachdem du mir ein Enkelkind geschenkt hast!«

»Năinai, so ist das nicht!«

Ihre Großmutter schüttelte amüsiert den Kopf. »Du weißt doch, dass der Buschfunk in St. Iluna besser funktioniert als jeder Nachrichtengeheimdienst dieser Welt, oder? Ich weiß seit Wochen, dass ihr euch im Wudao geküsst habt.«

Mit hochrotem Kopf steckte Luana das Foto in den Einband ihres Terminplaners, bevor sie ihn zurück in das Regal neben die Zuckerblume stellte.

»Wann sind eigentlich die Barbaren hier eingefallen? Und wie sollen wir das alles wieder in Ordnung bringen?« *Funktioniert meine Ablenkungstaktik?*

An'an winkte ab. »Ach, du und deine Metaphern! Ich habe natürlich nach den Mondkuchenformen gesucht. Dabei habe ich eine lose Diele entdeckt und darunter eine Kiste. Aber darin war nur ein bisschen altes Geld, dieses Armband – sie reichte es Luana – und eine kaputte Taschenuhr.«

»Năinai, ich weiß, du willst das nicht hören, aber könnte es nicht doch sein, dass sie verloren gegangen sind? Sollten wir uns nicht langsam damit abfinden, dass wir sie vielleicht nie wiederfinden werden?«

An'an schüttelte den Kopf. »Niemals. Chen Lu hat sie bestimmt irgendwo im Haus versteckt.«

»Aber warum hat Ururgroßmutter nicht gleich alle Formen mitgenommen? Warum nur diese zwei?«

»Sie waren in Eile.«

»Ich finde, das ergibt überhaupt keinen Sinn.«

»Weil du nicht die ganze Geschichte kennst, mein Kind. Aber das macht nichts. Sobald ich unser Erbe gefunden habe, erzähle ich dir alles. Du solltest dich jetzt nicht mit den Dämonen der Vergangenheit belasten.«

Luana seufzte. »Aber sind wir nicht genau deshalb hier?«

»*Ich* bin deshalb hier. Du sollst deine Jugend genießen, Freunde finden und dich verlieben, einfach Spaß haben.« Sie lächelte warmherzig. »Ich will nicht, dass es dir genauso ergeht wie den anderen Frauen in unserer Familie. Du sollst frei sein. Ach, und bevor ich's vergesse, nimm doch das Bild mit, das du gestern Abend gezeichnet hast. Ian wird sich bestimmt darüber freuen!«

Ertappt.

»Meinst du? Oh ...«

»Gib nicht auf, Luana. Du hast es verdient, glücklich zu sein.«

Frisch geduscht und mit noch feuchtem Haar stand Luana vor dem Spiegel. Sollte sie es flechten oder lieber offen tragen? Sie drehte sich im Kreis und zupfte an dem engen Seidentop.

»Ich sehe lächerlich aus. Er wird mich auslachen, wenn er mich sieht ...«

»Du siehst wundervoll aus, und jetzt geh endlich! Ich kann mich nicht konzentrieren, wenn du die ganze Zeit vor dich hin murmelst.«

Entschuldigend hauchte Luana ihrer Großmutter einen Kuss aufs Haupt. »Das Gedankenlesen musst du mir noch beibringen, Năinai.«

An'an lachte leise. »Grüß Ian von mir und sag ihm, dass ich mich bald wegen des Mondfestes bei ihm melden werde.«

»Mach ich. Du brauchst nicht auf mich zu warten.« Sie schlüpfte in ihre Plüschpantoffeln und sauste die Treppe hinab. Vor dem Gemälde der Chang'e blieb sie stehen. Ihr Telefon vibrierte in ihrer Hand.

Eine neue Nachricht von unbekannt: *Hattest du Spaß? Freu dich ruhig, kleine Luana aus Hongkong! Wir werden uns bald wiedersehen.*

Eine Gänsehaut kroch über ihre Arme, während sie wie gebannt auf das Display starrte. Dieser Typ ließ einfach nicht locker! Sollte sie Ian heute von ihrer Begegnung mit diesem geheimnisvollen Mann, der ihn zu kennen schien, erzählen? Erneut glitt ihr Blick zu dem Wandgemälde. *Ich bin stark. Und ich lasse mich nicht einschüchtern. Chang'e gib mir Kraft!*

Entschlossen blockierte sie die Nummer, und die Nachricht verschwand aus der Mailbox. Dann legte sie das Handy auf die Treppe. Sobald sie die Wahrheit erfahren hatte, würde sie Ian davon erzählen. Mit dem Bild in der Hand huschte sie durch den Garten, wo er bereits auf sie wartete. Nur mit einem engen T-Shirt und einer Jogginghose bekleidet, die etwas zu tief an seiner Hüfte saß, lehnte er am Holzgeländer.

»Hey.«

»Hey ...«

Da war sie wieder, diese wohlige Wärme, die sie nur in seiner Nähe verspürte.

»Ich habe auf dich gewartet.«

Er richtete sich zu seiner vollen Größe auf und reichte ihr die Hand. Luana zögerte nicht. Vielmehr war sie damit beschäftigt, ihn anzustarren. Sehnige Muskelstränge, die sich unter seinem Shirt abzeichneten. Das vom Duschen feuchte Haar, das ihm verwegen in die Stirn hing, und die eisblauen Augen, die wachsam auf sie herabblickten.

»Entschuldige.«

»Du musst dich nicht ständig bei mir entschuldigen. Wenn schon, dann müsste ich es sein, der vor dir auf die Knie fällt.« Er öffnete die Tür und zog sie mit sich ins Wohnzimmer, wo sie einem schmalen Flur folgten. »Komm, ich muss dir was zeigen.«

Hatte er das gerade eben wirklich gesagt? Er führte sie über eine Treppe hinab in den Keller, in dem sich die Backstube befand. Der Duft von Croissants hing in der Luft.

»Alain hat sich heute Morgen um die Bäckerei gekümmert. Ich überlege, ihm eine Stelle anzubieten, damit ich mehr Zeit habe.«

Mehr Zeit, wofür? Sie ließ ihre Finger über die blank geputzte Arbeitsfläche gleiten.

»Luana?«

Sie drehte sich um, aber Ian war nirgendwo zu sehen. Suchend ging sie um den Tisch herum.

»Hier.« Er hielt ihr einen roten Vorhang auf. »Es ist die aufwendigste Skulptur, die ich jemals gebaut habe.«

Ian trat zur Seite und gab den Blick auf einen riesigen chinesischen Drachen frei, der sich um einen Tempel schlängelte.

Luana blieb die Luft weg. »Wow! Er ist wunderschön …«

Sie betrachtete die mystische Kreatur voller Ehrfurcht. Goldene Schuppen glänzten auf smaragdgrünem Untergrund, und jede einzelne war detailgetreu ausgearbeitet. Wie hatte er das gemacht?

»Das ist Zucker. Isomalt, um genau zu sein.«

»Das ist Kunst.« Luanas Herz klopfte vor Aufregung. Noch nie zuvor hatte sie so etwas Atemberaubendes gesehen. Auf Papier, ja. Aber nicht aus Zucker. Waren das echte Steine, die in den Augenhöhlen des Drachen funkelten?

»Luana.«

Sie drehte sich um. Ian stand hinter ihr. So nahe, dass sie einander berührten. Wie schön er war. Und wie gern sie ihn anfassen wollte. Sie schluckte schwer, als sie das Funkeln in seinen Augen erkannte.

Und als hätte er ihre Gedanken gelesen, nahm er ihre Hand und legte sie auf seine Brust. Dann beugte er sich zu ihr herab. »Du beherrscht meine Gedanken. Jede einzelne Minute seit unserer ersten Begegnung, Tag und Nacht.«

Sie blickte zu Boden. Er hob ihr Kinn an. Seine Lippen streiften ihre, ganz sanft.

»Ich habe ihn für dich gemacht.«

»Warum?«

Sein Daumen strich über ihre Unterlippe. »Weil ich nicht anders konnte.«

»Nein, ich meine, warum du dich so sehr davor fürchtest, dich mir zu öffnen. Mit mir zusammen zu sein.«

»Weil ich ein Feigling bin, Luana. Du glaubst an das Gute in mir, aber ich bin nicht nur ein einfacher Bäcker, ein großer Bruder oder ein lieber Kerl. Ich habe eine Vergangenheit, die ich dir lieber verschweigen würde, weil ich mich davor fürchte, was dieses Wissen aus uns machen wird – wie du mich ansehen wirst, wenn du mich erst richtig kennst.«

»Wie werde ich dich ansehen?«

»Irgendetwas zwischen Angst und Abscheu wird es schon sein.«

Luana seufzte. »Woher willst du das wissen, Ian? Was, wenn ich nicht besser bin als du?« Sie ergriff seine Hand. »Lass uns ... darüber reden, okay?«

Luana führte ihn wie ein kleines Kind die Treppe hoch, vorbei an der Küche und eine weitere Treppe hoch, bis sie Ians Zimmer erreichten. Abwartend, ob er ihr erlauben würde hineinzugehen, stand sie mit dem Rücken zur Tür, die Hand auf dem Knauf.

Ian starrte auf sie herab. Sie erwiderte seinen Blick. Die Tür schwang auf, und er hielt sie, damit sie nicht über ihre eigenen Füße stolperte.

Sein Zimmer war kleiner als Millies. Und dunkler. Doppelbett, Nachttisch, Schrank, Spiegel, ein Stuhl, der neben einer Stehlampe in der Ecke neben dem Fenster stand. Auf der seidigen tiefblauen Tagesdecke lag sein Telefon.

Ein schrilles Geräusch ertönte, und Luana zuckte zusammen. Ian nahm es, und doch hatte sie noch den Namen lesen können. Andrew. Wer war Andrew?

»Er war mein bester Freund.«

Der Typ aus Madame Gus Laden kam ihr in den Sinn. Konnte er es sein? Ja, es musste so sein! Wie gebannt starrten sie auf das Handy, bis es verstummte. Ian rührte sich nicht. Was sollte sie jetzt machen? Wie konnte sie ihn dazu bringen, mit ihr zu reden? Sie nahm es ihm aus der Hand, öffnete die nächste Schublade und warf es hinein.

»Du brauchst dich nicht länger vor mir zu verstecken, Ian. Ich komme damit klar. Egal, was es ist. Du musst uns nur eine Chance geben!«

Er seufzte. So tief, dass es ihr in Mark und Bein fuhr. Dann regte er sich. Sie machte einen Schritt zurück. Mit einem gekonnten Griff zog er sich das Shirt über den Kopf. Da war eine Narbe. Nein, ein Loch. Direkt über seinem Herzen.

»Hässlich, nicht wahr?«, flüsterte er.

Sie schüttelte den Kopf. Vorsichtig berührte sie die harten Verästelungen und konnte die Tränen, die hinter ihren Augen brannten, nur schwer unterdrücken.

»So hässlich, dass du es kaum ertragen kannst?«

Er entzog sich ihren Fingern und setzte sich auf die Bettkante. Luana ballte die Hand zu einer Faust. Dann sank sie neben ihn und schloss ihn in die Arme. Sein Fleisch glühte unter ihrer Wange, während sie weinte. Für ihn.

»Wie?« Ihre Stimme war nicht mehr als ein angestrengtes Wispern.

»Andrew hat mich angeschossen, nachdem wir seine Freundin getötet hatten.«

Ian... hat jemanden getötet? Nein! Das konnte nicht wahr sein. »Was ist passiert? Du... du hast sie doch nicht getötet, das glaube ich nicht! Ich ... ich kann das nicht glauben.«

»Aber ich habe ihr auch nicht geholfen.«

Luana richtete sich auf.

Ein Schatten flackerte über Ians Gesicht. »Als Jugendlicher hatte ich die falschen Freunde, war leicht beeinflussbar und meistens zu bekifft, um überhaupt zu bemerken, was um mich herum geschieht. Ich wusste lange nicht, was Andrew da am Laufen hatte. Oder vielleicht wollte ich es auch einfach gar nicht so genau wissen. Er war schließlich wie ein Bruder für mich. Wir hingen oft zusammen in diesem alten verfallenen Herrenhaus ab.«

»Das Haus?«

Ian nickte. »Als Andrew mich an diesem Abend anrief, war ich seit Monaten nicht mehr dort gewesen. Ich hatte gerade meine Ausbildung begonnen.« Er fing eine Träne auf und zerrieb sie zwischen seinen Fingern. »Erst dachte ich, das Haus sei leer, aber dann fand ich die beiden im zweiten Stock in einem Zimmer. Nicky lag auf dem Boden und rührte sich nicht, aber die Spritze steckte noch in ihrem Arm. Ich wollte den Notarzt rufen, aber Andrew hat nur gelacht. Dann hat er die Waffe gezückt und abgedrückt.«

»Aber es war doch nicht deine Schuld? Du ... du hast alles richtig gemacht! Außerdem hättest du sterben können!«, rief sie.

»Du hast recht. Aber der Gedanke, was gewesen wäre, wenn ich mich anders verhalten hätte, lässt mich einfach nicht los. Wäre ich schneller da gewesen, würde Nicky dann noch leben? Wie hätte ich Andrew davon überzeugen können, ihr zu helfen? Was hätte ich sagen sollen, um ihn davon abzuhalten, uns alle ins Unglück zu stürzen? Aber Nicky ist gestorben, und Andrew hat seine Waffe auf seinen besten Freund gerichtet. Warum? Diese Frage habe ich mir lange Zeit gestellt. Und weil ich glaube, dass ich nie eine Antwort darauf erhalten werde, kann ich damit nicht abschließen. Aber eines weiß ich mit Sicherheit: Andrew ist gefährlich.«

Luana richtete sich auf. Sein Herz raste unter ihren Fingern.

»Darum wollte ich dich von mir, von ihm fernhalten. Erst dachte ich, du und ich, wir könnten glücklich werden. Aber die Vergangenheit lässt mich einfach nicht los. Andrew wurde vor zwei Monaten nach genau vierzehn Jahren und 167 Tagen aus dem Gefängnis entlassen. Am 168. Tag beschloss er, meine Nummer zu wählen.«

Luana biss sich auf die Lippe. Endlich verstand sie es. Andrew wollte Rache. Rache, weil Ian nicht gestorben war. Nein, sie konnte es ihm nicht sagen. Sie konnte Ian jetzt nicht von ihrer Begegnung mit diesem Verrückten erzählen! Wenn er es wüsste, würden sie sich nur weiter im Kreis drehen. Sie mussten eine Lösung finden. Wenn nötig, würde sie eben zur Polizei gehen. Sicher wollte Andrew nicht erneut ins Gefängnis gesteckt werden, nachdem er gerade erst entlassen worden war. Warum hatte er ausgerechnet sie ausgesucht, um Ian zu quälen? Wo es doch so viel leichter wäre, an Millie heranzukommen. Für sie würde Ian durchs Feuer gehen, immerhin war sie seine Schwester. Luana hingegen war erst vor ein paar Monaten in sein Leben getreten. Wie wollte er sie also gegen Ian verwenden?

Oh, Mā, was hättest du an meiner Stelle gemacht?

»Willst du lieber gehen, jetzt, da du weißt, dass ich nicht der bin, für den du mich hältst? Ich kann verstehen, wenn du ...«

Luana drückte ihre Lippen auf Ians Mund. Es war ein langsamer, zärtlicher Kuss voller Wärme.

»Alles ist gut so, wie es ist.«

Sie küsste ihn erneut, bevor er auch nur darüber nachdenken konnte zu protestieren.

»Glaub mir, ich weiß genau, wie du dich fühlst. Bevor ich hierhergekommen bin und dich getroffen habe, ging es mir ähnlich. Ich dachte auch, dass ich schuld an *ihrem* Tod bin.«

»Was?« Fragend blickte er zu ihr auf.

»Ich wollte diese Auszeichnung nicht! Aber was hätte ich machen sollen? In China widerspricht man den Älteren nicht. Ein ehemaliger Kunstprofessor hat das Bild eingereicht. Und dann ... dann habe ich tatsächlich gewonnen.«

»Wer musste sterben?«, hakte Ian nach.

»Sie waren so stolz auf mich und wollten unbedingt bei der Verleihung dabei sein. Aber auf dem Weg dorthin wurden sie von der Straße gedrängt. Den Fahrer traf keine Schuld. Er hatte einen Herzinfarkt erlitten und ist auch gestorben.« Luana sprach immer schneller. »Verstehst du, Ian? Meine Eltern sind gestorben, weil ich gewonnen habe. Es ist, als ob ich dem Schicksal einen Freibrief erteilt hätte. Aber so ist es nun mal, und ich kann es nicht mehr rückgängig machen, so sehr ich es mir auch wünsche. Năinai sagt, dass es nicht meine Schuld war, aber es war meine Schuld, sie kamen wegen mir, weil ich unbedingt sehen wollte, wie stolz sie auf mich sind.«

»Aber wie hättest du dieses Unglück verhindern können? Du warst nicht dort! Du hättest gar nichts tun können!« Starke Arme schlossen sich um ihre Taille und er sah verärgert zu ihr auf.

»So wie du. Du warst nur zur falschen Zeit am falschen Ort.«

»Aber ich hätte früher etwas tun können. Mit meinem Vater reden zum Beispiel. Oder zur Polizei gehen.«

»Ich hätte meinen Professor daran hindern können, mein Bild einzureichen.«

Ian nahm ihr Gesicht in seine Hände, und sie umschloss sie mit ihren Fingern.

»Aber es war nicht deine Schuld«, sagte er.

»Du hast recht. Und es war auch nicht deine Schuld«, antwortete sie. Ihre Stirnen berührten sich. »Weil ich dich getroffen habe, hat sich alles verändert. Ich habe mich verändert. Ich ... habe mich in dich verliebt.« Ihr Herz pochte aufgeregt in ihrer Brust. Noch nie war sie so mutig gewesen, ehrlich zu sagen, was sie dachte und fühlte. »Und ich kann für uns beide stark sein, bis du auch so weit bist und es wieder sein kannst.«

Ians Miene blieb unleserlich, aber er verstärkte den Griff um ihre Taille, als ob er sich an ihr festhalten wollte. »Wie kannst du einen wie mich nur lieben? Ich bin ein schwacher Mann, der dich immer wieder zum Weinen bringt, weil er nicht fähig ist, über seine Gefühle zu sprechen.«

»Bestimmt haben die Ahnen wieder ihre Finger im Spiel.«

Ian seufzte schwer. »Andrew wird seinen Rachewunsch nicht einfach aufgeben. Und ich könnte es mir nie verzeihen, wenn dir etwas passiert. Es würde mich umbringen.«

»Warum?« Luana lächelte ob seiner Worte. *Sag es. Na los!*

»Du weißt, warum.«

»Ich möchte es aber aus deinem Mund hören ...«

»Luana.«

»Sag es, Ian«, verlangte sie. Zum ersten Mal in ihrem Leben kämpfte sie um etwas, das sie wirklich für sich selbst wollte.

»Luana ...«, wiederholte er ihren Namen.

Plötzlich verlor sie den Boden unter den Füßen und fand sich auf dem Bett zwischen seidigen Laken und dem Mann wieder, den sie liebte. Die Finger in ihrem Haar vergraben, stützte er sich auf seine Ellenbogen und starrte aus eisblauen Iriden auf sie herab. Luana schnappte nach Luft, als er sich zu ihr herabbeugte und kurz vor ihren Lippen stoppte.

»Es würde mich umbringen, dich zu verlieren, weil du mir mehr bedeutest als mein eigenes Leben. Du bist die erste Frau, für die ich so empfinde und das«, er stockte, »macht mir Angst. Ich habe noch nie zuvor diese Art von Liebe empfunden.«

Liebe. Ihr Herz machte einen Sprung.

»Ich gehe nirgendwohin ...« Luana reckte sich ihm entgegen und brachte ihre Lippen an seine. Es war ein langsamer Kuss, in den sie all ihre Gefühle für ihn legte.

»Ich will mit dir zusammen sein und unsere Zukunft mit bunten Farben malen«, flüsterte sie. »Kuchen backen und lernen, Drachen aus Zucker zu erschaffen.«

»Das will ich auch ...«

Nun war er es, der sie küsste und ihren Mund mit seiner Zunge kostete, bis sie atemlos voneinander abließen.

»Ich möchte dich berühren, Luana ... darf ich? Ich meine, ist es okay?«

Es war das erste Mal, dass ein Mann sie so ansah. Und das erste Mal, dass sie von einem Mann auf diese Weise berührt wurde. Sie streckte die Hand aus und fuhr durch sein goldenes Haar, berührte seine Stirn, seine Schläfe und seine Wange, zuletzt seine Lippen.

Er schloss die Augen und atmete bebend aus. »Ich ... wir müssen nicht ...«

Luana legte ihm den Zeigefinger auf die Lippen, und er verstummte. Wenn sie ihn ansah, so entblößt und verletzlich vor ihr, dann quoll ihr Herz über vor Liebe. Ja, das wollte sie ihm zeigen. Sie wollte, dass er sah, wie sehr sie sich bei ihm geborgen fühlte. Wollte, dass sie diese blanke Leinwand bemalten – mit Farben, die sie sich zusammen ausgesucht hatten.

Ian erstarrte, als sie einen Kuss auf die harten Verästelungen seiner Narbe hauchte.

»Ich möchte, dass du mich in den Arm nimmst …«

Er atmete kehlig aus. Dann schob er sie mit einer fließenden Bewegung über das Laken und bettete ihren Kopf auf seinem Kissen. Beinahe ehrfürchtig tanzten seine Finger über den seidenen Stoff ihres Shirts und bereiteten ihr eine wohlige Gänsehaut. Ian zog ihr Kinn heran und küsste sie langsam, während er geschickt die winzigen Knöpfe ihres Shirts öffnete und ihre nackte Haut entblößte.

»Du bist wunderschön, Luana.« Vorsichtig, als ob er Angst hätte, sie zu zerbrechen, beugte er sich über sie und küsste die empfindliche Stelle hinter ihrem Ohr.

»Ian …«

Sein warmer Atem brachte ihre Haut zum Glühen, und sie gab ein wohliges Geräusch von sich, als seine Zunge die rosigen Spitzen ihrer Brüste liebkoste, bis sie sich lustvoll zusammenzogen.

»Ian, ich will mehr davon …«

Bei den Göttern, war das etwa gerade ihre Stimme gewesen, die flüsternd nach mehr verlangt hatte? Peinlich berührt verbarg sie ihr Gesicht unter ihren Händen.

»Sieh mich an, Luana!«

»Ich … Es … es ist mir … peinlich …«

»Es muss dir nichts peinlich sein.« Er umfasste ihre Finger und zog sie fort.

Und sie sah ihn. Sah die Liebe in seinen Augen.

»Ich finde dich, wo auch immer du dich versteckst …«

»Und ich finde dich, Ian …«

Die Matratze gab nach, und es war, als schwebte Luana auf Wolken, während er sich an ihr hinabbewegte und seine Finger in den Bund ihrer Hose hakte.

»Ich liebe dich …«

Luana keuchte überrascht auf, als er sie dort berührte, bevor er den fließenden Stoff über ihre Beine zog.

»Ian, warte …«

Überrascht hielt er inne, kam zu ihr zurück und küsste sie. »Entschuldige, aber ich ... ich kann nicht anders.« Er nahm ihre rechte Hand und legte sie auf sein Herz. »So etwas habe ich noch nie zuvor gefühlt, spürst du es auch? Ich ... ich möchte jeden einzelnen Zentimeter deines Körpers erkunden ... Aber wenn du noch warten willst, können wir aufhören.«

Luana blickte ihn an. War er ebenso aufgeregt wie sie? »Ich möchte nicht aufhören, aber ich habe Angst, es ... Ich meine, kein Mann hat je ...«

Das Eisblau seiner Iriden verdunkelte sich. »Ich werde dir all das geben, was dir die anderen nicht geben konnten«, flüsterte er, und spreizte seine Finger über ihrem Bauch.

Hitze erfasste sie und breitete sich quälend langsam zwischen ihre Schenkel aus.

Dabei bewegte er sich nicht, sondern wartete ab. Wartete geduldig auf ihre Antwort.

»Ich möchte nicht aufhören ...«, wisperte sie.

Ein Ruck ging durch ihn hindurch und seine Lippen fanden ihre. »O Luana ...«

Leidenschaftlicher dieses Mal nahm er sie gefangen, und sie stöhnte leise, als er durch die seidigen Locken zwischen ihren Beinen streichelte.

Eine heiße Welle jagte durch sie hindurch, und sie klammerte sich an ihm fest und genoss, wie er sie dort berührte. Noch nie zuvor hatte sie so etwas gefühlt ... diese süße Hitze, die ihr Innerstes versengte, bis sie Sterne sah.

»Ian ... ich brauche dich ...«, flehte sie, und er streichelte sie ein letztes Mal, bevor er sich zurückzog.

»Ich halte dich.«

Ein letzter Kuss, dann richtete er sich auf und stieg aus seiner Hose. Luana verfolgte jede einzelne seiner Bewegungen, liebte das Spiel seiner Muskeln, als er sich über das Bett lehnte, um ein Kondom aus dem Nachttischchen zu holen. Mit einer fließenden Bewegung rollte er es über und kam zu ihr zurück, öffnete ihre Beine zärtlich, und sie keuchte leise, als er sich mit einem einzelnen langsamen Stoß in ihr versenkte. Ein tiefer Laut entfloh seinen Lippen, und er stockte.

»Luana, du …« Erneut legte sie einen Zeigefinger auf seine Lippen und lächelte.

Er küsste sie zärtlich, fing eine Träne auf. »Ich dachte nicht … Es … Ich habe es nicht verstanden, es … es tut mir leid.«

»Halt mich einfach fest … bitte.«

Dann liebte er sie. Langsam und zärtlich, wie sie es verdiente. Das Glühen zwischen ihren Beinen verwandelte sich in einen tosenden Feuersturm, und sie stöhnte, krallte sich an ihm fest und genoss seinen Daumen, der die empfindliche Stelle zwischen ihren Beinen umkreiste.

»Ich liebe dich.« Die Sterne hinter ihren Lidern explodierten, während er ihr seine Worte zuflüsterte und sich ein letztes Mal in ihr vergrub, bevor er ihr nachfolgte.

»Ich werde stark sein, für uns beide«, flüsterte Luana später an Ians Brust. Sie richtete sich auf und betrachtete sein schlafendes Gesicht. »Die Vergangenheit muss nicht unsere Zukunft sein.« Sie küsste die Narbe und schmiegte sich an ihn.

Dann schloss auch sie die Augen.

Kapitel 32

St. Iluna, Herbst 1926

Zu seiner Verwunderung führte Yueliang ihn zu Miss Lees Wäscherei. Es schien eine Ewigkeit her zu sein, seit er durch das Fenster gekrochen war, um den Stock der alten Hexe zu zerbrechen.

»Was wollen wir hier?«

Yueliang zog ihn weiter, hinter die Hausfassade zur Gartentür, wo sie stehen blieben. Die Sonne war untergegangen, doch über den Zaun hinweg drang Licht auf die Straße. Ethan konnte Gelächter und das Klirren von Gläsern hören, und alles in ihm zog sich zusammen. Kurz hatte er sich an Yueliangs Seite stark gefühlt, mutig, so wie früher, aber es war nicht echt gewesen.

Sein Blick glitt zur Gartentür. »Yueliang, ich kann das nicht.«

Er trat einen Schritt zurück, wollte sich abwenden, aber sie griff nach seinen Händen, ließ ihn nicht los, ließ ihn einfach nicht gehen. »Ethan.«

Die Art, wie sie seinen Namen sagte, rührte etwas in ihm. Er sah sie an, und es war, als würde er sie heute zum ersten Mal richtig sehen. Die Sorge, die sich durch die Ringe unter ihren Augen abzeichnete, aber auch die Stärke, mit der sie sich aufrecht hielt.

Yueliang griff nach ihrer Kette und rieb den Anhänger zwischen ihren Fingern. »Ethan, ich muss mich bei dir entschuldigen.«

Ethan blickte auf sie herab. Nun hatte sie seine ungeteilte Aufmerksamkeit. Wofür wollte sie sich bei ihm entschuldigen? Sie hatte ihm nichts getan. Als ob sich seine kleine Kriegerin jemals für irgendetwas bei ihm entschuldigen müsste ...

Yueliang atmete hörbar laut aus. »Eine lange Zeit dachte ich, mein Glück läge in Hongkong. Ich glaubte, es sei meine Pflicht zurückzukehren. Ich habe nie darüber nachgedacht, dass es für mich auch einen anderen Weg geben könnte.«

Panik stieg in Ethan hoch, während in seinem Herzen die keimende Hoffnung mit tiefsitzender Verzweiflung kämpfte. Sie wollte hierbleiben. Verflucht! Nichts wünschte er sich sehnlicher als ein Leben an ihrer Seite, und vor nichts graute ihm mehr. Welche Zukunft würde sie hier erwarten? Ihr Leben würde sich auf die Teestube begrenzen, die Leute würden sie meiden, einfach weil sie war, wie sie war. Fremd. Anders. Und was, wenn er sie tatsächlich heiratete? Was, wenn sie Kinder hätten?

Ethan stieg die Hitze zu Kopf.

Welches Leben sollten ihre Kinder je haben? Heimatlos. Nicht wirklich Engländer, aber auch keine Chinesen, gefangen zwischen zwei Welten, von der sie in keiner zu Hause waren. Nein das konnte er nicht zulassen!

Hier gab es kein Leben für Yueliang, sie durfte nicht hierbleiben, doch er verpasste den Moment, um ihren Redeschwall zu unterbrechen.

»Und das Schlimmste daran ist, dass ich dich in meinen egoistischen Traum mit hineingezogen habe. Ich weiß, dass du das Gefühl hast, mir etwas schuldig zu sein, weil ich dich damals gerettet habe. Nur deswegen hast du jeden Unsinn mit mir mitgemacht. Du hast gedacht, es würde mir schlecht gehen, weil es hier nie schwebende Lichter geben wird. Aber jetzt kann ich dir endlich sagen, dass ich falsch lag ... und ... Es tut mir so unendlich leid.«

Ethan schüttelte den Kopf. Er wollte etwas sagen, aber in seinem Hals bildete sich ein dicker Kloß. Was wollte sie jetzt von ihm hören? Doch bevor er etwas erwidern konnte, öffnete sie die Gartentür und zog ihn hindurch.

Obwohl der Herbst bereits Einzug ins Land gehalten hatte, schien es in dieser kleinen Oase immer noch Frühling zu sein. Blumenduft mischte sich mit dem herben Geruch eines offenen Feuers. In den Bäumen schimmerten die Lichter Hunderter Laternen. Unzählige Menschen hatten sich um einen kleinen Teich herum versammelt. Er sah viele Einwanderer, aber auch einige Engländer. Sie alle trugen farbenprächtige Gewänder, die der Wind zum Tanzen brachte. Glockenklang erfüllte die Luft.

Ethan war wie erstarrt. So hatte er es sich immer vorgestellt. Yueliangs Heimat.

»Heute wird bei mir zu Hause das Mondfest gefeiert.«

Er sah Samuel und Yini mit Miss Lee. Die alte Frau lachte und verbeugte sich immer wieder vor Samuel, der verlegen an seiner Brille ruckelte.

»Er hat Yini einen Antrag gemacht und Miss Lee ist begeistert. Von dem Baby weiß sie zwar nichts, aber wenn die Hochzeit schnell genug stattfindet, wird sie keinen Verdacht schöpfen.«

»Und die alte Hexe ist wirklich einverstanden?«

»Samuel hat in den letzten Wochen jede einzelne Nähmaschine gewartet und repariert und im ganzen Haus elektrische Leitungen verlegt. Wahrscheinlich denkt sie, dass der kleine Engländer ein richtiger Gewinn für ihr Geschäft ist, und erhofft sich durch ihn noch mehr Kundschaft.«

Dort stand er, sein kleiner Bruder, und hatte für sein Problem eine eigene Lösung gefunden.

»Irgendwann werden er und Yini die Wäscherei übernehmen.«

Ein lautes Lachen lenkte ihn ab, es war Noah, der zusammen mit Lan und Juan an einer kleinen Bar stand. Die drei hatten offensichtlich Spaß. Es war schön zu sehen, dass Noah sich durch den Hass seines Vaters nicht hatte vergiften lassen.

Ethan sah sich weiter um und entdeckte Jacob neben Robert und Chen Lu, die sich ebenfalls angeregt unterhielten. Robert hatte den Arm um seinen Neffen gelegt und drückte ihn an sich. Neben ihm sah Jacob aus wie der Halbstarke, der er eigentlich war, nur mit einem Lächeln statt seiner üblichen Trauermiene im Gesicht. Chen Lu wuschelte durch sein Haar. Alles wirkte so friedlich.

Yueliang war seinem Blick gefolgt. »Sie besprechen gerade mein Angebot.«

»Welches Angebot.«

»Jack mit unserem Ersparten die Bäckerei abzukaufen, um die Teestube und die Bäckerei zusammenzuführen.«

Perplex drehte sich Ethan zu Yueliang um. Dort stand seine kleine Kriegerin im Schein des Mondes und bot ihm schon wieder eine Lösung für all seine Probleme an. Konnte es so einfach sein?

»Aber mit dem Geld wolltest du doch zurück nach Hongkong?«

Yueliang schüttelte den Kopf. »Mit dem Geld wollte ich mir mein Glück erkaufen.«

Sie kam auf ihn zu, bis sie einander so nahe waren, dass er glaubte, ihren Herzschlag hören zu können.

»Ethan, weißt du immer noch nicht, dass du mein Glück bist?«

Ethan erstarrte. Was hatte sie gerade gesagt?

Ein Raunen ging durch die Menschenmenge im Garten. Yueliang stellte sich neben ihn und deutete mit den Fingern in den Himmel. Und da waren sie. Winzige Laternen, die von selbst immer höher stiegen. Schwebende Lichter im Himmel.

»Du musst nichts sagen, aber ich möchte, dass du darüber nachdenkst, ob du es dir vorstellen kannst. Ein Leben mit mir an deiner Seite.«

Ethan blickte auf sie herab. Die Steine in seinem Herzen waren verschwunden.

»Als Geschäftspartnerin?«, flüsterte er neckend. Die zarte Röte in ihrem Gesicht war ihm nicht gegangen. Wie viel Mut musste sie ihre kleine Ansprache gekostet haben?

Sie boxte ihn in die Seite.

»Als Cousine?«

Jetzt zog sie eine Schnute. »Du machst dich über mich lustig!«

Er zog sie in eine Umarmung. »Als meine Frau?«, hauchte er so dicht an ihrem Ohr, dass ihr Körper erzitterte.

Der graue Schleier, der über seiner Zukunft lag, lichtete sich, und auf einmal konnte er einen Weg sehen, der ihn in sein Glück führen würde – mit Yueliang an seiner Seite.

»Jetzt küss mich endlich, du blöder Idiot«, sagte sie an seine Brust gepresst.

Er lachte, denn diesen Gefallen tat er ihr nur allzu gern.

Kapitel 33

St. Iluna, Gegenwart

»Ich liebe dich, Ian.«

Das war Luanas Stimme.

»Und ich liebe dich.«

»Ist das dein Ernst? Als ob jemand einen wie dich wirklich lieben könnte.«

Andrew?

»Ian, ich werde stark sein, für uns beide.«

»Aber ich weiß nicht, ob ich mich von der Vergangenheit befreien kann …«

»Ich helfe dir. Wir schaffen das zusammen.« Luana sprach laut und klar.

»Und wie genau soll das funktionieren? Die Kleine weiß ja gar nicht, worauf sie sich überhaupt einlässt! Du warst schon immer verdorben«, hörte er Andrew sagen.

»Ich bin schlecht.«

»Du bist nicht schlecht!« Wieder Luana.

»Wenn du bei mir bleibst, wirst du mit mir zurück in das Loch fallen.«

»O ja, Ian … denn genau dort werdet ihr sein, wenn ich mit euch fertig bin.« Andrew lachte.

»Dann werden wir uns eben gemeinsam wieder aus der Hölle kämpfen. Ich zeige dir den Weg, schließlich war ich auch schon einmal dort.« Luana war leiser geworden.

Ein verwirrender Traum. Ian blinzelte und öffnete die Augen. Wie spät war es?

Das stete Vibrieren seines Telefons verursachte ihm eine Gänsehaut. Wie jedes Mal, wenn Andrew den Wunsch verspürte, ihn daran zu erinnern, dass er ihn in der Hand hatte.

Verdammter Psycho!

Ich muss mich mit ihm treffen und hören, was er zu sagen hat, bevor es zu spät ist.

Ja, diesen Beschluss hatte er noch gestern Nacht gefasst, nachdem ...

Luana. Er tastete über seine Brust, berührte die hässliche Narbe. Der Schmerz war verflogen. Ian neigte den Kopf. Sie war der Grund. Alles hatte sich geändert, nachdem er seine Gefühle für Luana laut ausgesprochen hatte.

Das Telefon verstummte.

Sie war bei ihm geblieben. Und sie hatte auch nicht vor, wieder zu gehen. Er schaltete die winzige Nachttischlampe an, streckte die Hand aus und strich sanft eine schwarze Strähne aus ihrem Gesicht. Selbst wenn, er würde es niemals verkraften, sie wieder ziehen zu lassen. Gott, wie schön sie war ... Wie die Frau auf dem Bild in der Teestube. War es die Mondgöttin Chang'e selbst, die herabgestiegen war, um ihn zu lieben?

Die kleinen Härchen auf ihren Armen stellten sich auf, als sie seine Berührung wahrnahm.

»Ian«, wisperte sie und schmiegte sich noch näher an ihn, hielt sich an ihm fest, als hätte sie Angst, er wäre nicht mehr bei ihr, wenn sie aufwachte. Dennoch wirkte ihr Gesichtsausdruck so gelöst, wie er es noch nie zuvor an ihr gesehen hatte.

»Ich bin hier, meine Schöne.« Er drehte sich zur Seite, zog sie in seine Arme und schloss die Augen. Haut an Haut ermahnte er sich, still liegen zu bleiben. Hätte er gestern nicht die Beherrschung verloren, dann hätte er vielleicht eher bemerkt, dass es ihr erstes Mal gewesen war. Aber er war so trunken gewesen vor Glück, dass es ihm nicht einmal in den

Sinn gekommen war. Seufzend hauchte er einen Kuss auf ihre Stirn. Er würde alles tun, um ihr zu zeigen, wie sehr er sie liebte und dass sie sich bei ihm geborgen fühlen konnte.

Ist das dein Ernst? Als ob jemand einen wie dich wirklich lieben könnte.

Erneut vibrierte es.

Luana hatte das Handy in die Schublade geworfen, als wäre es nichts.

Es ist auch nichts. Ich bin stärker als das. Ich muss es einfach sein.

Ian atmete tief durch. Das stete Pochen ihrer beider Herzen lullte ihn ein und schickte ihn zurück in einen tiefen, traumlosen Schlaf.

Lautes Geklapper drang durch die geöffnete Terrassentür, als Ian die knarzende Treppe erklomm und sich selbst ins Nachbarhaus hineinließ, wo er Zeuge eines leidenschaftlichen Wortgefechts wurde.

»Wo ist der Sirup, An'an? Du hast ihn doch nicht etwa bei Gu vergessen!«

»Natürlich nicht! Macht die Augen auf, ihr vertrockneten Pflaumen! Da drüben steht er doch!«

»Das ist aber nicht der, den ich wollte! Ich brauche den goldenen mit dem lachenden Jungen und der Topffrisur auf dem Etikett, sonst schmeckt es nicht.«

»Dann geh doch das nächste Mal selbst in den Laden und besorg dir welchen. Ich nehme den hier, der ist gut genug!«

Ein lautes Klacken ertönte. An'an hatte die massiven Mondkuchenformen auf die Arbeitsplatte gestellt.

»Wann taucht Gu überhaupt hier auf? Müssen wir etwa alles allein vorbereiten? Mit nur zwei Formen?«

»Ihr hättet ja welche mitbringen können!«

»Aber die feine Dame hat oft genug daran erinnert, das Plastikformen nicht gut genug sind!«

Mit verschränkten Armen lehnte Ian in der Tür. Ein Bild für Götter. Schulter an Schulter standen fünf chinesische Omis in der winzigen Küche der Teestube und schimpften vor sich hin. Eine schüttelte den Kopf und warf die Arme in die Luft, während An'an die Sirupflasche »ohne den lachenden Jungen« vor lauter Ärger so fest quetschte, dass die süße Flüssigkeit strahlartig über die Theke schoss, woraufhin eine andere in schallendes Gelächter ausbrach.

Kaum zu glauben, dass sich diese Frauen erst seit ein paar Monaten näher kannten. Vorher hatten sie eine langjährige Brieffreundschaft weitergeführt, die Yueliang und Yini begonnen hatten, nachdem Yueliang nach Hongkong heimgekehrt war.

Schon den ganzen Vormittag stritten sie und trieben damit vor allem Luana in den Wahnsinn, die irgendwann völlig entnervt das Weite gesucht hatte. Sein Herz machte einen Sprung, als er daran dachte, wie sie plötzlich neben ihm gestanden hatte. Ohne Vorwarnung hatte sie ihm die Zigarette aus dem Mund gerissen, eine Grimasse geschnitten und so heftig daran gezogen, dass sie nach Atem ringend in seinen Armen zusammengebrochen war. Leider hatte er keine andere Wahl gehabt, als Mund-zu-Mund-Beatmung anzuwenden, damit sie wieder auf die Beine kam. Aber anstatt aufzustehen, war sie kraftlos in seinen Armen liegen geblieben. Zu seinem Glück war Rauchen nicht ihr Ding.

Ian klopfte an die Scheibe, und die Omis drehten sich zu ihm um. In An'ans Gesicht klebte Sirup.

»Ah, den Ahnen sei Dank, Ian! Endlich hat jemand meine Gebete erhört und erlöst mich von diesen gackernden Hühnern, die mich wie eine Dienerin behandeln!«

»Wer behandelt hier wen wie eine Dienerin?«, riefen sie empört durcheinander.

Ian lachte. »Wie wäre es, wenn ihr zu mir in die Backstube kommt? Dort haben wir viel mehr Platz. Außerdem habe ich eine Überraschung für euch.«

Die Omis sahen sich an und kicherten wie kleine Mädchen. Ian öffnete die Faltbox, die er vorsorglich mitgebracht hatte, und legte die Zutaten für die Mondkuchen hinein. An'an half ihm dabei.

»Wo ist Luana? Hast du sie gesehen?«, fragte sie.

»Sie ist bei mir und arbeitet an der Skulptur, die wir vor ein paar Tagen begonnen haben, damit sie bis zum Mondfest fertig wird.«

»Aha ... bei dir also ...« An'an war neben ihn getreten und verpasste ihm einen liebevollen Klaps auf die Schulter.

Die Großmütter jubelten. »Warum hast du uns nichts von deinem Schwiegersohn erzählt?«

Schwiegersohn?

Ian hielt inne. »Jetzt habt ihr ihn in Verlegenheit gebracht! Jimmy habt ihr auch schon vergrault! Wo ist er überhaupt?«

»Ach, jetzt hör mir auf mit diesem dummen Jungen! Ich habe ihn wegen der Laternen nach London geschickt, damit er den Kopf endlich aus den Wolken bekommt. Wenn das so weitergeht, werde ich tot sein, bevor ich mein Urenkelkind auch nur zu Gesicht bekomme!«, schimpfte Lin.

Schwiegersohn, Enkelkinder?

Ian nahm die Kiste, und die Omis folgten ihm. Gedankenverloren setzte er einen Fuß vor den anderen. Ehe ... ein Kind. Bis vor ein paar Tagen hatte er es nicht einmal gewagt, über solche Themen nachzudenken. Sein Nacken prickelte, und er blickte auf. Luana. Hatte sie etwa die ganze Zeit hier auf ihn gewartet?

Selbst in seiner alten Kochjacke, auf die sie bestanden hatte, sah sie absolut hinreißend aus. Dazu noch zwei lange Zöpfe und Puderzucker auf der Nase ... Er blieb stehen ... stolperte vorwärts und landete auf den Knien.

»O Ian, es tut mir so leid!« Lin, eine der Großmütter, tätschelte entschuldigend seinen Rücken. »Ich konnte ja nicht vorausahnen, dass du so abrupt stehen bleiben würdest.«

An'an lachte. »Meine Enkeltochter ist so schön, dass die Männer zu Stein erstarren, wenn sie sie sehen. Selbst in diesem Aufzug!« Sie zog die Nase hoch und stolzierte an ihrer Freundin vorbei.

Luanas Gesicht nahm die Farbe einer überreifen Tomate an. »Năinai!«, rief sie aus. Dann kam sie schnellen Schrittes zu ihm geeilt.

»Sieh nur, An'an, wie fürsorglich sie ist ... Ahh, ich wünschte, mein Jimmy hätte auch so eine hingebungsvolle Freundin«, jammerte Lin.

»Er hätte eben eine aus Amerika mitbringen sollen.«

Peinlich berührt kämmte sich Luana die Haare in die Stirn und half ihm, die herausgepurzelten Zutaten wieder in die Kiste zu legen.

»Das war deine Idee!«, zischte sie.

Er prustete leise. »Ich wollte deiner Granny nur einen Gefallen tun.«

Luana blickte über die Schulter. An'an und Lin stiegen gerade Arm in Arm die Treppe hinauf, während die anderen ihnen wie eifrige Entenküken folgten. Ohne Vorwarnung packte sie ihn am Kragen und zog ihn an sich. Ein schneller Kuss, dann sprang sie auf und folgte ihrer Großmutter.

Ich bin verloren.

»Mein Junge! Willst du da unten etwa Wurzeln schlagen?«, fragte An'an ihn.

Die chinesischen Omis lachten.

Ian stimmte mit ein. Dann kam er auf die Beine und folgte ihnen.

»Fangen wir an.«

An'an hob die alte Truhe auf die Arbeitsfläche und öffnete sie. Beeindrucktes »Oh« und »Ah« erfüllte den Raum. Das waren also die kostbaren Mondkuchenformen der Familie Wang. Auf den ersten Blick wirkten sie nicht sehr besonders. Zwei alte Holzblöcke. Aber dann erkannte Ian die kunstvoll geschnitzten Ornamente, die in ihrer Gesamtheit faszinierende Bilder ergaben.

»Diese Formen wurden seit Generationen vererbt. Sie stellen die acht Mondphasen dar. Der Legende nach soll es Chang'e selbst gewesen sein, die sie unserer Ältesten zum Geschenk gemacht hat.«

»Warum?«, fragte Ian.

»Einst fiel der Jadehase beim Spielen vom Himmel und strandete in unserem Dorf. Mei, unsere Älteste, fand ihn, nahm den Hasen auf und kümmerte sich um seine Wunden. Es dauerte fünfzig lange Jahre, bis Chang'e vom Himmel herabstieg, um ihn nach Hause zu holen. Zur Belohnung sprach die weise Mondgöttin einen Segen aus und überreichte Mei die Formen als Geschenk. ›Wenn du zum Mondfest eine Laterne aufsteigen lässt, werde ich sie immer erkennen‹, das sollen ihre Worte gewesen sein, bevor sie in ihren Mondpalast zurückkehrte.«

Ian blickte zu Luana, die neben ihm stand. Warum wirkte sie plötzlich so traurig?

»Alles okay?«, flüsterte er.

Obwohl sie nickte, wusste er, dass etwas nicht stimmte. Sanft entknotete er ihre Finger und nahm sie in seine.

»Pass gut auf, Ian. Ich zeige dir jetzt, wie man einen traditionellen Mondkuchen bäckt.« An'an nahm eine Schüssel. »Zuerst mischen wir den Zuckerrübensirup mit dem Pflanzenöl. Dann geben wir einen Löffel Schmalz dazu. Du könntest auch nur Öl oder Schmalz verwenden, aber ich finde, dann schmeckt es nicht so gut. Erst die Mischung macht es perfekt.«

Die chinesischen Omis nickten zustimmend.

»Dann einen halben Teelöffel basisches Wasser hineingeben und mischen. Siehst du? Das ist besonders wichtig. Jetzt das Mehl und dann kneten, bis ein fester Teig entsteht. Lin?«

Lin trat neben An'an und reichte ihr die gekochten und mit Fett eingestrichenen Eidotter. »Traditionell werden Mondkuchen mit Dotter, Lotusblütenpaste oder roter Bohnenpaste gefüllt. Aber wenn du mich fragst, darf man das nicht allzu genau nehmen. Sicher hast du dir schon Gedanken darüber gemacht, womit du sie füllen möchtest.«

»Das habe ich«, meinte er.

»Dann versuch es jetzt selbst. Luana kann dir dabei helfen. Da wir nur mehr zwei Mondkuchenformen haben, habe ich die anderen gebeten, ihre eigenen mitzubringen. Wir wollen ja schließlich nicht in deiner Küche campieren.«

»Das, und weil wir wissen, wie dringend die jungen Leute ihren Freiraum brauchen«, sagte Lin und zwinkerte ihm so übertrieben zu, dass ihr An'an einen Klaps verpasste.

»Du alte Schachtel hörst jetzt sofort damit auf, meinen Schwiegersohn in Verlegenheit zu bringen, sonst verfluche ich dich!«

Luana seufzte.

War es ihr unangenehm, wenn die Alten so über sie redeten? Oder mochte sie es nicht, dass sie ihn immer wieder als »Schwiegersohn« bezeichneten?

»Ach, auf einmal, ja? Na ja, auch egal, wo steckt eigentlich Shenmi?«, fragte Lin. »Ich habe sie seit einer Ewigkeit nicht gesehen.«

»Shenmi kommt erst nächste Woche von ihrem Kuraufenthalt zurück. Ihre Lunge brauchte eine Auszeit.«

»Ah, dann wird sie ja rechtzeitig zum Fest zugegen sein. Wunderbar!«

Die Frauen standen jetzt eng zusammen und tuschelten.

»Was sollen wir dieses Jahr vorbereiten? Waffeln? Fischküchlein? Cheung Fung?«

»Wie wäre es mit Bo Lo Bao? Jeder mag doch süße Klöße mit Crumble!«

»Eine hervorragende Idee!«

Während die Großmütter aufgeregt plauderten, nahm Ian eine zweite Schüssel von der Ablage.

»Was hältst du von einer Nussfüllung mit kandierten Hibiskusstückchen und Karamellsplittern?«, fragte er und quetschte den goldenen Sirup aus der Flasche.

Stille. Er hielt inne und blickte zur Seite.

»Was hast du, Luana? Ist es wegen mir? Ich kann mit den Großmüttern reden, wenn es dir unangenehm ist, dass sie uns quasi schon verheiratet haben, und ...«

Sie schüttelte den Kopf. Kaum hatte Ian die Flasche abgestellt, da lag sie schon in seinen Armen, das Gesicht wie ein Kind an seiner Brust verborgen.

»Ich glaube, ich möchte jetzt einfach nur mit dir allein sein.«

Ian legte seine Hand an ihre Wange. Da fiel ihm etwas ein, das er schon vor einiger Zeit hatte erledigen wollen. Und zwar, nach Informationen über seinen Verwandten Robert Sullivan und dessen Frau Chen Lu zu suchen. Er hatte Christopher, seinen Anwalt, um Hilfe bitten wollen, aber dann war ihm Andrew dazwischengekommen.

»Es ist wegen eurer Suche, oder? Ihr habt sie noch nicht gefunden?«

»Nein, nur eine Armbanduhr und Geld.«

»Hm.« Gedankenverloren nahm er einer der Mondkuchenformen zur Hand. »Ich kenne jemanden, der uns vielleicht unterstützen kann. Mit ihm wollte ich sowieso sprechen. Wir finden es schon heraus.«

Er hauchte einen Kuss auf ihr Haupt.

Luana nickte. »Nāinai will nicht aufgeben. Sie hat schon dreimal das ganze Haus umgestellt. Ich habe sie gefragt, aber sie wollte mir nicht die ganze Geschichte erzählen«, wisperte sie.

»Okay, dann lass uns mit ihr reden, sobald wir etwas gefunden haben, das euch weiterhilft.«

Jemand räusperte sich. Ian drehte sich um. Sieben neugierige Augenpaare waren auf sie gerichtet, wovon eines zu seiner Schwester gehörte, die anzüglich zwinkerte.

»Den Rest können wir auch in der Teestube besprechen. Was haltet ihr davon, Mädels?«

»Habt ihr Baijiu?«

»Natürlich.«

»Worauf warten wir dann noch? Es gibt viel zu tun.«

An'an nickte Ian zu. Ein zufriedener Ausdruck lag auf ihrem Gesicht, als sie sich verbeugte und die aufgeregte Frauengruppe wie Hühner die Treppe hinaufscheuchte.

Nur Millie blieb zurück. Seit wann war sie überhaupt hier?

Sie kicherte leise in sich hinein. »Ich helfe ihnen bei der Planung. Du kümmerst dich um Luana.«

Luana drehte sich in seinen Armen, ließ ihn aber nicht los. Sein Herz hüpfte vor Freude. Noch vor ein paar Tagen wäre sie vor Scham auf die andere Seite des Raumes geflüchtet. Ihre Gefühle so offen vor anderen zu zeigen, war ihr bisher immer sehr unangenehm gewesen. Aber vielleicht war es auch, weil es Millie war, ihre mittlerweile beste Freundin.

»Danke, Millie.«

Seine Schwester kicherte leise in sich hinein und deutete mit den Fingern ein Herz an. Luana erwiderte die Geste. Dann waren sie allein.

Mit Luana im Arm begann Ian, den Teig zu kneten. Als er fertig war, formte er eine goldene Kugel und legte sie zurück in die Schüssel, die er mit einem Tuch abdeckte. Eigentlich hatte er vorgehabt, heute die ersten Testexemplare zu backen, aber das würde er wohl auf morgen verschieben müssen. Luana brauchte ihn jetzt.

»Lass uns nach oben gehen«, sagte er, klopfte sich das Mehl von den Händen und zog sie hinter sich her.

Sie umschlang seine Hand und hielt sich an ihm fest, während er sie hochführte, bis sie sein Zimmer erreicht hatten. Dort setzte er sie auf sein Bett. Das Haar hing ihr ins Gesicht, und er kniete sich vor sie hin, strich es sanft zur Seite.

»Was ist los?«

Sie blickte ihn an. Tränen brannten in ihren Augen, er konnte es sehen.

»Ja.«

Das Herz rutschte ihm in die Hose. Hatte sie es sich anders überlegt? Wollte sie das, was sie zusammen hatten, doch nicht? »Sag es mir«, flüsterte er.

»Ich habe Angst.«

»Wovor?«

»Gerade bin ich so glücklich wie noch nie zuvor, und das ist schwer für mich, weil ich mich davor fürchte, was mit mir geschieht, wenn mir dieses Glück wieder genommen wird. Ich will mit dir zusammen sein.«

Ian atmete erleichtert aus. »Niemand wird mich dir wegnehmen.«

»Das weißt du nicht.«

»Doch, das weiß ich.«

»Aber Andrew hat es auf dich abgesehen, und er hat dich schon einmal fast getötet. Mit diesem Verlust könnte ich unmöglich weiterleben. Es würde mich zerstören.« Eine Träne kullerte über ihre Wange.

Die Dunkelheit war also noch da. Natürlich war sie das! Luana war stark, aber die Vergangenheit ließ sich nicht so einfach beiseiteschieben oder ungeschehen machen.

»Ich werde aufpassen, ich verspreche es. Jetzt geht es nicht mehr nur um mich, sondern um uns beide.«

»Während ich an der Skulptur gearbeitet habe, musste ich an Urgroßmutter Yueliang und das Unrecht denken, das ihr damals widerfahren ist. Warum war sie so traurig? Ich wollte Năinai danach fragen, aber ich traue mich nicht. Hat Yueliang diesen Ort wirklich gehasst? Oder steckt doch mehr dahinter?« Sie öffnete die Knöpfe der Kochjacke und holte die sichelförmige Kette hervor. »Siehst du das?« Sie deutete auf eine Aussparung auf der Rückseite des Schmuckstücks. »Es ist unvollständig. Ursprünglich bestand dieser Mond aus zwei

Teilen. Der Vollmond fehlt. Was, wenn sie ihn jemandem gegeben hat?«

»Oder er wurde gestohlen.«

»Nein, das glaube ich nicht.« Luana schüttelte den Kopf. »Ihr Herz war gebrochen, Ian. Hätte sie es verloren oder wäre es gestohlen worden, dann wäre sie traurig gewesen, ja ... Aber Năinai hat mir erzählt, dass sie nie wieder an irgendetwas Freude gefunden hat außer an uns. Nachdem mein Urgroßvater gestorben war, wurde sie krank, aber ihr Geist wollte noch nicht aufgeben. Ich erinnere mich noch gut an sie. Es war, als wartete sie auf etwas. Oder jemanden ... Năinai und ich besuchten sie oft. Xicheng war zu feige, er fand es gruselig, wenn sie von *ihm* sprach und dass er sie im Traum besucht habe. Es ist mir erst vor Kurzem wieder eingefallen. Deshalb bin ich sicher, dass es hier jemanden gab, der ihr viel bedeutet hat. Bis kurz vor ihrem Tod hat sie nur von ihm gesprochen.«

»Jemand, der ihr viel bedeutet hat ...«, wiederholte er ihre Worte.

Luana nahm sein Gesicht in ihre Hände. »Sie hat auch jemanden geliebt. So, wie ich dich liebe. Ich werde das Mondfest dazu nutzen, um die anderen zu befragen.«

Ihre Stirne berührten sich. »Wir schaffen das ... zusammen.«

Warum wurde Ian das Gefühl nicht los, dass sie womöglich recht hatte? Vielleicht war die Lösung längst in greifbarer Nähe. Konnte es jemanden hier gegeben haben, der Yueliang wichtig war? Ururgroßvater Robert war mit Yueliangs Mutter verheiratet gewesen ... Wie viele Kinder hatte es zu dieser Zeit in seiner Familie gegeben? Wenn er sich damals nur dafür interessiert hätte, als ihm sein Vater die Geschichte der Bäckerei erzählen wollte! Ian beschloss, den Familienstammbaum zu suchen. Er wusste, wie sorgfältig sein Vater mit diesen Dokumenten umgegangen war. Bestimmt lagen sie irgendwo im Arbeitszimmer oder noch besser in einem Schließfach, von dem er nichts wusste. Eine weitere Frage, die ihm womöglich sein Anwalt beantworten konnte. Luana atmete tief ein und aus. Dann küsste sie ihn, und das Gedankenkarussell blieb stehen.

»Ich liebe dich, Ian.«

»Und ich liebe dich, Luana.«

Als Ian das nächste Mal auf die Uhr blickte, war es bereits weit nach Mitternacht. Er knipste die Nachttischlampe an, schlug die Decke zurück und stieg in seine Boxershorts. Luana lag zusammengerollt in der Mitte des Bettes und schlief. Es hatte lange gedauert, bis sie endlich zur Ruhe gekommen war. Vorsichtig schloss er die Tür und ging in sein Büro.

In dem winzigen Zimmer herrschte Chaos. Überall lagen bezahlte Rechnungen und leere Schachteln, die seinen zahlreichen Bestellungen aus Paris zuzuordnen waren. Obwohl sein Schreibtisch einer Müllhalde glich, waren die Ordner in den Regalen penibel nach Jahren sortiert und reichten bis ins letzte Jahrhundert zurück. Ian ließ sich auf dem gepolsterten Bürostuhl nieder und rechnete. Wenn Luanas Urgroßmutter ungefähr im gleichen Alter wie sein Urgroßvater gewesen war, dann mussten die Informationen, nach denen er suchte, in den späten 1920er-Jahren zu finden sein. Zielsicher griff er nach dem ersten Ordner.

Darin fand er nichts weiter als zerknitterte Lieferscheine und unsortierte Kassenbucheinträge. Außerdem einen fünf Zentimeter dicken Stapel Rechnungen, der eine harte Zeit für die Bäckerei erahnen ließ. Im nächsten Ordner sah es ähnlich aus.

Sogar ein Schuldschein über einen für die damalige Zeit verhältnismäßig hohen Geldbetrag an einen Mehllieferanten fand sich darin. Im Jahr 1925 sah es besonders schlecht für die Familie Sullivan aus. Es war auch das Jahr, in dem Ian das erste Dokument entdeckte, welches nicht nur englische Lettern, sondern auch chinesische Schriftzeichen enthielt. War das ein Vertrag?

Nein, ein Testament …

Ich, Robert Sullivan, geboren am 12. August 1879, berufe meine Ehefrau Wang Chen Lu und meine Adoptivtochter Wang Yueliang zu meinen alleinigen Erben …

Ian blätterte weiter. Von dem chinesischen Zweig seiner Familie und Roberts Testament wusste er bereits. Aber gab es nicht auch etwas, woraus sich Yueliangs Schicksal erahnen ließ? Einen Brief, nur ein paar Zeilen, irgendwas?

Je länger er hier saß, desto mehr Fragen gab es zu beantworten. Es ging nicht mehr nur um das Haus und die verlorenen Mondkuchenformen, sondern auch um das kostbare Schmuckstück um Luanas Hals. Warum waren Chen Lu und Yueliang überhaupt nach Hongkong zurückgekehrt? Es wirkte, als ob sie einfach alles zurückgelassen hatten. Oder war es ihnen gestohlen worden? Waren sie in Eile gewesen? War die Familie Sullivan beteiligt gewesen? An'an hatte schon einmal erwähnt, dass Jack Sullivan nicht mit der Frau seines Bruders einverstanden gewesen war.

Ian seufzte, während er sich weiter durch die Papiere kämpfte. Wäre sein Vater noch am Leben, dann hätte er ihn danach fragen können. Aber außer ihm selbst und Millie gab es niemanden mehr.

Ian schlug den Ordner zu und lehnte sich zurück. Er brauchte jetzt ganz dringend eine Zigarette. Sein Handy vibrierte. Andrew hatte ihm eine Nachricht geschickt.

Schluss mit den Versteckspielen. Wir treffen uns. Jetzt!

Ian hob eine Augenbraue und tippte eine Antwort. Zum ersten Mal, seit sein ehemals bester Freund draußen war: *Wo?*

Das Haus, bekam er zur Antwort.

Nein. Das Wasserrad hinter der alten Wäscherei.

Hast du etwa Angst vor Geistern?

Dort, oder gar nicht, tippte Ian, dann erhob er sich. Das Telefon ließ er liegen.

Im Laufschritt eilte er zurück in sein Zimmer, hob seine Klamotten vom Boden auf und zog sich im Wohnzimmer an.

Draußen war es still, als er leise die Tür hinter sich zuzog. Zu still …

Die Kapuze seines Sweaters ins Gesicht gezogen lief er durch die Dunkelheit, vorbei an den Häusern seiner Nachbarn, die friedlich schlummernd in ihren Betten lagen.

Die Wäscherei lag in völliger Dunkelheit. Andrew trat aus dem Schatten des morschen Wasserrades. Ian steckte sich eine Zigarette zwischen die Lippen und versuchte, sich zu konzentrieren. Kalter Schweiß brach ihm aus, als er die grässlich verzogene Fratze des Mannes erblickte, der versucht hatte, ihn umzubringen.

»Ian.«

Sein Puls beschleunigte sich. »Andrew.«

»Alte Gewohnheiten sterben nicht, was?«

Ian paffte eine graublaue Wolke in die Luft. »Was willst du von mir?«

»Freust du dich denn gar nicht, mich zu sehen?«, fragte sein ehemaliger Kumpel und wirkte dabei ehrlich beleidigt.

Ian warf ihm seine Zigarettenschachtel hin. »Warum fängst du kein neues Leben an, jetzt, wo du endlich draußen bist?«

Andrew nahm eine Kippe und zündete sie sich an. Wenn jetzt die Polizei vorbeifuhr, würde man sie vermutlich nur wegen ihrer düsteren Erscheinung verhaften. Und das wäre nicht das erste Mal.

»Also keine brüderliche Umarmung?«, überging er Ians Frage mit einer Gegenfrage.

»Du wolltest mich umbringen.«

Andrew lachte. »Aber du bist ja noch hier, also was soll's? Lass uns diese alten Kamellen endlich vergessen!«

»Verzeih mir, dass ich mich nicht über den Psychoterror freue, mit dem du mich seit Wochen quälst.«

»Was hätte ich denn deiner Meinung nach tun sollen? Du hast meine Anrufe ignoriert. Als ich im Knast war, hast du mich auch kein einziges Mal besucht.«

»Stimmt, ich hätte mich dafür bedanken sollen, dass du mich beinahe umgebracht hast.«

Andrew neigte den Kopf hin und her. »Na gut, wenn du willst, dann entschuldige ich mich eben bei dir. Sorry, dass ich auf dich geschossen habe, Mann, aber ich war verzweifelt ...«

»Willst du mich verarschen?« Ian trat die Kippe aus. »Jetzt spuck schon aus, was du von mir willst. Ich habe nicht ewig Zeit.«

»Weil du zurück ins Bett zu deiner süßen Freundin willst? Das Mädchen, das rein zufällig mit einer gewissen Wang Yueliang verwandt ist?«

Ian erstarrte. Der kalte Schweiß brach ihm aus. »Woher weißt du das? Woher weißt du überhaupt von ihr?«

»Ich habe Freunde. Überall.«

»Was soll das heißen? Wenn du in ihre Nähe kommst, dann ...«

Sein ehemals bester Freund zuckte mit den Schultern. »Da du ja scheinbar schon Bescheid weißt, kommen wir gleich zur Sache«, unterbrach er ihn und zückte eine dunkelbraune Mappe. »Ich beglückwünsche dich, da hast du dir einen dicken Fisch geangelt!«

Ian ballte die Hände zu Fäusten. »Ich weiß nicht, wovon du sprichst.«

Andrew machte einen Schritt auf ihn zu. Aus nächster Nähe wirkte er noch bedrohlicher, obwohl sie beide etwa gleich groß waren. Der Totenkopf auf seinem Hals lachte ihn hämisch an. »Ich wollte dir einen Vorschlag machen.« Er hielt ihm die Mappe hin.

»Ein Polizeibericht? Von wem?«

»Von Wang Chen Lu und ihrer Tochter Yueliang.«

Ein Polizeibericht. Warum? Woher?

»Der Kommandant hatte alles fein säuberlich notiert. Jack Sullivan wird als Zeuge genannt. Einer deiner Verwandten.«

»Was?«

»Sie sollen ein großes monetäres Vermögen besessen haben. Wertvolle Backformen, antiker Schmuck, Vasen ... Aber Chen Lu hat dafür gesorgt, dass alles verschwindet, bevor sie mit dem Schiff nach Hongkong abgehauen sind. Sie sind geflüchtet, Ian.«

»Das ist doch Bullshit!«

»Nein, es ist wahr! Ich habe immer noch Kontakte an diesem Ort, die mir allerlei Dinge erzählen. Daher weiß ich, das die Großmutter deines Mädchens auch danach sucht, deshalb sind sie nach St. Iluna zurückgekommen ... Und wenn ich ehrlich bin, kommt mir eure Beziehung sehr gelegen. Ich brauche Geld, hab im Gefängnis bei ein paar Leuten meine Gunst verspielt. Du hilfst mir doch, nicht wahr? Wie in alten Zeiten. Du und ich gegen den Rest der Welt!«

»Nein.« Ian konnte nicht fassen, was er da hörte. »Warum sollte ich dir helfen? Ich bin dir gar nichts schuldig. Und ich weiß nicht, von welchen Freunden du da sprichst? Alles, wozu du fähig bist, sind leere Drohungen, um die Menschen in deiner Umgebung dazu zu bringen, aus Furcht vor dir zu kriechen.«

Andrews Gesicht verdunkelte sich, während er hinter sich griff.

Hat er eine Waffe dabei?

Ein eisiger Schauer jagte Ians Rückgrat hinab. Aber Andrew ließ die Hand wieder sinken. Er liebte es einfach, Spielchen zu spielen.

»Das war eigentlich keine Bitte, sondern eine Anweisung. Wir wollen doch nicht, dass deiner süßen, kleinen Luana und ihrer Großmutter wehgetan wird, oder? Also wirst du mir helfen!«

»Du bluffst doch, das wagst du nicht! Warum ziehst du schon wieder so eine Scheiße ab, Andrew? Warum fängst du kein neues Leben an? Geh nach London oder sonst wohin, aber lass mich verdammt noch mal in Ruhe!«, rief er.

»So ist das Leben, Ian. Ich bin, wer ich bin. Und du bist aus demselben Holz geschnitzt. Wir sind gleich.«

Das sind wir nicht. Ich bin nicht wie du! »Wage es ja nicht, meiner Familie zu nahe zu kommen!«

»Deine Familie? Willst du das Mädchen etwa heiraten, oder was? Deine Schwester wird sich bestimmt über die Neuigkeiten freuen.«

»Lass Millie aus dem Spiel!«

»Aber das kann ich nicht, du verstehst ...«

Die Männer blickten sich in die Augen.

»Wenn du Luana oder meine Schwester anfasst, bring ich dich um!«, knurrte Ian.

So nahe waren sie einander seit über einem Jahrzehnt nicht gewesen. Seltsamerweise verspürte Ian keine Furcht. Alles, was er fühlte, war blanker Hass. Selbst die Narbe über seinem Herzen regte sich nicht. Dann kehrte er seinem Freund, dem Monster aus seiner Vergangenheit, den Rücken zu.

»Es gibt nichts mehr zu sagen.«

Andrew lachte. »Wir werden sehen«, rief er ihm hinterher, aber Ian reagierte nicht.

Später saß er auf dem alten Polstersessel neben Luana und betrachtete sie. Ein Lächeln zierte ihre Lippen. War es für ihn? Sein Puls beschleunigte sich, und das Blut rauschte ihm lautstark in den Ohren, als er sich hinabbeugte, um sie zu küssen. Viel zu lang war er einsam durch die Dunkelheit gewandert, bis er sie gefunden hatte. Und er hatte auch nicht vor, sie jemals wieder loszulassen.

Ich beschützte dich ... und wenn ich dabei draufgehe.

Wenn Andrew es wagte, auch nur einen Finger nach ihr auszustrecken, würde er es bereuen.

Kapitel 34

St. Iluna, Gegenwart

»Tantchen, kannst du mir zeigen, wie es richtig geht?« Ein kleines Mädchen mit Zahnlücke rüttelte aufgeregt an Luanas Arm.

»Mir bitte auch!« Neben einem blonden Mädchen saß ein Junge mit Topfschnitt, der sie an die goldene Sirupflasche erinnerte.

Luana lächelte. »Passt gut auf!« Sie zog einen Pinsel aus ihrem Haarknoten und tauchte ihn in die weiße Farbe. Die Kinder rückten euphorisch näher. Luana malte einen Kreis auf das dicke schwarze Papier. Dann tauchte sie eine Zahnbürste in fluoreszierende Farbe und spritzte sie über den Mond.

»Der Hase! Der Hase fehlt!«, rief ein anderes Mädchen mit langen Zöpfen.

Der Junge schnitt eine Grimasse. »Sei nicht so ungeduldig, Yue! Tantchen kann nicht schneller zeichnen, wenn sie so abgelenkt ist. Der Onkel auf der anderen Seite vom Fluss ist ziemlich groß und sieht auch gut aus. Wenn ich älter bin, werde ich auch so groß sein und eine hübsche Frau haben!«, erklärte er mit ernster Miene.

»Ist das dort dein Freund, Tantchen?«

Das Mädchen namens Yue zeigte auf Ian, wobei sie von einem Ohr bis zum anderen grinste.

Luana schnappte nach Luft. »Mei…mein Freund?«

Sie blickte auf die andere Seite, wo sich Ian gemeinsam mit Nǎinai um das Essen kümmerte. Gerade kniff ihm eine ältere

Dame in die Wangen und wuschelte durch sein hellblondes Haar. An'an schüttelte ärgerlich den Kopf, aber er lachte nur und widmete sich weiter den Curryfischklöschen in den Warmhalteboxen.

»Das habt ihr aber gut erkannt, Kinder! Tantchen ist die Freundin von unserem Bäckermeister dort drüben. Aber erwähnt es nicht so oft, sonst fällt sie womöglich noch in Ohnmacht vor Verlegenheit«, ertönte Millies Stimme neben ihnen.

»Millie, was zum Teu…!«, rief Luana aus.

»Tante Millie!«

Die Kinder jubelten, als sie sich zwischen sie setzte. »Was macht ihr da Schönes? Wisst ihr eigentlich, dass unsere Luana hier eine echte Künstlerin ist?«

»Eine Künstlerin?«

Unzählige Augenpaare richteten sich auf sie.

»Whoa!« Der Topfschnittjunge deutete auf die Zeichnung, die Luana zuvor begonnen hatte. »Er leuchtet! Seht mal, der Mond, er leuchtet!«

»Jetzt, wo es endlich dämmert, sieht man es.«

Erneut tauchte Luana den Pinsel ein und fügte einen kleinen Hasen hinzu.

»Wie schön!«

»Tantchen, das will ich auch haben!«

»Kannst du mir auch einen Hasen zeichnen?«

Luana nickte. »Natürlich, aber nur, wenn ihr brav seid und euch wieder hinsetzt!«, sagte sie streng und bemühte sich, dabei nicht zu lachen.

Sofort verstummten die Kinder und setzten sich auf ihre Plätze. Der Pinsel glitt über das Papier, während ihr Herz vor Freude hüpfte. Noch vor ein paar Wochen wäre selbst das Halten dieses Werkzeuges undenkbar gewesen.

Erneut warf sie Ian einen verstohlenen Blick zu.

»Ich kann dir gar nicht sagen, wie froh ich darüber bin, dass mein Bruder seinen Arsch hochgekriegt hat!« Millie war neben sie gerutscht und begann, auf einem zerknitterten Papier herumzukritzeln.

»Ja.«

Millie kicherte.

»Was hältst du eigentlich von einer Pause? Ich kann deine Station übernehmen, es ist ja nicht mehr lang. Außerdem braucht mich Granny nicht mehr.« Sie deutete in den Himmel, wo der Mond bereits aufgegangen war. »Die Sonne ist schon weg, also solltet ihr den Abend genießen. Außerdem starten die Tänze in einer halben Stunde, das dürft ihr euch unmöglich entgehen lassen!«

»Aber wolltest du dich nicht mit Vance treffen?«

»Er hat Spätschicht und kommt nach. Und ich wollte vorher nochmal nach Hause, sein Geschenk holen. Er hat heute Geburtstag.«

»Ich bin dagegen.« Missmutig verschränkte der Topfschnittjunge die Arme vor der Brust.

»Du kannst gar nicht so gut zeichnen wie die Tante! Wer soll uns dann helfen?«

»Oh, du wirst staunen, Kleiner! Einen Hasen werd ich ja wohl auch noch hinbekommen!«

Millie zückte den Stift und malte zwei Kreise auf das Papier.

»Und wo ist der Puschelschwanz?«

»Sagt mal, wo sind eigentlich eure Eltern? Wollt ihr denn gar keine Laternen steigen lassen?« Sie deutete Luana an zu gehen.

»Und ihr seid schön brav und hört auf Millie, okay?«

Die Kinder nickten.

Luana erhob sich und überquerte den Platz. Es war schön hier. Der perfekte Ort, um ein Mondfest zu feiern. Der Park, in dem sie sich befanden, lag etwas außerhalb und erinnerte sie an die Lichtung, die sie in ihren Gedanken gesehen hatte, als sie Ian zum ersten Mal getroffen hatte. Es erschien ihr eine Ewigkeit her zu sein, seit er sie gefragt hatte, ob sie einander kennen würden.

An diesem Tag hatte alles begonnen ...

Als sie die kleine hölzerne Brücke erreichte, die über den schmalen Bach führte, der die Seiten voneinander trennte, blieb sie stehen und ordnete ihre Röcke. Sie war es nicht gewohnt, ihre traditionelle Tracht zu tragen, aber es gefiel ihr. Năinai hatte sie in das Kleid gesteckt und auch Millie beim Anziehen geholfen, während eine der anderen Großmütter ihre Haare zu einer kunstvollen Frisur geflochten hatte. Dann war sie vor Freude in Tränen ausgebrochen.

»Luana?« An'an stand plötzlich neben ihr. »Hast du Millie gesehen? Ian sucht nach ihr.«

»Ja, sie hat gerade meine Station übernommen und versucht sich an Hasenmotiven.«

Năinai schüttelte den Kopf. »Dieses Kind bereitet mir mehr Kopfzerbrechen als dein Bruder in ihrem Alter. Warum kann sie nicht einfach Bescheid geben, wenn sie ihren Posten verlässt?«

»Sie sagte, du würdest sie nicht länger brauchen? Aber wir wollten die Stationen sowieso in einer halben Stunde schließen.« Luana zückte ihr Handy.

Zwei Nachrichten von unbekannt.

Sie löschte sie.

»Habt ihr sie gefunden?« Völlig außer Atem blieb Ian neben ihnen stehen.

Luana nickte. »Sie hat meine Station übernommen.«

Er stieß einen erleichterten Seufzer aus. »Gut. Ich habe ihr gesagt, dass sie mir unbedingt Bescheid geben muss, wenn sie das Gelände verlässt.«

»Aber sie hat das Gelände ja nicht verlassen. Ist etwas passiert? Warum bist du so nervös?«

An'an klatschte in die Hände, bevor Ian antworten konnte. »Es ist nichts passiert! Na los, jetzt geht und genießt den Abend. Seht ihr die verschrumpelte Alte da hinten? Sie läuft mir schon seit zehn Minuten hinterher und will mir irgendwas erzählen, aber eigentlich will ich es gar nicht hören!«

»An'an, bleib, wo du bist!« Lin, eine ihrer Freundinnen, wedelte aufgeregt mit der Hand.

»Shenmi hat den Zug verpasst, und jetzt sitzt sie irgendwo im Nirgendwo fest und muss sich ein Hotelzimmer nehmen. Sie wird es also nicht rechtzeitig schaffen.«

»Was hast du gesagt?«

»Bist du etwa taub? Shenmi kommt nicht!«

Enttäuscht ließ ihre Großmutter die Schultern hängen. »Erst die kalten Nudeln, dann der kaputte Papierdrache und jetzt das! Was habe ich eigentlich getan, um die Götter derart zu erzürnen?«

»Nun hör schon auf zu mäkeln. Das Fest ist ein voller Erfolg, und wir können stolz auf uns sein. Darauf sollten wir trinken! Die anderen warten in der Teestube auf uns, die du im Übrigen ja auch noch eröffnen wolltest, und wir könnten Shenmi doch mit diesem Videodings anrufen!«

»We-Chat, Lin.«

»Sag ich doch.«

Die Frauen verabschiedeten sich.

Ian seufzte. Dann zog er sich die Schürze über den Kopf und wandte sich ihr zu. In der Ferne ertönten die wunderschönen Klänge einer Guqin. Luana schenkte ihm ein aufmunterndes Lächeln, und seine Züge glätteten sich. Beinahe ehrfürchtig blickte er auf sie herab.

»Ich kann einfach nicht fassen, wie schön du bist. Sicher, dass du nicht gerade vom Mond herabgestiegen bist?«

Er beugte sich zu ihr und hauchte einen Kuss auf ihre Wange.

Luana errötete. »Alle Leute können uns sehen ...«

»Deine Großmutter hat den ganzen Abend lang jedem einzelnen Menschen, der etwas zu essen wollte, erzählt, wie glücklich sie darüber ist, dass du mich ausgewählt hast. Ich glaube, ganz St. Iluna weiß jetzt über uns Bescheid, also ist es egal, ob sie uns sehen oder nicht.«

Luana verdrehte die Augen.

»Sie ist nicht die Einzige, die sich darüber freut. Ich fühle mich auch geehrt, dass du mich ausgewählt hast«, sagte Ian.

Er lachte, dann schloss er sie in die Arme und drehte sie herum, sodass sie einen guten Blick auf das Festgeschehen hatte. Wie schön ... Das ganze Dorf war zusammengekommen und feierte, als wäre es nie anders gewesen.

Die Griffbrettzitter verstummte.

»Schau, die Tänze beginnen.«

Acht Tänzerinnen in weißen Gewändern betraten die mit Blumen und Lichterketten geschmückte Bühne.

»Jede von ihnen symbolisiert eine der Mondphasen. Sie tanzen zu Ehren von Chang'e und ihrem Jadehasen.«

»Luana ...«

Sie hob den Kopf. »Ja?«

»Ich möchte dir einen Ort zeigen.«

»Einen Ort?«

Er nickte. »Ein geheimer Platz, den niemand außer mir kennt.«

Luana lächelte. »Wirklich niemand? Also folge ich dir an einen Ort, an dem wir ganz allein sein werden?«

»Wenn wir Glück haben ...«

»Worauf warten wir dann noch?«

Ein Hochgefühl erfasste Luana, als Ian ihre Hand ergriff. Sie liefen über den Platz durch einen Konfettiglitterregen hindurch, den ein gewaltiger Drache, der von drei Menschen bewegt wurde, über den Platz spuckte. Luana blickte in den Himmel. Sie konnte sich nicht mehr daran erinnern, wann sie zuletzt so glücklich gewesen war ... *Mā, Bà, könnt ihr mich sehen? Ich weine nicht mehr!*

Aufgeregt zerrte sie Ian zu den Verkaufsständen, um Laternen auszusuchen. Eine für ihn und zwei für sie, weil sie immer noch auf ihren Extrawunsch bestand, den ihr Vater ihr stets heimlich gewährt hatte.

Mit den Laternen und einer Schale Baozi machten sie sich auf den Weg. Der Ort lag auf einer Anhöhe hinter der alten

Wäscherei. Von hier aus hatten sie einen fantastischen Blick auf das Fest und den riesengroßen Mond, der wie ein schillernde Kristallscheibe über ihren Köpfen thronte. Luana setzte sich auf die einzige Parkbank. Mittlerweile war es dunkel geworden, und sie erkannte Glühwürmchen, die zwischen den Bäumen und Sträuchern hindurchschwebten.

»Es ist magisch. Danke, dass du mich hierhergebracht hast«, flüsterte sie.

»Ich wollte es dir schon länger zeigen ... viel länger.«

Er nahm ihre Hand, drehte sie um und küsste ihre Handfläche. Das Mondlicht fiel direkt auf sein Gesicht, ließ das Eisblau seiner Iriden noch unwirklicher leuchten als sonst, und das Herz sprang ihr beinahe aus der Brust, als er sich vorbeugte und sich ihre Nasenspitzen berührten.

Als wäre mein Geliebter nur für diese eine Nacht von seinem Sonnenpalast herabgestiegen, um bei mir zu sein.

Dann fanden sich ihre Lippen. Luana reckte sich ihm entgegen, schlang die Arme um seinen Hals, und er zog sie auf seinen Schoß, hielt sie wie ein kostbares Juwel, das vom Mond gefallen war. Noch nie hatte sie sich mehr geliebt gefühlt als in diesem Moment. Sie wusste es. Ian war ihr Houyi, ihr Seelengefährte, und sie konnte und wollte nie wieder ohne ihn sein. Wäre er plötzlich fort, dann ... Ob Chang'e die Mondgöttin, genauso gefühlt hatte wie sie?

»Luana ... schau!«

Nur widerwillig löste sie sich von ihm. Wange an Wange saßen sie da und sahen den ersten Laternen dabei zu, wie sie in den sternenübersäten Himmel stiegen.

»Wir sollten unsere auch steigen lassen.«

Ian zückte ein Feuerzeug. Gemeinsam entzündeten sie die Kerzen.

»Und jetzt?« Luana stellte sich an den Rand der Anhöhe und hielt ihre Laterne hoch.

»Schließ die Augen und wünsch dir was ...«

Ich möchte für immer mit dir zusammen sein.

Ian trat neben sie, als sie ihren ersten Wunsch in den Himmel schickte. Er schloss die Augen, und seine Miene wurde ernst. Dann ließ er los. Den Arm um ihre Taille gelegt beobachteten sie das magische Schauspiel.

»Du hast noch einen Wunsch frei«, flüsterte er ihr ins Ohr.

»Ich möchte noch eine Weile so bleiben, er gilt noch die ganze Nacht ...« Sie stockte. »Was ist das?«

Eine dicke Rauchwolke quoll in den Himmel.

»Eine abgebrannte Laterne?«

Sie schüttelte den Kopf. »Ian ... Das ist die Bäckerei!«

Plötzlich verstummte die Musik, und die ersten Schreie ertönten.

»Fuck ... Millie ist da unten irgendwo! Was, wenn sie schon nach Hause gegangen ist? Sie wollte Vance später auf dem Fest treffen! Hat sie sich bei dir gemeldet?«

Luana checkte ihr Telefon. »Nein.«

»Luana, ich ...« Er ballte die Hände zu Fäusten.

»Geh, ich komme schon hinterher!«, sagte sie.

Ian preschte los.

Als Luana unten ankam, war er längst außer Sichtweite, und ein Großteil der Bäckerei stand in Flammen.

An'an kam ihr entgegengelaufen.

»Năinai! Wo ist Ian? Hast du ihn gesehen?«

»Ja ...«

»Dieser Idiot ist einfach hineingelaufen. Ich wollte ihn aufhalten, aber er ließ nicht mit sich reden!« Jimmy schob sie hinter die Absperrung, die die Polizei bereits im Begriff war zu errichten.

»Aber er ... wie konntet ihr das zulassen?«, schrie sie.

»Nein, bleib hier. Es ist zu gefährlich!«

Er packte Luana und hielt sie fest.

»Und was, wenn er stirbt? Wo bleibt die Feuerwehr? Warum zum Teufel dauert das alles so lang?«

»Luana, beruhige dich doch!«, rief An'an.

»Nein, ich will mich nicht beruhigen!«

Sirenengeheul hallte über St. Iluna hinweg. Funksprüche waren zu hören.

»Grimes, wo seid ihr? Laut Angaben befinden sich ein Mann und womöglich noch eine zweite Person im Haus«, fragte der Kommandant.

»Grimes hier, zwei Minuten, Sir.«

»Verstanden. Treten Sie zurück! Weiter ... noch weiter! Machen Sie Platz für die Einsatzfahrzeuge!«

»Ian ... Ian ist da drin!«, schrie Luana, drängte An'an beiseite und schlüpfte unter der Absperrung hindurch.

Sofort war Officer Mable bei ihr. Jimmy packte sie und hielt sie fest.

»Hör auf! Bist du wahnsinnig? Willst du dich umbringen?«

»Aber ich ...«

»Nichts aber, Miss Wang!«, herrschte Officer Mable sie schroff an, bevor er sich an An'an wandte. »Nehmen Sie Ihre Enkelin, und gehen Sie mit ihr zu den anderen. Wir kümmern uns darum.«

Die Sirenen der Feuerwehr schellen laut in Luanas Ohren, während An'an sie vorwärtsschob. Der Officer instruierte die vier Männer.

»Luana ... Luana, wein doch nicht, alles wird gut werden!«

Die Stimme ihrer Großmutter klang dumpf, als wäre sie kilometerweit entfernt und nicht direkt hier neben ihr. Ian ... und Millie! Die Uhr in ihrem Kopf tickte. Luana taumelte. Immer näher kam sie dem Abgrund der Dunkelheit. Der Weg zurück in die Finsternis war kürzer, als sie es in Erinnerung hatte. Sie schüttelte den Kopf, raufte sich die Haare. Jemand griff nach ihr, hielt sie aufrecht. Năinai?

Das Stimmengewirr um sie herum verstummte, und alles, was sie hörte, waren ihre eigenen Klagelaute und das Knistern der Flammen.

Ein lauter Knall ließ sie alle zusammenzucken.

»Er ist tot. Bestimmt ist er tot ...«

»Er ist nicht tot, die Ahnen wachen über ihn …«, flüsterte ihr An'an ins Ohr.

»So, wie sie über Mā und Bà gewacht haben?« Unbändiger Zorn ergriff von Luana Besitz. »Wenn das ihr sogenannter Schutz sein soll, können sie mir alle gestohlen bleiben! Jeder einzelne!«

Wie auf Kommando knackte das Funkgerät. »Ein Mann gefunden, keine weiteren Personen im Haus. Wir kommen jetzt raus, fangt an zu löschen.«

»Da sind sie, da sind sie!«, rief ihre Großmutter.

Luana hielt den Atem an, aber der Schrei ließ sich nicht unterdrücken. Zwei Feuerwehrmänner schleppten Ian über die Straße.

»Ian!«

Er hob den Kopf, blickte sie an. Ihr Herz machte einen Sprung. *Er lebt.*

»Ian Sullivan, siebenundzwanzig Jahre alt, ansprechbar, leidet unter Atemproblemen, vermutlich Rauchintox. Außerdem leichte bis mittelschwere Verbrennungen an den oberen Extremitäten.«

»Luana …« Seine Lippen formten ihren Namen. Er lächelte.

Ich muss zu ihm.

Plötzlich sackte sein Körper nach vorn.

»Legen Sie ihn auf den Boden«

An'an stellte sich vor Luana. »Geh zurück, Luana, du musst das nicht sehen.«

»Ich will zu ihm! Lasst mich durch, bitte!«

»Nein.«

Er ist bestimmt tot. Luana sank in sich zusammen.

»Er schafft es, Luana. Er schafft es … Er ist ein harter Brocken, und er wird es überstehen. Wahrscheinlich ist es nichts Schlimmes. Er lässt dich nicht allein, ich weiß es.«

»Verdacht auf versengte Luftröhre. Wir müssen ihn intubieren, ich übernehme. Halten Sie den Ambubeutel bereit.«

Die Zeit schien stillzustehen. St. Iluna schien stillzustehen. Luana schloss die Augen. Jemand summte. Ein altes chinesisches Kinderlied. Ihre Mutter hatte es ihnen oft vorgesungen, als sie noch klein gewesen waren. War es Năinai oder waren es die Geister ihrer Vorfahren, die zu ihr sprachen?

»Geschafft. Schließen Sie ihn an das Beatmungsgerät an, wir fahren.«

An'an nahm Luanas Hand. »Er lebt, Luana. Sie haben ihn gerade in den Wagen geschoben.«

Er lebt …

Luanas Beine gaben nach, und sie glitt sanft zu Boden.

»Ja, er lebt.« Ihre Großmutter schloss sie in die Arme, genau wie Lin und die anderen.

»I…ich muss zu ihm, Năinai. Er braucht mich!«

»Ich fahre dich ins Krankenhaus, sobald hier alles geregelt ist«, versprach Jimmy.

Luana nickte.

Ian lebt. Und das ist alles, was zählt.

Kapitel 35

St. Iluna, Winter 1927

Yueliang wusste, dass ihre guten Tage vorüber waren. Lange hatte ihr Glück nicht gewährt. Baby Shenmi war erst ein halbes Jahr alt. Das kleine Würmchen wand sich in ihren Armen, ganz betrübt darüber, dass Yueliang es immer enger an sich presste, aber sie konnte nicht zulassen, dass das Baby es sah. Yueliang selbst würde den Anblick nie vergessen. Es war der groteske Zwiespalt zwischen Roberts friedlichem Gesicht und den unnatürlichen Verdrehungen seines Körpers. Sie hatte ihn am Fuße der Treppe entdeckt, als sie gerade Shenmis Windel wechseln wollte.

»Wach auf«, flüsterte Yueliang und wusste, wie sinnlos ihre Bitte war.

Ein Schrei steckte in ihrer Kehle fest, aber er wollte sich einfach nicht lösen. Es war Baby Shenmis Gebrüll, das zunächst die Aufmerksamkeit ihrer Mutter weckte, und danach war es Yinis Schrei, der alle anderen alarmierte. Und dann passierte alles ganz schnell: Ambulanz. Die Constables. Ihre Mutter, die zusammenbrach. Ethan, der seine Arme, um sie legte.

Nichts machte einen Sinn.

Robert war tot.

Es war ein Unfall. Aber wie konnte es ein Unfall gewesen sein? Welch grausames Schicksal würde ihr zwei Väter in einem Leben rauben? Welcher Fluch lastete auf ihrer Familie?

Der Abend war schrecklich gewesen, so auch die Nacht.

Neben ihr im Bett lag Chen Lu und wälzte sich unruhig hin und her. Wie grausam, dass auch sie zum zweiten Mal einen Mann verloren hatte ... und dann auch noch den einen, den sie wirklich geliebt hatte.

Ihr Geist wanderte zu Ethan, der nun weder Mutter noch Onkel besaß. Auch für ihn gab es keinen Vater, der ihn tröstete. Was sollte nun aus ihnen werden? Was sollte bloß aus ihnen allen werden?

Dann strömten die ersten Tränen ihre Wangen hinab wie ein Fluss, der nicht versiegen wollte, bis der Morgen dämmerte.

Sie brauchte frische Luft. Wie durch einen dichten Nebel hindurch trugen sie ihre Füße durch das stille Haus bis hinaus in die Kühle der Nacht hinein. Im Garten traf sie auf Ethan. Als hätte er gespürt, dass sie sich genau jetzt dort aufhalten würde ... Aber wie konnte es auch anders sein? Jeder Weg, den sie eingeschlagen hatte, hatte sie schon immer zu ihm geführt.

Wortlos nahm er sie in den Arm.

»Wir schaffen das ...«, sagte er, und sie wusste, dass er sich nur selbst beruhigen wollte.

Sanft strich er ihr durchs Haar und hielt sie näher an seiner Brust, so, wie sie Baby Shenmi gehalten hatte. Trotz des Trostes, den er ihr zu spenden versuchte, war er da, der Anblick von Roberts entstelltem Körper, der sich in ihre Augäpfel gebrannt hatte. Würde sie ihn von nun an für immer so vor sich sehen?

Als gäbe es kein Entrinnen, hagelten die Ereignisse des Vortages auf sie herab: erst Robert, dann Yini, die ihr das Baby aus dem Arm nahm, ihre Mutter, die sich weinend über ihren Mann beugte und zum ersten Mal seit Langem wieder chinesische Worte von sich gab. Da waren Flüche und Gebete.

Dabei war es längst zu spät und Robert einfach tot gewesen. Er hatte nicht weggebracht werden dürfen, bis Officer Mable ihn gesehen hatte.

Mable.

Niemals würde sie seinen Blick vergessen, der ihr sagte, dass er sie und Chen Lu erneut für etwas verantwortlich machte. Weil er sie hasste ...

Doch es war ein Unfall gewesen.

Ethan holte sie mit einer geflüsterten Frage in die Gegenwart zurück. »Was passiert jetzt mit ihm?«

Yueliang hob den Kopf und blickte in Ethans aufgewühltes Gesicht. »Er hat nie an Himmel und Hölle geglaubt, also, was passiert jetzt mit ihm?«

Wie seltsam sich ihre Gedankengänge unterschieden. Sie hatte noch gar nicht richtig realisiert, dass Robert gestorben war, aber Ethan machte sich bereits Sorgen um seine Seele nach dem Tod. Yueliang dachte nach. Was hatte ihr ihre Mutter nach Vaters Tod erzählt: *Es gibt eine Welt hinter unserer Welt. Eine Welt voller Geister, eine Stadt, die im Schein des Mondes glitzert. Die Ahnen setzen ihr Leben im Jenseits fort und wachen von dort aus über uns.*

»Da haben sie bis jetzt aber einen schlechten Job gemacht.«

Ethan zog sie noch näher an sich heran.

»Bestimmt wird Robert einen besseren Job machen als all meine Vorfahren zusammen. Er wird auf uns aufpassen«, flüsterte sie, ohne überhaupt zu wissen, ob *ihr* Jenseits auch für ihn galt. Sie verbarg ihr Gesicht an Ethans Brust, und erneut quollen heiße Tränen aus ihren Augen. Die ganze Zeit über hatte sie so sehr versucht, Robert zu verabscheuen, aber hatte sie ihm je gesagt, wie sehr sie ihn eigentlich liebte?

»Ethan, ich liebe dich«, schluchzte Yueliang laut auf, denn sie wusste nicht, ob sie es ihm je gesagt hatte.

Er nahm sie noch fester in den Arm. »Es gibt keine Worte für das, was ich für dich empfinde«, hauchte er in ihr Haar hinein, dann schluchzte auch er laut auf.

Yueliang ballte die Hände zu Fäusten. Es war so unfair. Robert und Sarah und auch ihr Vater hatten viel zu früh gehen müssen. Hatten die Ahnen ihre Aufgabe überhaupt je ernst genommen? War das alles nur ein Witz für sie, oder zürnten sie ihnen? War es eine Strafe? Ein Fluch? Aber warum? Warum hatten die Ahnen zugelassen, dass all das Unglück und die Trauer ihre Familie wie eine Krankheit befiel? War es, weil sie Hongkong verlassen hatten? Wann hatte ihr Unglück seinen Lauf genommen?

Sie dachte an ihren Vater. Nein. Auch er wachte über sie, und er war nie grausam gewesen. Diese Dunkelheit, die von überall um sich griff, hatte nicht nur ihre Familie dahingerafft ... Geflüsterte Worte hallten durch die Straßen und sangen ein Lied von Hass und Krieg. Seit Wochen sprach ihre Mutter von einer dunklen Präsenz, die immer dichter wurde. Miss Lee litt unter Albträumen, die sie seit Monaten quälten, und sprach dabei ständig von einem brennenden Ungetüm, das sich im Osten erhob und Menschen verschlang. Das Gesicht von Officer Mable erschien vor ihrem geistigen Auge. Er gab ihr die Schuld, weil sie eine Fremde war, weil sie niemals dazugehören würde, egal wie sehr sie sich anstrengte oder anpasste.

Yueliang bekam eine Gänsehaut. Ein dunkler Schleier hatte sich über alles gelegt, und sie fürchtete sich vor dem nächsten Morgen. Robert war immer wie ein schützender Wall zwischen ihr und der Welt gestanden. Er hatte die Menschen milde gestimmt, und es war seinem freundlichen Wesen zu verdanken gewesen, dass sie sich hier in St. Iluna willkommen gefühlt hatten. Wie würden die Menschen nun auf sie reagieren?

»Wir schaffen das schon«, wiederholte Ethan seine Worte von vorhin, doch Yueliang konnte ihm nicht so recht glauben.

Kapitel 36

St. Iluna, Gegenwart

Mit einer Tasse Tee in der Hand stand Luana am Fenster und beobachtete die vorbeiziehenden Schatten. Seit dem Mondfest waren zwei Tage vergangen. Zwei verdammt lange Tage.

»Die Ahnen ... die Ahnen ...«

Luana warf einen Blick über ihre Schulter. Seit sie bei An'ans Freundin Lin, die auch Jimmys Großmutter war, untergekommen waren, fand sie kaum noch Ruhe. Wenn sie nur endlich wieder nach Hause könnten! Obwohl die Teestube und ein Großteil des Gartens verschont geblieben waren, durften sie erst zurück, wenn die Polizei das Grundstück freigegeben hatte. Officer Mable hatte einen Brandexperten hinzugezogen, der den Ursprung des Feuers in das winzige Büro neben der Treppe zurückverfolgen konnte. Aber warum?

Warum dort?

Ian hatte ihr einmal erzählt, dass er neben Dokumenten und dem üblichen Papierkram auch die alten Bücher der Bäckerei dort aufbewahrte. Aber wo war der Zusammenhang?

Ihr Telefon vibrierte. Schon das bloße Geräusch reichte aus, um sie erschrocken zusammenzucken zu lassen.

Andrew. Nach ihrem Gespräch mit Ian war sie sicher, dass nur er es sein konnte, der ihr seit gestern Morgen im Stundentakt schrieb. Luana hatten seine bisherigen Nachrichten ignoriert.

Na, hast du mich vermisst, kleine Luana aus Hongkong?

Sie seufzte und umklammerte das Handy fester. Wenn sie jemanden verdächtigen müsste, dann wäre es Andrew. Er hatte Ian seit Monaten gequält und ihm aufgelauert. Luana hatte es immer noch nicht übers Herz gebracht, es Ian zu erzählen. Officer Mable wollte ihnen heute Nachmittag einen Besuch abstatten.

Erneut vibrierte das Telefon, und Luana stellte die Tasse aufs Fensterbrett. Ihr Herz machte einen Sprung.

»Ian ...«, hauchte sie erstaunt, und ihre Augen füllten sich mit Tränen.

Sie war bei ihm gewesen, als er aufgewacht war. Aber ihn so zu sehen – verletzt und vom Feuer verbrannt – hatte ihr den Rest gegeben. Luana hatte gebetet und die Geister angefleht, sie aus diesem furchtbaren Albtraum zu erlösen. Aber leider war sie nicht aufgewacht. Ein Schluchzer entfuhr ihrer Kehle, sie biss sich auf die Lippen, aber egal wie sehr sie sich bemühte, sie konnte einfach nicht aufhören. Zu groß war die Liebe, die sie für diesen Mann empfand. Und zu groß war die Dunkelheit, die der Verlust ihrer Eltern in ihr hinterlassen hatte.

Ich sehne mich so sehr nach dir, Ian.

Wie lange, bis sie ihn wieder berühren konnte? Ihn umarmen? Aber sie durfte jetzt nicht ungeduldig sein. Seine Wunden würden heilen, und er würde sich erholen. Das hatte seine Ärztin ihr versprochen. Eine Gänsehaut kroch über ihre Arme, als sie seine Nachricht las. Sie wollte nach draußen gehen, um ihn anzurufen, aber Lin war noch munter, und sie wollte sie nicht stören. Außerdem hatte sie Angst vor Ians Reaktion, wenn sie seine Fragen beantwortete. Sie wusste nicht, ob es ihr gelingen würde, ihn überzeugend anzulügen. Er brauchte jetzt viel Ruhe und durfte sich nicht aufregen.

Sie las seine Worte ein zweites Mal durch: *Neben dir aufzuwachen ist viel schöner als zwischen Maschinen und Schläuchen. Du weinst doch nicht gerade, oder?*

Wie hatte er es nur geschafft, in seinem Zustand eine Nachricht zu tippen? Hatte er jemanden vom Pflegepersonal gebeten, ihm zu helfen? Um diese Uhrzeit? Luana umfasste den schillernden Sichelmond um ihren Hals. Erneut kamen ihr die Tränen.

Park, einer meiner Pfleger, hat mir erzählt, wie tapfer du warst. Danke, Luana. Danke, dass du bei mir bist. Hast du etwas von Millie gehört? Wie geht es ihr?

Luana schluckte schwer und ihre Finger zitterten, während sie ihre Antwort tippte: *Alles okay, mach dir keine Sorgen. Wir sehen uns morgen. Ich liebe dich so sehr und vermisse dich.*

Erschöpft sank Luana zu Boden. Das war keine Lüge gewesen, oder? Immerhin hatte sie nichts Falsches gesagt. Nur etwas ausgelassen. Nämlich dass Millie seit der Nacht des Mondfestes verschwunden war. Und sie wussten nicht, wohin. Aber zumindest hatte Officer Mable ausgeschlossen, dass sie im Haus gewesen war. Luana raufte sich die Haare und atmete geräuschvoll ein und aus. Die Angst um Millie verknotete ihren Magen zu einem festen Klumpen.

Erneut griff sie nach ihrem Telefon und öffnete ihren Freundinnen-Chat. Ihre letzte Nachricht zeigte einen Bärensticker mit einem Herz. Sie hatte sie am Nachmittag des Mondfestes geschickt, nachdem Luana Millie ein Foto von ihrem Outfit gesendet hatte.

Ihre Finger zitterten, als sie die Buchstaben tippte: *Wo bist du?*

Nach einer gefühlten Ewigkeit, in der sie keine Antwort erhielt, legte Luana das Handy weg. Dann ließ sie ihren Tränen freien Lauf.

»Die Damen.« Officer Mable nahm seinen eleganten schwarzen Hut ab und deutete eine leichte Verbeugung an.

»Bitte kommen Sie herein.« An'an trat zur Seite.

»Und seit wann bist du hier die Hausherrin?« Lin sah Luanas Großmutter mit hochgezogenen Augenbrauen an und tätschelte Officer Mables Arm. »Wir haben Tee und Kekse vorbereitet. Sie trinken doch Tee?«

»Ja, Ma'am, gern.«

Der Officer war ein älterer Mann mit grauem, aber immer noch vollem Haar und stechend grünen Augen, die sie neugierig musterten. Sie nahmen an dem runden Tisch in dem kleinen Esszimmer Platz.

»Sie wissen, warum ich hier bin?«

Die Frauen nickten.

»Gut.«

Officer Mable verschränkte die Finger miteinander. Seine Miene war ernst. »Unser Brandexperte aus der Londoner Dienststelle hat meinen Verdacht bestätigt. Bei dem Feuer in der Bäckerei handelte es sich um Brandstiftung. Und was Millie Sullivan betrifft, sie wurde gestern Abend auf unsere Liste der vermissten Personen gesetzt.«

»Das arme Kind.«

»Erzählen Sie mir bitte alles, was Sie wissen, und fangen Sie von vorn an. Jeder Hinweis kann wichtig sein.«

An der Tür klingelte es erneut. Luana erhob sich und öffnete sie. Es war Christopher Howers, der Anwalt der Familie Sullivan. Nachdem er von dem Brand und Millies Verschwinden erfahren hatte, hatte er ihnen, ohne zu zögern, seine Hilfe angeboten.

»Verzeihen Sie die Verspätung! Misses Wang, Misses Chung ... Luana ...« Er lächelte ihr aufmunternd zu. »Ich wurde bei Gericht aufgehalten.«

Officer Mable nickte. »Aber Sie sind jetzt hier, also können wir beginnen. Nur um eine Sache vorweg klarzustellen«, er machte eine kurze Pause, »Sie benötigen keinen Anwalt, da wir Ihre Beteiligung in beiden Ermittlungsfällen bereits ausgeschlossen haben. Dieses Treffen dient nur dem Auffinden sachdienlicher Informationen und Hinweise.«

Christopher hüstelte gekünstelt. »Haben Sie ... ich meine, haben Sie auch Ihren Sohn befragt?« Eine unangenehme Stille breitete sich aus. »Wie ich hörte, wurde Andrew vor einiger Zeit aus dem Gefängnis entlassen. Und wir beide wissen doch, dass er seine Rachepläne selbst nach all den Jahren immer noch nicht aufgegeben hat.«

Officer Mable räusperte sich. Dann nahm er einen Schluck von dem frisch aufgebrühten Grüntee in seiner Tasse, bevor er sich Ians Anwalt zuwandte. »Ich habe schon seit sehr langer Zeit keinen Kontakt mehr zu meinem Sohn. Aber Sie können sicher sein, dass ich die Möglichkeit seiner Beteiligung an diesem Fall in keinster Weise ausgeschlossen habe. Niemand weiß besser, wozu er fähig ist.«

»Sie irren sich, Officer Mable. Es gibt eine Person, die es besser weiß, und diese liegt momentan im Krankenhaus.«

Ein trauriges Lächeln zupfte an Mables Mundwinkel. »Dem habe ich nichts entgegenzusetzen, und ich verstehe, was Sie mir damit sagen wollen. Aber ich würde es vorziehen, erst die Betroffenen anzuhören, bevor wir voreilige Schlüsse ziehen.«

»Eine hervorragende Idee! Beginnen Sie bitte«, antwortete Christopher zustimmend, wobei er Luana zuflüsterte: »Wir reden später.«

Schließlich ergriff An'an das Wort. »Am Anfang lief alles ganz wunderbar. Wir waren den ganzen Tag über mit den Vorbereitungen für das Fest beschäftigt. Millie und Ian haben uns dabei unterstützt«, begann sie.

»Wir teilten die Stationen auf unsere Freunde und Enkelkinder auf. Mein Jimmy war mit den Getränken beschäftigt, Ian gleich daneben mit dem Essen«, fügte Lin hinzu.

»Als es dunkel wurde, bot Millie an, mich abzulösen, damit ich Zeit mit Ian verbringen konnte. Wir wollten uns die Tänze ansehen und gleich danach unsere Laternen steigen lassen«, sagte Luana.

»Und wie verhielt sich Millie Sullivan zu diesem Zeitpunkt? Ist Ihnen etwas Ungewöhnliches an ihr aufgefallen? Wirkte sie nervös? Nun ... wie soll ich es beschreiben ... getrieben? Unruhig?«

Luana schüttelte den Kopf. »Nein. Sie war wie immer. Ich finde, sie wirkte sogar überglücklich. Ihr Freund Vance hatte

Geburtstag, und sie wollte sich später mit ihm auf dem Fest treffen.«

»Vance Krilogh gilt ebenfalls als vermisst. Wir haben seinen Dienstplan überprüft. Er hat gegen dreiundzwanzig Uhr elf ausgestempelt. Danach verliert sich seine Spur. Da der junge Mann keine Familie hat, die ihn vermisst, meldete sich sein Chef bei uns, nachdem er am nächsten Tag nicht zur Arbeit erschien und auch für niemanden erreichbar war.«

»Also vermuten Sie einen Zusammenhang zwischen den beiden Fällen und ziehen in Erwägung, dass sie zusammen weggelaufen sein könnten?«, fragte Christopher.

»Nein, das würde Millie ihrem Bruder niemals antun! Ian hatte Vance endlich akzeptiert. Sie können nicht abgehauen sein ... Niemals! Dazu hatten sie doch gar keinen Grund!«, protestierte Luana lautstark.

»Jugendliche sind schon wegen banalerer Dinge weggelaufen. Glauben Sie mir, Miss Wang, ich habe da so einiges erlebt.«

Luana schüttelte vehement den Kopf. »Nein, Millie ist nicht so. Sie wollte Ian sogar überreden, sie vom Internat in London nach St. Iluna wechseln zu lassen, damit sie mehr Zeit hier verbringen konnte als nur die Sommerferien. Für die Familie. Und für Vance ... Aber ... ich habe einen Verdacht.«

Überrascht drehten sich die anderen zu ihr.

»Wer?«, fragte Officer Mable.

»Andrew.«

»Sie sollten sich nicht von Mister Howers beeinflussen lassen, Miss Wang.«

Luana warf Christopher einen Seitenblick zu, während sie nervös am Saum ihres Rocks nestelte. »Ich lasse mich nicht beeinflussen. Ich kann es sogar beweisen.«

»Was heißt das, Luana?«, fragte Ians Anwalt.

»Er hat mir aufgelauert, als ich in Madame Gus Laden war.«

An'an riss entsetzt die Augen auf. »Ich habe dich damals zum Einkaufen geschickt, warum hast du nie etwas gesagt?«

»Ihr hättet sofort zu mir oder zur Polizei kommen müssen, Luana«, sagte Christopher, und ihr entging nicht, dass er dabei nicht sie, sondern Officer Mable anblickte.

»Damals wusste ich noch nicht, wer er ist. Ich dachte, er wäre nur irgendein Verrückter. Ian hat es mir erst vor ein paar Wochen erzählt. Und außerdem … weiß er noch gar nichts davon, dass Millie weg ist, und auch nichts davon, dass Andrew mich ebenfalls per Handy stalkt. Ich wollte ihn nicht noch mehr beunruhigen.«

»*Irgendein Verrückter?* Dieser Mann ist ein Mörder!«

Officer Mable stellte seine Tasse ab. »Das bedeutet, dass ich mich bald in London einfinden werde und den Fall an jemand anderen abtreten muss. Als Chief Constable der örtlichen Wache und Vater eines möglichen Verdächtigen bin ich befangen.«

Christoper gab ein leises Schnauben von sich. »Wenn man es nüchtern betrachtet, könnte man unser Zusammentreffen eher als nette Plauderei unter Nachbarn ansehen«, antwortete er.

»Wie darf ich das verstehen, Mister Howers?«

»Ich meine, dass ich genau weiß, wie sehr Sie sich wünschen, endlich mit dieser Geschichte abzuschließen. Andrew ist schließlich Ihr Sohn. Luana, hast du Beweise, die seine Schuld vermuten lassen?«

Luana entsperrte ihr Telefon und schob es über den Tisch. »Ich habe keine direkten Beweise, dass er an dem Verschwinden meiner Freunde und dem Brand in der Bäckerei beteiligt war, nur seine letzten Nachrichten an mich. Ian könnte euch da sicher besser helfen.«

Officer Mable nahm das Telefon und hielt es so, dass auch Christopher den Text lesen konnte. Seine Miene glich einer starren Maske, aber seine Finger zitterten, als er es Luana zurückgab.

»Bitte sagen Sie mir, wie er auf Sie zukam, und lassen Sie nichts aus.«

Luana seufzte. Dann begann sie zu erzählen. Von den vielen Anrufen, die Ian mit aller Macht vor ihr zu verbergen versuchte, ihrem ersten Zusammentreffen mit Andrew in Madame Gus Laden und den darauffolgenden Nachrichten. Wie seltsam sich Ian ihr gegenüber plötzlich verhalten hatte, weil er glaubte sie nur so vor seinem ehemals besten Freund schützen zu können. Wie sie von Ians Vergangenheit und der Verbindung zu Andrew erfahren hatte und dass sie erst kurz vor dem Mondfest verstanden hatte, dass sie beide von derselben Person terrorisiert wurden. Und dass sie schreckliche Angst um Millie und Vance hatte, weil sie dem Mann absolut alles zutraute.

Als die letzten Worte gesagt waren, atmete sie erleichtert aus. Es war, als ob ihr nicht nur ein kleiner Stein, sondern ein ganzer Felsbrocken vom Herzen gefallen war.

»Aber ich verstehe immer noch nicht, warum Andrew sich an dich gewandt hat, Luana. Das ergibt doch überhaupt keinen Sinn? Wäre es nicht klüger gewesen, Millie ins Visier zu nehmen, als eine Frau, die Ian erst seit ein paar Monaten kannte?«, fragte An'an.

Die Tasse in Christophers Händen drehte sich schabend über den dazugehörigen Teller. »Er macht es, weil er Ians Ängste zu seinem Vorteil nutzen kann. Luana mag noch nicht lange hier sein, aber ich kenne Ian, seit er ein kleiner Junge war. Du bist ihm wichtig; mehr als das. Und dich zu verlieren würde ihn umbringen. So, wie der Tod des armen Mädchens damals in diesem Haus. Er fühlt sich verantwortlich. Das hat er immer getan, obwohl er beinahe selbst mit dem Leben dafür bezahlt hätte. Aber ich glaube auch, dass mehr dahintersteckt, als wir ahnen. Bevor Andrew verhaftet wurde, hat er sich mit seinen Betrügereien viele Feinde gemacht. Außerdem hatte er Spielschulden, und die Gläubiger wollen jetzt vermutlich ihr Geld zurück. Er ist zwar nur ein kleiner Fisch, aber der Teich ist riesig. Es geht nicht nur um Rache, sondern vor allem um Geld. Sicher wird er sich bald wieder bei jemandem aus der

Familie melden. Vermutlich bei dir, Luana ... oder bei Ian direkt«, erklärte er.

»Wir werden alles dransetzen, sie zu finden«, sagte Officer Mable.

»Halten Sie sich bereit, und geben Sie sofort Bescheid, sobald er sie kontaktiert.«

»Natürlich, das werde ich tun.«

»Warum ausgerechnet Luana? Was hat unsere Familie nur getan, dass man uns so bestraft? Alles schien doch gut zu sein! Wenigstens für sie und Ian. Die Vergangenheit lässt sich ohnehin nicht mehr ändern, aber die Zukunft ...« An'an seufzte tief.

»Weine nicht, alles wird gut.« Lin tätschelte An'ans Schulter. Ein trauriges Lächeln flackerte über ihr Gesicht. »Und ihr jungen Leute habt gar nichts getan, nur geliebt.«

Luana trank den letzten Schluck Tee aus und starrte in die leere Tasse. Ob Yueliang wohl auch »nur geliebt« hatte?

Kapitel 37

St. Iluna, Winter 1927

Yueliang schlief. Ethan strich ihr eine verirrte Haarsträhne aus dem Gesicht. Es war schön, jeden Tag neben ihr aufzuwachen. Er wünschte sich nur, die Schatten, die sich über ihren Geist gelegt hatten, verjagen zu können.

Seit Onkel Roberts Tod schlief Yueliang in seinem Bett, sie schaffte es kaum mehr, einen Fuß in die Teestube zu setzen. Nur noch zum Arbeiten ging sie hinüber. Ihre Mutter war bei Miss Lee untergekommen, sie hatte das Bett seit Wochen nicht mehr verlassen.

Langsam und so leise wie möglich, um sie nicht zu wecken, stand er auf. Das Mondlicht erhellte sein Zimmer, aber selbst ohne das fahle Licht wäre er zurechtgekommen. Es war kurz vor dem Morgengrauen. Das erkannte er am Stand des Mondes und am Schwinden der ersten Sterne. Zeit, mit der Arbeit zu beginnen. Er schlich durch die dunklen Flure und hörte Jacob durch die Wände schnarchen, während Yini ihrem Baby, das fröhlich gluckste, ein Lied vorsang. Die leisen chinesischen Worte hallten einsam durch das Haus. Eigentlich wohnten Samuel und Yini in einer kleinen Kammer über der Wäscherei, aber sie hatten sie Chen Lu gern überlassen.

Ethan trat hinaus in die kühle Winterluft. Er nahm einen Lichtfunken auf der Terrasse war. Verwundert trat er näher. Chen Lu saß dort und rauchte eine Zigarette. Und sie war nicht allein, Noah war bei ihr.

»Chen Lu, ich dachte, du verlässt das Bett nicht? Und was tust du hier, Noah?« Ethan war hellwach und in Alarmbereitschaft. Es war klar, dass etwas nicht stimmte.

»Mein Vater«, begann Noah und brach ab, anscheinend unfähig, die richtigen Worte zu finden.

»Er hat endlich eine Möglichkeit gefunden, uns loszuwerden.« Chen Lu beendete seinen Satz.

Ethan lief es eiskalt den Rücken hinab. »Warum, was ist passiert?«

Yueliang kam schlaftrunken aus dem Haus, gefolgt von Yini und Samuel mit Baby Shenmi, sogar Jacob trottete hinter seinem Bruder her. Als hätten sie alle gespürt, dass sie jetzt hier sein mussten. Als würde eine fremde Macht sie alle zusammentreiben.

Ethan deutete auf Noah, während sich alle einen Platz auf der Terrasse suchten. Niemanden schien die Kälte zu stören.

Yueliang setzte sich zu ihrer Mutter.

Alle waren hier. Alle Menschen, die Ethan etwas bedeuteten. Trotzdem beschlich ihn das trügerische Gefühl, dass er kurz davor stand, jemanden zu verlieren. Schon wieder. Er deutete Noah an zu sprechen.

Der Junge atmete tief durch und drehte an dem Rädchen seiner Uhr – so, wie er es immer tat, wenn er nervös war. »Mein Vater ist ein Monster, und seit Jack nach Sarahs Tod die Stadt verlassen hat, ist er wie besessen davon, Chen Lu und Yueliang loszuwerden. Er macht sie für seinen Weggang verantwortlich. Es tut mir leid.«

Während Noah sprach, ging die Sonne auf, und die ersten Strahlen färbten sein Gesicht in unheilverkündende Rottöne. Er redete lange und verstrickte sich in unnötigen Erklärungen, aber dennoch lief alles daraus hinauf, dass Officer Mable einen Weg gefunden hatte, Sarah und Roberts Tod miteinander zu verknüpfen und Chen Lu und Yueliang dafür verantwortlich zu machen.

»Das kann er doch nicht tun!«

Yini hatte das Baby an Samuel weitergereicht und war auf ihre Freundin zugestürzt, um sie schützend in den Arm zu nehmen. Yueliang blickte Ethan aus großen Augen an. Angst, Verzweiflung, Unglaube ... Auf ihrem Gesicht spiegelten sich seine eigenen Emotionen.

»Er wird kommen, um Chen Lu und Yueliang für ein Verhör abzuholen, und dann wird er sie nicht mehr gehen lassen.« Noah war aufgesprungen, als könnte er bereits die nahenden Sirenen hören.

»Soll er doch kommen, wir haben nichts zu verbergen! Er kann uns doch kein Verbrechen nachweisen, das gar nicht existiert?«

Yueliang war ebenfalls aufgestanden und blickte trotzig in die Runde. Seine kleine Kriegerin ... Natürlich würde sie vor einem Kampf nicht flüchten.

»Eine Stunde!« Jacob trat an Ethan heran und flüsterte ihm ins Ohr. »In einer Stunde fährt der Zug nach Liverpool.«

Der nächste käme erst wieder am Abend, und da wäre es vielleicht schon zu spät ...

Nein. Sie mussten jetzt gehen!

»Wenn Officer Mable auch nur einen Verdacht hat, reicht das aus, um euch einzusperren. Im schlimmsten Fall besteigt ihr das Schiff, dürft aber nicht einreisen, weil Hongkong immer noch unter der Krone steht. Wir sollten uns also beeilen!« Samuel rückte seine Brille zurecht, nach der Shenmi immer wieder grapschte.

Die Situation wirkte so surreal – das fröhliche Baby und der wolkenlose, immer heller werdende Himmel. Dies alles wollte so gar nicht zu dem Grauen ihrer Situation passen. Das Schicksal verlangte eine Entscheidung von ihnen.

Ethan wagte es nicht, Yueliang anzusehen. Er wusste, ein Blick in ihre dunklen Augen ... und ihn würde der Mut verlassen.

»Ethan, was hast du vor?«

Er marschierte zum Hasenverschlag. Yùtù gab es schon lange nicht mehr, aber niemand hatte es je übers Herz gebracht, das Holzhäuschen niederzureißen. Wortlos hob er das Dach herunter und löste den unteren Balken. Dann holte er die kleine Kassette hervor, in der sie immer ihr Geld gehortet hatten.

»Das Geld ist doch schon längst aufgebraucht.« Yueliang war ihm gefolgt.

Er reichte ihr die Holzbox. »Wieso das? Ich habe immer mal wieder etwas hineingelegt, für den Notfall.«

»Aber es ist doch nichts übrig geblieben?«

»Jetzt bin ich beleidigt, du unterschätzt mich«, sagte er.

Sie boxte ihn in die Seite, während sich ihre Augen mit Tränen füllten. »Ich will nicht gehen.«

»Ich will auch nicht, dass du gehst.«

Trotz allem wussten sie beide, dass sie gehen *musste.* Officer Mable war unberechenbar. Im günstigsten Fall verliefen seine Behauptungen im Sand, aber im schlimmsten Fall hingen Yueliang und ihre Mutter am Galgen ... Und dazwischen lagen Gefängnis, Enteignung oder Verbannung. Das Risiko zu bleiben und für eine Tat zu büßen, die sie nicht begangen hatten, war zu hoch, und sie wussten es.

Nach Roberts Tod gab es niemanden mehr, der sich schützend vor die beiden stellen würde, außer Ethan. Aber das war nicht genug. Jack hätte für die beiden sprechen müssen, aber selbst wenn er hier wäre, hätte er es nichts getan. Er hätte die zwei Frauen, die seinem Bruder alles bedeutet hatten, ins offene Messer laufen lassen.

Plötzlich herrschte ein reges Treiben auf der Terrasse. Alle wussten, dass es keine andere Option gab.

Die Zeit lief ihnen davon. Jacob lief mit der Geldkassette vor, um die Zugtickets zu kaufen. Chen Lu holte ihren Goldschmuck, den sie in Liverpool versetzen konnten, um die Schiffspassage zu bezahlen.

Yini half Yueliang, eine Tasche mit dem Nötigsten zu packen.

Sie waren fast bereit zu gehen.

»Die Mondkuchenformen!« Yueliang wollte zurücklaufen, doch Ethan hielt sie auf.

»Geht los zum Bahnhof, ich hole sie.«

Ethan lief zurück in die Teestube. In der Küche herrschte pures Chaos. Kein Wunder, Yueliang hatte die Arbeit von drei Menschen allein machen müssen. Er suchte den Tresen nach den kleinen viereckigen Kuchenformen ab, die er so oft in ihren Händen gesehen hatte. Sie waren ihr so wichtig. Wichtig genug, dass er für sie zurücklief und die paar wertvollen Minuten, die er noch mit ihr hätte verbringen können, opferte.

Doch er konnte sie nicht finden.

Ein Lichtstrahl fiel durch die geschlossenen Fensterläden in den Raum und erhellte das Bild, das Yueliang gemalt hatte, bevor sie die Teestube eröffnet hatten. Die Mondgöttin blickte gütig auf ihn herab. Auf dem Tisch unter dem Gemälde lagen zwei der acht Formen. Erleichtert schnappte Ethan sie sich. Zwei waren besser als gar keine. Er würde die anderen finden und sie Yueliang zukommen lassen.

Er wollte die Teestube gerade verlassen, da stand Officer Mable in der Tür. Ein hämisches Grinsen im Gesicht und einen Stock in der Hand. Nur noch zehn Minuten, dann würde der Zug mit Yueliang abgefahren sein. Er würde sie nie wiedersehen. Wenn er den Constable beschäftigen könnte, dann wäre sie sicher, doch er könnte sich nicht von ihr verabschieden. Die Formen wogen schwer in seiner Hand.

Was sollte er nur tun?

Kapitel 38

St. Iluna, Gegenwart

Erschrocken riss Luana die Augen auf und blickte sich um. Sie lag allein im Bett in Lins Gästezimmer. An'an und Lin telefonierten mit Shenmi, die scheinbar immer noch in dem Hotel irgendwo im Nirgendwo festsaß. Oder auch nicht? Sie hatte keine Kraft, sich jetzt darüber Gedanken zu machen.

Ihr Herz klopfte wie verrückt, und ihr Magen zog sich so ruckartig zusammen, dass ihr übel wurde. Blind tastete sie über das Bett und ergriff ihr Handy.

Ein Anruf in Abwesenheit. *Millie!!*

Sofort tippte sie auf Wiederwahl. Es läutete. Einmal, zweimal. Dann nahm jemand ab.

»Millie? Millie, wo bist du? Geht es dir gut?«

»Hallo, kleine Luana aus Hongkong. Na, haben wir dich aus einem schönen Traum geweckt?«

Die tiefe, kratzige Stimme jagte ihre einen Schauer über den Rücken. Jetzt war sie hellwach. »Andrew.«

»So ist es. Habe ich dir nicht versprochen, dass wir uns bald wiedersehen werden?«

»Wo ist Millie?«

»Oh, Millie geht es gut … glaube ich.«

»Ich will mit ihr sprechen.«

»Klar, kein Problem, für dich würde ich doch alles tun.«

Im Hintergrund war ein Poltern zu hören, und jemand fluchte lautstark.

»Bringt sie rein und ihn auch!«

Es knackte. Dann war Millie dran.

»Luana, egal was er von dir verlangt, du darfst auf gar keinen Fall auf seine Forderungen eingehen, hast du mich verstanden?«

»Millie, geht es dir gut? Bist du verletzt?«

»Wir haben jetzt keine Zeit. Du musst zur Polizei gehen!«

»Ich ...«

»Diese Kleine ist genauso stur wie ihr Bruder. Aber was soll ich sagen? Ian hat auch nie auf mich gehört, und das hätte ihn beinahe das Leben gekostet.«

Luana biss sich auf die Lippe, bis sie Blut schmeckte. Sie durfte jetzt nicht auf Andrews Provokationen eingehen und Millies Leben gefährden. Dieser Mann war zu allem fähig.

»Was willst du von uns, Andrew?«

Er kicherte ins Telefon. »Was ich von euch will? Eigentlich ist es doch ganz einfach! Bring mir das Vermögen deiner Familie, und ich lasse sie gehen. Ich will nur euer Geld, den teuren Schmuck und die unbezahlbaren Mondkuchenformen!«

Luana runzelte die Stirn. Geld, Schmuck, unbezahlbare Mondkuchenformen? Wovon sprach dieser Verrückte? Es stimmte zwar, dass es ihnen durch die Einnahmen ihrer Teestube in Hongkong praktisch an nichts fehlte, aber reich waren sie deshalb ganz sicher nicht. An'an trug keinen Schmuck, außer einem Jadearmreif, den sie einst von Luanas Großvater bekommen hatte. Ihre übrigen Stücke verstaubten in einer alten Schmuckschatulle in dem Bücherregal. Und die Mondkuchenformen? Sie waren zwar alt, aber für einen Fremden nicht besonders wertvoll. Wusste er überhaupt, dass es sich dabei nur um antike Backformen handelte, die einen rein ideellen Wert hatten? Vermutlich nicht. Aber das war egal. Wenn sie jetzt gute Miene zum bösen Spiel machte, dann könnte sie mehr Zeit gewinnen!

»Na, was sagst du?«

»Ich werde alles tun, was du verlangst. Aber bitte, tu Millie nicht weh!«

Schallendes Gelächter dröhnte in ihren Ohren. »Richtige Antwort, meine Kleine. Ich werde Millie kein Haar krümmen, es sei denn, du hältst dich nicht an unsere Abmachung. Keine Polizei, verstanden? Ich habe keine Lust, schon wieder in den Knast zu wandern!«

»Aber ich werde etwas Zeit brauchen ...«

»Du hast zwei Tage.«

Luana schloss die Augen. Zwei Tage. Würde Millie so lange durchhalten?

»Ich will Millie sehen«, sagte sie.

»Ich schicke dir ein Foto von ihr, damit du siehst, dass nicht ein Kratzer ihre bleiche Haut entstellt. Bei Vance, diesem Verräter, bin ich mir allerdings nicht so sicher, ob er es überstehen wird. Er hat sich seit zwei Tagen kaum bewegt. Aber so ist das, wenn man die Seiten wechselt, nur weil man seinen Schwanz in die falsche Frau gesteckt hat. Also, kein Wort an die Polizei, hast du das verstanden?«

»Ja ...«

»Lauter.«

»Ja, ich habe dich verstanden! Kein Wort an die Polizei.«

»Braves Mädchen.«

»Warum hast du das Feuer gelegt?«

Stille.

»Ich melde mich bei dir.«

Dann war die Leitung tot. Luana starrte das Handy an, als wäre es ein giftiger Apfel. Ein chinesischer Fluch kam ihr zischend über die Lippen. Am liebsten wollte sie schreien, aber dann würde sie die Aufmerksamkeit der anderen auf sich ziehen, und das konnte sie jetzt auf gar keinen Fall riskieren. Ihre Großmutter sah es ihr an der Nasenspitze an, wenn sie log.

Ein leises Räuspern ließ sie herumfahren, und sie erkannte die hohe, schlanke Gestalt im Türrahmen.

Jimmy.

»Wie lange stehst du schon hier?«, fragte sie leise.

»Lange genug, um dir ins Gewissen zu reden, es nicht zu tun.«

»Du weißt, dass ich das nicht kann. Millies Leben steht auf dem Spiel.«

Jimmy seufzte. »Das ist viel zu gefährlich, Luana! Was, wenn etwas schiefgeht? Ian wird herausfinden, dass ich davon wusste. Weißt du eigentlich, dass wir früher mal gute Freunde waren?«

»Ian darf nichts davon wissen. Er würde es niemals zulassen!« Sie knipste die Nachttischlampe an und deutete ihm, die Tür zu schließen. »Ich habe Andrew um mehr Zeit gebeten. Er hat eingewilligt, wenn ich mich an die Abmachung halte. Zwei Tage, keine Polizei.«

Jimmy zog einen Stuhl heran, sodass er ihr gegenübersitzen konnte. »Es ist trotzdem eine Schnapsidee. Officer Mable wird dagegen sein!«

Luanas Handy vibrierte auf dem harten Holzboden in einer Ecke. Sofort sprang sie auf und öffnete die Nachricht. Ein Bild. Es zeigte Millie, die auf einem Bett in einem kahlen Raum saß. Ihre Arme um die Beine geschlungen blickte sie grimmig in die Kamera. Ihre Augen waren rot und das Haar zerzaust, aber sonst schien ihr nichts zu fehlen. Eine Welle der Erleichterung fegte über Luana hinweg. Dann kam ein zweites Bild. Es zeigte Vance. Er lag auf dem Boden mit dem Gesicht in einer angetrockneten Blutlache.

»Scheiße, ist er tot?«

Eine weitere Nachricht poppte auf: *Keine Sorge, er hält nur ein Nickerchen, habe gerade seinen Puls gecheckt.*

»Dieser kranke Bastard! «, knurrte Jimmy. »Ein Grund mehr, dich nicht dorthin gehen zu lassen.«

»Aber welche Wahl habe ich denn? Andrew hat schon einmal jemanden getötet, er wird es wieder tun!«

»Dann begleite ich dich.«

»Nein, Jimmy, nein ...«

»Ich lass dich nicht allein gehen. Wie könnte ich Ian oder deiner Großmutter jemals wieder in die Augen sehen? Außerdem bin ich Ian etwas schuldig. Er hat mir geholfen auszusteigen, bevor es zu spät war. Womöglich weiß er es gar nicht mehr, aber seine Worte von damals haben mich wachgerüttelt: ›Sei kein Idiot, Jim. Du kannst immer noch studieren gehen! Hau einfach ab und komm nie wieder zurück. Denk nicht einmal mehr an dieses Loch. Für dich gibt es hier nichts zu holen. Schau uns doch an.‹ Also ja, ich begleite dich. Was wollte er überhaupt von dir? Erpresst er dich?«

»Geld, Schmuck und die Mondkuchenformen.«

»Und du hast nichts davon?«

»Nein, also muss ich ihn irgendwie reinlegen, um Millie und Vance zu retten.«

»Du hättest damals schon zur Polizei gehen sollen, anstatt Bilder zu restaurieren.«

Luana dachte an das Bild, das sie gemalt hatte, nachdem ihr klargeworden war, dass sie Ian liebte.

Jimmy seufzte erneut. Dann legte er seine Hand auf ihren Kopf und tätschelte sie wie ein großer Bruder. Wie Xicheng es immer getan hatte. Dabei lächelte er.

»Egal was ich sage, du wirst dich nicht davon abbringen lassen, stimmt's?«

»Nein und kein Wort zu Ian.«

»Okay, dann lass uns einen Weg finden. Zusammen.«

Luana nickte. »Zusammen.«

Kapitel 39

St. Iluna, Winter 1927

Der Zug fuhr ein. Noch keine Spur von Ethan. Shenmi wimmerte, und Yueliang drückte sie ein letztes Mal fest an sich. Sie hätte nie gedacht, dass ihr dieses Baby so viel bedeuten könnte ... oder dieses Leben hier. Sie blickte in all die Gesichter der Menschen, die sie zurücklassen würde. Yini, Jacob und Samuel, sogar Noah war zu einem guten Freund geworden, den sie schrecklich vermissen würde.

»Die Constables sollten Menschen beschützen und sie nicht zur Flucht zwingen.«

Yueliang gab Shenmi einen Kuss und reichte sie an Yini weiter, die ebenfalls den Tränen nahe war.

»Grüß deine Großmutter von mir, selbst sie werde ich vermissen.«

Ihre Freundin nickte und unterdrücke ein Schluchzen. Dann nahm Yueliang Noah in den Arm. »Es ist nicht deine Schuld, wenn überhaupt, dann verdanke ich dir mein Leben ... Das ... das werde ich dir nie vergessen.«

»Ich verspreche dir, dass ich es anders machen werde. Ich werde wiedergutmachen, was meine Familie dir angetan hat.«

Yueliang sah ihm in die Augen und erkannte, wie ernst es ihm war. Noah würde ein besserer Mann werden, als sein Vater es war, und er würde Ethan und den Zwillingen immer ein guter Freund sein, das war das Wichtigste. Sie würden Freunde brauchen, besonders Ethan.

Zum Schluss nahm sie Jacob und Samuel in den Arm. In den vergangenen Jahren waren die beiden frechen Kerle auch zu ihren Brüdern geworden, und es brach ihr das Herz, sie nun zurücklassen zu müssen. Den nächsten Satz bekam sie kaum über die Lippen. »Tut mir einen Gefallen und geht nicht mehr auf Hasenjagd, in Ordnung? Und behaltet mich in guter Erinnerung.«

Samuel schluchzte, und Jacob wandte sich ab. Der Zug war stehen geblieben, sie mussten einsteigen. Chen Lu erklomm die Stufen, doch Yueliang blieb in der geöffneten Tür stehen. Wieso hatte sie es zugelassen, dass Ethan wegen der Formen zurückgelaufen war? Der Schaffner pfiff.

Yueliang bekam kaum mit, wie Jacob sie hochhob und in den Zug hineinschob.

Nein!

Das konnte nicht sein. So durfte es nicht enden. Vor ihren Augen schloss sich die Tür, und sie verlor das Gleichgewicht, als sich der Zug in Bewegung setzte.

Sie würde Ethan nie wiedersehen.

Kapitel 40

St. Iluna, Gegenwart

Keine neuen Nachrichten.

Das mulmige Gefühl, das ihm schon seit gestern Abend wie ein schwerer Stein im Magen lag, wollte einfach nicht vergehen. Erneut warf Ian einen Blick auf das Telefon. Nichts. Weder Millie noch Luana hatten seine Nachrichten gelesen, und daher wussten sie auch nicht, dass er sich heute selbst aus dem Krankenhaus entlassen hatte. Einen tiefen Seufzer ausstoßend blickte er an sich herab. Es war zu früh. Natürlich war es das. Seine Arme waren bis zu den Ellenbogen einbandagiert und die Schmerzen beinahe unerträglich, aber er hatte keine Lust, noch länger hier zu versauern. Heilen konnte er auch zu Hause. Außerdem musste er ein ernstes Wort mit seiner Schwester wechseln, die sich seit Tagen nicht bei ihm gemeldet hatte. Luana hatte ihm zwar erzählt, dass Millie sich eine Erkältung eingefangen habe und ihn deshalb nicht besuchen könne, aber dass sie ihm nicht einmal schrieb, löste ein gewisses Unbehagen in ihm aus. Es war zwar typisch für sie, ihn tagelang zu ignorieren, wenn sie sauer auf ihn war, aber dass sie sogar ihren Instagram-Account einfror, kam ihm äußerst verdächtig vor.

Luana verhielt sich genauso seltsam. Sie versuchte zwar, etwas – was auch immer es war – vor ihm zu verbergen, aber er brauchte sie nur anzusehen, um zu wissen, dass etwas im Busch war. Lügen gehörte eindeutig nicht zu ihren Stärken. Ihr Blick, als sie sich am Ende der Besuchszeit mit einem langen, weichen Kuss voller Liebe von ihm verabschiedet hatte,

hatte ihm einen Stich versetzt. Sie hatte ihn angelächelt und ihm versprochen, am nächsten Tag wiederzukommen. Aber warum hatten dann ihre Augen feucht geglitzert, als wäre dies ihr letzter gemeinsamer Moment gewesen? Und dann war sie nicht gekommen.

Luana, was geht in deinem Kopf vor? Was ist passiert, während ich dich allein gelassen habe?

Und dann war da noch Andrew, der aus heiterem Himmel damit aufgehört hatte, ihn mit Nachrichten und Anrufen zu terrorisieren. Warum?

Er wählte Luanas Nummer und kam sofort an die Mailbox. Ein kalter Schauer rieselte über seine Arme und verursachte ihm eine schmerzhafte Gänsehaut, die sich wie kleine Nadelstiche auf den verbrannten Stellen anfühlten.

Andrew, warst du es? Hast du mein Haus angezündet? Hattest du deine Finger im Spiel?

Andrew war nicht der Typ, der einfach aufgab. Er zog die Dinge durch bis zum Schluss. Anders als Ian, der sich lieber feige hinter spröden Ausreden versteckte. Aber auch das war jetzt vorbei. Ian hatte keine Lust mehr auf den Sullivan-Fluch, der seit Generationen auf seiner Familie lastete.

Was ist bloß los mit unseren Familien? Diese Frage hatte ihm Luana erst vor einiger Zeit gestellt, während sie zusammen an der Zuckerskulptur gearbeitet hatten. Aber er hatte keine Antwort darauf gewusst.

Das Taxi hielt direkt vor ihm. Der Fahrer stieg aus, und als er Ians Zustand bemerkte, half er ihm erst in den Wagen, bevor er die Tasche in den Kofferraum stellte. Erschöpft lehnte sich Ian auf dem weich gepolsterten Ledersitz zurück und atmete tief durch. Während sie an den vertrauten Häusern von St. Iluna vorbeizogen, kam es ihm so vor, als wäre er seit Monaten fort gewesen. Dabei waren seit dem abgebrochenen Mondfest gerade einmal vier Tage vergangen.

Er wählte Luanas Nummer. Wieder nichts. »Wo bist du nur?«, flüsterte er. Vielleicht war sie zum Einkaufen gegangen und hatte es zu Hause vergessen?

Das Handy wurde ihm schwer in der Hand, und er legte es zur Seite. Seine Finger zitterten, und er konnte sich nicht entscheiden, ob die Haut unter den Spezialverbänden mehr juckte oder brannte. Fuck!

Das Taxi hielt direkt vor der Bäckerei. Ian dankte dem Fahrer und stieg aus. Obwohl er es sich schlimmer vorgestellt hatte, jagte ihm der Anblick seines verbrannten Hauses einen Schauer über den Rücken. Und warum war es hier so verdächtig still? Nicht einmal die Vögel zwitscherten ... Er linste auf die andere Seite. Zum Glück war die Teestube verschont geblieben.

Plötzlich musste er schmunzeln.

Genau dort hatte sie gestanden, als sie sich zum ersten Mal getroffen hatten. Sie hatte sich hinter der Straßenlaterne versteckt ...

Wo bist du, Luana?

Eine böse Vorahnung beschlich ihn. Er nahm seine Tasche und ging die paar Schritte, bis er vor der prächtig verzierten Eingangstür der Teestube stand. Er klopfte, aber niemand öffnete. Seltsam. Waren sie wirklich nicht zu Hause? Von Jimmy wusste er, dass wenigstens Luanas Haus bereits freigegeben war. Nein, er glaubte nicht daran. Niemals würde An'an seine kranke Schwester einfach sich selbst überlassen! Erneut hämmerte er gegen die Tür, wobei er den Schmerz ignorierte, der sich wie Messerstiche in seine Arme bohrte.

»Granny? Bist du zu Hause? Mach die Tür auf, ich bin's, Ian!«

Nichts.

Er zückte sein Telefon, drückte auf die Wahlwiederholung und kam sofort wieder in Luanas Sprachbox. Dann wählte er An'ans Nummer und horchte. Tatsächlich erklangen die zarten Töne einer chinesischen Bambusflöte hinter der Tür.

»An'an? Was zum Teufel ist hier los? Muss ich die Tür erst eintreten, damit du mich reinlässt? Oder muss ich das Siegel von der Gartentür reißen?«

Endlich öffnete sich die Tür mit einem leisen Knarren. Ian rutschte das Herz in die Hose. Da stand sie und blickte ihn fassungslos an.

»Kann ich reinkommen?«, fragte er.

Was zum Henker ist hier passiert, während ich im Krankenhaus war?

Da An'an stumm blieb, ließ er sich einfach selbst hinein.

»Wo ist Luana? Ich kann sie nicht erreichen. Und wie geht es Millie, schläft sie?«

»Ja.«

»Ja?«

An'ans Stimme klang dünn. »Ich meinte, es geht ihr gut.«

Sie lügt.

Misstrauisch hob Ian eine Augenbraue. »Du lügst genauso schlecht wie Luana. Wo ist sie? Und warum hast du den Laden nicht geöffnet?«

»Der Ofen funktioniert nicht.«

Schon wieder eine Lüge. Ian setzte sich an einen Tisch, über dem ein farbenfroher Papierdrache hing. An'an nahm ihm gegenüber Platz und starrte ihn an, als wartete sie nur darauf, dass er die richtigen Fragen stellte.

»Was ist passiert, An'an?«

Die kleine Frau seufzte. Sie streckte die Hände nach ihm aus, und Tränen stiegen ihr in die Augen, während sie den weißen Verband an seinen Armen berührte.

»Das ... das hätte nie passieren dürfen! Du hättest sterben können, mein Junge. Du und Luana, ihr seid so rücksichtslos. Jetzt, wo ihr euch endlich gefunden habt – was habt ihr euch nur dabei gedacht?«

»Was wir uns dabei gedacht haben?«

»Ich weiß nicht, was unsere Familie getan hat, dass uns die Götter derart zürnen! Erst Yueliang und nun Luana ...«

Ian ergriff An'ans Hände. »Wo ist sie, Năinai?«

Er benutzte das chinesische Wort für Großmutter so gut wie nie, aber jetzt zeigte es die erhoffte Wirkung.

Tränen kullerten über ihre Wangen. »Oh, Ian ... Er ... Dieses Monster ... hat Millie!«

Ian erstarrte. »Wer?«

»Andrew.«

»Andrew ...« Ihm wurde schlecht, und sein Herz erstarrte.

»Officer Mable und Christopher Howers haben uns vor ein paar Tagen besucht und von den Untersuchungsergebnissen zu dem Brand in der Bäckerei berichtet. Außerdem erzählte er vom Ermittlungsstand zu Millie und Vance' Verschwinden. Der Chief Constable hat uns versichert, dass sie alles daransetzen, die beiden zu finden. Ein Bekannter von ihm arbeitet bei Scotland Yard in London. Er hat sich sofort bereit erklärt, die örtliche Polizei zu unterstützen.«

Das laute Krachen seines Stuhls, der gerade umgefallen war, hallte wie der Schuss einer Pistolenkugel in Ians Ohren. Sein rasender Herzschlag vermischte sich mit dem dröhnenden Geräusch und riss ihn in die Tiefe.

»Wo ist Luana? Was hat sie getan?«, rief er völlig außer sich.

An'an schüttelte den Kopf. »Ich weiß es nicht.«

»Du weißt es nicht?«

Sie legte einen zerknitterten Zettel auf den Tisch.

»Sie hat ihn auf die Truhe geklebt, in der ich die Mondkuchenformen aufbewahre, als ich beim Einkaufen war.«

Auf den Zettel waren chinesische Schriftzeichen gekritzelt, die sie in Eile geschrieben hatte. Selbst er erkannte das.

»Lies es mir vor«, befahl er schroff.

Sobald er wieder klar denken konnte, würde er sich bei ihr entschuldigen.

»Sie schreibt: *Ich habe vorhin eine Nachricht von Millie bekommen und mache mich auf den Weg zum Treffpunkt. Mach dir keine Sorgen um mich, denn ich werde nicht allein hingehen.*

Bitte erzähl Ian nichts davon, er würde sich nur unnötig aufregen. Sag ihm, dass ich ihn liebe. Ich melde mich, sobald wir auf dem Rückweg sind!«

Ian richtete sich auf. Er schloss die Augen und ballte die Hände zu Fäusten, um das Zittern seiner Finger vor An'an zu verbergen. Was hatte sie sich nur dabei gedacht? Wut vermischte sich mit Verzweiflung und Angst. Was sollte er jetzt tun?

Nickys vorwurfsvolles Gesicht tauchte vor ihm auf. Ihr dünner, von den Drogen zerfressener Körper. Das abgefuckte Zimmer, in dem sie gestorben war. Andrews Lächeln, als er den Lauf der Waffe direkt auf seine Brust gerichtet hatte. Das Geräusch des Abzugs ...

Wie in Zeitlupe taumelte Ian dem Abgrund entgegen. »Ich liebe dich«, flüsterte ihm Luanas Stimme zu. Er blieb stehen und schloss die Augen. Als hätte ihm Luana Bilder in den Kopf gemalt, fand er sich plötzlich auf seiner Terrasse in der Sonne wieder. Luana saß auf seinem Schoß und spielte mit dem Feuerzeug, das er benutzt hatte, um sich eine Zigarette anzuzünden. Sie blickte zu ihm auf und lächelte ihn an, bevor sie sich ihm entgegenreckte. *Ich liebe dich.*

Ian öffnete die Augen und blinzelte. »Ich weiß, wo sie ist.«

»Nein, Ian, du kannst nicht gehen, es ist viel zu gefährlich! Du bist verletzt und ...«

»Ich werde nicht hier sitzen und auf Mables Beileidsbekundungen warten. Andrew ist gefährlich!«, unterbrach er An'an und zog sie in eine schnelle Umarmung.

Dann hetzte er aus der Teestube.

Als Ian das nächste Mal aufblickte, fand er sich nur wenige Schritte vom Herrenhaus entfernt wieder. Er atmete tief durch und kämpfte gegen die Schwere, die nach seinen Beinen griff. Es war wie damals, als er auf dem Heimweg nach seinem Anwaltstermin hierhergekommen war. Sein Magen krampfte, und er schwankte vorwärts. Schweiß tropfte ihm in die Augen. Nein, er musste sich jetzt zusammenreißen! Sie hatte auch nicht gezögert, sich für seine Schwester in diese Hölle zu wagen. Er wischte sich übers Gesicht und zog die Kapuze tiefer. Dabei blickte er sich um.

Die Straße war wie leer gefegt. Keine tratschenden Alten oder spielende Kinder. Keine Polizeiwagen. Niemand. Schnellen Schrittes rannte er den eisernen Zaun entlang, am nächsten Haus vorbei. Wenn er sich durch den Garten des Nachbarn stahl, dann gelangte er direkt zu der versteckten Seitentür des alten Anwesens. Den Zaun dort bildete eine mannshohe Hecke, die er mit seinen Armen problemlos durchdringen konnte. Es war derselbe Weg, den er auch damals genommen hatte, als Andrew ihn zu sich gerufen hatte. Ein eisiger Schauer jagte über seinen Rücken, als er die schmale Tür erreichte.

Sie stand offen. Eine Einladung?

Ian holte tief Luft. Dann trat er ein. Der beklemmende Geruch von schweren, staubigen Vorhängen und altem, vermoderten Holz hing in der Luft. Fleckige Matratzen lagen in den Gängen ebenso wie Säcke voller Müll, Spritzen und zerdrückte Zigarettenkippen. War das wirklich die Welt gewesen, in der er sich wie ein Schatten bewegt hatte? Nein, er war nie ein Junkie gewesen, nur ein Mitläufer.

Seine Lippen verzogen sich zu einem gequälten Lächeln. Mitleid. Ja, er hatte Mitleid mit seinem vergangenen Ich. Wo war Luana? Seine Schritte beschleunigten sich. Wenn ihr oder seiner Schwester etwas zugestoßen war, dann ... Das Zimmer, in dem Nicky gestorben war, war leer. Ian hielt inne, unterdrückte den Widerstand, der wie ein Geschwür in seinem Inneren wuchs. Das Trauma lenkte ihn in die falsche Richtung, versuchte, ihn dazu zu bewegen, diesen Ort so schnell wie möglich wieder zu verlassen. Aber das konnte er nicht. Nicht mehr.

Sie ist nicht hier. Wo könnten sie sein? Habe ich mich geirrt?

Irgendwo zerschellte ein Glas. Ian fuhr herum. Er rannte die Stufen hinab, bis er den alten Salon erreichte. Die Tür stand offen.

»Sieh nur, was du angerichtet hast, kleine Luana aus Hongkong. Warum zwingt ihr mich immer alle dazu? Aber keine Sorge, Jimmy wird es schon überleben.«

Andrew.

Ian linste durch den Spalt und erkannte Jimmy, der bewusstlos zwischen Luana und Andrew auf dem Boden lag. Luana kauerte neben ihm, das Haar wirr und die Augen voller Hass. Der Drang, zu ihr zu rennen und sich vor sie zu stellen, wurde unerträglich.

Aber bevor er dazwischengehen konnte, fuhr Andrew fort: »Hast du wenigstens das Zeug mitgebracht, um das ich dich gebeten hatte? Oder hast du es dir anders überlegt?«

»Tu nicht so, als ob ich für dich einkaufen gegangen wäre! Du hast mich mit dem Leben meiner besten Freundin erpresst und wusstest, dass ich dir alles geben würde, um sie zu retten. Bring sie zu mir! Und Vance.«

Andrew lachte. »Was willst du denn mit diesem Verräter? Oder hast du etwa wirklich so ein gutes Herz?«

»Wenigstens habe ich ein Herz. Du hast gar nichts!«, zischte Luana.

Andrew verdrehte die Augen, fasste sich an die Brust und taumelte theatralisch rückwärts. »Autsch, das tut weh! Ian hat wohl schon auf dich abgefärbt, was? Stimmt es, dass er den kleinen Brand, den ich in seinem Haus gelegt habe, überlebt hat?«

»Lass Ian aus dem Spiel!«, rief sie und ballte die Hände zu Fäusten.

»Du spielst gern die Heldin, oder? Wärst du damals nur auch so mutig gewesen ...«

Luana erstarrte und es dauerte einen Wimpernschlag, bis sie ich wieder gefangen hatte. Die Lippen zu einem festen Strich gepresst, straffte sie die Schultern. »Du weißt gar nichts über mich!«

»Ich weiß genug. Von eurem Reichtum und wie Chen Lu, deine Hexe von Ururgroßmutter unsere ehrlich arbeitenden Familien verflucht hat. Und vergessen wir nicht Yueliang, die Ethan erst an sich gebunden hat, nur um ihm anschließend all sein Vermögen zu rauben, sein Herz zu brechen und ihn am Ende wie einen getretenen Hund zurückzulassen.«

Ian horchte auf. Woher wusste Andrew von Yueliang? Und wer war Ethan?

»Ich weiß nicht, wovon du sprichst!« Luana umfasste die funkelnde Mondkette um ihren Hals. »Du lügst.«

Andrew lächelte. »Warum sollte ich lügen? Dazu gibt es doch gar keinen Grund!« Er winkte nach einem seiner Kumpanen, der aus einer Tür auf der anderen Seite trat.

»Bringt sie rein.«

Einen Augenblick später taumelte seine geknebelte Schwester, gefolgt von zwei Männern, die Vance schleppten, in das Zimmer. Der Junge sah mehr tot als lebendig aus. Als Millie Luana erkannte, füllten sich ihre Augen mit Tränen, und sie begann, sich zu wehren. Dumpfe Laute drangen durch den dicken Stoffstreifen um ihren Mund, aber Luana deutete ihr, sich zu beruhigen. Dann warf sie Andrew einen prallen Rucksack vor die Füße.

»Mehr habe ich nicht, und jetzt halte dein Versprechen und lass meine Freunde gehen! Ich werde deinem Vater erzählen, dass du geflüchtet bist, und wir werden uns nie wiedersehen. Du wirst uns in Ruhe lassen!«

Ein tiefer, dunkler Laut, der wie ein Lachen klang, drang aus Andrews Mund, wobei sich die Totenkopf-Fratze an seinem Hals schauderhaft mitbewegte. Ohne Vorwarnung packte er Millie am Schopf und versetzte ihr einen Stoß, sodass sie vor Luanas Füßen landete, die sich schützend auf sie warf.

»Schau hinein«, befahl er eisern, und sofort machte sich einer der Männer daran, den Rucksack auseinanderzunehmen.

»Luana, Luana ... weißt du, was ihr gemeinsam habt? Du und mein bester Freund? Ihr seid zu leichtgläubig.«

»Zwei Kuchenformen, Schmuck und ein paar Golddukaten, Boss.«

Andrew drehte den Kopf und ließ seine Fingerknöchel knacken. »Das ist alles?«, fragte er und griff in die Innentasche seines Mantels. »Ist das dein Ernst? Willst du mich verarschen, Luana?«

»Ich habe dir alles gegeben, mehr haben wir nicht!«

»Lüg mich nicht an. Ich weiß, welches Vermögen sich deine Ururgroßmutter von den Sullivans ergaunert und dann nach Hongkong mitgenommen hat!«

Luana schüttelte den Kopf. »Du irrst dich. Sie hat nichts gestohlen. Alles, was sie nach Hause mitgenommen hat, war eine Tochter mit gebrochenem Herzen.«

Erneut stieß Andrew dieses irre Lachen aus. Dann zog er eine Waffe und richtete sie auf Luana.

»Wie auch immer ... Ich werde den Teufel tun und wieder in den Knast gehen. Bevor ihr oder Jimmy zur Polizei rennt und wie Ian über mich auspackt, töte ich euch.«

Töte ich euch.

Ian löste sich aus seiner Starre. Warum hatte er so lang hier gewartet? Jetzt war es zu spät! Er hätte sich gleich auf Andrew stürzen sollen. Langsam und mit erhobenen Händen, trat er aus der Finsternis des Flurs in das Zimmer.

»Ian ...«, hauchte Luana seinen Namen.

Andrew wirbelte herum. Jetzt zielte der Lauf der Waffe auf Ians Kopf. Gut so. Besser er als seine Schwester oder die einzige Frau, die es je geschafft hatte, sein Herz zu erweichen und sein verlorenes Ich zu berühren.

»Lass die Frauen gehen, Andrew, dann erlaube ich dir, dich an mir zu rächen – so, wie du es schon immer wolltest!«

»Du ›erlaubst es mir‹? Ich scheiß auf deine Erlaubnis!«

Langsam kam Ian näher. Nur noch zwei Meter, dann hatte er Luana und Millie erreicht. Oder sollte er stehen bleiben?

Aber was, wenn Andrew sich umdrehte und den Abzug drückte? Er wäre niemals schnell genug, um sie zu schützen.

»Was willst du jetzt tun, Andrew, hm? Willst du noch mehr Menschen umbringen? Was ist bloß los mit dir?«

Andrew deutete mit der Waffe auf ihn. »Was los mit mir ist?«

»Ja.«

Ian holte eine Schachtel Zigaretten aus der Hosentasche und zündete sich eine an, bevor er sie zu ihm rüberwarf. Ein Friedensangebot. Andrew starrte das Päckchen an, als wäre es eine lästige Ratte, die er zerquetschen wollte. Dennoch bückte er sich und griff danach.

»Vielleicht sollte ich die beiden doch behalten. Besonders unsere kleine Luana aus Hongkong würde viel Geld einbringen ... Und du ... du könntest für mich arbeiten. Wie man Drogen verkauft, weißt du ja, immerhin hast du mir oft genug dabei zugesehen.«

Ian blieb still. Jetzt war er Andrew so nahe, dass er ihn berühren könnte, wenn er wollte. Sein ehemals bester Freund schien es nicht bemerkt zu haben.

Bleib ruhig, lass dich nicht von ihm provozieren.

Ian schnippte die Zigarette auf den Boden, und eine dünne Rauchfahne stieg zwischen ihnen auf.

Andrew blickte auf. Stirn an Stirn. Direkt in seine Augen.

Plötzlich ging alles ganz schnell. Das Klicken der Sicherung ertönte. Luana schrie. Aus dem Augenwinkel sah er, wie sie aufsprang und auf ihn zustürzte. Ihre Hand griff nach seiner, aber er stieß sie weg, so fest er konnte. Dann knallte es. Das weit aufgerissene Maul des Totenkopfes schrie ihm entgegen und glitt aus seinem Sichtfeld.

Wo war sie? War sie in Sicherheit? In der Ferne heulten Sirenen. Er drehte den Kopf. Da saß Millie und starrte ihn verzweifelt an, während sie Vance in den Armen wiegte wie ein Kind. Tränenschleier überzogen ihr Gesicht.

Scheiße, der Junge sah wirklich nicht gut aus ...

»Luana.«

Das Echo des Knalls hallte in seinen Ohren, und er kniff die Augen zusammen, fasste sich an die Brust. An das letzte Mal erinnerte er sich noch, als ob es erst gestern gewesen wäre.

»Àirén …«

»Was bedeutet das?«

»Liebster …«, hauchte Luana.

Sie packte sein Gesicht, zog es zu sich und küsste ihn. Dabei klammerte sie sich so fest an ihn, dass er scharf die Luft einsog, weil die Wunden auf seiner Brust und den Armen wie Feuer brannten. Aber er würde es aushalten. Für sie würde er alles aushalten.

Mit einem Verband um den blauen Haarschopf gewickelt und einer Zigarette in der Hand saß Jimmy am anderen Ende des Tisches und funkelte ihn wütend an.

»Was hast du dir nur dabei gedacht, Ian?«

Ian lächelte. »Dasselbe könnte ich dich fragen.«

»Du bist schon verletzt, du Idiot!«

»Und du warst bewusstlos! Ein einfaches ›Danke‹ genügt mir schon.«

»Du hättest sterben können!«

»Ich weiß.«

»Du hättest die Polizei rufen sollen, als du mich am Boden liegen gesehen hast. Warum hast du es auf eigene Faust gemacht? Es hätte auch Luana oder Millie treffen können!«

Ian verschränkte die Finger ineinander. »Ihr hättet niemals hierherkommen dürfen, Jim. Und ehrlich gesagt hatte ich keine Zeit darüber nachzudenken. Es tut mir leid.«

»Es tut dir leid. Pah!«

»Sie alle haben sich in große Gefahr gebracht.« Officer Mable trat mit ernster Miene und tiefdunklen Augenringen neben Jimmy.

Er war offiziell von dem Fall abgezogen worden, stand seinem Team aber beratend zur Seite.

Ians Telefon vibrierte.

Wann kommst du nach Hause?

Es war Luana. So, wie Jimmy mit ihm noch ein Hühnchen zu rupfen hatte, so hatte auch er noch eines mit ihr zu rupfen ...

»Wenn wir jetzt fertig sind, dann würde ich mich gern auf den Heimweg machen.«

Mable nickte. »Wir haben Ihre Aussage zu Protokoll genommen. Mister Howers kümmert sich gerade um den Papierkram.«

»Okay.«

»Dann können wir Sie für heute mit gutem Gewissen entlassen. Meine Kollegen melden sich bei Ihnen, sobald wir mehr wissen.«

»Vielen Dank.«

»Ich möchte mich bei Ihnen bedanken, Ian. Danke, dass Sie noch mehr Tote verhindert haben. Jetzt kann ich mich um meinen Sohn kümmern und ihn neben meiner geliebten Frau zur Ruhe betten«

»Ich habe noch eine Frage, Officer.«

»Die wäre?«

»Woher wusste Andrew so viel über unsere Familien?«

Officer Mable seufzte und wirkte plötzlich um ein Jahrzehnt älter. »Damals war mein Urgroßvater der Leiter unserer Dienststelle. Er hatte wohl einige der Akten im Keller unseres Hauses versteckt.«

»Eine Akte über wen?«

»Der Fall Sullivan-Wang. Wenn Sie möchten, dann werde ich Sie demnächst noch einmal besuchen. Womöglich können wir so einige offene Fragen klären.« Der Chief Constable nickte Ian zu. Dann verließ er den Raum.

»Und was jetzt?«, fragte Jimmy.

»Wir gehen nach Hause, Jim. Ich kann dich mitnehmen.«

Jimmy schnaubte. »Danke.«

Ian brauchte noch nicht einmal anzuklopfen, da stand An'an schon in der Tür und umarmte ihn so fest, dass ihm die Luft wegblieb, bevor sie ihn in die Teestube hineinzog. Woher zum Teufel nahm diese winzige Person eigentlich all ihre Kraft?

»Ist meine Oma auch da?« Jimmy folgte ihm in den unversehrten Teil des Anwesens.

»Natürlich bin ich hier! Wo sollte ich denn sonst sein?«

Er verdrehte die Augen. »Klar. Und Tante Shenmi ist ja auch da. Was soll das hier werden, ein Herbstzeitlosentreffen?«

»Ich bin auch hier.«

Zwischen An'an und Lin kauerte Millie. Den Arm in einem straffen Gurt an ihre Brust gebunden lächelte sie. Zum ersten Mal überhaupt, seit sie das Krankenhaus verlassen hatte. Der Schock saß ihr noch tief in den Knochen, aber weil ihr außer einer leichten Dehydrierung nichts gefehlt hatte, war sie noch am selben Tag wieder nach Hause geschickt worden.

Ian setzte sich. »Und wo ist Luana?«

»Hier.« Sie stand am Treppenabsatz und blickte zu ihm herab. In ein luftiges weißes Kleid gehüllt erinnerte sie ihn einmal mehr an Chang'es Wandbild.

Ian erhob sich. Langsam. Sein Herz pochte wie verrückt. »Wie konntest du nur?«, rief er ihr zu.

Die chinesischen Omas drehten sich zu ihnen um und verstummten augenblicklich. Sogar Jimmy stoppte mitten im Satz.

»Wie konnte ich nur *was*?«

»Was hätte ich tun sollen, wenn dir etwas passiert wäre?«

»Aber mir ist nichts passiert.«

»Was, wenn die Kugel *dich* getroffen hätte? Wie hätte ich ohne dich weiterleben sollen?«

»Hätte sie mich getroffen, wäre es wohl nicht so schlimm gewesen …«, flüsterte Millie An'an zu, wobei sie vergnügt kicherte.

Ian ballte die Hände zu wütenden Fäusten. »Findest du das etwa lustig?«, brüllte er seine Schwester an.

»Ian, beruhige dich doch. Alles ist gut.«

An'an versuchte, ihn zu beschwichtigen, aber er schüttelte nur den Kopf. Die Angst um seine Familie brodelte wie ein Vulkan in seinem Inneren. Ein Vulkan, dessen Ausbruch er nicht länger verhindern konnte.

»Ich finde, er hat recht. Aber da ich sozusagen Mitschuld an allem habe, werde ich nichts weiter dazu sagen«, raunte Jimmy.

Luana stieg die Treppe hinab. Als sie die Hälfte geschafft hatte, setzte sich Ian in Bewegung und kam ihr entgegen.

»Du hattest nicht das Recht dazu, dich für mich oder für irgendjemanden sonst in Gefahr zu bringen. Mach das nie wieder, sonst ...«

»Sonst?«

Luana stand jetzt zwei Stufen von ihm entfernt. Die angestaute Wut verebbte so schnell, wie sie gekommen war, als er die Liebe in ihren Augen erkannte. Sie lächelte ihn nicht an, nein, aber sie zeigte es ihm auf andere Art und Weise.

»Ich ...«, setzte er an, verstummte aber sofort wieder.

»Du?«, hauchte sie.

»Versprich mir einfach, dass du dich nie wieder für Millie oder irgendeinen von uns opfern wirst, was auch immer geschieht.«

»Ich verspreche dir«, sie holte tief Luft, »gar nichts, Ian Sullivan. Nur dass ich es jederzeit wieder tun würde. Das kann ich dir versprechen! Hörst du? Ich würde es immer wieder für dich tun. Und außerdem hast du mir gar nichts zu befehlen!« Dann ließ sie sich einfach fallen.

Ian fing sie auf, und sie klammerte sich an ihn und küsste ihn, als wäre es das erste und letzte Mal.

Millie kicherte. Dann läutete ihr Handy, und sie erhob sich schnell, um Vance' Anruf nicht zu verpassen. Auch mit ihm musste Ian noch ein ernstes Gespräch führen, aber im Moment war er zu abgelenkt von den weichen Lippen auf seinem Mund.

»Wǒ ài nǐ«, flüsterte sie an seinen Lippen, und er erlag dem aufgeregten Pochen seines Herzens. «Ich liebe dich, sei nicht länger böse auf mich, Àirén.«

Er seufzte. Dann zog er sie in eine noch festere Umarmung und hob sie hoch.

»Wǒ ài nǐ«, antwortete er laut und deutlich, damit es alle hören konnten.

»Und morgen frage ich deine Großmutter, ob sie mich zum Schwieger-Enkelsohn haben will.«

»Was? Nein!«

»O doch, ja!«

»Nein ...«

»Ich liebe dich auch, Àirén.«

Kapitel 41

Liverpool, Winter 1927

Liverpool war eine große Stadt, und Ethan verirrte sich auf dem Weg zum Hafen nicht nur einmal. Hoffentlich kam er dieses Mal rechtzeitig! Er konnte das Meer hören, bevor er es sah, und der salzige Geruch des Ozeans kitzelte ihn in der Nase.

Endlich lag der große Hafen vor ihm. Obwohl er Yueliang noch am selben Abend nach Liverpool gefolgt war, hatte er sie in der verwinkelten Stadt, die nach Fischresten und Abfällen stank, nicht wiederfinden können. Doch am Hafen hatte er erfahren, dass in ein paar Tagen ein Schiff nach Hongkong aufbrechen würde, dass einzige in diesem Monat.

Also mietete er sich in einer kleinen Spelunke ein und wartete. Er hatte Officer Mable lange genug beschäftigen können, und als dieser gemerkt hatte, dass Ethan ihn nur hinhielt, war er fluchend zum Bahnhof gelaufen, aber es war zu spät gewesen. Yueliang und ihre Mutter waren in Sicherheit. Bis die Zahnräder der Bürokratie sich zu drehen begannen und Officer Mable einen Haftbefehl für zwei Migranten bekommen würde, die sich nicht mehr in seinem Zuständigkeitsbereich befanden, würden einige Wochen verstreichen. Bis dahin waren sie mit dem Schiff weit, weit weg.

Ethan fand das Schiff, vor dem sich bereits einige Menschen tummelten, die sich darauf vorbereiteten, wieder in Richtung Heimat zu segeln. Er entdeckte seine kleine Kriegerin sofort in der breiten Masse an Menschen. Die Art, wie sie aufrecht dastand und den Kopf neigte, um ja kein Wort zu verpassen …

Wie sie immer wieder nach ihrer Kette griff, um den Anhänger zu spüren ... All das machte Yueliang zu Yueliang. Sie war so einzigartig für ihn wie eine weiße Kamelie in einem Meer aus roten Blüten. Es war das letzte Mal, dass er sie sah, und jeder Schritt, den er nun weiter in ihre Richtung tat, brachte ihm diese schreckliche Erkenntnis ein Stück näher. Er würde sie verlieren ...

Ohne dass er nach ihr rief, drehte sie sich zu ihm um und erblickte ihn. Zuerst stand sie einfach nur da, und er konnte den Unglauben in ihren Augen sehen. Bestimmt fragte sie sich gerade, ob sie träumte, aber sie hatte den Schrecken schnell überwunden. Er dachte, sie würde rennen, doch sie ging langsam, so, als hätte sie Angst, er wäre ein Hase und sie könnte ihn verscheuchen, wenn sie sich zu schnell bewegte. Als sie schließlich vor ihm stand, schien sie immer noch nicht zu begreifen, dass er wirklich da war. Sie fasste nach seiner Wange, und als sich seine Hand über ihre legte, löste sich ihre Starre und Tränen liefen ihr übers Gesicht.

»Ich dachte, ich würde dich nie wiedersehen.«

Ethan lächelte. »Ich kann doch nicht zulassen, dass meine Cousine das Land verlässt, ohne sich von mir zu verabschieden.«

»Ich bin nicht deine Cousine.«

Und dann flog sie in seine Arme und küsste ihn. In diesem Kuss lagen all ihre Verzweiflung und Leidenschaft, und für ein paar Sekunden waren Ethan sein Leben und seine Verpflichtungen egal. Er wollte dieses Schiff besteigen und mit ihr in das Land reisen, in dem es fliegende Lichter am Himmel gab und in dem man sich Geschichten über Götter und Drachen erzählte. Doch Jacob konnte die Bäckerei nicht allein führen, und Samuel würde ihn noch brauchen, bei all der Verantwortung, die er jetzt trug.

Er konnte die bohrenden Blicke der Leute in seinem Nacken spüren, als er sich aus Yueliangs Umarmung löste.

»Ich hab etwas für dich.«

Er reichte ihr einen kleinen Beutel, in dem sich die zwei Mondkuchenformen befanden, die er noch hatte retten können. Nach ihrer Konfrontation hatte Officer Mable ihn aus der Teestube geschmissen und den Ort unter Verschluss gestellt.

Yueliang blickte in den Beutel hinein, und ein heftiges Schluchzen durchschüttelte sie.

»Ich würde jede einzelne dieser Formen eintauschen für nur eine Minute, die ich länger mit dir haben könnte.«

Er nahm sie wieder in den Arm. Es erschien ihm so sinnlos, noch irgendetwas zu sagen. Er wollte sie nur noch halten, bis er sie nicht mehr halten konnte, weil sie auf der anderen Seite der Welt war.

Doch eine Sache musste er ihr noch sagen.

Er nahm ihr Gesicht zwischen seine Hände und zwang dieses trotzige Mädchen, seine kleine Kriegerin, ihn anzusehen. »Hör zu, es ist wichtig. Ich möchte, dass du mir eine Sache versprichst. Kehre zurück nach Hongkong und werde glücklich. Vergiss mich! Vergiss England und St. Iluna! Ich will nicht, dass du unglücklich einem Schicksal hinterhertrauerst, das einfach nicht sein sollte.«

Zornige Falten bildeten sich auf Yueliangs Stirn, sie befreite sich aus seinem Griff und legte wiederum ihre Hände an sein Gesicht und zog ihn zu sich herab. »Und jetzt hörst du mir zu, Ethan Sullivan, den Teufel werde ich tun und dir so ein grausames Versprechen geben. Ich verspreche dir, dass ich nie aufhören werde, dich zu lieben. Dass ich in diesem Leben bis zu meinem letzten Atemzug nach einem Weg suchen werde, zu dir zurückzukommen. Dass ich noch Generationen nach uns quälen werde, bis unsere Familien wieder vereint in St. Iluna sind. Das, Ethan Sullivan, das verspreche ich dir.«

Sie zog ihre Kette unter ihrem Gewand hervor. Die kleine Scheibe, die sie immer nervös zwischen ihren Fingern gerieben hatte, war ein Geschenk ihres Vaters gewesen, so viel wusste Ethan. Sie verbarg den Anhänger zwischen ihren Fingern und schien einen Mechanismus zu betätigen, denn plötzlich hielt sie zwei Fragmente in ihrer Hand. Ein voller Mond und eine Mondsichel. Den einen Teil der Kette steckte sie ihm in seine Brusttasche, und den andern legte sich wieder um ihren Hals.

»Ich komme zurück, und dann gibst du sie mir wieder, hast du das verstanden?«

Ethan wollte ihr widersprechen. Wie unglücklich würde ihr Leben werden, wenn sie ihn nicht loslassen wollte? Wie unwahrscheinlich war es, dass sie je wieder zueinanderfanden? Er öffnete den Mund, doch sie erstickte seine Widerworte mit einem Kuss. Einem letzten Kuss.

»Ich liebe dich«, flüsterte er in ihr Ohr, und dann drehte sie sich um und lief direkt auf das Schiff zu, ohne noch einmal zurückzublicken. Er blieb dort stehen und beobachtete, wie die Seeleute den Anker hochzogen und das Schiff aus dem Hafen hinausgelenkt wurde. Er blieb stehen, bis es nur noch ein winziger Punkt am Horizont war.

Als die Sonne untergegangen war, kehrte er heim, doch er war nicht mehr derselbe, denn ein Teil von ihm war für immer fort – unerreichbar auf der anderen Seite der Erdkugel.

Kapitel 42

St. Iluna, Gegenwart

Es war eine Woche her, seit Luana Ian vor versammelter Mannschaft geküsst hatte. Eng umschlungen standen sie jetzt auf der Anhöhe und ließen eine bunte Laterne in den Himmel steigen.

»Was hast du dir gewünscht?«, flüsterte Ian und hauchte einen Kuss auf Luanas Stirn.

»Wenn ich es dir sage, dann geht er doch nicht in Erfüllung!«

»Doch, das wird er.«

»Woher weißt du das?«

»Weil ich es sein werde, der von jetzt an dafür sorgt, dass all deine Wünsche in Erfüllung gehen …«

Er führte ihre Finger an seine Lippen und küsste ihre Handfläche. Sie seufzte und lehnte sich vorsichtig an ihn, um ihm keine Schmerzen zu bereiten.

»Es geht schon«, flüsterte er und zog sie noch fester an sich. Die heilende Haut unter den Bandagen protestierte zwar, aber das war ihm egal. Wenn er nur bei ihr sein durfte. Sie drehte sich zu ihm um, und der silbrige Schein des Mondes ließ die Sterne des Nachthimmels in ihren Augen tanzen.

Ian beugte sich zu ihr herab. »Mein Vorhaben geht in die Richtung *ein Leben lang.*«

Er berührte die Kette um ihren Hals. »Es tut mir leid«, sagte er nachdenklich.

Luana streckte die Hand nach ihm aus und legte sie an seine Wange. Sofort schmiegte er sich hinein und schloss die Augen.

»Was tut dir leid?«, fragte sie.

»Alles.« Alles tat ihm leid. Dass er sie erst dazu gebracht hatte, seine Nähe zu suchen, nur um sie dann wieder wegzustoßen. Dass er ihr seine schwierige Vergangenheit verschwiegen und sie dieser Gefahr ausgesetzt hatte. Er hätte niemals damit leben können, wenn Luana verletzt worden wäre. Die Liste an Dingen, die er zutiefst bereute und wiedergutmachen wollte, erschien endlos lang. Aber das machte ihm nichts aus. Wenn sie ihm nur erlaubte, in ihrer Nähe bleiben zu dürfen, dann hatte er genügend Zeit. Erst gestern hatten er und Christopher über den Sullivan-Familienfluch gesprochen und wie sie am besten mit den Informationen umgehen sollten, die Officer Mable ihnen heimlich überlassen hatte.

Die Mondkuchenformen waren immer noch verschollen. Andrew hatte etwas gewusst, da war sich Ian sicher.

»Wir haben die Mondkuchenformen immer noch nicht gefunden. Ich habe deiner Großmutter damals ein Versprechen gegeben.«

Luana schüttelte den Kopf und schmiegte sich an ihn. Die Laterne war nur noch ein schimmernder Punkt, der sich zu den funkelnden Sternen am Firmament gesellte.

»Du bist uns nichts schuldig, Ian. Im Gegenteil ... Ich ... ich habe in letzter Zeit viel über meine Urgroßmutter nachgedacht.«

»Yueliang?«

Luana nickte. »Ich habe mich daran erinnert, wie oft mich Năinai in ihr Zimmer mitgenommen hat, wenn sie sich um sie gekümmert hat. Dann durfte ich auf Urgroßmutters Schoß sitzen und ihren Geschichten lauschen. Sie war immer so furchtbar traurig, aber wenn Xicheng und ich bei ihr waren, dann hat sie gelächelt.«

»Warum war sie so traurig?«

Luana zuckte die Schultern. »Năinai hat immer von einem Unrecht gesprochen und dass die Vergangenheit Yueliang wie ein Dämon heimgesucht habe.«

»So, wie Andrew mich heimgesucht hat«, bemerkte Ian. »Der Sullivan-Fluch … Ich meine, vielleicht ist ja doch was Wahres dran?«

»Nein, bestimmt nicht. Aber ich muss immerzu an eine bestimmte Geschichten denken, die Yueliang uns erzählt hat. Damals war ich vielleicht sieben oder acht Jahre alt, und obwohl sie schon sehr schwach war, bestand meine Urgroßmutter weiterhin darauf, uns ihre Märchen zu erzählen. Eines davon handelte von einem Bäcker, der sich in eine schöne Mondmaid verliebt hatte.«

Ian hob eine Augenbraue. »Ein Bäcker?«

»Ja. Sie war auf der Suche nach ihrem Hasen wie ein Stern vom Himmel gefallen. Eine Zeit lang wandelte sie auf Erden, bis sie den Hasen schließlich im Garten der Bäckersfamilie fand, wo er von zwei der drei Söhne der Familie festgehalten wurde. Das Mondmädchen flehte um das Leben ihres geliebten Freundes, doch die Jungen lachten nur und wollten das Tier zu einem Braten verarbeiten. Der älteste Bruder aber erkannte die Traurigkeit des Mädchens und rettete den Hasen für sie. ›Ich danke dir von Herzen‹, sagte es, und als er es fragte, was es jetzt tun wollte, deutete es in den Himmel und sagte: ›Ich muss zurück in meinen Palast, wo ich hingehöre.‹ Aber der Weg blieb ihr versperrt, und so beschloss der älteste Sohn, sich um sie und den Hasen zu kümmern, bis sie einen Weg gefunden hatten, sie zurück nach Hause zu schicken. Die Zeit verstrich, und der Bäcker und die Mondmaid verliebten sich ineinander. So kam es, dass das Mädchen beschloss, bei ihm auf der Erde zu bleiben. Alles schien sich endlich zum Guten zu wenden, bis die Menschen von der wahren Identität des Mädchens erfuhren und begannen, nach ihrer Unsterblichkeit zu dürsten. Der Bäckersjunge gab sein Bestes, um sie zu beschützten, doch es war nicht genug. Und weil die Menschen aus dem Dorf dem Mondmädchen nach dem Leben trachteten, beschloss er, sie zurückzuschicken. Dafür musste er sie in eine große hölzerne Laterne setzen und zurück in den Himmel senden.«

Eine Laterne.

Sie drehten gleichzeitig den Kopf und suchten die Laterne am Nachthimmel.

»Das Mondmädchen weinte bittere Tränen, als sie in die Laterne stieg, und verlangte, dass er bei ihr bliebe, aber die Menschen waren ihnen auf der Spur, und es dauerte nicht lange, bis sie sie aufgespürt hatten. Das Mondmädchen weinte und weinte, weil es seinen Geliebten nicht verlassen wollte, aber zu zweit wären sie zu schwer gewesen, und womöglich hätten sie sie doch noch erwischt. Also hob der Bäckersjunge das Mondmädchen in die Laterne und küsste es ein letztes Mal, bevor er die Laterne über die Anhöhe in den Himmel stieß. ›Ich verspreche dir, bald zurückzukehren, denn ohne dich kann ich nicht glücklich sein‹, waren ihre letzten Worte an ihn. Mit gebrochenem Herzen blickte er ihr nach, bis sie zwischen den Sternen verschwunden war. Es war das letzte Mal, dass der Bäcker seine Liebste sah.«

»Eine traurige Geschichte«, flüsterte Ian. Gedankenverloren strich er über Luanas Wange und bemerkte die feuchten Spuren auf ihrer Haut. Sanft wischte er die Tränen fort.

»Aber was, wenn es nicht nur irgendeine Geschichte war, Ian? Was, wenn es Yueliangs Geschichte ist?«, wisperte sie an seiner Brust.

»Der Bäcker und das Mondmädchen ...«, wiederholte er nachdenklich.

Sein Urgroßvater hatte zwei Brüder gehabt. Einen Zwillingsbruder namens Samuel und einen älteren Bruder, an dessen Namen er sich nicht mehr erinnern konnte. Da kamen ihm Andrews Worte in den Sinn. *Yueliang und Ethan ...* der dritte Bruder. Konnte es sich bei dem Bäcker aus Luanas Geschichte um ihn handeln? War dies des Rätsels Lösung?

Die Laterne, die sie zuvor in den Himmel hatten steigen lassen, war verschwunden. Als sie in die Straße einbogen, schallte ihnen fröhliches Gelächter entgegen. Sie hielten vor Shenmis kleinem, schmuckem Haus, welches früher einmal die örtliche Wäscherei gewesen war.

»Die Feier ist schon in vollem Gange, wir sind viel zu spät dran!«

Ian ergriff Luanas Hand.

»Das Beste kommt eben immer zum Schluss.«

Plötzlich flog die Tür auf und Jimmy erschien darin. »Ihr kommt zu spät, die Großmütter haben schon eine Flasche Baijiu intus, und ich bin ganz allein mit ihnen. Millie ist auch nicht besonders hilfreich!«

Luana ließ zerknirscht die Schultern hängen. »Entschuldige, aber wir wollten noch zur Anhöhe und ...«

»Es war wichtig«, beendete Ian ihren Satz.

Jimmy verdrehte die Augen. »Dann kommt jetzt, alle warten schon auf euch. Tante Shenmi habt ihr ja noch gar nicht kennengelernt.«

Er ergriff Luanas Arm und wollte sie über die Schwelle ziehen, aber im selben Moment schoss Ians Hand vor, und er zog sie mit einem Ruck zurück, sodass sie gegen seine Brust plumpste.

»Such dir deine eigene Frau. Dieses Mondmädchen hier gehört mir«, erklärte er barsch.

Jimmy hob beschwichtigend die Hände. »Sorry, Mann! Aber soll ich dir etwas verraten? Bella aus Amerika will mich bald besuchen. Du brauchst dich also gar nicht länger von mir bedroht fühlen.« Er lachte. »Außerdem ist mir Luana eh zu anstrengend.«

Luana stemmte die Hände in die Hüften.

»Bitte? Ihr zwei habt sie doch nicht mehr alle! Ich gehöre niemandem, und was soll das heißen ›zu anstrengend‹? Dir werd ich's zeigen!«

Sie wollte Ian abschütteln, um Jimmy nachzulaufen, aber er drehte sich mit ihr zusammen herum, sodass sie vor den Augen der anderen verborgen blieb. Dann küsste er sie besitzergreifend, bis sie ihre Finger in seine Arme bohrte und mit geröteten Wangen in seinen Mund seufzte.

»Ian, nicht ...«

»Da seid ihr ja endlich!«, riefen An'an und Millie ihnen vergnügt zu.

Nun musste er Luana wohl oder übel loslassen, obwohl er sie am liebsten einfach geschultert hätte und mit ihr nach Hause gerannt wäre. Die fünf alten Damen, die mit An'an und seiner kleinen Schwester am Tisch saßen, verstummten augenblicklich, als sie ihn sahen. Die Neugierde stand ihnen ins Gesicht geschrieben.

Luana errötete, aber dann war sie zu abgelenkt von den bunten Lampions und den stromlinienförmigen Papierdrachen, die über ihren Köpfen schwebten. Shenmis Wohnzimmer erinnerte sie ganz und gar an das Mondfest, das sie wegen des Feuers hatten abbrechen müssen. Es roch nach köstlichem Essen, und die Klänge einer Bambusflöte untermalten die heitere Stimmung. Die Idee, ein zweites kleines Mondfest auszurichten, war den Großmüttern gekommen, als sie Shenmi gemeinsam vom Bahnhof abgeholt hatten. Weil sie es ja verpasst hatte ... und weil es für sie alle einen »Neuanfang« symbolisieren sollte.

»Setzt euch Kinder, setzt euch ...«

Madame Gu deutete auf zwei Sitzkissen, und ehe sie sich's versahen, hielten sie Schale und Stäbchen in den Händen.

Ian fühlte sich beobachtet. Vermutlich weil ihn die kleinste der Großmütter mit höchst wachsamen Augen ins Visier genommen hatte. War das etwa Shenmi, die verschollene Großmutter, die erst vor ein paar Tagen von ihrem langen Kuraufenthalt zurückgekehrt war?

Luana schien sein Unbehagen zu bemerken, denn sie ergriff seine Hand und verknotete ihre Finger mit seinen, während sie mit rasender Schnelligkeit würzig marinierten Schweinebauch in seine Schale häufte.

»Ich habe keinen Hunger«, flüsterte er.

»Ich auch nicht. Aber irgendwer muss etwas essen, sonst werden sie nie Ruhe geben«, antwortete sie und stopfte ihm ein Stück Fleisch in den Mund. Dabei grinste sie von einem Ohr zum anderen.

Ian verdrehte die Augen. »Was kriege ich dafür?«, raunte er ihr zu.

»Du darfst mich küssen, so oft und so lange du willst. Wenn wir zu Hause sind.«

»Überall? Deal.« Er platzierte einen Kuss auf ihrer Stirn. Und einen zweiten auf ihrem rechten Mundwinkel.

»Igitt.« Das war Millies Stimme, aber er ignorierte sie. Ein weiterer Kuss landete auf Luanas Mund. Luana errötete und rückte ein Stück von ihm ab.

»Alle sehen uns zu.«

»Darf ich dich daran erinnern, dass du es warst, die mich vor versammelter Mannschaft geküsst hat?«

Jetzt glühte sie wie eine überreife Tomate. Wie süß.

Dem butterzarten Schweinebauch folgte ein geschmorter Pilz.

Plötzlich hallte ein lauter Schrei durch den Raum.

»Tante Shenmi?«

Die kleine chinesische Frau war aufgesprungen und zeigte auf ihn und Luana. »Ethan!«, hauchte sie. »Du hast Yueliang endlich gefunden und zurückgebracht!«

»Tantchen, wovon redest du? Meine Mutter ist vor über zehn Jahren gestorben.« An'an war aufgestanden und drückte sie behutsam zurück auf das Sitzpolster.

»Na, hört mal, ich bin doch nicht dement! Ich sehe sie doch direkt vor meiner Nase.«

»Shenmi, sieh doch noch einmal genau hin. Das ist nicht Yueliang, es ist meine Enkelin, Luana. Der Mann neben ihr heißt Ian, nicht Ethan.«

»Ethan ...«, flüsterte Ian neben Luana.

Schon wieder dieser Name.

»Vielleicht ist sie doch schon ein bisschen dement?«, fragte Jimmy.

»Ich kann dich hören, du frecher Bengel!«

Shenmi rückte ihre Brille zurecht. Dann erhob sie sich so flink, wie man es niemals von einer Dame ihres Alters erwarten würde, und eilte aus dem Zimmer.

Ethan, warum kommt mir dieser Name nur so bekannt vor?

»Bei den Göttern, ihr ist der Baijiu wohl ganz gehörig zu Kopf gestiegen!« An'an schüttelte den Kopf und wandte sich wieder zu ihnen um. »Und konntest du etwas herausfinden, Ian? Ich meine, woher Andrew von den Mondkuchenformen wusste?«

Ian hielt inne und senkte langsam die Stäbchen. »Ja. Officer Mable erlaubte uns Einsicht in eine alte Akte aus den späten 20er-Jahren, die Chen Lu, Yueliang und Jack Sullivan betraf. Darin fanden wir mehrere Zeugenaussagen, Polizeiberichte und zwei Todesanzeigen. Eine von Sarah und eine von Robert Sullivan. In einer der Zeugenaussagen bezichtigte Jack Sullivan Chen Lu als Mörderin. Wir glauben, dass dies der Grund gewesen sein könnte, weshalb sie Großbritannien Hals über Kopf verlassen mussten. Dazu passt auch Yueliangs Mondmädchen-Geschichte, die sie Luana erzählt hat, als diese noch ein Kind war. Officer Mable senior, der zu dieser Zeit der Chief Constable unserer örtlichen Dienststelle gewesen war, hatte jedoch genügend Beweise, die auf jemand anderen hindeuteten. Chen Lu und Yueliang waren also unschuldig.«

»Welche Mondmädchen-Geschichte?«, fragte Luanas Großmutter erstaunt.

»Du weißt schon, Nǎinai ... Das Mondmädchen in der hölzernen Laterne«, antwortete Luana.

»Yueliang stieg in ein Schiff. Du meinst, die Laterne steht für dieses Schiff?«

»Und wer soll dieser Ethan sein? Wie passt er in die Geschichte?«

»Ich habe eine Vermutung. Die Sullivans hatten drei Söhne. Samuel und Jacob. Ethan könnte der dritte Sohn gewesen sein. Er wäre dann nur ein wenig älter als Yueliang gewesen. Mehr konnten wir nicht finden. Ich muss mich erst in der Bibliothek schlaumachen.«

»Natürlich habt ihr nicht mehr gefunden. Ethan hat doch so gut wie alles vernichtet, bevor er gegangen ist.«

Die Waschküchenoma war mit einer alten, schäbigen Truhe zurückgekehrt, die sie mit einem lauten Rumms auf dem Tisch platzierte. Ians Schüssel flog durch die Luft, rollte über den Tisch und landete in Jimmys Schoß.

»Hey, Mann! Was soll denn das?«

Ian hob beschwichtigend die Hände.

»Sei still, Jim! Na los jetzt, macht sie auf!«, verlangte Shenmi streng.

Jimmy zuckte zusammen. Ian und Luana tauschten einen Blick.

»Öffne du sie, sie gehört schließlich dir«, flüsterte Ian.

»Ach, Unsinn! Sie gehört dir und Luana! Schade, dass meine Mā das nicht mehr erleben kann. Und wenn ihr noch länger hier sitzt und diese alte Kiste anstarrt, werde ich es wohl auch nicht mehr erleben!« Die alte Dame gestikulierte wild in der Luft.

Luana lächelte und verbeugte sich leicht. Dann öffnete sie die Truhe.

Darin befanden sich die verlorenen Mondkuchenformen, eine Schmuckschatulle, eine Uhr und ein alter, vergilbter Brief.

Luana entfaltete das Schreiben und las vor:

»Verzeih mir, kleine Kriegerin, aber ich musste gehen. Wenn du das hier liest, wirst du bestimmt sehr wütend auf mich sein, aber ich konnte nicht anders. Officer Mable hat mir ein einmaliges Angebot gemacht. Er hat versprochen, dass er Jacob und Samuel in Ruhe lassen wird, wenn ich mich freiwillig zum Wehr-

dienst melde. Ob er wohl befördert wird, wenn sich mehr Männer aus seinem Wirkungsbereich melden? Vielleicht.

Aber es ist ein kleiner Preis für das Leben meiner Brüder ... Und wie könnte ich Shenmi den Vater nehmen? Niemals wieder könnte ich Yini in die Augen sehen. Verstehst du das, kleine Kriegerin?

Sie werden mich nach Paris schicken.

Ich werde zwar keine Kuchen backen, so, wie wir es uns versprochen haben, aber was macht das schon? Deine Mondkuchenformen lasse ich bei der kleinen Shenmi, falls mir Paris so gut gefällt, dass ich nicht zurückkomme.«

Luana strich über die dunklen Flecken, die das Papier wie Narben überzogen.

»Er hat geweint, als er es geschrieben hat«, flüsterte Luana.

Ian nahm sie in den Arm, während sie mit bebender Stimme weiterlas:

»Auch auf dein Geschenk an mich, Houyis Vollmond, wird Shenmi gut aufpassen. Ich möchte sie nicht verlieren. Und du weißt, das wird passieren. Noah lässt dir seine Uhr da, als Zeichen, dass er sein Versprechen hält, was auch immer ihr beiden euch versprochen habt.

Yueliang, wenn du diese Zeilen liest, werde ich vermutlich nicht mehr hier sein. Werde ich dich jemals wieder im Arm halten dürfen? Wie gern hätte ich dich besucht in deiner Stadt aus Lichtern und noch einmal die Geschichte der Mondgöttin gehört. Den letzten Mondkuchen habe ich mir für heute Abend aufgehoben. Ich habe zwar versucht, sie nachzubacken, aber selbst mit euren kostbaren Formen ist es mir nicht gelungen.

Wenn du hierher zurückkehrst, bin ich womöglich irgendwo. Verzeih mir, kleine Mondprinzessin ...

Ich warte auf dich in einem Leben nach dem Leben. Sei dir gewiss, dass ich dich wiederfinden werde.

Ich liebe dich, Yueliang. In diesem Leben.

Im nächsten.

Immer.

Dein Ethan.«

Das Papier schwebte auf den Tisch. Luana weinte, ebenso wie An'an, die die Schmuckschatulle geöffnet hatte.

»Meine Mā Yini war Yueliangs beste Freundin. Und Samuel, Ethans Bruder, war mein Vater. Wären diese beiden nicht gewesen, wer weiß, was dann mit uns passiert wäre?«

»Ethan ist nie ... zurückgekommen? Wusste Yueliang davon?«

Shenmi nickte. »Eine Zeit lang schickte er seinen Sold nach Hause. Aber als seine Briefe ausblieben, wussten wir es. Dann erreichte uns ein Paket mit einem Brief von der Front. Ethan war in Paris gefallen. Meine Mā hat es nie übers Herz gebracht, Yueliang die Wahrheit zu schreiben. Zu dieser Zeit war es schwer, Kontakt zu halten. St. Iluna war ein kleiner Ort, die Menschen hatten andere Dinge im Kopf.«

Luana fasste nach dem schimmernden Sichelmond um ihren Hals. »Sie wusste es, deshalb war sie so traurig. Ihr Herz war gebrochen. Bestimmt hat sie es gespürt.«

Ian zog Luana sanft in seine Arme und zog ihren Kopf an seine Brust, damit sie weinen konnte. Und das tat sie. Um Yueliang, um Ethan ... und ihre Liebe, für die sie wie eine Kriegerin gekämpft haben musste.

»Luana?« An'an hatte sich neben sie gesetzt. Auch in ihren Augen glitzerten Tränen, aber sie lächelte. »Darf ich, mein Kind?«

Luana hob den Kopf und nickte. Dann reichte sie ihrer Großmutter die Kette. An'ans Finger zitterten, als sie die beiden Teile zusammenfügte.

Es war die Kette aus dem Brief. Houyis Mond, Ethans kostbares Geschenk.

»Wir haben es geschafft«, sagte sie freudestrahlend.

»Es ... geschafft?«, schniefte Luana.

»Wir haben die Geschichte aufgedeckt, die Mondkuchenformen gefunden und Yueliang und Ethans Herz zusammengeführt. Die Ahnen ... die Ahnen werden überglücklich sein.

Meine Mā wird überglücklich sein!« Lachend fiel sie Luana und Ian um den Hals. Dann teilte sie die Kette erneut in zwei Teile und legte sie ihnen um.

»Sie gehören euch, Kinder.«

Chang'e und Houyi.

Yueliang und Ethan.

Luana und Ian.

Die Großmütter klatschten begeistert in die Hände, und Shenmi begann zu singen. Ein altes chinesisches Wiegenlied, das Luana sehr bekannt vorkam. Sie hatte es selbst oft von ihrer Urgroßmutter vorgesungen bekommen.

Alle hörten aufmerksam zu und hingen ihren Gedanken nach, bis Lin eine große dunkelrote Flasche in die Mitte des Tisches stellte.

»Möchte noch jemand Baijiu?«

Später in dieser Nacht saßen Ian und Luana gemeinsam auf einem Stuhl auf Luanas Terrasse und beobachteten den Mond.

»Was sollen wir jetzt machen?«, fragte Ian, während er zärtlich über Luanas Arme streichelte.

Sie drehte sich zu ihm um und ergriff den Anhänger um seinen Hals. »Ich habe einen Plan.«

»Welchen Plan, Mondmädchen?«

Luana lächelte. »Was hältst du davon, wenn wir die Bäckerei und die Teestube zusammenführen, so, wie Yueliang und Ethan es sich gewünscht haben? Wenn wir etwas Neues ... ich weiß nicht ... etwas Einzigartiges erschaffen? Ich möchte eine Teestube eröffnen, in der die Menschen unsere Backwaren und Konfekt kaufen, aber auch Tee trinken und chinesische Köstlichkeiten probieren können, während sie unsere Kunst bestaunen. Du könntest deine Zuckerskulpturen ausstellen und ich meine Bilder. Ob wir sie verkaufen, entscheiden wir einfach spontan. Was hältst du davon?«

Ian nickte. »Ein guter Plan. Wir könnten das Haus umbauen, vergrößern und einen Garten anlegen. Einen, der dich und

An'an an Hongkong erinnert ... und wo sich unsere Gäste zu den Öffnungszeiten aufhalten können.«

»Und wo werden wir wohnen? Ein Wintergarten, der unsere Wohnräume mit der Teestube verbindet, würde mir gefallen. So wird uns niemand stören ...«

Ian umschloss ihre Taille mit seinem Arm und strich ihr langes Haar über ihre Schulter. Dann hauchte er einen Kuss auf ihren blanken Hals. »Ist das deine Art, mich zu fragen, ob wir zusammenziehen wollen?«

Sie kicherte. »Möchtest du mit mir in einem Haus wohnen?«, fragte sie.

»In unserem gemeinsamen Schlafzimmer?«

»In unserem gemeinsamen Bett.«

»Und deine Großmutter? Sie hört wie ein Luchs, also musst du leise sein, wenn ...«

Luana zuckte zusammen.

»Wenn ich dich küsse ... und dich ...«

»Ian!«, unterbrach sie ihn.

Er grinste und legte seine Hände an ihr Gesicht. Das Mondlicht spiegelte sich in seinen Augen.

»Ich habe es ernst gemeint, Luana. Sobald sich die Lage beruhigt hat, werde ich deine Großmutter fragen, ob sie mich als Schwiegerenkelsohn haben möchte. Ich glaube, sie wird einverstanden sein.«

Luana drückte ihre Stirn an seine. »Du hattest recht, Ian.«

»Womit?«

»Damit, dass du all meine Wünsche erfüllst ...«

Sie drehte sich auf seinem Schoß, sodass sie rücklings auf ihm saß. Dann küsste sie ihn und wusste, dass alles gut werden würde.

Weil die Mondgöttin über sie wachte.

Epilog

Es kam Ian wie eine Ewigkeit vor, seit er am Bahnhof gewesen war. Zuletzt, als er Millie in jenem Sommer abgeholt hatte. Damals hatte er Luana zum ersten Mal gesehen. An diesem Tag war der Himmel grau und trüb gewesen, und es hatte genieselt.

Der Zug fuhr ein. Ian erkannte Xicheng sofort zwischen den anderen Fahrgästen. Hinter ihm folgten Yanxi und der kleine Jun, der sich in jenem Moment, als er Ian sah, von der Hand seiner Mutter losriss und auf ihn zugerannt kam.

»Shūshu, ich habe dich so vermisst!«, quietschte er, bevor er sich mit Schwung in Ians Arme warf.

»Jun, benimmt dich doch! Musst du deinen Onkel immer gleich so überfallen?«

Der Junge zog beleidigt die Nase hoch. »Hab Onkel Ian lange nicht gesehen!«

»Du hast doch erst letzte Woche mit ihm und Luana telefoniert ...«

Jun schüttelte den Kopf. »Aber ohne Bild ...« Dann nahm er Ians Gesicht in seine kleinen Hände. »Bin ich zu spät?«, fragte er und schob seine Unterlippe verärgert nach vorn.

Ian lachte, dann schüttelte er den Kopf. »Nein, du bist nicht zu spät, Jun. Du besuchst uns sogar genau zum richtigen Zeitpunkt.«

Jun nickte zufrieden, dann begann er, mit den Armen zu rudern, und Ian setzte ihn ab.

»Ian, wie schön dich zu sehen! Siehst gut aus ... Noch!« Xicheng prustete, wofür er einen Seitenhieb von Yanxi kassierte, die Ian in ihre Arme zog.

»Du bist unmöglich ... Erzähl Ian lieber von den schönen Dingen, anstatt von Augenringen, die bis zu den Knien hängen!«

Xicheng rieb sich theatralisch die Seite. »Meine Frau ist so grausam und brutal zu mir ... Ich hoffe, Luana behandelt dich besser als einen Sklaven ... Wo ist sie überhaupt?«, fragte er.

»Eure Großmutter braucht sie in der Teestube.«

»Immer noch so streng?« Luanas Bruder rollte mit den Augen.

Yanxi, die gerade mit Jun am Arm von einer erfolgreichen *Ich hindere meinen Sohn daran, einen Laternenmast am Bahnhof abzulecken*-Mission, zurückkehrte, kicherte. »Wie schön, dass sich hier seit dem letzten Mal rein gar nichts verändert hat.«

Ian nickte. »Die Großmütter streiten immer noch, der einzige Unterschied ist nur, dass wir sie jetzt nicht mehr durch die Türen hören können. Außer, sie brüllen sich in der Teestube an.«

Xicheng räusperte sich. »Das wird sich ganz bestimmt auch nicht ändern! Unsere Nǎinai ist eine wahre Glucke!«

Eine Glucke, die Luana jeden Tag daran erinnerte, dass sie sich mehr bewegen musste ...

Ians Handy vibrierte. Es war Luana.

Sind sie schon angekommen? Schick mir ein Foto! Ah, und kannst du vielleicht noch bei Madame Gus Laden vorbeifahren? Ich habe furchtbar große Lust auf Ramyun, aber Nǎinai hat mir verboten, Instantnudelgerichte zu essen, also musst du sie heimlich kaufen. Wenn du Madame Gu mit Croissants bestichst, wird sie vielleicht die Klappe halten!

Ian grinste, während er tippte: *Kommen gleich! Ihr hochkrimineller Nudellieferant, stets zu Diensten!*

Sein Herzschlag beschleunigte sich, als er an gestern Abend dachte. Seit An'an bei Shenmi eingezogen war, waren sie die meiste Zeit für sich, und er genoss die ruhige Zweisamkeit, die vermutlich niemals für ihn zur Gewohnheit werden würde. Sie waren im Wohnzimmer gesessen und hatten einen Film angesehen. Luana war so erschöpft gewesen, dass sie in seinem Arm eingeschlafen war. Als der Film geendet hatte, hatte er sie geweckt, weil er sie ins Bett tragen wollte, ohne dass sie sich erschreckte. Die Liebe in ihren Augen war so unendlich gewesen. Und die Freude auf ihre gemeinsame neue Aufgabe hatte ihm gezeigt, dass er sie mehr liebte als je zuvor. War das überhaupt möglich?

Nach einem sehr geheimen Abstecher in Madame Gus Laden, bei dem ihm die findige alte Dame wenigstens fünf Croissants und vier Mondkuchen abgeschwatzt hatte, erreichten sie die Teestube.

»Wow, in echt sieht es noch viel schöner aus!« Yanxi klatschte vergnügt in die Hände.

»Warte erst, bis du den Garten siehst!«, antwortete Ian.

Jun war der Einzige, der den Garten kannte. Manchmal, wenn er und Luana mit Jun per Videoanruf telefonierten, gingen sie mit ihm durch das großzügig angelegte und kunstvoll gestaltete Gelände.

»Onkel, darf ich nachher die Fische streicheln?«

»Klar!«

»Ist Tante Millie auch da?«

»Bald.«

»Und Onkel Jimmy?«

»Warte ab, mein Kleiner!«

Kinder ...

Laute Stimmen drangen aus der Teestube zu ihnen nach draußen. Die Tür flog auf, und eine aufgeregte Gruppe chinesischer Großmütter stürmte wie die kaiserliche Armee auf sie zu und hießen Xicheng, Yanxi und Jun lautstark willkommen. Anschließend wurden die drei an einen reichlich gedeckten Esstisch geschoben und mit Schüsseln und Stäbchen ausgestattet.

»Wo ist Luana?«, fragte Ian in die ausgelassene Runde.

Lin, die gerade im Begriff war, Jun ein ganzes Baozi in den Mund zu stecken, deutete hinter sich. »An'an hat sie nach

Hause geschickt, weil sie während des Backens am Tresen eingeschlafen ist.«

Ian zog die Augenbrauen hoch. *Sie sollte sich doch ausruhen …*

»Okay, ihr entschuldigt mich …«

Schnellen Schrittes eilte Ian durch die Teestube und weiter durch den Wintergarten, bis er ihre Wohnräume erreichte. An der Treppe, die hoch ins Schlafzimmer führte, hielt er inne. Luanas Stimme drang zu ihm herab.

Sie sang ein chinesisches Kinderlied, das sie ihm schon vor einiger Zeit beigebracht hatte. Mit klopfendem Herzen erklomm er die Treppe und lauschte. Gerade beendete sie das Lied, und er blieb im Türrahmen stehen.

Luana saß auf dem Fensterbrett und sprach mit dem gar nicht mehr so winzigen Wesen unter ihrem Herzen.

»Weißt du, wir warten schon auf dich … dein Vater hat sogar ein neues Konfekt für dich kreiert, damit dich ganz St. Iluna feiern kann!«

Wie verdammt schön sie ist …

Ian schluckte schwer, weil er sein Glück kaum fassen konnte. Als hätte Luana seine Gedanken gehört, blickte sie auf und schenkte ihm das schönste Lächeln, das er je gesehen hatte. Sie sprühte geradezu vor Liebe und Zuneigung und streckte die Hände nach ihm aus. In ein mintgrünes Gewand gehüllt erinnerte sie ihn an ihr erstes gemeinsames Mondfest.

Meine Mondgöttin.

Er setzte sich zu ihr, und sie kam auf seinen Schoß und kuschelte sich an ihn. Dabei nahm sie seine Hand und legte sie auf ihren Bauch.

»Geht es dir gut? Lin sagte, du wärst beim Backen eingeschlafen«, fragte er besorgt.

»Vielleicht braucht Lin eine neue Brille!«, sagte Luana kichernd. »Es könnte allerdings sein, dass ich nur ganz kurz eingenickt bin, weil die Sonne durch das Fenster so warm war.«

»Du solltest dich doch ausruhen, Luana.«

Er strich ihr eine gelockte Haarsträhne aus dem Gesicht. An'an und Lin hatten wieder einmal ganze Arbeit geleistet.

»Ich weiß, aber ich wollte das tun. Du hast gesagt, dass ich dir immer Mondkuchen backen soll!«

»Ja, aber ...«

»Nichts aber!« Sie atmete tief ein und aus. Dann schmiegte sie sich noch näher an ihn und er hielt sie fest in seinen Armen.

Eine Zeit lang saßen sie einfach nur da und genossen die Stille.

»Millie und Vance werden gleich da sein, wir sollten sie begrüßen«, flüsterte sie.

Ian gab ein tiefes Brummen von sich, das verdächtig nach »Nein, ich will nicht« klang. Als sich Luana schließlich von ihm löste, seufzte er und öffnete die Augen. Sie hielt ihm die Hand hin – wie damals auf der Brücke.

»Lass uns gehen.«

Später, als es bereits dunkel war, standen sie in dem festlich geschmückten Garten. Ian hatte Jun auf seine Schultern gesetzt und reichte ihm eine Laterne nach oben.

»Eine für jetzt«, sagte er so laut, dass es jeder mitbekam. »Und eine für später ...«, flüsterte der Junge, sodass nur Ian es hören konnte.

Die beiden kicherten einträchtig. Xicheng und Yanxi hatten An'an in ihre Mitte genommen und entzündeten die Kerzen in ihren Laternen.

»Auf das all eure Gebete in Erfüllung gehen!«, rief An'an feierlich, woraufhin die ersten Lichter in den Himmel schwebten.

Luana lehnte sich an Ian, und als er zu ihr herabblickte, erkannte er die Sterne in ihren Augen. Xicheng nahm Jun und ging mit ihm zum Teich, in dem fünf große bunte Koïkarpfen ihre Runden drehten.

So könnte es immer sein ... Ja, das wünsche ich mir!

Doch bevor Ian seine Kerze entzünden und die Laterne in den Himmel steigen lassen konnte, ergriff Luana seine Hand und zog ihn von den anderen weg, um den Teich herum, bis sie ihren Lieblingsplatz unter der Laube erreicht hatten. Es war jener magische Flecken Erde, an dem sie einander damals in der Nacht getroffen hatten.

»Lass uns unsere Laternen in den Himmel schicken ...«, flüsterte er in ihr Ohr.

Sie drehte sich zu ihm um und grinste, während sie ihm ihre vier Laternen präsentierte.

»Das sind aber mehr als zwei Wünsche ... Wann hast du sie verdoppelt?«

Luana kicherte, dann schüttelte sie den Kopf. »Ich habe schon längst alles bekommen, was ich mir immer gewünscht habe. Dieser Wunsch – sie hielt die erste Laterne hoch – ist für dich. Dieser hier, ist für mich ...«

»Und die zwei anderen?«

»Die gehören natürlich Yueliang. Traditionen soll man schließlich weiterführen, oder nicht? Man kann eben nie zu früh damit beginnen, nach dem Glück zu suchen. Die kleine Yueliang wird sich freuen, wenn sie irgendwann erfährt, dass ihre Eltern doppelt so oft für ihr Glück gebetet haben, oder?«

Ian nickte. Dann zündete er die Kerzen an, und die Laternen stiegen wie die anderen in den Himmel.

»Danke, dass du in mein Leben gefallen bist«, hauchte er.

»Ich liebe dich, Àirén.«

»Und ich liebe dich ... für immer.«

Dann küsste er sie, während die Lichter der Laternen langsam mit dem Firmament verschmolzen und sich zwischen dem Funkeln der Sterne verloren.

Ian und Luana schickten ein stilles Gebet in die Nacht hinaus, auf dass es ihre Ahnen erreichen würde. Von nun an würde es für ihre kleine Familie immer Lichter im Himmel geben.

Danksagung

Zuallererst möchten wir uns bei unseren Leserinnen und Lesern bedanken. Ihr selbst habt es möglich gemacht, dass ihr dieses Buch nun in den Händen haltet.

Danke auch an unsere Familien, Freunde, Arbeitskollegen und all die lieben Menschen in unserem Umfeld, die uns tatkräftig unterstützt und immer wieder gefragt haben, wann unser nächstes Werk erscheinen wird.

Ein großer Dank gebührt dem ganzen Piper-Team, darunter ganz besonders unserer Betreuerin Daniela, und unserer lieben Lektorin Julia Feldbaum.

Gerade tüfteln wir schon an der nächsten Geschichte für euch, die euch hoffentlich ebenso überzeugen wird wie *Au Revoir – Der verlorene Duft der Pfirsiche* und *Sommerträume und Mondgebäck in der kleinen Teestube.*

Eure Katarina und Petra